O DESAFIO DOS SEMIDEUSES

AIDEN THOMAS

O DESAFIO DOS SEMIDEUSES

Tradução
Vic Vieira Ramires

1ª edição

— Galera —
RIO DE JANEIRO
2023

CAPA
Capa adaptada do design original de
Liz Dresner e Trisha Previte

IMAGEM DE CAPA
Mars Lauderbaugh

PREPARAÇÃO
Angélica Andrade

REVISÃO
Neuza Costa

TÍTULO ORIGINAL
The Sunbearer Trials

CIP-BRASIL. CATALOGAÇÃO NA PUBLICAÇÃO
SINDICATO NACIONAL DOS EDITORES DE LIVROS, RJ

T38d Thomas, Aiden
O desafio dos semideuses / Aiden Thomas ; tradução Vic Vieira. - 1. ed. - Rio de Janeiro : Galera Record, 2023.
(Portadores de sol ; 1)

Tradução de: The sunbearer trials
ISBN 978-65-5981-248-6

1. Ficção americana. I. Vieira, Vic. II. Título. III. Série.

CDD: 813
23-82300 CDU: 82-3(73)

Meri Gleice Rodrigues de Souza - Bibliotecária - CRB-7/6439

Texto revisado segundo o Acordo Ortográfico da Língua Portuguesa de 1990.

Direitos exclusivos de publicação em língua portuguesa somente para o Brasil
adquiridos pela
EDITORA GALERA RECORD LTDA.
Rua Argentina, 120 – Rio de Janeiro, RJ - 20921-380 - Tel.: (21) 2585-2000,
que se reserva a propriedade literária desta tradução.

Impresso no Brasil

ISBN 978-65-5981-248-6

Seja um leitor preferencial Record.
Cadastre-se e receba informações sobre nossos
lançamentos e nossas promoções.

Atendimento e venda direta ao leitor:
sac@record.com.br

EDITORA AFILIADA

Para minhas amizades, musas e cavaleiros de armadura reluzente:

ALEX

ANDA

AUSTIN

BIRD

EZRAEL

KATIE

MAX

MIK

RAVIV

SAMANTHA

TEDDY

NOTA DA EDITORA

O desafio dos semideuses, publicado pela Galera Record em 2023, utiliza ao longo de suas páginas a linguagem não binária. A Galera Record optou por respeitar a decisão de Aiden Thomas, autore da obra, e seguir a edição brasileira de acordo. O livro anterior de Aiden, *Os garotos do cemitério*, publicado em 2021 pela Galera, já havia utilizado alguns termos em linguagem não binária, como "bruxe", porém na época foi feita uma escolha editorial de utilizar uma mescla de linguagem não binária e linguagem padrão para deixar a leitura mais acessível, visto que a linguagem não binária ainda estava sendo aprofundada e estudada.

Para *O desafio dos semideuses* optamos por utilizar a linguagem não binária da maneira como Aiden Thomas escolheu para seus personagens não binários. Entendemos que a língua portuguesa, ao contrário da inglesa, possui muito mais identificações de gênero, e que possa haver um certo estranhamento à primeira vista com frases na linguagem não binária. A linguagem existe em um estado de constante evolução, e procuramos sempre ficar atentos a isso durante o processo de tradução, preparação e edição de cada projeto nosso.

Para os pronomes neutros, foram utilizados "elu/delu" e o "e" como indicativo da linguagem não binária. Procuramos respeitar ao máximo as intenções originais de autores em relação aos seus personagens, e ao nosso público acostumado à diversidade e representatividade no catálogo da Galera Record.

NO INÍCIO EXISTIA APENAS SOL em meio ao mar de estrelas.

Sozinhe, elu formou o mundo ao juntar a poeira das estrelas em suas mãos.

Da poeira esmagada entre os dedos surgiram as montanhas. Das lágrimas de solidão fluíram oceanos e rios. Da água brotaram árvores e florestas exuberantes na terra desolada.

Do novo solo, Terra se formou, e Sol não estava mais sozinhe.

O mundo era belo e emocionante, mas o casal estava sozinho no universo, e não havia ninguém com quem compartilhá-lo.

Decidiram fazer crianças divinas.

Primeiro, Terra fez emergir o ouro das profundezas do solo, e Sol o usou para moldar os Ouros.

Os Ouros eram poderosos, mas vaidosos. Estavam preocupados apenas em testar os limites de sua força, ocupando-se com o próprio trabalho em vez de passar tempo com seus criadores. E então Sol e Terra tentaram de novo.

Terra fez emergir os jades das cavernas onde o oceano encontrava o litoral, e Sol os usou para moldar os Jades.

Os Jades eram gentis, mas focados. Estavam tão absortos em encontrar novos modos de usar e canalizar seus poderes que não pensavam na família. Então Sol e Terra tentaram outra vez.

Por último, Terra fez emergir a obsidiana das labaredas mais quentes do solo, e Sol as usou para moldar as Obsidianas.

As Obsidianas eram impetuosas, mas egoístas. Buscavam apenas a destruição, sem se importar com o desenvolvimento de seu lar.

Por fim, Sol e Terra se cansaram de criar deuses. Sol desceu e plantou o coração nas profundezes da terra, a fim de permanecer perto do amado. O sangue de seu coração se misturou ao solo e, inesperadamente, os humanos nasceram.

Os pequenos mortais foram recebidos com alegria, e ganharam uma casa no Reino de Sol. Pela natureza de sua existência passageira, os humanos tinham mais compaixão e empatia e amavam com mais intensidade do que qualquer divindade seria capaz em uma eternidade.

Sol e Terra amavam os humanos mais do que tudo, então designaram aos deuses a tarefa de cuidar das frágeis criaturas. Era sua responsabilidade fornecer sustento aos humanos, inspirá-los e aprender com eles.

Os Ouros, os Jades e as Obsidianas discutiram de modo feroz para decidir de que âmbitos da vida dos humanos tomariam conta. Sol acabou com a briga ao moldar uma estrela de barro de sete pontas e preenchê-la com todos os poderes que os deuses pudessem possuir.

Todos se revezaram para golpear a estrela com um pedaço de madeira, mas foi o golpe de uma deusa Ouro, Lua, que a partiu ao meio. Do barro espatifado, uma chuva de estrelas se derramou.

Os Ouros agarraram as estrelas mais brilhantes, que continham as maiores responsabilidades. Os Jades escolheram, entre as estrelas menores, quais seriam mais preciosas para eles. As Obsidianas pegaram as estrelas da poeira e as esconderam nas profundezas da terra, onde o calor escaldante e a pressão de sua ganância fizeram com que suas dádivas escurecessem e se tornassem frágeis.

Água assumiu o comando dos oceanos e toda a vida contida nele. Pão Doce se tornou guardiã do lar e deu seu nome para o doce favorito dos mortais, macio, doce e colorido.

Fauna criou todos os animais, Guerreire fez os grandes felinos à sua imagem, Quetzal fez os pássaros à dela, e todos eram amados.

As Obsidianas — Vingança, Chupacabra e Caos — se enfureceram. Tinham inveja do amor de Sol pelos humanos. Em vez de celebrar a vida humana com os outros imortais, queriam que os humanos servissem a elas e as adorassem.

Caos queria de volta o mundo que conhecia antes de a ordem se impor. Chupacabra tinha sede de sangue. E Vingança arquitetou um plano para se colocar acima de todos.

Juntos, foram até Terra, que guardava o coração de Sol no centro da terra. Chupacabra mancou e gemeu, chamando a atenção do deus a fim de enganá-lo e distraí-lo enquanto Vingança e Caos roubavam o coração de Sol.

Sem o coração de Sol para aquecer o solo, as Obsidianas transformaram os humanos, que Sol e Terra tanto amavam, em criaturas insensatas, que existiam apenas para adorar às divindades.

Para salvar a humanidade, Sol subiu ao topo de seu templo e, sobre uma mesa de pedra, fincou uma adaga no próprio peito. Quando a última gota de sangue deixou seu corpo, elu reapareceu no céu como uma estrela ardente e brilhante. Assim, Sol conseguiu prender os deuses traidores no alto, sob amarras celestiais.

Na terra, o corpo de Sol virou lava, derretendo na mesa sacrificial. Elu podia manter as Obsidianas aprisionadas durante o dia, mas não havia nada que pudesse fazer para mantê-las afastadas durante a noite.

Terra se aproximou e pegou o corpo derretido de sue amade nos braços. Mesmo sentindo a pele queimar, ele esculpiu o crânio de Sol na Pedra Solar, que brilhou no topo do templo dourado. Então transformou o restante do corpo em Pedras Solares menores. Cada uma das divindades pegou uma e a colocou no topo de seu templo para impedir as Obsidianas de retornarem ao Reino de Sol.

Sol ascendeu como estrela, tomando conta da terra e trancando as Obsidianas em prisões celestiais em meio às constelações.

Toda noite as deidades traidoras tentam escapar, mas as Pedras Solares as mantêm afastadas até que Sol nasça de manhã.

Enquanto o sol brilhar e as pedras permanecerem acesas, os deuses traidores não podem retornar.

CAPÍTULO 1

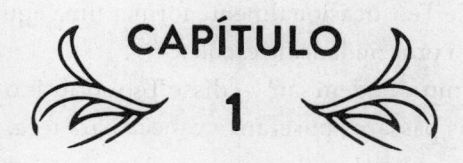

— CUIDADO! A gente não quer fazer besteira e ser pego de novo — sussurrou Teo enquanto vozes abafadas discutiam dentro da sua mochila. Depois de finalmente ser liberado da passagem habitual pela detenção, Teo estava ansioso para botar em ação o plano no qual havia trabalhado nos últimos dois dias.

Ele se preparou e correu pela rua para onde o alvo da brincadeira de hoje se erguia. Era impossível não ver o anúncio da Academia colado na parede de tijolos da escola. Em grandes letras douradas, lia-se:

Venham assistir aos melhores alunos da Academia competindo no
DESAFIO DOS SEMIDEUSES

Figuras altas formavam um arco no fundo preto do cartaz, com posturas imponentes e sorrindo para a câmera. Teo reconheceu a mulher no centro: Brilla, que havia sido coroada como Guardiã Solar no último desafio. Ao seu redor, estavam os Portadores de Sol anteriores, reconhecíveis pelas coroas douradas de raios solares que usavam na cabeça.

Teo sentiu vontade de vomitar. Pensou que, por ser forçado a ver o anúncio todo dia, o mínimo que podia fazer era acrescentar sua própria marca artística ao pôster.

Infelizmente, o cartaz estava fora do alcance de Teo — que tinha orgulho dos seus 1,77 metro, só para constar. Era aí que Peri e Pico entravam.

A maioria das pessoas na cidade de Quetzlan tinha um pássaro, mas eles eram mais do que apenas animais de estimação, eram companheiros. Existia um laço entre pássaro e humano que durava uma vida. Mas apenas

Teo e sua mãe — Quetzal, a deusa dos pássaros — podiam se comunicar com eles de modo direto.

Ou, no caso de Teo, ocasionalmente formar uma equipe com eles para depredar de leve a propriedade da escola.

— A área tá limpa. Podem sair — disse Teo ao abrir o zíper da mochila. De imediato, dois pássaros puseram a cabeça para fora. — Vocês se lembram de como se usa isso?

Teo tirou duas das menores latas de tinta spray que conseguiu encontrar na loja.

É óbvio, piou Peri.

Adoro!, emendou Pico, abrindo a tampa com o bico em um movimento ágil.

As duas marianinhas ajudavam Teo em qualquer empreitada e estavam sempre dispostas a aprontar. Haviam concordado em ajudá-lo antes mesmo de ele oferecer a manga desidratada que guardava na mochila.

Qual é o plano?, perguntou Pico, inclinando a cabeça para encarar Teo.

— Acho que eles podiam ter um ar um pouquinho mais humilde — sugeriu Teo, observando os Ouros. — Talvez umas carinhas engraçadas? Estou aberto às suas interpretações artísticas.

Boa ideia!, disseram, então levantarem voo.

— Tentem ser rápidos! — gritou Teo, conferindo a hora no celular.

Pode deixar!

A melhor parte da pegadinha era que, quando alguém descobrisse sua mais nova obra de arte, Teo já estaria no Templo Sol.

Durante o Desafio dos Semideuses, havia o maior feriado do Reino de Sol. Todos paravam para assistir à competição dos melhores semideuses, que manteriam o sol abastecido e garantiriam a segurança do mundo pelos próximos dez anos. O que havia começado como um ritual sagrado havia milhares de anos tinha se tornado um evento televisionado e patrocinado que dominava as cidades. E Teo e sua mãe eram obrigados a participar.

Teo era um simples Jade, então sabia que não havia chance de ser escolhido para competir pelu onisciente Sol — algo de que era constantemente lembrado pelos cartazes pendurados nos prédios e nos postes de luz semanas antes. Estavam por toda parte, até nas redes sociais. Era impossível escapar.

Como os pais, os filhos dos deuses Ouro eram mais fortes e mais poderosos do que os semideuses Jade. Frequentavam uma academia chique, vestiam uniformes chiques e, a partir dos sete anos, recebiam um treinamento chique para se tornarem Heróis de Sol. Sempre que acontecia uma emergência ou um desastre, eram os Ouros os convocados para ajudar.

Já Teo e os outros Jades não eram considerados poderosos o suficiente para frequentar a Academia, então ficavam limitados a ir para uma instituição pública com os mortais. A escola Quetzlan High se mantinha à base de fita isolante e cola, e o único uniforme que Teo já havia recebido eram os shorts horrorosos de ginástica verde-limão e uma camiseta cinza que não lhe servia. Enquanto os Ouros viajavam pelo Reino de Sol salvando vidas, a responsabilidade mais interessante de Teo era ser júri do show anual de pássaros de Quetzlan.

Ele estava de saco cheio de esfregarem na sua cara todos os privilégios dos Ouros.

Pico e Peri fincaram as garras no quadro, o que os deu estabilidade para manejar as latas de tinta spray e trabalhar.

Estou ficando bom nisso!, disse Pico, batendo a cabeça no apertador repetidamente enquanto disparava o spray de tinta azul-claro de maneira caótica sobre os rostos sorridentes dos semideuses Ouro.

Peri estava focada em Brilla. Quando Teo perguntou o que estava desenhando, ela anunciou, orgulhosa:

Você disse para dar caras engraçadas a eles. Não existe nada mais engraçado que um gato!

— Isso é *muito* esperto, Peri — concordou Teo.

O grafite estava uma bagunça e definitivamente parecia que havia sido feito por dois pássaros, mas como era bom ver aquelas expressões convencidas cobertas de tinta!

— Hora do toque final — Teo enfiou a mão no bolso enquanto Pico e Peri deslizavam para se empoleirar em seus ombros. Ele desdobrou um pedaço de papel em que havia rabiscado durante a detenção. — Vocês conseguem escrever isso no topo?

Ah, essa é boa, Filho de Quetzal!

Pico riu, então bicou o papel da mão de Teo e saiu voando.

O que está escrito?, Teo ouviu Peri sussurrar ao voar atrás de Pico segurando a lata de tinta spray.

Não sei. Não sei ler!

Peri segurou o papel e Pico se esforçou para recriar as palavras. Saiu um garrancho completo. Teo riu, cobrindo a boca com a mão, sem querer magoar os sentimentos do pássaro.

Isso deveria ser um círculo, não uma minhoca!, disse Peri.

Isso é um círculo!

Peri bufou. *Por que você não voa e mostra a ele, Filho de Quetzal?*, perguntou ela.

Não pede isso a ele!, ralhou Pico, beliscando Peri. *Você sabe que ele é sensível em relação às asas!*

Teo fingiu não ouvir, mesmo enquanto suas asas se flexionavam contra as amarras sob a camisa.

— Não precisa ser perfeito! — disse o garoto.

Eles precisavam entrar e sair antes que alguém os visse.

A lata de spray chiou, cobrindo o peito branco de Pico com a tinta azul pegajosa. Teo fez uma careta.

— Não grita!

Minhas penas!, guinchou Pico, batendo as asas em desalento.

— Teo?

Fomos pegos!

Abortar, abortar!

Os pássaros debandaram, e as latas de spray caíram no chão com um estrondo. Peri e Pico foram se bicando o caminho todo. Conforme o som de passos se aproximava, Teo se apressou para coletar as latas e as enfiar de volta na mochila.

Com medo de quem veria, virou-se em direção à voz. Era apenas Yolanda, uma das carteiras da cidade, acompanhada por um papagaio-diadema no ombro, que entregava cartas para os residentes através das janelas abertas.

Olá, Filho de Quetzal!, cantou o pássaro com um aceno respeitoso de cabeça.

— O que você ainda está fazendo na escola? — perguntou Yolanda.

— Só estou indo encontrar Huemac! — respondeu ele, puxando o zíper da mochila para fechá-la bem antes de correr ao encontro da garota.

Yolanda crispou os lábios e fez uma expressão de quem sabia de algo.

— Não, você não está.

Teo abriu um sorriso largo e nem tão inocente.

— Bom, agora estou?

Ela riu e fez um gesto de dispensa.

— Vai indo. E vê se tenta se comportar durante o Desafio. Huemac não é mais tão jovem quanto costumava ser.

Huemac e o povo de Quetzlan haviam criado Teo. Seu pai, mortal, havia morrido quando ele era um bebê, e sua mãe estava ocupada com as responsabilidades de ser uma deusa. A cidade havia se tornado sua família. Mesmo que ele já tivesse dezessete anos, ainda cuidavam dele. Às vezes até demais.

— Sempre me comporto bem! — gritou Teo por sobre o ombro enquanto saía em disparada para o outro lado da rua.

— Falou como um verdadeiro encrenqueiro! — A voz de Yolanda o acompanhou.

Todas as cidades do Reino de Sol eram devotadas a uma deidade. As cidades do centro eram maiores, melhores e devotadas às deidades Ouro maiores, como Água e Terra. Já cidades pequenas, localizadas nas periferias, eram devotadas às deidades Jade menores, como Quetzal.

Teo se apressou por entre as árvores da selva, entremeadas pelos prédios drapeados por videiras. Olhando de fora, parecia que Quetzlan havia perdido a batalha contra a natureza e sido engolida pela folhagem densa. Mas, apesar de estar um pouco precária, era uma cidade orgulhosa, da qual seu povo cuidava com amor.

Sua característica mais marcante era a abundância de pássaros tropicais, que pontilhavam as árvores como frutas de cores vibrantes. Estavam por toda parte, vivendo em uma parceria feliz com suas contrapartes humanas. Ali, as pessoas e a natureza estavam íntima e profundamente conectadas.

Teo abriu caminho pela multidão enquanto atravessava uma passarela de pedestres que se erguia sobre um dos muitos canais onde mercadores anunciavam produtos em barcos e canoas. Ao passar pela lavanderia, segurou a mochila sobre a cabeça para se proteger dos beija-flores de cores de pedras preciosas que davam mergulhos de bombardeio em direção aos passantes que se aproximavam demais das suas lâmpadas de rua.

A abertura oficial do Desafio dos Semideuses aconteceria naquela noite, então as ruas estavam cheias e borbulhavam com ainda mais entusiasmo do que o normal. Cartazes com os dizeres “Assistam aqui ao

Desafio dos Semideuses!" haviam sido pendurados em janelas de bares e de restaurantes ao lado de fotos de sobremesas com temática de Sol e bebidas inspiradas pela deidade. Um grande grupo de pessoas se aglomerava do lado de fora da loja de eletrônicos, assistindo às televisões em exibição. Clipes de Heróis Ouro passavam nas telas.

Teo tentou passar sem ser notado, mas agarraram sua mochila quase que de imediato.

— Teo! — Um homem de rosto arredondado sorriu, arrastando-o para junto do grupo. — Quem você acha que vai ser escolhido para competir? — perguntou o sr. Serrano, gesticulando para uma tela.

Alguns Ouros posavam e sorriam em seus uniformes imaculados ao lado de clipes de semideuses salvando pessoas de desastres. As estatísticas deles estavam listadas no canto da tela.

— Acho que o melhor dos melhores — respondeu Teo, tentando soar educado, mesmo cheio de ressentimento. Com sorte, todo mundo ali estava ocupado demais com suas teorias para perceber.

— Com certeza ume será e filhe de Guerreire — respondeu a srta. Morales, afagando o pescoço do papagaio-de-finsch que repousava em seu ombro.

— O garoto de Água é muito mais impressionante!

— Ocelo o esmagaria com um golpe!

— Sol não se importa apenas com a força!

Teo revirou os olhos e aproveitou a discussão para dar o fora. Simplesmente não conseguia escapar daquilo. Até as crianças na escola trocavam cards colecionáveis dos Heróis de Ouro e apostavam em quem seria escolhido para competir no Desafio dos Semideuses. Enchiam Teo de perguntas para obter informações internas, como se ele se importasse com os Ouros a ponto de saber o que estava acontecendo.

O semáforo abriu e Teo atravessou a rua, esquivando-se de um homem que empurrava um carrinho de *duritos* e de uma mulher que carregava uma pilha de caixas. Havia um mercadinho na esquina, entre uma loja de produtos para pássaros e outra de especiarias. Era um prédio baixo, de um tom de laranja clementina, com janelas cobertas por flyers e anúncios. Acima da porta, havia um letreiro preto com o nome *El Pájaro* escrito ao lado de um mural delicado com o desenho de um quetzal.

Na calçada, próximo à entrada, um homem descarregava caixas de um caminhãozinho com certa dificuldade.

— Eita, deixa eu ajudar! — disse Teo, correndo em direção a ele para pegar as quatro caixas em uma só mão.

Sua capacidade de carregar mais caixas do que um homem comum de meia-idade comum era outro poder, em geral inútil, que ele tinha enquanto Jade.

O homem se inclinou para trás, surpreso.

— Cuidado.

Quando Teo tirou a pilha das mãos dele, os olhos do homem brilharam. De imediato, um largo sorriso tomou conta de seu rosto.

— Pajarito! — cumprimentou, caloroso, abrindo os braços.

— E aí, Chavo. — Teo sorriu. — Precisa de uma ajudinha?

Chavo riu.

— Minhas costas não são mais as mesmas — admitiu ele, dando um tapa no ombro de Teo. Sua camisa era azul-cobalto e ele usava um colar de pequenas penas azuis do mesmo tom. — Como vai, rapaz? — Antes que Teo pudesse responder, Chavo fez uma careta de confusão. — Você não deveria estar a caminho do Templo Sol?

Teo passou mais uma pilha de caixas para a outra mão.

— Só estou passando para pegar meu pedido primeiro.

— Venha. Já está pronto! — disse Chavo, gesticulando para que o garoto entrasse no mercadinho. — Huemac não vai ficar feliz com você. — Seu olhar era brincalhão.

Teo bufou.

— Que novidade.

Atraso era atraso. E a quantidade média de atrasos não importava. Ele receberia um sermão de qualquer jeito.

Um sino tocou enquanto Chavo abria a porta.

Sem gatos!, piou uma voz raivosa.

— Oi, Macho! — cumprimentou Teo enquanto deixava as caixas no chão.

Macho, um papagaio minúsculo, veio voando e pousou na bancada.

Ah, é você, Filho de Quetzal, disse ele, abaixando a cabeça para lançar um olhar preocupado em direção à porta.

— O que o deixou todo ouriçado? — perguntou Teo enquanto Chavo se colocava atrás da bancada.

— Ah, não se preocupe com Macho. Aquele gato vira-lata anda passando por aqui esses dias.

Sempre se infiltrando e tentando roubar!, gritou Macho, com as penas azuis se agitando enquanto pulava raivoso sobre a caixa de tabaco. *SEM GATOS!*

Chavo pegou uma embalagem grande de papel. Estava tão cheia que ele teve que grampear para fechar.

— Aqui está!

— Você se lembrou dos Chupa Chups, né?

— É óbvio — disse Chavo enquanto faturava o pedido na velha caixa registradora. — Nunca esqueceria!

Teo sorriu.

— Perfeito.

— Não era brincadeira quando falou que estava fazendo um estoque.

Chavo sorriu.

— Vou precisar. — Teo tirou a carteira da mochila. — O Deus Milho não permite "açúcar refinado e lixo processado" no Templo Sol.

— Sabe, eu faria de tudo para visitar o Templo Sol — confessou Chavo, soltando um suspiro sonhador enquanto cofiava o cavanhaque. — Nunca vi um deus Ouro em pessoa.

Teo não podia culpar Chavo por ser fascinado pelos Ouros. Era raro vê-los por aí, especialmente em cidades Jade. Eram celebridades ainda maiores do que seus filhos semideuses, famosos e intocáveis. Todos os deuses governavam do Templo Sol e apenas semideuses e sacerdotes podiam fazer a jornada até a ilha no centro do Reino de Sol.

— Eu gostaria de conhecer o Deus Tormenta e agradecer a ele e à Chuva — disse Chavo, olhando para trás por cima do ombro.

Às suas costas, havia dois altares. O nicho maior era pintado em tons de turquesa e jade, com ilustrações de pássaros em devoção à mãe de Teo. No interior, havia penas de pássaros de todas as cores. O nicho menor e mais novo era pintado em espirais de azul-claro e cinza, com gotas de chuva brancas e raios amarelos. Um recorte de jornal havia sido preso com fita adesiva no interior. Chuva, a filha mais velha de Tormenta, o deus do clima, estava no centro da imagem em preto e branco, com as mãos na cintura e um sorriso no rosto.

Três anos antes, um furacão havia atingido a costa oeste do Reino de Sol. Furacões eram comuns em setembro, mas aquele havia devastado as cidades Jade a oeste, o que exigiu que os semideuses de Tormenta fossem convocados. Chuva chegou em Quetzlan e acalmou um pouco da tempestade feroz para salvar civis das ruas alagadas, incluindo Chavo e sua esposa.

— Vou falar de você se encontrar com eles — mentiu Teo enquanto entregava o cartão de débito.

— Está nervoso? — perguntou Chavo, com cara de preocupação.

O garoto franziu o cenho, confuso.

— Com o quê?

— Sabe, ser selecionado para o Desafio.

— Ah. Nem um pouco. — Teo bufou enquanto guardava o cartão e a nota fiscal no bolso do jeans. — Só estou lá por formalidade.

Ele tinha apenas sete anos quando o último Desafio aconteceu, então não se lembrava de muita coisa. O que sabia era que semideuses Jade quase nunca eram escolhidos para competir. E últime havia sido eleite 130 anos atrás, mas não saiu vive.

— Estou mais preocupado com explorar as cidades Ouro, comer tudo que conseguir e gastar todo meu dinheiro com lembrancinhas.

Ele sorriu. Os passeios e as atrações que envolviam o Desafio faziam seu coração disparar.

Mas quando Teo ergueu o olhar, Chavo ainda parecia preocupado.

— Ei… Apenas os semideuses mais poderosos e honráveis são escolhidos, lembra? — afirmou Teo, dando um soquinho no ombro do homem em uma tentativa de tranquilizá-lo. — Eu sou só um Jade.

O comentário pareceu aliviar a tensão na expressão de Chavo, e ele logo abriu seu largo sorriso, que destacava as maçãs do rosto.

— Não importa se você é um Ouro ou não. Ainda é nosso Herói, patrón.

Teo pegou a sacola e a enfiou na mochila já estufada.

— Tá bom, beleza. Vou dar o fora antes que comece a vomitar.

Chavo riu enquanto Teo dava um tapa em sua mão uma última vez.

— Você devia dar uma passada na padaria! — disse Chavo quando o garoto disparou para a saída. — Veronica fez umas conchas verdes especialmente para a Deusa Quetzal!

— Ai, cara, você sabe que não posso recusar essa — respondeu Teo com um sorriso, pensando no pão doce com cobertura de massa de biscoito.

— Vejo você daqui a duas semanas! — despediu-se Chavo.

— Eu vou contar os dias, literalmente! — respondeu Teo ao sair pela porta. O sino tocou às suas costas.

SEM GATOS!, a voz de Macho o acompanhou.

⁂

Teo já conseguia sentir o cheiro de seu destino antes mesmo de dobrar a esquina no final do quarteirão.

A rua estava lotada de gente e cheia de restaurantes, carrinhos de comida e taco trucks. O aroma escaldante de tacos al pastor era pesado e fazia cócegas em suas narinas junto ao cheiro doce de elote, um milho cozido com maionese e queijo, e o aroma picante de molho chamoy. Teo estava tão distraído com seu estômago roncando que não percebeu que havia algo de errado até a multidão se movimentar de um jeito estranho, com cabeças viradas e vozes altas.

Teo sentiu os pelos da nuca se arrepiarem e, um momento depois, uma revoada de pássaros abriu caminho pela rua. Seus guinchos preencheram o ar, e todo mundo parou para olhar enquanto as penas coloridas riscavam o céu. O garoto tentou entender o que as aves diziam, mas todas guinchavam ao mesmo tempo, em pânico e se atropelando.

Uma multidão disparou em direção a Teo, quase derrubando-o. Foi quando ele sentiu o cheiro pungente de fumaça.

Tentou ficar na ponta dos pés para ver melhor. No final da rua, fumarolas grossas e pretas se erguiam de onde era a padaria. De uma só vez, as vozes dos pássaros ficaram nítidas.

FOGO! FOGO!

Gritos humanos colidiram com os guinchos dos pássaros. A multidão avançou mais uma vez, uma onda de corpos tentando encontrar um local seguro. Teo teve que se agarrar a um poste de luz para não ser arrastado.

— Cadê a María? — perguntou uma garota, desesperada.

Teo procurou até encontrar uma menininha chorando no meio da rua. Empurrou as pessoas para abrir caminho e se abaixou à sua frente.

— Quem é María? — perguntou Teo com o máximo de calma enquanto a adrenalina disparava em seu corpo. — Sua irmã?

— Minha boneca!

Pelo amor *de Sol*.

— Preciso que você faça uma coisa muito assustadora agora, tudo bem? — pediu Teo, segurando os ombrinhos da menina para fazê-la se concentrar. — Você precisa ir para um lugar seguro e encontrar alguém conhecido. Eu vou procurar a María, pode ser? Você consegue?

O barulho de pedra se partindo cortou o ar. As janelas amplas do galpão onde a padaria se localizava explodiram, estilhaçadas.

Teo puxou a garota de encontro ao peito e se curvou sobre ela. Cacos de vidro choveram ao redor.

Depois disso ela não precisou de mais encorajamento e saiu correndo.

Teo ergueu o olhar para o prédio engolfado por chamas. Seu coração batia forte, sua respiração estava cortante e irregular. A maioria dos carrinhos de comida no beco funcionavam com gás propano. Se o fogo da padaria saísse de controle, a rua estava repleta de bombas prontas para explodir. Quanto tempo levaria para o quarteirão inteiro se desfazer em cinzas? Alguém havia chamado ajuda?

Um grito agoniado rasgou o ar.

Através da cortina de fumaça, Teo distinguiu um par de braços acenando desesperados por socorro.

Os pensamentos frenéticos de Teo se desanuviaram em um piscar de olhos, restando apenas um: alguém precisava de ajuda.

Enquanto todos fugiam das chamas crescentes, Teo correu em direção a elas.

CAPÍTULO 2

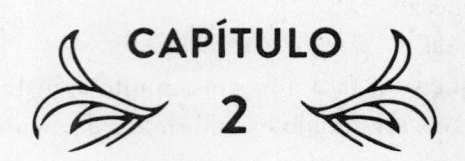

TEO DISPAROU PARA A FRENTE da padaria. A fumaça densa e preta ondulava em direção ao céu, cobrindo o sol, enquanto chamas lambiam as molduras vazias das janelas do terceiro andar.

Algo chegou voando e bateu na cabeça de Teo.

Ela ainda está lá dentro! Ela ainda está lá dentro! O anambé-branco-de-máscara-negra voava de um lado para o outro, batendo as asas freneticamente. Faixas de fuligem escureciam as penas cor de prata.

— Quem está lá dentro? — perguntou Teo, mas o pássaro estava inconsolável.

Eu a deixei! Não acredito que eu a deixei!

Impaciente, o garoto pegou o pássaro com as mãos.

— Quem?

Minha humana! Eu deixei minha humana! Teo podia sentir o coração acelerado do coitado do pássaro. *Veronica!*

Teo sentiu um buraco no estômago.

— Onde ela está?

No segundo andar!

— Me mostra!

Teo soltou o pássaro, que disparou para uma janela quebrada no segundo andar.

Aqui, ela está aqui! Por favor, ajude minha humana, por favor!, implorou o anambé.

Cada fibra do corpo de Teo o exortava a entrar. Havia uma escada de incêndio que levava direto para a janela, mas ele não sabia o que estava fazendo. Não sabia nada sobre incêndios. A ciência dos incêndios estava longe de ser uma disciplina eletiva na escola Quetzlan High.

Mas aquela era a cidade *dele*, a padaria *dele*, e havia uma concha verde esperando pela mãe *dele*. Se algum dos seus estava em perigo, ele certamente não ficaria de lado, só observando. Se não fizesse alguma coisa, Veronica morreria.

Sem um plano nem qualquer pensamento coerente na cabeça, Teo correu para a saída de incêndio.

— Merda, merda, merda — sibilou para si mesmo enquanto subia os degraus em ruínas.

Cambaleou janela adentro e foi logo engolfado pela fumaça densa e pungente. Teo tossiu, com os olhos ardendo, e se encolheu enquanto tentava ficar abaixo da linha da fumaça.

Tentou chamar por Veronica, mas seus pulmões se encheram com mais fumaça ardente.

Olhou aflito ao redor. Foi por pura sorte que avistou o topo da cabeça de alguém atrás de uma bancada. Correu até lá e encontrou Veronica caída de lado, inconsciente, mas ainda viva.

Um ruído alto cortou o ar e o piso sob os pés de Teo estremeceu um segundo antes de parte do teto ceder. Vigas fumegantes despencaram, soltando fagulhas rodopiantes e bloqueando a janela que ele havia acabado de usar para entrar. Línguas de fogo lambiam a madeira e rastejavam pelo chão. A tinta nas paredes borbulhava à medida que a temperatura subia.

Teo sabia que não se deve mover alguém inconsciente, mas parecia um momento oportuno para uma exceção.

Ele pegou Veronica e a ajeitou nos braços com facilidade, mas quando tentou se espremer por entre as vigas caídas para chegar à janela, seus braços roçaram nas brasas quentes. Ele deu um passo assustado para trás enquanto o sangue cor de jade emergia na pele chamuscada. Não dava para apagar o fogo nem abrir uma parede na base da força para sair. O melhor que podia fazer era encontrar um lugar para se abrigarem das chamas, mas as opções eram limitadas.

Pensando rápido, Teo levou Veronica para a câmara fria aberta segundos antes de uma viga desabar onde ela estava deitada. No interior, os contêineres de plástico começaram a derreter, mas pelo menos isso daria algum tempo a eles.

— É Marino! — gritou alguém do lado de fora.

Se Marino estava presente, significava que os Ouros haviam chegado. Alívio e medo se retorceram no estômago de Teo. Significava que Aurelio e Auristela estavam aqui também.

Outra janela se espatifou enquanto água jorrava para dentro. O vapor escaldante ondulava. Teo tentou gritar, mas sua garganta estava tão dolorida que ele só conseguiu tossir. Mesmo esse ruído era abafado pelo spray de água de Marino.

Teo precisou proteger Veronica e a si mesmo do vapor. Agarrou a porta de aço inoxidável e a fechou para que agisse como um escudo. Puxou Veronica para o fundo da câmara fria, mas o fogo avançava rápido. Dava para ouvir o sibilo do vapor e dos jatos de água, mas as chamas já lambiam a parte inferior da porta, prestes a alcançá-los.

— *Socorro!* — Teo finalmente conseguiu gritar.

De repente, as chamas sob a porta desapareceram, como se houvessem sido sugadas. Ele ouviu vozes dentro do galpão, abafadas pela porta de aço.

— *Estamos aqui!* — gritou com a voz cansada.

— Ah, merda! — Ele ouviu Marino, Filho da Água, dizer. — Acho que tem gente lá dentro!

Três pares de passos se aproximaram correndo. A porta foi arrancada das dobradiças. Teo desabou. Através da névoa de vapor, três figuras surgiram.

— Você está bem? — perguntou um garoto, cujo corpo possuía uma estrutura óssea forte e um formato robusto, entrando depressa no freezer. Não havia sequer uma gota de suor na pele marrom de Marino.

Teo só conseguia assentir enquanto sentia o peito inflar contra o binder e tentava desesperadamente inspirar ar fresco.

Uma garota passou por Marino. Seus olhos cor de âmbar miraram Veronica antes de se voltarem para Teo, então se semicerraram.

— Ela está viva? — perguntou Auristela, Filha de Fogo, como se ele estivesse mantendo a padeira inconsciente como prisioneira ou algo assim.

Teo assentiu mais uma vez.

Ela se aproximou, ergueu Veronica e a colocou sobre os ombros, como uma bombeira, depois foi direto para a saída.

Veronica ficaria bem. O alívio que inundou Teo provocou um estremecimento. Seus olhos ardiam tanto por causa da fumaça que ele mal conseguia enxergar através das lágrimas e dos cílios chamuscados.

— Você vai ficar bem — disse Marino. Ele se ajoelhou ao lado de Teo, cobriu suas mãos com as dele e conjurou dois jatos nas palmas, como um colírio improvisado. — Vir para cá foi uma atitude muito corajosa ou muito idiota, Menino Pássaro.

— Gosto de arriscar — respondeu Teo, quase em um chiado, então se abaixou para lavar os olhos. A água fria doía e acalmava.

— Ele está bem? — perguntou uma terceira voz. Teo sentiu um aperto no peito.

— Vai ficar — respondeu Marino, dando tapinhas um pouco fortes demais nas costas de Teo.

Ele se sentou e enxugou a água do rosto. Um par de mãos fortes o puxou para que ficasse de pé. O garoto piscou até enxergar melhor e se deparou com um par de olhos castanhos como cobre encarando-o de volta. Aurelio, Filho de Fogo, franziu o cenho.

As feições de Auristela eram mais suaves, e o nariz de Aurelio era mais largo, mas os dois eram inegavelmente gêmeos. Tinham o mesmo corte de cabelo — um undercut com o cabelo amarrado na parte de trás da cabeça — e até o cropped justo dos uniformes era similar, exceto pelas faixas douradas que Aurelio usava nos antebraços e das luvas com pontas de sílex que cobriam o polegar e o indicador.

— Você está bem? — perguntou ele.

— Estou — respondeu Teo, ríspido, mas estava bambo, no mínimo. Seus braços tremeram sob a pegada firme de Aurelio. Ele tentou se desvencilhar, mas o guerreiro o segurou com força.

Aurelio era a última pessoa que Teo queria ver naquele momento, especialmente em um estado tão deplorável. Não falava com Aurelio havia anos e não estava interessado em retomar o contato.

— Você está tremendo — respondeu Aurelio, a voz tão fria e calculista como sempre. — Pode estar em choque.

Teo tentou dar uma risada sarcástica.

— Você está sendo dramático.

— Consegue andar?

— É óbvio. — Teo deu um passo, mas seus joelhos cederam.

Aurelio o segurou em um gesto ágil. Apoiou o braço de Teo sobre seus ombros e enganchou o braço ao redor da cintura do garoto. A proximidade repentina disparou um choque pelo corpo de Teo. Sua respiração falhou, o que o deixou ainda mais irritado.

— Não preciso da sua ajuda — protestou Teo, mesmo enquanto Aurelio o guiava para fora da câmara.

— Precisa, sim — retrucou o outro.

Teo teria preferido uma réplica sarcástica, aborrecida ou até mesmo raivosa em vez da resposta irritantemente plácida que recebeu. Já era ruim o suficiente que os Ouros tivessem aparecido, mas pior ainda era saber que Aurelio estava certo: Teo precisava da ajuda deles.

Enquanto desviavam dos destroços fumegantes, o pé de Teo pisou em algo macio. Sob o sapato, viu uma boneca com fitas no cabelo, uma blusa costurada a mão e uma saia colorida.

— Espera. — Teo firmou o pé, e Aurelio parou.

— O que foi? — perguntou ele, o cenho espesso franzido.

Teo ignorou e se abaixou para pegar a boneca. Estava meio ensopada e precisaria de uma boa lavagem, mas, no geral, estava intacta.

Aurelio fez uma careta de desaprovação.

Teo sentiu as bochechas esquentarem.

— Falei para uma garotinha que resgataria para ela.

Aurelio balançou a cabeça, como se não entendesse.

— É uma boneca. Não importa.

Talvez Aurelio estivesse certo, mas Teo nunca daria essa satisfação a ele.

— Para *você* não importa, mas para ela sim — retrucou.

— É só um brinquedo...

Teo soltou uma risada cortante.

— Eu não esperaria que *você* entendesse.

Teo estava pronto para discutir — na verdade, queria discutir —, mas Aurelio apenas o encarou por um momento, então balançou a cabeça e desviou o olhar. Praticamente carregou Teo ao descer a escada de incêndio de volta para a rua, onde os caminhões dos bombeiros e as equipes com câmeras haviam se reunido.

Ótimo. Agora teriam provas fotográficas de que ele havia precisado ser resgatado por *Aurelio*. Preferiria ter sido engolido pelas chamas.

Veronica foi levada em uma maca sobre rodas para uma ambulância. Seu companheiro anambé perambulava, nervoso, sobre suas pernas. Aurelio soltou Teo apenas quando os paramédicos o carregaram. O guerreiro se afastou e levou junto seu calor corporal escaldante, deixando Teo tremendo enquanto os paramédicos cuidavam dele. Por sorte, semideuses se curavam depressa graças ao sangue divino.

Um grupo de cidadãos preocupados se reuniu ao seu redor.

— Fico feliz que esteja bem, Teo — disse alguém.

— Sua mãe vai ficar tão preocupada!

— Isso foi perigoso. Você devia ter esperado os Heróis!

Teo não estava com energia para responder, então apenas observou discretamente enquanto Aurelio se unia a Auristela e Marino. Os outros dois sorriram para as câmeras e para os repórteres frenéticos que os enxamearam como abelhas, mas Aurelio ficou para trás, massageando a palma com o polegar.

Uma mistura estranha de raiva, rancor e alguma coisa elétrica que Teo não conseguia definir se espalhou por todo seu corpo. Quando Aurelio lançou um olhar em sua direção, Teo se virou depressa. Cerrou a mandíbula enquanto a sensação dançava sobre sua pele.

Vasculhou a multidão nas margens da rua e viu a garotinha com o rosto enterrado quase que por inteiro na saia da mãe que tentava tranquilizar a filha. Teo se aproximou e se ajoelhou diante dela.

— Essa é a María? — perguntou em um tom gentil, com um sorriso cansado.

A garota ergueu o olhar e, hesitante, pegou a boneca. Em um piscar de olhos, um sorriso largo iluminou o rosto molhado de lágrimas.

— Você salvou a María! — A garota agarrou Teo com força, jogando os braços ao redor de seu pescoço.

Uma risada surpresa ribombou no peito do garoto.

— Nosso Herói! — disse a mãe da menina, soltando um suspiro aliviado.

A curva amarga de sua boca foi escondida pelos cachos da garota. Herói. Até parece.

Depois de convencer os paramédicos e todo mundo de que estava bem, Teo pegou o caminho de casa. Àquela altura, estava condenado a ouvir um sermão maior do que todos os sermões de Huemac.

Todos os templos do Reino de Sol tinham o formato de U e várias escadas externas que levavam ao observatório do altar principal. A aparência dos templos dependia da divindade e da cidade, mas todos abrigavam uma Pedra Solar — o pedaço de Sol que fornecia luz e proteção contra as ameaças aprisionadas entre as estrelas. À noite, dava para ver os raios das Pedras Solares a muitos quilômetros de distância.

No momento, era apenas um lembrete ofuscante de que o Desafio dos Semideuses havia começado algumas horas antes e de que Teo estava *muito* atrasado.

O Templo Quetzal ficava no meio da cidade e podia ser visto de quase toda parte. Era pintado de um tom quente e vívido de amarelo, com muitos arcos para que os pássaros circulassem com tranquilidade. Em dias normais, Teo adorava observar os mosaicos enormes de aves tropicais feitos com ladrilhos coloridos, mas hoje as imagens pareciam se assomar sobre ele enquanto o garoto se apressava em direção ao pátio.

O esvoaçar de asas ecoou e o canto de pássaros soou para receber Teo enquanto as aves voavam entre as copas das árvores. Em instantes, ele foi engolfado. Beija-flores com cores de pedras preciosas zuniam em seus ouvidos e um par de tucanos saltava alegres aos seus pés, cantando cumprimentos.

— É bom ver vocês também. — Teo riu, tentando não fazer uma careta e magoar sem querer os sentimentos do papagaio rosa-pêssego que chiava feliz em seu ombro.

— Ai — sibilou ele, encolhendo, quando uma emberiza de barriga rosa expressou seu amor ao puxar uma mechinha do cabelo escuro de Teo.

— Sai, sai. Deixa ele em paz! — ordenou Claudia.

Em um revoar de penas, os amigos de Teo se dispersaram.

— Eles agem como se eu tivesse sumido por dias. Obrigado por me salvar — agradeceu ele com um sorriso distraído.

A mulher trajava os robes turquesa típicos dos sacerdotes de Quetzlan.

— Não agradeça a mim. — Claudia bufou. Seu olhar severo combinava com o coque firme. — Você está com uma cara péssima, e Huemac estava te procurando. Você está *muito* atrasado... Não deixe sua mãe esperando. — Ela deu um tapa em seu ombro.

— Já vou, já vou!

Teo sorriu, sem se dar ao trabalho de manter a expressão séria enquanto dançava para fora de vista. Disparou sobre o piso molhado, os tênis sujos deixando pegadas pretas enquanto um sacerdote passava pano nas pedras antigas.

— Teo! — recriminou o sacerdote, tristonho.

— Desculpa! — gritou ele de volta, com uma inclinação de cabeça, sentindo-se culpado.

Quase esbarrou em outro sacerdote que carregava uma bandeja larga repleta de frutas, sementes e insetos. Um quetzal aguardava paciente no ombro do homem, enquanto um tucano parecia em casa sobre uma pilha de maracujás e beija-flores estavam envolvidos em uma briga barulhenta no alto.

Teo passou por cachoeiras minúsculas que se derramavam sobre rochas vulcânicas para dentro de piscinas de água cristalina cheias de nenúfares. Pássaros se sacudiam na água, e as gotas brilhavam sob a luz do sol em suas penas multicoloridas.

Ele virou uma esquina e deu de cara com Huemac, que o esperava de braços cruzados. O homem estava sobre os amplos degraus de pedra que levavam ao observatório, rodeado por um grupo de sacerdotes. Seu companheiro quetzal, Cielo, estava empoleirado em seu ombro.

— Huemac — cumprimentou Teo, com os braços abertos e um sorriso mais largo ainda. — Você não me recebe em casa depois da escola desde que eu era criança! Não tem coisas mais importantes para fazer? — perguntou com o máximo de inocência que conseguiu fingir.

— Sim, tenho — concordou Huemac, com um olhar mortificante e os lábios finos comprimidos em uma linha.

Huemac era alto e ossudo, com a pele enrugada pelo sol. Sua expressão perpetuamente exasperada parecia ficar mais carregada sempre que Teo entrava no recinto. Vestia os robes cor de esmeralda que o marcavam como o sacerdote-chefe de Quetzlan. Uma haste de jade atravessava seu septo, e uma das penas da cauda de Cielo pendia até seu ombro de um alargador também de jade na orelha esquerda.

— Andou ouvindo as estrelas? — arriscou Teo, uma vez que sempre encontrava o sacerdote-chefe curvado atrás do telescópio.

— Planetas — corrigiu Huemac, ajeitando o pedaço de jade gravado com o glifo Quetzal que pendia de seu pescoço.

— E o que os planetas têm a dizer hoje?

— Que você está atrasado.

— Você precisa de um telescópio para saber disso? A maioria das pessoas usa um relógio.

— E que você quase se matou — acrescentou ele, olhando Teo de cima a baixo.

— Os planetas sabem do incêndio? — perguntou Teo, impressionado.

— Você também está coberto de fuligem — disse Huemac.

O garoto estalou a língua e apontou o indicador para o sacerdote irritado.

— Aí você me pegou!

— Isso não é uma piada, Teo — repreendeu Huemac, a voz se tornando cortante de repente.

O sorriso de Teo se dissipou.

— Eu sei que não.

Vincos profundos se formaram entre as sobrancelhas do homem mais velho.

— Você podia ter se machucado, ou pior: colocado a vida dos outros em perigo.

Teo bufou.

— O que eu deveria ter feito? Ficado parado observando enquanto...

— Você *não* é um Herói, Teo — interrompeu o Huemac.

A boca de Teo se fechou.

Era verdade, ele não era um Herói. Mas não era como se alguém houvesse dado a ele a chance de ser. Teo estava destinado à vida sem graça de servir a mãe como um sacerdote especial. Só de pensar já sentia o pulso disparar, sentia que estava preso. Não queria ficar confinado em Quetzlan pelo resto da vida e nunca ter a chance de ver o mundo ou encontrar algo em que fosse realmente bom.

Huemac fechou os olhos e apertou a ponte do nariz, então inspirou longa e lamentosamente.

— É responsabilidade dos Heróis proteger as pessoas do Reino de Sol. E é *minha* responsabilidade proteger *você,* encrenqueiro.

Uma responsabilidade que o sacerdote sem dúvida odiava.

— Suba e cumprimente sua mãe. Não a faça esperar mais do que já esperou — ordenou Huemac com uma voz cansada. — Vamos encontrá-los lá com suas insígnias.

Então se virou e voltou para o templo, deixando Teo se sentindo como uma criança repreendida.

O garoto respirou fundo antes de colocar a mochila nos ombros e começar a longa subida para o observatório. Havia tentado convencer Huemac a instalar uma escada rolante, mas o sacerdote-chefe apenas bufara, indignado, e citara a tradição, a santidade do templo antigo e blá-blá-blá.

Finalmente chegou ao topo e entrou no observatório de vidro com moldura dourada. Dava para ver toda Quetzlan lá embaixo. Uma mancha cinza pairava no ar onde o incêndio havia acontecido. O observatório abrigava os preciosos quetzais de Huemac, a alegria e o orgulho de Quetzlan. Os pássaros de tons vibrantes de azul e verde estavam empoleirados sobre equipamentos antigos de astronomia, como esferas armilares manchadas e relógios solares de jade. Do alto de telescópios, as aves limpavam as penas cor de rubi do peito e comiam de tigelas douradas com os bicos curtos e amarelos.

O altar principal ficava no meio do observatório. Era rodeado por velas de diferentes tamanhos e formatos sustentadas por longos candelabros dourados. O glifo de sua mãe ficava bem no centro. A pedra de três metros quadrados de jade imaculada fora esculpida para se parecer com um quetzal em pleno voo — as asas abertas e as longas penas da cauda curvadas para dentro enquanto o bico pequeno apontava para o alto.

Pairando sobre o glifo estava a Pedra Solar, girando devagar no ar. Era brilhante demais para se olhar diretamente, mas antes que Teo queimasse as retinas, conseguiu ter um vislumbre da superfície lisa, que parecia ondular com luz, emanando minúsculas labaredas. Reluzia um feixe radiante de luz em direção ao céu, que desaparecia em algum lugar no meio das nuvens.

Ele passou por um garotinho que segurava com força uma benção da mãe de Teo: uma pena de uma araracanga. Deuses Jade eram os únicos que davam suas bênçãos em pessoa. Os deuses Ouro eram ocupados demais e deixavam que os sacerdotes lidassem com os mortais.

Teo se demorou em um canto, desconfortável, sem querer interromper enquanto sua mãe dava uma longa pena verde e cintilante para uma mulher mais velha. Quetzal cobriu sua bochecha com a mão e falou de modo suave enquanto a mulher sorria, com os olhos marejados.

Enquanto uma sacerdotisa acompanhava a mulher para fora, Quetzal se virou. Ao ver o filho, um sorriso radiante iluminou seu rosto.

— Aí está você! — exclamou ela, com alívio na voz melodiosa.

— E aí, mãe — respondeu ele, sentindo o peso da culpa.

Quetzal era a beleza em pessoa, tão vibrante quanto os pássaros que a rodeavam. Em vez de cabelo, longas penas emolduravam seu rosto. Os tons de azul e verde brilhantes da coroa mesclavam-se até se tornarem de um marrom-escuro à medida que as penas se alongavam por suas costas. Uma gargantilha feita de penas banhadas a ouro adornava a base da mandíbula e se abria sobre sua clavícula. Brincos feitos de minúsculas penas de beija-flores em magenta, roxo e vermelho-rubi pendiam de suas orelhas.

— Você está atrasado — observou ela, então puxou o filho para um abraço e um apertão, cobrindo-o. Todos os deuses tinham mais de dois metros de altura, e sua mãe não era exceção.

— Desculpa — disse Teo, devolvendo o abraço. As penas da mãe faziam cócegas em seu nariz. — Tive que resolver uma coisa.

O corpete do vestido de Quetzal era adornado com penas escarlate de arara e o restante fora confeccionado com plumagem verde brilhante, ciano e azul-safira. A abertura nas costas deixava as asas enormes completamente expostas. As de Teo eram desajeitadas e batiam em tudo se não estivessem amarradas, mas as asas de sua mãe se dobravam com elegância nas costas e nunca ficavam no caminho.

— Me disseram que houve um incêndio — acrescentou a deusa, dando recuando um passo para avaliá-lo. — Seu braço! — Ela se sobressaltou, e os dedos delicados percorreram uma queimadura no cotovelo dele.

Teo tentou puxar a manga para cobrir.

— Não é nada demais. Já está sarando.

Quetzal suspirou, mas sorriu.

— Bom, agradeça a Sol por isso. — Sua pele era marrom-escura como a de Teo, e ele também havia herdado os olhos grandes e igualmente escuros. — Huemac e eu ficamos *muito* preocupados.

Teo tinha sérias dúvidas sobre a primeira parte.

— Desculpa.

Quetzal afastou o cabelo bagunçado do rosto do filho com um gesto carinhoso.

— Só estou feliz por você estar bem — disse ela, sorrindo. — Ainda bem que Marino, Auristela e seu amigo Aurelio chegaram a tempo.

— Ele não é meu *amigo* — retrucou Teo, com mais aspereza do que queria, mas incapaz de conter a raiva diante da mera menção a Aurelio.

Sua mãe lhe lançou um olhar desapontado, mas, por sorte, Huemac e os outros sacerdotes apareceram bem na hora.

— Dispa-se. Vamos trocar suas roupas — disse Huemac.

Uma enxurrada de movimentação os engolfou. Quetzal saiu do caminho enquanto um espelho e uma arara de roupas eram trazidos.

— Direto ao ponto, hein? — murmurou Teo. Um sacerdote mais novo aproveitou a oportunidade para tirar a mochila de suas costas. — Cuidado, tem coisas importantes aí dentro.

Huemac levantou uma sobrancelha.

Teo pigarreou.

— Sabe, dever de casa e tal. Vou precisar durante a viagem. Posso pelo menos tomar um banho? — perguntou ele antes que o sacerdote fizesse mais perguntas.

Em resposta, colocaram uma bacia larga de prata cheia de água e um pano de rosto à sua frente.

Teo fez uma careta.

— Só isso?

— Se você tivesse chegado a tempo, poderia ter tomado um banho — afirmou Huemac enquanto juntava as mãos em um gesto calmo e aguardava ao lado de Quetzal.

O garoto mergulhou a toalha na bacia e, de imediato, soltou um sibilo entredentes.

— A água está *congelando*!

— Se você tivesse chegado a tempo...

— É, é, eu sei. Posso fazer essa parte sozinho, obrigado! — acrescentou ele, agitando as mãos quando um sacerdote tentou ajudá-lo. — Será que posso ter um pouco de privacidade? — perguntou ao público enquanto abria o cinto.

Em um piscar de olhos, uma sacerdotisa trouxe uma tela para que Teo se trocasse. O garoto se apressou em esfregar a fuligem das bochechas e dos braços.

Em geral, ele podia participar dos vários feriados e celebrações com uma camisa bonita e calça social, mas, como o Desafio dos Semideuses era a cerimônia mais importante e acontecia apenas uma vez por década, a situação era um pouco mais exigente.

— Não sei por que preciso me arrumar todo — resmungou Teo enquanto vestia as calças charro de um tom vívido de azul e verde com penas douradas bordadas nas costuras externas.

— Porque você é um semideus e vai estar lá para representar a Deusa Quetzal e toda a cidade de Quetzlan — respondeu Huemac em um tom aborrecido.

Teo grunhiu.

— Você vai poder passar uma semana e meia com Niya! — sua mãe informou.

Além de visitar as cidades, essa era, de fato, a *única* vantagem. Mas Niya era uma Ouro, e uma das poderosas, então havia uma boa chance de ser escolhida para competir. Nesse caso, Teo não passaria tempo algum com ela. Ser eleito para o Desafio era uma grande honra, óbvio, mas também extremamente perigoso.

E sempre mortal.

Teo tentou ao máximo ignorar o estômago se retorcendo só de pensar na melhor amiga envolvida na competição. Tirou a camiseta com dificuldade e reajustou o binder, depois saiu detrás da tela.

Quetzal deu seu melhor para continuar sorrindo, mas Teo percebeu a expressão da mãe suavizando e o modo como os olhos dela recaíram sobre seu peito por uma fração de segundo.

Ele ficou tenso. Dois anos antes, quando tinha quinze anos, Teo percebeu que era um garoto. Havia começado a terapia de hormonização e feito a mamoplastia masculinizadora, o que o ajudou a se sentir mais à vontade no próprio corpo. Até gostava das cicatrizes da cirurgia — eram como um sinal de que ele era durão. Os binders eram para o par de asas com o qual havia nascido. Quando era pequeno, não pensava muito nelas, mas isso mudou quando Teo começou a frequentar a escola. Seus colegas de classe as encaravam o tempo todo e riam sempre que o garoto esbarrava em algo sem querer. Mas a pior parte era o *toque*.

As crianças de sua turma nunca conseguiam se segurar. Até os professores ficavam hipnotizados, chegando a tocar as penas e a comentar a sensação. Teo odiava a atenção e o modo como isso o fazia se sentir um animal solitário em um zoológico.

Como se não fosse ruim o suficiente, as asas também foram a fonte das primeiras experiências de Teo com a disforia. Não tinham a cor brilhante de azul e verde dos quetzais machos, mas o marrom acinzentado com detalhes em verde das fêmeas. Quase na mesma época em que Teo percebeu que era um garoto, as asas começaram a trocar de plumagem.

Com a ajuda de alguns sacerdotes, Teo confeccionou binders para conseguir manter as asas escondidas, apertadas contra as costas com a ajuda de faixas cruzadas de elastano preto. Quanto mais o garoto tentava contê-las, mais elas pareciam revidar. Teo só as deixava livres para dormir ou tomar banho, mas fazia de tudo para não olhar para as penas sem graça e os grandes buracos depenados.

— Tem certeza de que não quer tirar isso? — perguntou Quetzal em um tom gentil.

— Mãe — disse Teo, tenso. Não queria ter essa discussão de novo, em especial na frente de Huemac, que pelo menos teve a educação de se ocupar em aplicar um bálsamo na queimadura no braço do garoto.

— Não dói? — perguntou Quetzal, passando os dedos com delicadeza sobre uma porção de penas expostas entre as faixas.

— Não — mentiu Teo, desvencilhando-se do toque.

A verdade era que doía. Era como ter um segundo par de braços algemados nas costas. Mesmo assim, não era nada comparado à disforia desesperadora que o sufocava sempre que ele via as asas.

Huemac entregou uma túnica vermelha e sem mangas, que um sacerdote ajudou Teo a vestir sobre o binder. Antecipando a recusa do garoto de deixar as asas para fora, Huemac jogou sobre seus ombros uma capa feita das mesmas penas azuis e verdes do vestido de sua mãe.

A peça mais pesada era o peitoral. O ornamento central do colar era o glifo de Quetzal pintado de dourado em um grande jade adornado com contas de ouro, turquesas e jades menores. Teo desequilibrou um pouco, mas Huemac o segurou no lugar.

Por último, o sacerdote-chefe mostrou um aro adornado com penas cintilantes de cauda de quetzal.

— Ah, Huemac, é lindo! — Quetzal abriu um sorriso radiante, com as mãos unidas sobre o peito.

Huemac costumava ser um homem muito reservado, que se orgulhava da humildade, mas Teo reparou em como o canto de seus lábios se mexeram e no tom leve de vermelho que tingiu suas bochechas ao ouvir o elogio.

— Obrigado, Deusa — disse ele, posicionando o aro na cabeça de Teo.

Mas assim que Huemac deu um passo para trás, o presente deslizou para a testa do garoto.

— Um pouquinho grande, não acha? — disse Teo, tentando tirá-la dos olhos.

A expressão satisfeita de Huemac desapareceu por completo.

— Se você tivesse aparecido a tempo, poderíamos ter arrumado.

— Você está *tão* bonito, Teo! — cantarolou Quetzal enquanto dava a volta ao redor do filho, animada, e fazia pequenos ajustes.

Teo se deu uma olhada no espelho e tentou achatar o cabelo cacheado castanho-escuro. Não estava com uma aparência *feia*, era apenas... *exagerado*. Mas ele era um semideus, e a elegância cerimonial vinha no pacote. Teo não queria magoar os sentimentos da mãe e, por mais que gostasse de provocar Huemac, sabia o quanto aquilo significava para os dois.

Então sorriu e deu um tapinha nas costas do sacerdote.

— Está ótimo.

Huemac deu um pequeno aceno de cabeça. Foi o gesto mais próximo de um sorriso que Teo já havia recebido do sacerdote, então considerou uma vitória.

— Está ficando tarde — avisou Quetzal, ainda se inquietando com as penas da capa de Teo. — Tenho que voltar para o Templo Sol.

— Iremos agora e a encontraremos lá, Deusa — afirmou Huemac.

Quetzal sorriu.

— Obrigada, Huemac. — Ela segurou o queixo de Teo e deu um beijo em sua bochecha.

— Aff, mãe — resmungou Teo, enxugando o local com as costas da mão.

— Vejo vocês em breve! — despediu-se ela e, em um clarão de luz, desapareceu.

— Espera, e as minhas coisas? — perguntou Teo enquanto os sacerdotes levavam a arara e o espelho.

— Já arrumamos tudo nas malas para você. O barco está pronto — respondeu Huemac, conciso, então seguiu os outros sacerdotes em direção às escadas.

— Não esquece minha mochila!

Huemac pegou a mochila surrada do chão, pesando-a.

— Dever de casa? — perguntou ele, olhando de soslaio.

Teo assentiu vigorosamente. O aro deslizou para sua testa.

— Muito dever de casa — concordou ele, afastando as penas dos olhos.

Huemac soltou um suspiro profundo.

— O Desafio é o evento mais importante de que você vai participar. Não crie problemas, garoto.

Teo encarou Huemac com os grandes olhos escuros.

— Eu? — Sua voz falhou ao dizer a palavra. — Jamais!

Com um grunhido descontente, o sacerdote-chefe se virou.

— Isso é por causa do que aconteceu no Dia dos Mortos? Porque aquilo foi um acidente! Eu me desculpei com o Deus Milho! — Quando o homem não parou, Teo correu atrás dele pelas escadas. — Cabelo cresce de novo!

CAPÍTULO 3

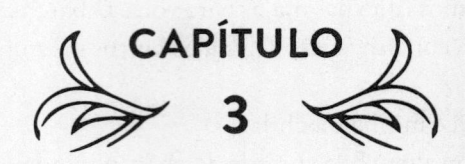

MILHARES DE VIAS NAVEGÁVEIS conectavam as cidades do Reino de Sol. Rios amplos permitiam a passagem de grandes embarcações de transporte e carga com produtos e pessoas entre as comunidades, já os canais menores forneciam drenagem, irrigação e água a nível local. Mesmo com carros e transporte público, a viagem de barco ainda era o único modo de se chegar ao Templo Sol.

A comitiva Quetzlan de Teo e dos sacerdotes era pequena e cabia em uma única *trajinera*, um barco de fundo plano com cerca de sete metros e meio de comprimento e um metro e oitenta de largura. Era de madeira e pintado com desenhos intrincados nas cores vibrantes características de Quetzlan, com um teto curvado que os protegeria do sol escaldante e dos aguaceiros errantes enquanto viajavam pelos microclimas do Reino de Sol.

Um sacerdote na ponta do barco empurrava o assoalho erodido de ardósia dos canais de Quetzlan com um remo comprido. A cidade estava localizada a extremo oeste de Sol, portanto a longa jornada terra adentro ao longo do Rio Água cortava outras cidades Jade. Salvo alguns dos vizinhos de Quetzlan, Teo havia visto pouco do Reino de Sol. Durante anos, apenas vislumbrara a peregrinação à ilha da divindade solar.

Havia Maizelan, com sua meticulosa colcha de retalhos de fazendas e pomares. O templo da cidade se agigantava à distância: videiras escuras pontilhadas por tomates vermelhos e pimenta *chili* de todos os formatos e tamanhos reluziam como joias. Em seguida, passaram por Médicali, com seus prédios altos de vidro, onde o templo da Deusa Médica funcionava como um hospital universitário.

A única cidade Ouro que cruzaram foi a luxuosa Puerto Cascadas. Os canais eram largos e cheios de embarcações grandes e moinhos usados como fontes de energia renovável. O templo da Deusa Água — difícil de ver entre os arranha-céus reluzentes de vidro — fora construído com pedra polida coberta por musgo, e cachoeiras se derramavam de ambos os lados.

A hidrovia se abriu e dezenas de *trajineras* se espalharam à frente deles no gigantesco lago que ficava no coração do Reino de Sol. Multidões se reuniram em pontes brancas estaiadas que pareciam futuristas em comparação aos arcos de pedra de Quetzlan. Gritos de celebração se avolumaram conforme o filho de cada patrono passava, mas diminuíram consideravelmente na vez da minúscula *trajinera* de Quetzal.

O Templo Sol ficava em uma ilha rodeada por montanhas escarpadas que funcionavam como uma muralha. Ponto mais alto de todo Reino de Sol, tinha facilmente três vezes o tamanho do templo de Quetzlan e era todo de ouro. A Pedra Solar estava abrigada no observatório ao ar livre, no topo, emanando um poderoso raio de luz.

A velocidade diminuiu conforme as *trajineras* se reuniram, alinhando-se em uma das muitas cachoeiras que desciam em cascata das montanhas.

— Será que eu poderia fingir que estou doente e pular a cerimônia de abertura? — perguntou Teo, sentindo o temor crescer à medida que as montanhas assomavam.

Huemac considerou por um momento, apenas o suficiente para dar alguma esperança ao garoto. O que Teo não imaginava era que o sacerdote dissesse:

— Niya vai ficar bem, Teo. Você não precisa se preocupar com ela.

Teo o encarou. Será que Huemac havia obtido a habilidade de ler mentes? Entre os poderes que herdavam dos pais divinos, cada semideus Ouro possuía uma habilidade específica em que era melhor e que aprimorava enquanto treinava na Academia. Como semideusa do deus da terra, Niya podia manipular metais e rochas com nada além do pensamento. Também era ridiculamente forte, mesmo para os padrões Ouro.

— Não estou preocupado com ela — mentiu ele, tentando se recompor às pressas.

Huemac não pareceu acreditar, mas pelo menos teve a decência de não retrucar.

— Não, você não pode pular a cerimônia.

Teo bufou, soprando para o alto o aro pendendo em sua testa.

— Não custava perguntar.

Por fim, chegara a vez deles. Mesmo que Teo já tivesse atravessado a barreira encantada para o Templo Sol centenas de vezes, a visão ainda o deixava sem fôlego. Um pouco antes de a frente do barco ser encharcada, a cachoeira estrondosa se abriu devagar para que passassem. Quando era pequeno, Teo gostava de gritar e ouvir o eco de sua voz, mas não fazia mais isso desde um acidente particularmente desastroso com um morcego, depois do qual Huemac o havia deixado de castigo por uma semana.

Assim que atravessaram, a ilha apareceu. O Templo Sol era antigo e nunca havia sido reformado ou industrializado como as cidades externas, mas ainda estava intacto. O templo dourado era coberto por esculturas complexas do sol, dos planetas e de várias constelações.

Quando chegou a hora de desembarcar, os sacerdotes, em seus robes brancos bordados com o glifo solar de Sol, vieram a bordo para ajudá-los a descarregar e a levar seus pertences para o lugar onde passariam a noite.

Seguiram pela estrada principal, misturando-se à multidão. Teo virava o pescoço à procura de Niya, mas Huemac puxava sua capa e o arrastava de volta para a fila.

Quando chegaram ao pátio, mais sacerdotes os cumprimentaram. Através das portas do templo, uma grande escadaria descia para o salão principal. Uma estátua enorme se erguia no centro — um gigantesco sol dourado com constelações gravadas na superfície lisa. Multidões de semideuses e sacerdotes estavam reunidos em pé ao redor de mesas, um mar de robes e vestimentas coloridas. Risadas, música e o aroma da comida enchiam o ar.

Enquanto as pessoas socializavam, os filhos do Deus Mariachi performavam na base dos degraus. Parte estava vestida em ternos pretos com chapéus de abas largas combinando e batia as botas em um ritmo pesado e percussivo, parte dançava e sacudia as saias de babados como piões coloridos girando. Pequenos clarões de raios refletiam no cabelo e na barba encaracolados e grisalhos do Deus Tormenta enquanto ele ria de algo que o Deus Mariachi havia dito.

Rodeado por Jades e Ouros, Teo sentiu como se estivesse enjaulado. Semideuses Jade eram isolados em suas próprias cidades e não se misturavam muito. A verdade humilhante era que, fora Niya, Teo não tinha outros amigos, então ficou ao lado de Huemac.

Do outro lado, era como se os Ouros todos participassem de um clube secreto, e sempre que um chegava, se juntava ao grupo. Niya havia contado como os semideuses Ouro de alto escalão tinham o próprio grupinho e nunca se associavam aos estudantes de baixo escalão. Mesmo naquele momento, Teo observou Xochi, filha de Primavera, e Atzi, a filha de Tormenta, passarem rindo de braços dados.

Ambas usavam vestidos requintados. A roupa preta e de ombro exposto de Xochi tinha camadas de babados de flores verdadeiras, enquanto o traje azul-claro de Atzi possuía um colarinho alto e uma saia plissada aparada com laços de prata, os quais formavam uma estrela ao redor do quadril quando ela expandia a bainha. Suas tranças box estavam enfeitadas com fios de prata, adornos de ouro e sementinhas que imitavam o barulho da chuva quando ela se movia.

Todo mundo parecia ter os próprios círculos sociais e hierarquias, e Teo estava de fora. Bom, quase.

De repente, o cheiro de maçãs, incenso de copal e vinho doce fizeram cócegas em seu nariz. Era tão sutil que a maioria das pessoas provavelmente não teria percebido, mas ele estava esperando por aquilo. Teo se virou e levou um momento para encontrar a figura, vestida de preto, esperando nas sombras.

— Fantasma — disse ele com um sorriso largo. A deusa se parecia com uma garotinha, talvez alguns anos mais nova do que Teo, apesar de a idade não significar nada para uma divindade. Quando ela se aproximou, as luzes refletiram nas estrelas e nos sóis dourados bordados em seu robe e no manto de renda. Suas companheiras borboletas adornavam o tecido como broches alaranjados e acastanhados. Havia uma em sua têmpora, prendendo os cabelos ondulados e escuros e deixando à mostra as flores de calêndula brilhantes que pendiam das orelhas.

Fantasma era uma deusa Jade que servia à Morte, uma deusa Ouro. O poder de Morte só não era maior do que o de Sol. Eles eram os dois lados da mesma moeda: um dava a vida e o outro a tomava. Enquanto Morte era a anunciadora do fim, Fantasma era a gentil cuidadora dos mortos.

Teo se aproximou, e a pequena deusa ergueu a mão para cumprimentá-lo, com um sorriso hesitante.

— Tenho uma coisa para você! — anunciou o garoto, enfiando a mão no bolso apertado da calça.

As sobrancelhas de Fantasma se levantaram, e ela se inclinou para a frente.

Teo puxou um Chupa Chup de creme de morango.

— É o seu favorito!

Um sorriso largo iluminou o rosto da deusa. Os dedos frios roçaram os de Teo quando ela pegou o pirulito e o embalou gentilmente nas mãos como se fosse um passarinho. Os olhos acinzentados, da cor da pedra depois da chuva, admiravam o rosa e o branco da embalagem.

Teo sorriu. Mesmo que nunca conseguisse fazer Fantasma rir, tinha orgulho dos muitos sorrisos que havia coletado.

Quando era pequeno, havia encontrado Fantasma sentada na base da estátua de Sol no pátio do Templo Sol. Ao perceber que ela estava solitária e que precisava de um amigo, Teo deu à deusa um Chupa Chup que tinha no bolso. Fantasma pareceu um pouco confusa, mas sorriu e aceitou o presente. Em retorno, um esqueleto de uma única mão brotou do chão entre eles, o que deveria ter sido horripilante, mas segurava nos dedos ossudos a calêndula mais arredondada e vibrante que Teo já tinha visto.

Desde então os dois haviam estabelecido um ritual de oferenda de presentes.

Teo sempre dava um Chupa Chup para Fantasma, e Fantasma sempre dava… Bom, os presentes dela eram sempre uma surpresa. Uma única mão esquelética brotou do piso de pedra com um crânio de camundongo.

Teo pegou o crânio minúsculo e sorriu.

— Obrigado! — agradeceu ele, tentando resolver o problema de onde guardar o objeto.

— Aí está você!

Teo ouviu a voz alegre e melodiosa da mãe um segundo antes de ela o envolver em um abraço como se não o tivesse visto apenas algumas horas antes.

— E Fantasma! — acrescentou Quetzal, com um sorriso caloroso.

Fantasma acenou, tímida, com o Chupa Chup seguro na mão livre.

Teo estava prestes a perguntar se a mãe já tinha visto Niya, mas seus ouvidos começaram a zunir. Na mesma hora, sentiu a palma da mão esquerda começar a coçar, o que só poderia significar que...

— Teo e Quetzal, duas das minhas pessoas favoritas! — soou a voz estrondosa do Deus Azar.

Teo mordeu a língua e enfiou a mão no bolso para afugentar qualquer má sorte, depois forçou um sorriso. Sabia que era melhor não ignorar as velhas superstições na presença de Azar. Sacerdotes e semideuses saíram às pressas do caminho do deus Jade, murmurando rezas.

Alto e magro como um varapau, o deus do azar vestia calça preta e uma camisa guayabera com olhos redondos costurados com fio roxo nas duas laterais. Seu cabelo era preto e oleoso e, como sempre, estava penteado para trás, longe do rosto. Teo achava que o sorriso dele mostrava dentes demais e nunca parecia verdadeiro. Mas a parte mais desconcertante era o colar de dentes que usava ao redor do pescoço e dos pulsos.

— É sempre tão bom ver vocês, e como você cresceu! — O Deus Azar riu, dando um tapinha no ombro de Teo. — Eles devem alimentá-lo bem em Quetzlan! Está muito parecido com sua bela mãe.

Teo abriu seu melhor sorriso, a língua ainda pressionada entre os dentes. Azar era como um tio chato e esquisito, mas o garoto sabia que não deveria arriscar insultá-lo.

— Está aproveitando a noite? — perguntou Quetzal, assumindo as rédeas da conversa.

— Bastante. É sempre bom passar um tempo de qualidade com as crianças.

As crianças consistiam em um grande grupo de semideuses que o seguiam. Alguns eram mais velhos, por volta dos trinta e pouco anos, imaginava Teo, o mais novo era um bebê nos braços de uma garota adolescente. Tratava-se de um grupo indisciplinado de cerca de dez, mas se movimentavam tanto — rindo, empurrando e provocando uns aos outros — que era difícil contar.

Mas havia um garoto que Teo reconheceu. Atrás do pai, ele olhava ao redor do templo, nervoso. Xio tinha treze anos — Teo sabia porque havia ido à cerimônia de afirmação de gênero de Xio.

— Dani e Renata são elegíveis dessa vez, assim como Xio — informou Azar.

O garoto parecia odiar ser o centro das atenções e mexia-se de um jeito desconfortável, torcendo as mãos. Azar apoiou a manzorra no topo da cabeça dele. Diferente do cabelo preto e brilhante dos irmãos, Xio tinha um cabelo encaracolado e curto, que caia sobre os olhos.

— Meu pequeno encrenqueiro — brincou Azar em um tom carinhoso.

Teo se sentiu mal. Era óbvio que Xio não queria estar ali, e Teo entendia o sentimento.

A coceira havia sumido, então era seguro falar.

— Ei — disse ele, lançando um aceno de cabeça para o garoto mais jovem.

Xio respondeu com um sorriso de lábios apertados, mexendo com o glifo de olho do pai que estava pendurado em seu pescoço em camadas de fios com dentes. Teo não queria saber de onde tinham vindo.

— Acho que nós, Jades, estamos aqui só como uma formalidade — afirmou Azar, coçando a barba por fazer com as unhas pintadas de preto.

— Não é necessariamente ruim — argumentou Quetzal, com um sorriso cansado.

O deus abriu outro sorriso cheio de dentes.

— Eu tenho que concordar.

— Desculpa interromper.

Todo mundo se virou para Verdade, que havia se unido ao grupo.

— Estou escrevendo uma matéria sobre os gêmeos Fogo — começou Verdade, com o caderno e a caneta a postos. Ela tinha cabelo curto, mais longo no topo e sempre de lado, sobre a testa, e uma voz monótona que Teo achava difícil de prestar atenção. — Teo, eu estava pensando se poderia te fazer algumas perguntas sobre o incêndio em Quetzlan de hoje cedo?

Não havia literalmente nenhum outro assunto sobre o qual ele desejasse menos falar.

— Teve um incêndio, e eles apagaram — informou ele em um tom não muito amigável.

Uma ruga se formou entre as sobrancelhas de Verdade. Ela estava vestida com um terno de risca de giz que refletia sua pose típica de jornalista investigativa sem tempo para bobagens.

— Nunca consegui entrevistar um sobrevivente semideus de um resgate como esse — revelou ela, batucando com a caneta. — Adoraria ouvir sobre como foi ser salvo por seus colegas.

— Eles não são meus colegas.

Verdade ergueu o olhar do papel.

— Por que diz isso?

Teo teve que se esforçar bastante para manter o tom de voz inalterado.

— Pergunte à Academia.

— Eu avisei que ele seria inútil.

Fofoca se aproximou do grupo, os sapatos de salto alto estalando no piso de pedra. Seus fotógrafos vinham logo atrás, não muito longe. A única coisa mais alarmante do que ser o foco da atenção de Fofoca era seu sorriso plástico e tingido de vermelho.

Fofoca e Verdade eram os filhos adultos da Deusa Comunhão. Ambos eram os principais jornalistas do Reino de Sol, mas tinham abordagens muito diferentes. Fofoca era o magnata de tabloide conhecido por conseguir o furo interno antes de qualquer pessoa, e Verdade preferia fazer reportagens de alto impacto sobre política e eventos atuais.

Um clarão queimou os olhos de Teo. Ele recuou e ergueu os braços para se proteger da luz ofuscante.

— Não desperdice o filme — ralhou Fofoca, então se virou para Teo. — Que tal algo mais interessante. Você acha que sua amiga Niya é capaz de ser eleita para o Desafio?

— Não dê atenção a essa víbora — rosnou Azar, os lábios se curvando com aversão.

Teo deu um sorriso convencido.

— Ele só está com raiva porque arruinamos a roupa dele no último verão...

— *Meu terno raro estampado de anaconda* — sibilou Fofoca. — Escuta, Menino Pássaro...

— É Teo. E você não se lembra de como era ser um Jade de baixo escalão perto de um Portador de Sol em potencial? Ou ninguém nunca quis chegar perto de você?

— *Teo* — sua mãe repreendeu, mas o garoto se recusou a pedir desculpas.

— Então você concorda! — Fofoca trouxe um pequeno gravador para perto da boca. — Teo, Filho de Quetzal, acredita que sua amiga mais próxima, Niya, Filha de Terra, é uma Portadora de Sol.

Verdade revirou os olhos para o irmão, fechou o caderno e foi embora em silêncio.

— Em que ponto o jornalismo se torna assédio? — perguntou Azar com a voz arrastada.

Fofoca sorriu, sereno.

— Ainda não descobri. — Ele se virou para os fotógrafos. — Pelo menos podemos tirar uma foto de todos os Jades rejeitados em um canto escuro.

Quetzal deu um jeito de abrir um sorriso paciente, apesar de cansado, mas a coitada da Fantasma ficou completamente sem jeito, os olhos se arregalando enquanto ela dava um passo de volta às sombras e desaparecia.

— Eu não recomendaria — retrucou Azar, levantando a palma virada para cima em um gesto casual. — Seria uma pena se todos os negativos de hoje sofressem superexposição.

O sorriso mecânico de Fofoca se contraiu.

— Tudo bem. Temos celebridades de verdade para entrevistar mesmo.

Então Fofoca se virou e foi embora enquanto seus fotógrafos se atropelavam em seu encalço.

Quetzal apertou a mão de Teo.

— Vou cumprimentar alguns velhos amigos. Vejo você na cerimônia?

Teo assentiu.

— Tá bom.

Enquanto observava a mãe ir embora, ele ouviu um barulho metálico, seguido pelo estilhaçamento do que deve ter sido uma lente de câmera.

A voz raivosa de Fofoca atravessou o burburinho da multidão.

— Imbecil!

Risadas profundas ribombaram no peito de Azar. Quando Teo olhou para ele, o deus deu de ombros.

— Ops — disse ele com um sorriso malicioso.

Dessa vez, Teo não conseguiu não devolver o sorriso.

CAPÍTULO 4

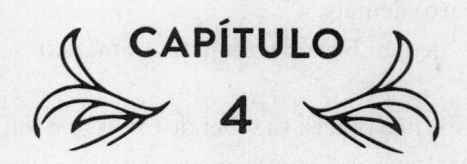

— TEO! — chamou uma voz familiar entre a multidão.

Huemac deu um longo passo para o lado um segundo antes, e Teo sentiu como se tivesse sido atropelado por um ônibus. Soltou um grito estrangulado ao ser erguido em um abraço apertado. A força fez com que as articulações de suas asas estalassem.

— Oi, Niya — cumprimentou ele com um sorriso débil.

Com mais de um metro e oitenta de altura, Niya precisava olhar para baixo ao sorrir alegremente. Além da altura, ela era inacreditavelmente musculosa, com ombros largos e bíceps enormes. Tinha o rosto em formato de coração e um queixo proeminente, com o cabelo castanho-escuro amarrado em duas longas tranças.

— Ai, Teo, você é tão baixinho! Foi difícil te encontrar! — disse ela, em um tom de carinhosa repreensão, enquanto os olhos claros, da cor das folhas de palmeira e da terra molhada, expressavam alegria.

— Não sou baixinho! — Ele fez uma careta. — E acho que você quebrou minhas costelas — acrescentou, pressionando a mão com cuidado no torso.

Ela riu, alto e sem vergonha.

— Desculpa.

Era difícil sentir raiva de alguém que ficava com um ar tão caloroso e feliz ao vê-lo. Isso, aliado à completa falta de noção de espaço pessoal, fazia Niya parecer um filhote de cachorro. Se o filhote fosse do tamanho de um touro e capaz de partir alguém no meio sem nenhum esforço.

— Espera aí. — Niya se inclinou para Teo de novo e cheirou seu cabelo, depois se ajeitou. — Você está fedendo a fumaça. — Ela abanou a mão na frente do nariz. — O que aconteceu?!

O garoto tentou empurrá-la, mas Niya mal se mexeu.

— Resumindo a história: rolou um incêndio em Quetzlan. Eu cheguei um pouquinho perto demais.

— Ah, não — gemeu Niya de um jeito dramático. — Os gêmeos apareceram?

Teo assentiu. Ela não precisava saber de todos os detalhes humilhantes.

— Isso explica. Você está com o cheiro deles — disse ela com um sorrisinho travesso.

Teo tentou cobrir o cabelo com as mãos.

— Não estou, não!

— Bom, fico feliz que não tenha sido assado — brincou a jovem daquele seu jeito de sempre. — Gostei disso — acrescentou, mudando de assunto na velocidade da luz enquanto acariciava as penas da capa de Teo.

— Sinto que fui besuntado e emplumado — grunhiu o garoto, puxando o aro de volta para o lugar. — Seu visual está... — Ele hesitou enquanto analisava o traje da amiga.

Descalça como sempre, Niya vestia uma saia branca transpassada na altura de suas coxas enormes. Pingentes dourados, do tamanho da mão de Teo, pendiam da cintura em um cinto gravado com o mesmo glifo do peitoral dourado em seu peito. Como a filha do Deus Terra, seu glifo exibia a imagem de três montanhas escarpadas com o sol surgindo por trás. Discos combinando adornavam as orelhas, e faixas douradas circundavam os bíceps grossos.

— Nossa, como você não está congelando? — perguntou Teo, com a risada presa na garganta.

Niya inclinou o quadril e jogou uma trança sobre o ombro.

— Escuta aqui, eu sou *trincada*. Não é certo esconder tanta beleza! Já é bem ruim ter que usar isso. — Fazendo uma careta, ela puxou o top branco *bandeau*. — Não sei por que meus irmãos podem ficar com os peitos de fora e eu não. Os deles são maiores do que os meus — anunciou ela em voz alta, jogando as mãos para cima e recebendo olhares de um grupo de sacerdotes que estava por perto. Não havia filtro entre a mente de Niya e sua boca. Ela apenas pensava e logo dizia o que vinha em mente.

— Huemac! — exclamou ela, os olhos repousando no sacerdote ao lado de Teo. — Senti sua falta.

Quando ela abriu os braços, as costas de Huemac enrijeceram.

— Niya. — Era para ter sido um olá, mas soou mais como um aviso.

Quando Teo e Niya viraram amigos, Huemac assumiu o papel de guardião de ambos sempre que estavam no Templo Sol. A jovem tinha seus próprios sacerdotes para tomar conta dela, óbvio, mas Huemac parecia ser o único a quem ela escutava.

— Vou dar uma volta. Vocês dois. — O homem olhou para Teo e Niya com suspeita. — Pelo amor de Sol, comportem-se, por favor.

Niya deixou os braços caírem e fez um beicinho.

— Ele ainda está com raiva por causa do Dia dos Mortos? — perguntou, o olhar seguindo Huemac enquanto ele se retirava.

Teo deu de ombros.

— Provavelmente.

— Vamos comer, aí você me atualiza sobre o que está rolando com você e com Quetzlan. Quero saber de tudo — disse ela, então agarrou a mão de Teo e o arrastou para as mesas de comida.

Ele não conseguia segurar o sorriso. Era bom ter sua melhor amiga de volta.

Longas mesas com *tamales* e *arepas* quentes empilhados alinhavam as bordas externas do salão cavernoso de eventos. Quando entraram na fila do buffet, Teo mirou algumas tortillas amarelas ao lado de fileiras de *carnitas* apimentadas e carne assada saborosas. O Deus Milho, deus da colheita, e a Deusa Pão Doce, doce deusa do lar, haviam mesmo se superado. Quando Teo e Niya finalmente terminaram e estavam prontos para se sentar, o garoto quase não conseguia equilibrar a torre amontoada de comida em seu prato.

Os Ouros se sentaram às mesas maiores ao redor da estátua principal enquanto os Jades se espremeram nas menores ao redor da borda externa. Teo não conseguiu não notar como a organização dos assentos refletia a localização das cidades do Reino de Sol. Niya nem mesmo hesitou em seguir Teo até uma mesa pequena e bamba no canto. Passaram por Marino, que estava vestido com uma túnica com destaques em tom claro de coral, conchas cor-de-rosa e vidro marinho de todos os tons imagináveis de azul. Sua mãe, a Deusa Água, estava em pé ao seu lado. A pele negra reluzia como o oceano sob o luar, e os olhos cinza cintilavam como conchas de abalone.

A lateral de sua cabeça estava raspada e o cabelo azul caía sobre o ombro como uma cachoeira.

Teo atualizou Niya sobre tudo que havia feito e que os dois ainda não haviam discutido por mensagem tarde da noite. Niya morava na Academia desde que tinha sete anos, então o garoto não podia visitá-la, e quando a amiga tinha dias de folga, passava com os pais em casa.

— Além do incêndio, Quetzlan anda bem chata, para ser sincero — confessou Teo enquanto bebericava o suco de manga fresca. — A não ser que você considere tentar convencer um bando de flamingos a se mudar do chafariz na frente da prefeitura uma coisa legal.

— Parece divertido! — disse Niya, mas seu entusiasmo diminuiu quando seu olhar se deteve em algo para além dos ombros de Teo. — Ugh, ótimo, lá vem os gêmeos — resmungou, dando uma mordida raivosa no bife.

Teo olhou para trás. Seus ombros ficaram tensos.

Aurelio e Auristela desceram as escadas lado a lado, vestidos com o mesmo traje de calças pretas e túnica sem mangas com bordados em dourado e vermelho simulando chamas, seguidos de perto pela mãe. Adornos peitorais grandes feitos de carvão ardente de verdade cobriam a frente de Aurelio e Auristela.

De imediato, o burburinho se espalhou. No mundo dos semideuses, Aurelio e Auristela eram basicamente realeza. A Deusa Fogo era a líder da Academia e tinha uma longa linhagem de semideuses que eram não apenas Heróis famosos, mas *Portadores de Sol*.

Fogo vasculhou a multidão, observando silenciosamente os sacerdotes e semideuses com olhos que ardiam como fogo líquido. Cada ângulo de seu rosto era austero. Teo nunca tinha visto a deusa sorrir. A Deusa Fogo era intimidadora, mas o ódio do garoto por ela era tão forte que apagava qualquer possibilidade de medo.

Aurelio e Auristela se moveram pela multidão, cumprimentando as pessoas. Fofoca e Verdade abriram caminho, e os fotógrafos se apressaram para tirar fotos. Auristela sorriu e posou como uma celebridade no tapete vermelho, conversando com Fofoca em um tom animado.

Aurelio permaneceu ao lado da irmã. Parecia estoico e talvez até um pouco desconfortável com os flashes em seu rosto. Ajeitou o adorno peitoral. Correntes finas se arqueavam ao longo da curva de seu bíceps, penduradas de suas características faixas douradas até argolas pequenas na peça dourada ao redor do pescoço.

Sempre havia algo em Aurelio — o brilho da pele, a intensidade ardente dos olhos — que fazia Teo se perguntar se ele era o preferido de Sol. Eles eram todos semideuses, mas era como se Aurelio tivesse sido tocado pelo próprio sol. Parecia que, se Teo olhasse para ele por muito tempo, queimaria de dentro para fora.

Alguém chamou Aurelio pelo nome e, enquanto ele vasculhava o salão, seus olhos encontraram os de Teo.

Foi apenas um segundo, tempo o suficiente para Aurelio reconhecê-lo e para o calor queimar o peito de Teo, que desviou o olhar depressa. Já era péssimo que Aurelio houvesse acabado de salvá-lo de um incêndio, e agora Teo tinha que assisti-lo desfrutar de toda sua glória dourada no Desafio também.

Quando Teo deu outra olhada, Aurelio já havia se virado, absorto na conversa com a irmã.

Teo se virou para Niya, desesperado para mudar de assunto.

— Como estão as coisas na Academia?

— Difíceis. Eles estão massacrando a gente — respondeu Niya, entre uma mordida e outra. — Com o Desafio chegando, eles pegaram mais pesado no treinamento. Estamos fazendo testes *sem parar* — grunhiu ela, quase se derramando sobre a mesa. — Convocam a gente durante o jantar e até mesmo no meio da noite para nos treinar para diferentes cenários de desastres e resgates.

Niya fez uma careta e imitou a voz mandona e cortante da Deusa Fogo:

— Se quiserem participar do Desafio, precisam treinar mais pesado! Movimentar-se mais rápido! Ficarem mais fortes! Apenas os melhores serão escolhidos!

Quando a amiga descrevia dessa maneira, Teo achava mais fácil não se sentir de fora.

— Parece uma dor de cabeça, se quer saber — respondeu Teo.

Niya soltou um suspiro profundo.

— É, mas — A garota abriu um sorriso acanhado — eu ainda amo ajudar as pessoas.

— E competir — acrescentou Teo.

Ela se empertigou e sorriu.

— No momento, estou em quarto lugar na turma!

Teo forçou um sorriso, ignorando o estômago, que se revirou.

— Estou muito feliz por você, Niya.

Tinha *mesmo* orgulho do bom desempenho da amiga na Academia, mas também estava com medo.

Se Niya era a quarta da turma, era quase impossível que não a escolhessem para o Desafio. Teo vinha tendo pesadelos recorrentes por causa da possibilidade e, com a cerimônia de abertura a apenas algumas horas de acontecer, não conseguia afastar a ideia de que seu maior medo estava prestes a se concretizar.

— Niya — disse Teo, cuidadoso —, você... *quer* ser escolhida para o Desafio?

Ela mordeu o lábio.

— Eu *sei* que o Desafio só serve para os Ouros se exibirem e serem idiotas, mas também é, sei lá, importante? Tipo, é uma honra, né?

— Arriscar a vida por isso? — perguntou Teo, gesticulando ao redor do salão. *Isso* significava toda a pompa e falta de sentido do evento, dos *Ouros*.

— Não, não por *isso* — disse Niya, balançando a cabeça. — Pelo nosso povo. Para defender o sacrifício de Sol e manter o Reino seguro.

Teo mordeu a língua. O pior cenário possível consumia seus pensamentos — sua melhor amiga estendida no altar no fim do Desafio, e Teo sem poder fazer nada além de observar.

— Ai, olha, a tríade da babaquice está completa — observou Niya, puxando-o de volta para o presente.

Teo se virou para olhar para a última semidivindade a entrar no salão — uma espécie de ajudante terrível dos gêmeos, Ocelo. Conforme descia as escadas, os braços musculosos balançavam para a frente e para trás, como se elu fosse algum tipo de antagonista de desenho animado. E semideuse Guerreire, com a cabeça de onça, olhos amarelos e o rosto marcado por cicatrizes de batalhas, vinha atrás de sue filhe. Teo achava Guerreiro a divindade mais intimidadora.

É óbvio que Aurelio e Auristela eram elitistas pomposos, mas Ocelo era ume narcisista horrível. Elu era mais baixo do que Teo — devia ter mais ou menos um metro e sessenta e cinco, o que era baixo para ume semideuse, mas se portava como se tivesse dois. Vestia uma capa vermelha com um nó no ombro esquerdo, drapeada na diagonal pelo corpo de modo a exibir o glifo da cabeça de onça. O cabelo estava sempre raspado curtinho, e elu havia decidido tingi-lo com pintas de onça para a ocasião especial. Era a única semidivindade cujo físico quase rivalizava com o de Niya.

Um grupo pequeno de semideuses Jade conversavam bloqueando o caminho de Ocelo em direção ao lugar em que Fofoca e Verdade bajulavam Aurelio e Auristela.

Em vez de pedir licença ou apenas dar a volta como uma pessoa normal, Ocelo forçou a passagem pelo meio do grupo, que saiu da frente aos tropeços.

Teo cerrou a mandíbula, frustrado com o fato de que Ocelo podia sair impune depois de tanto desrespeito.

Então teve uma ideia. Cutucou Niya.

— Você está pensando no que estou pensando? — perguntou ele, baixinho.

— Não. Mas seja o que for, estou dentro — sussurrou ela de volta.

Teo puxou a amiga, desviando das pessoas enquanto se esgueiravam para a beira das escadas. Ocelo estava quase na base quando eles se abaixaram atrás de uma mesa que não estava sendo utilizada.

O garoto beliscou o cotovelo de Niya e apontou para onde os prendedores dourados se destacavam nas sandálias de couro de Ocelo.

— Quer enviar elu em uma viagenzinha escada abaixo?

Um sorriso malicioso curvou os lábios de Niya.

Ela fechou a mão em punho e as peças de ouro estremeceram. Então Niya puxou, e os prendedores, junto aos sapatos e aos pés que os calçavam, deram um solavanco.

Ocelo tropeçou, lançando-se para a frente e caindo em cambalhotas pelas escadas. Aterrissou no último degrau, a capa vermelha virada sobre a cabeça.

Reações de sobressalto se espalharam pela multidão e os fotógrafos vieram em um enxame. As câmeras disparavam intensamente. Ocelo se atrapalhou até libertar os pés da capa e se levantar. Elu se virou, fervendo de raiva, enquanto os olhos amarelo-esverdeados buscavam o culpado.

Teo e Niya caíram atrás da mesa, com ataques de riso.

— Ai, meus deuses, não consigo respirar! — disse Niya, os braços envolvendo a barriga enquanto gargalhava. — Você viu a cara delu?

— Foi demais! — concordou Teo, enxugando uma lágrima. Havia algo de muito satisfatório em ver ume babaca receber o que merecia.

No alto, alguém pigarreou.

Quando ergueram o olhar e encontraram Huemac em pé ao lado, Teo e Niya pararam de rir. O sacerdote-chefe os encarava com uma expressão exasperada.

Os dois se levantaram em um pulo.

— Aquilo não foi muito gracioso para um gato, hein, Huemac? — disse Teo com um aceno solene de cabeça.

Uma das sobrancelhas peludas de Huemac se arqueou.

— Elu poderia ter se machucado.

— Mas não se machucou, olha! — disparou Niya, gesticulando para Ocelo, que estava com o rosto vermelho e indo embora a passos resolutos.

— É, nada machucado além do ego — acrescentou Teo, tentando segurar uma risada.

Niya assentiu.

— Deve ter sido por isso que elu caiu, para começo de conversa.

— Foi o cabeção. Inchou *demais* de tanto ego — comentou Teo.

— As consequências de uma ação vão além das pretendidas — afirmou Huemac.

— Fala isso para Ocelo e todas as — Teo gesticulou vagamente — atitudes delu.

— *Ocelo* não é minha responsabilidade — declarou Huemac, conciso. — Nem é obrigade a seguir minhas regras. Acho que nenhum dos seus pais ficaria feliz com isso.

Niya ficou envergonhada, mas Teo se sentiu apenas frustrado. Ocelo nunca se metia em encrenca por ser ume babaca. Isso era justo? Por sorte, antes que Huemac pudesse determinar qualquer tipo de punição, a multidão começou a se mover em direção às escadas.

— Acho que a cerimônia vai começar — informou Huemac, vasculhando o salão.

— Finalmente! — Niya sorria de orelha a orelha enquanto agarrava o braço de Teo e o sacudia, animada.

O estômago de Teo se revirou. O garoto permaneceu ao lado da amiga ao seguir Huemac e o restante da multidão na longa caminhada pela escadaria até o topo do templo onde a Deusa Lua os aguardava no altar de Sol.

— Quando todos chegarem, poderemos começar a cerimônia — anunciou Lua.

A deusa tinha os cabelos pretos e cacheados com mechas grisalhas prateadas, o corpo no formato de uma ampulheta e a pele marrom. Pés de galinha marcavam os cantos de seus olhos e enrugavam quando ela sorria para todos. O vestido que usava tinha um decote profundo e era de um azul meia-noite nos ombros que se tornava de um tom de prata estrelada onde se unia aos seus pés com sandálias. O tecido era coberto de minúsculos pontinhos de prata que imitavam as estrelas e as constelações do céu noturno.

Os raios de seu colar de sol se estendiam sobre os ombros e as clavículas, marcando-a como uma das altas sacerdotisas do Templo Sol. Por ser a deusa da lua, tinha o poder de refletir a voz de Sol.

Niya foi encontrar o pai, e Teo foi em direção à mãe, que estava ao lado de alguns dos outros deuses Jade.

— Por aqui, Teo — instruiu Quetzal, acenando para que o filho fosse adiante, mas Azar entrou em seu caminho.

— Boa sorte, Teo — sorriu ele, dando um aperto no braço de Teo, então foi embora, com a ninhada a reboque e Xio ao seu lado.

— Nunca consigo entender se ele está me zoando — comentou Teo com a mãe enquanto se juntavam à multidão ao redor do altar.

— Acho que boa parte é só pelas aparências — ponderou Quetzal, com um suspiro meio triste. — Se as pessoas nos tratam como se fôssemos maus por tempo demais, imagino que, em algum momento, começamos a acreditar. Ou, como acho que é o caso de Azar, começamos fazer piada disso.

Enquanto assumiam suas posições, Teo virou o cabeça em busca de Niya. Encontrou a amiga do outro lado do salão, balançando-se nos calcanhares, quase sem se aguentar de animação. Terra estava atrás dela, com os outros filhos mais velhos, Monte e Mino, que o flanqueavam como sentinelas.

O Deus Terra vestia um terno preto com detalhes bordados em ouro que refletiam seu glifo e uma gravata vermelha. Luvas de couro e máscara dourada simples que deixava seus olhos sombreados cobriam sua carne sem pele.

— A última pessoa com quem você precisa se preocupar é Niya — tranquilizou Quetzal, passando as mãos nas asas cobertas do filho. — Ela vai ficar bem.

— Eu sei — respondeu Teo, enquanto observava a melhor amiga cumprimentar a família.

Niya disse algo a Monte, que sorriu e mexeu os músculos do peito em resposta. Ela deu um soco no braço do irmão, e Mino jogou a cabeça para trás em uma risada que soava como um latido.

— Deuses e semideuses — começou Lua. Sua voz se expandiu sobre a multidão, que imediatamente se calou. Um sacerdote mais jovem de Sol estava ao lado da deidade, interpretando o que ela dizia na língua de sinais. — Sol e eu damos as boas-vindas a todos vocês no Templo Sol para celebrar o fim desta década e o início da próxima. — Ela ergueu as mãos para a Pedra Solar, que se agitava em silêncio e brilhava com luz dourada.

Lua sorriu e juntou as mãos em oração.

— Esta é uma época para agradecer a Sol pela boa fortuna que elu nos deu e se lembrar de tudo de que abriu mão para que pudéssemos viver.

"A cada dez anos, o poder do sol deve ser reabastecido para que Sol possa continuar seu caminho pelos céus, mantendo nosso mundo seguro das Obsidianas e dos monstros que foram presos em suas amarras celestiais. Dez semideuses elegíveis entre as idades de treze e dezoito anos são selecionados como os mais merecedores de competir no Desafio dos Semideuses. O vencedor será designado por Sol como o Portador desta década e se unirá às distintas fileiras de nossos campeões passados.

Lua gesticulou para uma fila de semideuses. Todos usavam coroas douradas de raios de sol. Eram todos Ouros, obviamente, e o glifo da Deusa Fogo era o mais comum pendendo de seus pescoços. Variavam em idade desde o mais novo, Brilla, que tinha vinte e sete anos, até Arnau, um semideus de Guerreire, que tinha 148 anos.

— Nosso Portador de Sol vai viajar pelo Reino de Sol e reabastecer as Pedras Solares do templo de cada cidade. — Lua fez uma pausa para que seu olhar viajasse pelo observatório a céu aberto. — Mas é o semideus que se torna o sacrifício que tem a maior honra de todas.

Teo se mexeu, desconfortável, ao lado da mãe. Já havia escutado essa história muitas vezes para saber o que vinha a seguir. O que o havia mantido acordado até tarde da noite nas semanas que antecederam o Desafio. O que o deixava aterrorizado ao pensar em Niya sendo escolhida para competir.

— Ser sacrificado a Sol e ter o corpo derretido no elixir que vai reabastecer as Pedras Solares para que possam continuar nos fornecendo segurança e proteção pelos próximos dez anos.

A Deusa Lua se aproximou do altar e parou ao lado do retângulo coberto por um tecido. Em um único movimento sinuoso, descobriu a peça.

A mesa sacrificial de pedra era coberta por gravuras complexas de sol e teias de constelações. Repousava sobre uma pilha de crânios dourados — todos pertencentes a semideuses antigos que haviam morrido como sacrifício para manter as Pedras Solares ardendo. Depois que Terra derretia os corpos, guardava os crânios, banhava-os em ouro e gravava o nome dos semideuses em uma letra fina na testa.

Teo olhou para trás para a fileira de antigos Portadores de Sol. Eles não se viraram para encarar os crânios dos mortos.

— Assim como honramos a Sol, devemos nossas vidas aos semideuses que se sacrificaram, devemos nos lembrar do que eles nos deram para que todos nós pudéssemos viver. Sem esse sacrifício, o Reino de Sol estaria destinado a uma inevitável destruição — explicou Lua.

Teo fechou as mãos em punhos, forçando os joelhos a não tremerem. Tudo soava tão nobre, mas ele não queria que a melhor amiga acabasse em uma pilha de crânios.

Alguém precisava evitar que o mundo acabasse, mas não precisava ser Niya.

— Deuses — disse Lua, olhando para a multidão. — Por favor, apresentem seus filhos para a seleção de Sol.

Quando todo mundo ao redor começou a se mexer, Teo congelou.

— Não se preocupe, Passarinho — tranquilizou-o Quetzal. As penas macias dela roçaram seu rosto quando ela beijou o topo da cabeça do filho. — Você vai ficar bem.

Ele sabia que a deusa estava certa, mas não era com seu destino que estava preocupado. Com movimentos mecânicos, Teo seguiu os outros semideuses, que formavam um anel ao redor da Pedra Solar flutuando acima de suas cabeças.

Desesperado, procurou Niya e a avistou do outro lado do caminho. Ela sorriu e lançou uma piscadela para Teo.

Tudo que ele podia fazer era ficar plantado entre dois Jades: Cacti, prole da deusa de agave, e Juanita, filha do deus das coisas perdidas. O suor brotava em sua testa e escorria pelo meio das costas sob o binder. Teo tentou acalmar a respiração para evitar desmaiar na frente de todo mundo.

O silêncio era denso enquanto todos esperavam.

Gradualmente, um zumbido preencheu o ar e a Pedra Solar brilhou com mais intensidade, pulsando no ritmo do coração acelerado de Teo.

Um clarão de luz reluziu à esquerda. Uma coroa de raios de sol apareceu na cabeça raspada de Ocelo. Um sorriso malicioso cortou sua expressão enquanto elu se deliciava com a honra de ser a primeira semidivindade escolhida por Sol. Deuse Guerreire sorriu, orgulhose, as presas reluzindo.

Houve outro clarão, e uma coroa apareceu na cabeça de Marino. O semideus da água soltou a respiração, e seus ombros relaxaram. Um terceiro clarão, e outra coroa apareceu na cabeça de Auristela. A garota inspirou em sobressalto, quase pulando de animação, mas então pareceu se lembrar da situação e voltou a manter os braços firmes nas laterais do corpo. Ainda assim, Teo viu os cantos de sua boca tremerem para suprimir um sorriso.

Ao lado dela, Aurelio sequer pestanejou. Sua expressão permaneceu indecifrável enquanto ele encarava a Pedra Solar, aguardando. Por um momento, Teo se perguntou se o garoto sentia inveja da irmã, mas então outro clarão surgiu.

Uma coroa cintilante apareceu na cabeça de Aurelio. Seus cílios estremeceram em alívio. Auristela agarrou o pulso do irmão, dando seu melhor para segurar o sorriso entre os dentes.

A multidão explodiu em um burburinho sussurrado. Até os lábios de Teo se abriram em surpresa. Até onde ele sabia, nunca um par de irmãos, muito menos gêmeos, havia sido selecionado para competir no mesmo ano. As expressões confusas e surpresas pelo salão confirmaram as suspeitas. Mas a Deusa Fogo não pareceu nem um pouco chocada. Na verdade, permaneceu imóvel, quase entediada.

Teo estava com uma sensação estranha que não conseguia definir e sentiu o estômago se revirar enquanto observava Aurelio. Não havia se permitido pensar antes dessa noite, mas aqui estava, impossível de evitar: Aurelio competiria no Desafio.

O garoto balançou a cabeça consigo mesmo. Não era hora de se preocupar com o destino de Aurelio.

Teo empurrou o aro de penas para longe dos olhos e percebeu que suas mãos tremiam.

Um por um, mais três semideuses Ouro foram selecionados. Quando Atzi, a semideusa da chuva, de treze anos, foi escolhida, Teo pôde ouvir o trovão estrondoso de aprovação de seu pai, Tormenta. Em seguida foi a vez Xochi, a semideusa da primavera, vestida de flores. Sua mãe, Primavera, abraçou as irmãs deusas, animada. As deusas das Estações eram um grupo muito unido de tias que bajulavam Xochi. Dezi, o filho da Deusa Amor, também foi selecionado. Teo não sabia muito sobre ele, apenas que era inacreditavelmente bonito. No centro da túnica, ele exibia o glifo de sua mãe, um coração anatômico em chamas.

Havia apenas três vagas sobrando.

Por um momento, o garoto se permitiu ter esperanças. Talvez Niya não fosse escolhida, e então eles poderiam passar os próximos dez dias juntos, assistindo ao Desafio e passando mal de tanto comer doce.

Niya, não. Niya, não. Niya, não.

Mas a esperança durou pouco.

Em um clarão de luz, uma coroa de raios de sol reluziu na cabeça dela.

Teo sentiu um aperto no peito.

Um sorriso largo iluminou o rosto de Niya, que se virou de imediato para seus irmãos. Eles bateram palmas e soltaram gritos, ignorando o silêncio habitual. As mãos enluvadas de Terra ajustaram a gravata.

O fundo da garganta de Teo queimou quando ele tentou engolir. Não podia entrar em pânico, não no meio de um salão cheio de gente. Tentou se lembrar de que não se tratava de uma sentença de morte. Estavam falando de *Niya*. Ela não perdia nada, e não perderia o *Desafio*. Ficaria bem. Só precisava passar por tudo e não ficar em último lugar. Só...

Um clarão, perto demais, arrancou Teo de seus pensamentos.

Dessa vez, vozes surpreendidas brotaram na multidão. Cabeças se viraram.

O mais novo semideus selecionado estava a apenas duas pessoas de distância à esquerda e era...

Um choque disparou pelo corpo de Teo.

A grande coroa que repousava no topo do cabelo encaracolado de Xio o fazia parecer muito pequeno comparado aos Ouros.

Xio.

Xio? Mas ele era um Jade.

Era como se mundo sob os pés de Teo tivesse dado um solavanco. Ele se virou para a mãe e percebeu que estava ela estava igualmente chocada, as sobrancelhas franzidas em uma expressão confusa.

Outro clarão. Perto demais. Resplandecente e desorientador demais.

Teo semicerrou os olhos. Do outro lado do círculo, Niya o encarava, alarmada.

Por algum motivo, ele buscou Aurelio. Os lábios do garoto estavam um pouco abertos, os olhos arregalados encaravam Teo — a maior expressão de emoção que o garoto já tinha visto no rosto de Aurelio.

Sobre o ruído crescente da multidão, Teo ouviu a mãe se sobressaltar, mas ele não sabia por quê. Virou-se para ela, mas sentiu uma mudança repentina de peso na cabeça.

Tentou empurrar o aro de penas de volta para o lugar, mas quando ergueu a mão, seus dedos tocaram os raios frios de uma coroa de sol.

CAPÍTULO 5

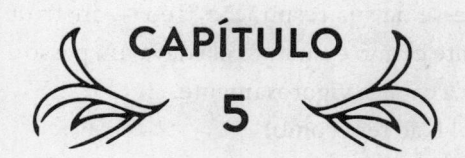

OS PÉS DE TEO se mexiam, mas ele não fazia ideia de aonde estava indo. Flashes de câmeras explodiam em sua visão. Pessoas passavam em um borrão, murmurando e saindo do caminho enquanto alguém o guiava pelo observatório e depois descendo a escadaria principal. Houve um ranger de portas de madeira se abrindo e se fechando atrás dele. Todo barulho foi abafado, exceto por seu batimento cardíaco estrondoso.

— Teo?

O rosto de sua mãe se materializou diante dele. As mãos da deusa estavam em seu ombro. Ela nunca o havia apertado com tanta força.

— Teo — repetiu Quetzal, a voz tensa. Sulcos profundos marcavam a pele lisa entre suas sobrancelhas delicadas. Teo não queria ver.

Atrás dela, erguia-se um relógio astronômico. O ponteiro principal representava a posição do sol, da lua e dos planetas — quase alinhados no céu naquele momento. Um ponteiro do calendário com medalhões representando os meses estava cercado por outro que exibia os glifos dos deuses.

Um tique-taque oco e profundo soava.

— Você precisa respirar fundo, Passarinho.

Tique-taque. Tique-taque.

O peso esmagador da realidade se abateu sobre Teo.

— Espera! Não! — Ele se afastou da mãe em um movimento brusco, consciente, súbita e precisamente, do coração disparado. — Eu não... É impossível! Não posso competir! — disse ele, com uma risada estrangulada presa na garganta.

Não podia ser verdade. Era um sonho delirante ou talvez algum tipo de piada maldosa.

Uma ardência subiu por sua garganta. Teo sentiu os pulmões lutarem contra o binder, mas o tecido apertou suas costelas como um punho gigante.

— Concentre-se na sua respiração, Teo — instruiu Quetzal, em um tom irritantemente calmo enquanto ela dava um passo à frente.

Teo balançou a cabeça vigorosamente.

— Não posso! Não tem como!

O aro de penas deslizou por sua testa. A coroa de raios de sol pendeu para o lado.

Ele arrancou a coroa da cabeça e a arremessou do outro lado do salão. O metal bateu nas pedras e saiu quicando pelo piso antes de atingir a base do relógio. Em um piscar de olhos, desapareceu.

Teo sentiu o peso de volta em sua cabeça.

Arrancou a coroa de novo e a segurou diante dos olhos. O ouro reluzia de modo estúpido. Os raios frios e pontiagudos perfuravam seus dedos curvados. Teo sentiu a cabeça girar, o salão balançava devagar.

— Eu não quero — insistiu ele, olhando para a mãe em busca de ajuda.

Ela apenas o encarou, as mãos delicadas sobre a boca enquanto os olhos pretos marejavam.

Atrás deles, as portas se abriram com um rangido.

Lua entrou. Em vez de estar furiosa ou confusa, apenas observou Teo, calma e silenciosa.

Como podia estar tão calma quando o mundo estava acabando?

— Foi algum tipo de engano — argumentou Teo para a deusa, desesperado por uma reação. — Eu sou um Jade. — Outra risada descompensada o sacudiu. — Não posso competir no Desafio!

— Sol o escolheu — declarou Lua, firme. Seus olhos escuros brilharam com minúsculos pontinhos prateados, como estrelas. — Você deve competir.

— Como vou competir com os Ouros? Não sou um Herói! Eles estão treinando a vida inteira para isso enquanto eu... eu não tenho nem permissão para frequentar a mesma escola! — gritou Teo, com a coroa de raios de sol nas mãos trêmulas. — Não quero ser o Portador de Sol!

Não se alguém precisasse morrer.

A expressão de Lua permaneceu plácida, mas Quetzal se retraiu. Teo se virou para encarar a mãe.

— Mãe, fala pra ela!

Quetzal pressionou os lábios entre os dentes por um momento. Dava para ver sua garganta se mexer quando ela engoliu em seco antes de falar, pausada e cuidadosamente:

— Eu sei que você está com medo, Teo...

Ele esperou que a mãe fosse afirmar que tudo ficaria bem, que havia sido apenas um grande erro, que poderiam ir para casa, que ele ficaria bem.

Mas Teo aguardou, e nenhuma garantia veio. A única coisa que a deusa conseguiu fazer foi encará-lo, sem palavras.

Um arrepio percorreu a espinha do garoto. Por que ela não dizia que tudo ficaria bem?

No silêncio pesado, o relógio continuou a bater.

Tique-taque. Tique-taque.

— Mãe? — Foi um leve sussurro antes de as portas voltarem a se abrir com um baque.

Um sinal estridente fez os três recuarem e taparem os ouvidos com as mãos.

— LUA! — rugiu Azar. O deus irradiava uma energia escura, e sua silhueta estremecia como fumaça.

Teo tropeçou para trás até sua mãe, mas Lua endireitou a postura, com uma careta, mas sem pestanejar, enquanto o deus vinha em sua direção, furioso.

— Você vai dizer a Sol que Xio não pode participar de seus jogos! — A voz de Azar ribombou por cada osso do corpo de Teo, um som estrondoso e terrível.

Azar se agigantou diante de Lua, mas ela não recuou.

— Sol escolheu Xio para competir — declarou Lua, a voz estável e inabalável.

Um rosnado feio encurvou a boca de Azar, recuando para revelar dentes afiados e crescentes.

— Sol está errade!

— *Azar* — avisou Quetzal.

O zunido ensurdecedor ficou mais alto com a ira do deus. Teo mordeu a língua e resistiu à vontade de coçar a palma da mão esquerda. Foi então que percebeu Xio.

O menino estava atrás do pai, minúsculo. Cobriu os ouvidos com as mãos e semicerrou os olhos em direção ao pai. A coroa de raios de sol ainda repousava torta sobre seus cachos.

— Sol não está errade — afirmou Lua, erguendo o queixo. — Elu não comete erros. Xio foi escolhido por um motivo.

O branco dos olhos de Azar se tornou vermelho-sangue enquanto sua forma estremecia violentamente. Um terceiro olho se abriu em sua testa, a pupila de um tom surpreendente de azul, e o deus cresceu até estar curvado sobre Lua. O salão tremeu e, por um instante, Teo temeu que os ombros de Azar fossem trazer o teto abaixo.

— EU DESPEDAÇARIA ESTA CIDADE ATÉ NÃO SOBRAR NADA ANTES DE DEIXAR VOCÊ TIRÁ-LO DE MIM.

A pele de Azar brilhava em um tom escarlate, banhando o salão de vermelho.

Com um movimento brusco, Quetzal agarrou Teo. Suas asas o envolveram, protegendo o garoto e cobrindo seus olhos do deus furioso. Teo tentou não deixar as pernas bambearam. Havia escutado histórias sobre como o poder da ira de um deus enfurecido poderia derreter qualquer ser mortal que estivesse por perto.

— Pare com isso antes que faça algo de que se arrependa — advertiu Lua, severa.

— XIO É MEU FILHO! — rugiu Azar.

Teo fechou os olhos com força enquanto o zunido atravessava sua cabeça. Sua mãe o segurou mais forte. A coceira era insuportável, como formigas se enterrando em sua pele.

— Pai, *para*. — De algum jeito, a voz baixa cortou o ruído ensurdecedor.

O zunido nos ouvidos de Teo diminuiu aos poucos. Hesitante, Quetzal afrouxou o aperto.

— Nós dois sabemos que não há nada que você possa fazer.

Com cuidado, Teo espiou por trás das asas da mãe. Azar, ainda gigante e aterrorizante, encarava o filho.

— Só quero acabar logo com isso — disse o menino, com a cabeça abaixada e as bochechas coradas. — Você não precisa dificultar as coisas.

Azar estava de costas, então Teo não podia ver seu rosto.

— Por favor? — pediu Xio.

O zunido nos ouvidos de Teo e a coceira em suas palmas sumiram.

Soltando um suspiro longo e baixo, o deus do azar diminuiu de tamanho até voltar à altura de sempre. Seus ombros caíram, e os braços penderam. Xio se aproximou e Azar apoiou a mão larga na nuca do filho, atrás da coroa de raios de sol.

— Espere aqui — disse Quetzal a Teo.

Ele observou enquanto a mãe e a Deusa Lua falavam em um tom sussurrado com Xio e Azar.

Comparado a Xio, a situação de Teo não parecia tão tenebrosa. Xio completara treze anos alguns meses antes. Não havia passado pelo salto de crescimento e ainda tinha as bochechas arredondadas de criança. Era apenas um Jade e, ainda por cima, o filho de Azar.

Que má sorte.

Será que Sol realmente havia selecionado os dois apenas para que fossem dizimados?

Teo desviou o olhar, sentindo um nó se formar na garganta. Olhou ao redor do salão. Estavam embaixo do observatório. Do outro lado do relógio, havia uma mesa que, a julgar pelas cartas estelares e pelos instrumentos astronômicos, devia pertencer a Lua. Um mapa do Reino de Sol havia sido gravado na superfície, as diferentes cidades eram marcadas por pequenas figuras do glifo de cada deus esculpidas em pedaços de ouro e jade.

Nas paredes do salão, havia murais pintados com figuras sem rosto e cenários de cores vívidas. Teo percebeu que contavam a história do Reino de Sol.

A criação do mundo e a quebra da estrela de sete pontas. Figuras celestiais obscuras lutando contra os deuses Ouro e Jade reviviam a guerra contra as Obsidianas. O mural final mostrava as pessoas do Reino de Sol vivendo alegres sob os raios dourados, mas foi a cena anterior que mais chamou a atenção de Teo. O garoto se aproximou para observar mais de perto.

Os deuses formavam um círculo, cada um segurando uma Pedra Solar nas mãos estendidas. Teo reconheceu a mãe com as asas azul e verde de imediato. No centro, Terra estava de joelhos, rodeado por floreios de fogo vermelho e laranja.

Sol morria em seus braços. O corpo de Sol estava pintado de ouro metálico. Uma adaga estava cravada em seu peito e riachos carmesim de sangue se derramavam.

Na parede, o relógio batia.

Tique-taque. Tique-taque.

⁂

Lua guiou Teo e Xio para dentro do Templo Sol, deixando seus pais para trás. A mãe de Teo havia falado que os deuses não tinham permissão para visitar os filhos durante o Desafio, a fim de evitar trapaças, mas que ela estaria por perto assistindo a todos os eventos. No final de cada provação, quando a classificação fosse exibida, eles poderiam ter um breve momento juntos e, depois, na noite que antecedia a última provação, haveria um banquete final do qual todas as famílias participariam.

Conforme seguia Lua pelos corredores opulentos, a mente de Teo girava tentando pensar em um modo de escapar. Se fugisse do templo, teria que roubar um barco. Se roubasse um barco, teria que atravessar as cachoeiras, operadas por sacerdotes de Sol. E, mesmo que conseguisse atravessá-las, o que faria?

Não podia ir para Quetzlan, então, na melhor das hipóteses, teria que ser um foragido pelo resto da vida, e, na melhor... Bom, ele não sabia direito qual era a punição para quem desertasse, mas dado o que acontecia durante a cerimônia de encerramento, não devia ser nada bom.

A única coisa que poderia tentar era não acabar morto.

Se conseguisse não ficar em último lugar na colocação final, talvez sobrevivesse ao Desafio.

Teo olhou de relance para Xio. O menino seguia a deusa da lua em silêncio, com os olhos baixos. Sua expressão era neutra, como se estivesse resignado ao seu destino. Teo odiava aquilo.

Dava para ouvir uma conversa distante. Então eles viraram e deram de cara com um grupo de Ouros batendo papo — exceto por Niya, que estava afastada, no canto, andando de um lado para o outro.

Quando se aproximaram, a conversa parou e todos os encararam.

Atzi trançava o cabelo de Xochi em um sofá de veludo verde-esmeralda enquanto Marino e Dezi estavam recostados nos braços. Ocelo abriu um sorriso convencido, olhando Teo de cima a baixo, e Auristela balançou a cabeça e sussurrou algo para elu.

Aurelio também estava presente. Ele franziu o cenho para Teo e o encarou quase de modo calculista enquanto as brasas ardiam ao redor de seu pescoço.

Teo sentiu o rosto queimar.

— Cara — Niya o empurrou, e ele tropeçou. —, que merda é essa?!

— Não faço ideia — respondeu o garoto, tentando manter a voz baixa.

— Não dá pra acreditar.

— Eu sei...

Niya o puxou bruscamente para um abraço, erguendo-o do chão.

— A gente vai se divertir tanto!

Teo deixou escapar uma risada surpresa. Apenas Niya era capaz de enxergar o lado bom de uma provável sentença de morte.

— Você sempre fala sobre como gostaria de visitar outras cidades — disse ela, colocando-o de volta no chão.

— É, mas não desse jeito — rebateu Teo, baixinho. — Eu deveria estar nas arquibancadas, *assistindo* ao Desafio, e não *competindo*.

Mas a amiga pareceu não entender.

— Podemos passar um montão de tempo juntos, ficar acordados até tarde conversando e jogando. Eu posso até ensinar você a lutar! — tagarelava Niya, animada.

Teo a encarou, incrédulo. Ela estava falando sério? Uma imagem terrível surgiu em sua mente: Niya, a Portadora de Sol, diante de seu cadáver sacrificial.

Felizmente, ele não precisou pensar em uma resposta porque Lua chamou a atenção de todos.

— Parabéns, competidores, por terem sido escolhidos para o Desafio dos Semideuses. Acho que todos tivemos um longo dia, então, se me acompanharem, vou levá-los até seus aposentos para que possam descansar — disse ela, também gesticulando na língua de sinais. — Por aqui.

Os Ouros seguiram a deusa, murmurando animados entre si. Xio foi atrás, a uma distância segura, e Teo e Niya se demoraram, ficando bem atrás.

— Por que ela está usando a língua de sinais? — perguntou Teo à amiga.

— Dezi é deficiente auditivo — respondeu Niya, e deu de ombros.

Dezi era alto, tinha a pele negra e combinava um corte de cabelo *high fade* com nudreds. Era evidentemente bonito, mas não do jeito tradicional de um supermodelo. Possuía feições suaves, olhos gentis e o tipo de sorriso doce que fazia as pernas de Teo virarem gelatina. Dezi seguiu Lua sem tirar os olhos das mãos da deusa enquanto ela os guiava pelo corredor.

— Dezi é, tipo, um durão dos *brabos*. Todo mundo sabia que ele seria escolhido. Ele é *muito* forte, superinteligente, e os poderes que herdou da mãe? — Niya soltou um assobio baixo.

— Que poderes? — perguntou Teo.

— Vocês ficarão aqui essa noite — a Deusa Lua informou enquanto andavam —, mas amanhã, depois do café da manhã, vamos viajar para a primeira cidade. Este é o início de uma jornada muito longa, então sugiro que durmam o máximo que puderem.

— Podemos dar uma olhada no resto do templo? — perguntou Xochi em um tom esperançoso.

Lua sorriu.

— Não, não podem. — Ela se dirigiu ao grupo. — Vocês só têm permissão para ver seus pais no início e no final de cada provação, e a comunicação com qualquer um dos seus sacerdotes é considerada conflito de interesses.

— Trapaça — disse Marino para os amigos, também em sinais.

— Porém, sacerdotes de Sol vão estar disponíveis vinte e quatro horas por dia, todos os dias da competição. Se precisarem de algo, peçam a eles — continuou Lua.

Dois sacerdotes de Sol estavam de ambos os lados da porta mais próxima, sorrindo enquanto os competidores passavam. Teo não sabia se estavam ali para ajudar ou para vigiar.

Niya deu um empurrãozinho no braço de Teo e acenou com a cabeça para Xio.

— Como ele está lidando? — sussurrou ela.

O menino parou em um canto, torcendo o bracelete do pulso, nervoso. Teo fez uma careta.

— Melhor do que o pai dele, acho.

— Esta porta leva à sala de jantar e à cozinha — continuou Lua. — A Deusa Pão Doce e o Deus Milho se voluntariaram gentilmente para prestar seus serviços durante o Desafio. Eles vão cuidar de todas as refeições ao longo das viagens e, se vocês precisarem de algo entre uma refeição e outra, podem pedir a eles.

— O que aconteceu? — perguntou Niya.

Aos sussurros, Teo contou como Azar perdeu as estribeiras depois que Xio foi convocado.

Niya franziu a testa.

— Entendi.

— Que foi?

A garota deu de ombros.

— Fiquei surpresa, só isso. Azar sempre pareceu meio... — Ela inclinou a cabeça de um lado a outro.

— Reservado?

— Você quer dizer "cheio de si e agindo como se não se importasse com nada"?

— É.

— Então sim.

— Acho de verdade que Xio não tem mais ninguém, mesmo fora das provações. Ele parece meio solitário — comentou Teo. Sentia o peito apertado enquanto observava Xio olhar ao redor e se afastar ao máximo de Aurelio e dos outros. Azar havia chamado o menino de "Meu pequeno encrenqueiro". Teo se virou para Niya. — A gente devia ficar de olho nele.

As sobrancelhas de Niya se ergueram.

— Ah, é?

— É, tipo, ele é indefeso, tem só treze anos. E é um Jade. A gente não foi treinado para nada dessa merda. É como se Sol tivesse nos escolhido só para ter um sacrifício fácil.

A preocupação finalmente pareceu atingir Niya.

— Eu não tinha pensado nisso...

— E párias precisam ficar unidos, né? — perguntou Teo, cutucando-a de leve com o cotovelo.

— É — respondeu Niya, já convencida.

Quando o grupo virou em outro corredor longo, Lua mostrou os aposentos onde dormiriam. Todas as portas levavam o glifo de um deus.

— Seus sacerdotes já trouxeram seus pertences. E aqui nos despedimos. Preciso voltar a me reunir com os outros deuses — anunciou Lua.

Por algum motivo, seu olhar estrelado se demorou em Teo.

— Sugiro que se deitem cedo e tenham uma boa noite de sono. Nossa jornada começa amanhã.

⁂

O quarto de Teo ficava no final do corredor, em frente ao de Xio. O garoto pensou se deveria dizer algo ao Jade mais novo, oferecer algum tipo de reafirmação, mas o filho de Azar entrou e fechou a porta em um piscar de olhos.

Dentro do quarto, o primeiro pensamento de Teo foi se seu contrabando havia passado, o que logo foi substituído pelo choque ao ver o tamanho do cômodo. No Templo Quetzal, o garoto tinha seus próprios aposentos, que, no entanto, possuíam apenas uma cama de solteiro encaroçada e os móveis baratos de sempre, desde que Teo era bebê.

Aquele lugar, por outro lado, era *chique*. Para um templo tão antigo, eles não tinham economizado nem um pouco nas renovações do interior. Havia uma janela ampla com cortinas que pareciam caras, móveis dourados e uma porta que Teo presumiu ser a do banheiro.

Quando se virou para inspecionar a cama enorme, quase sentiu a alma sair do corpo ao dar de cara com alguém o esperando.

— Huemac — disse Teo, sobressaltado, com a mão sobre o peito. — Você quase me *matou* do coração...

— Não posso ficar muito tempo — interrompeu o sacerdote em um tom sussurrado, então atravessou o quarto tão rápido que o garoto cambaleou para trás.

Huemac, com uma postura rígida, fixou os olhos escuros no garoto.

Teo conhecia Huemac desde sempre e nunca tinha visto o sacerdote de Quetzlan burlar uma regra.

— O que você...?

Huemac agarrou seus ombros e os apertou.

— Tome cuidado perto de Xochi e fique longe da água, senão Marino e Atzi vão usá-la contra você.

Ele falou tão rápido que foi difícil acompanhar.

— Fique *longe* de Dezi durante a competição. Você pode ser mais esperto que Ocelo... elu tem força bruta, mas não tanta estratégia tática. Você é inteligente e veloz, aproveite essas vantagens. E, Teo...

O garoto encarou o sacerdote-chefe sem saber o que dizer.

Huema dirigiu a ele um olhar severo.

— Não entre no caminho de Aurelio e Auristela.

Teo se assustou quando a porta atrás de si rangeu.

Niya estava no batente. Já havia trocado de roupa e vestia um cropped branco soltinho e shorts de elastano. Quando viu Teo e Huemac, congelou.

O sacerdote soltou o garoto e endireitou a postura.

— Preciso ir. Coloquei sua mochila no *armoire* — disse, lançando um olhar aguçado para Teo, então saiu do quarto às pressas.

Niya olhava de Teo para o corredor vazio repetidas vezes.

— Achei que não tínhamos permissão para falar com nossos sacerdotes — comentou ela com uma expressão confusa no rosto.

— Não temos — retrucou Teo, massageando os ombros onde os dedos de Huemac haviam apertado.

— Então o que ele estava fazendo aqui?

— Me dando conselhos, acho — murmurou Teo. Não era do feitio de Huemac ir contra os protocolos, o que era perturbador. Será que o sacerdote acreditava de verdade que Teo estava em perigo? — Ele me disse como lidar com os Ouros durante o Desafio.

Niya se sobressaltou e fechou a porta depressa.

— Huemac estava *trapaceando*? — perguntou ela, baixinho. — Estou chocada. — Niya riu. — O que ele disse sobre mim?

— Nada.

A garota bufou.

Teo revirou os olhos.

— O que você queria?

— Ah — disse Niya, como se tivesse acabado de se lembrar. — Eu ia ver se você queria fazer uma limpa na cozinha!

Um sorriso brincalhão repuxou o canto da boca de Teo. Em meio a todo o caos, ele pelo menos podia contar com o apetite insaciável de Niya.

— Tô dentro — concordou enquanto retirava o aro e a coroa de raios de sol, jogando-os sobre a cama. Dessa vez, a coroa ficou no lugar. — Acho que a gente podia convidar o Xio também.

— Uhul! Vamos ter nossa própria gangue de desajustados! — Niya abriu um sorriso largo enquanto se encostava na porta fechada, cruzando os braços.

Teo removeu a capa emplumada, então hesitou.

— Hm... — Olhou ao redor do quarto. — Cadê o *armoire*?

— *O que* é *um armoire*?

— Eu esperava que você soubesse.

Teo e Niya trocaram olhares, então explodiram em gargalhadas. Era uma sensação boa que aliviava parte da tensão em seus ombros. Se tinha mesmo que participar do Desafio, pelo menos podia contar com Niya ao seu lado. Pelo menos não estava sozinho.

CAPÍTULO 6

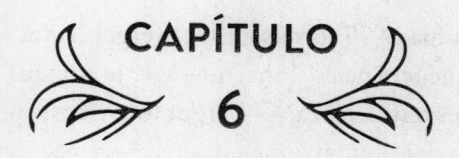

TEO TROCOU SEUS TRAJES OFICIAIS por calças de moletom confortáveis e uma camiseta.

— Só não vá assustá-lo, beleza? — pediu a Niya enquanto cruzavam o corredor.

— Como assim? — perguntou ela, com uma cara confusa, parando em frente à porta de Xio.

— Tipo, acho que o garoto está nervoso e às vezes você pode dar uma impressão meio... Você sabe... — Ele gesticulou para o corpo musculoso e com mais de um metro e oitenta de altura da amiga.

Mas, pelo jeito, Niya *não* entendeu porque apenas inclinou a cabeça.

— Forte — completou Teo, com uma risadinha.

— Qual é o problema de ser *forte*? — perguntou ela, com as mãos na cintura.

— E assustadora.

— Eu não sou assustadora! — rugiu Niya, o que fez Teo levantar uma sobrancelha. A garota fez uma careta. — Cala a boca. Eu sou muito amigável e definitivamente não assustadora.

Teo apenas olhou quando ela se virou e bateu com o punho na porta, que, infelizmente, não estava totalmente fechada e colidiu violentamente com a parede.

Do lado de dentro, Xio estava sentado na cama, com a cabeça baixa, mas se levantou em um salto quando Niya quase derrubou a porta e ergueu as mãos na tentativa de se defender.

— Nossa — gemeu Teo baixinho.

Niya abriu um sorriso brilhante.

— E aí!

Xio alternou o olhar entre os dois, alarmado.

— Oi?

— Hm, desculpa. — Teo se sentiu envergonhado. — A gente vai dar uma olhada no que tem na cozinha, quer vir? Já comeu?

— Ah... Vocês têm certeza? — perguntou Xio, surpreso. A cama parecia colossal perto dele, ou talvez apenas o fizesse parecer ainda menor. — As pessoas costumam me evitar — explicou o menino, dando de ombros de leve. — Sabe... porque eu dou "azar".

Ah. Tadinho. Teo já achava que se dava mal por ser um Jade, mas imagine só ser um Jade *e* filho de Azar? Todos deviam pensar que sua mera presença trazia má sorte.

Xio pegou o fichário grande e começou a juntar os cards.

— Pensei em facilitar as coisas ficando no quarto...

— O que é isso? — interrompeu Niya, acomodando-se sobre a cama.

— Ah, hm, não é nada. — Xio tentou ocultar o fichário, mas não foi rápido o suficiente para Niya, que o pegou e folheou as páginas.

— Cara, que coleção legal!

— Não é nada demais — disse Xio, tentando cobrir os cards espalhados, mas era tarde demais.

Teo os reconheceu na hora. Cards colecionáveis de heróis eram populares na escola e todo mundo trocava. Havia uns doze espalhados sobre a cama de Xio e ainda mais no fichário. Cada um tinha uma imagem de um Herói com suas estatísticas básicas listadas.

— Caramba — falou Teo, impressionado, enquanto olhava alguns mais de perto. Havia Heróis profissionais, como a irmã mais velha de Marino, Maré, mas também Ouros que ainda estavam em treinamento na Academia e de quem Teo nunca ouvira falar. — Você tem *todos*?

— Quase — admitiu Xio, as mãos inquietas como se tivesse que se controlar para não os pegar de volta.

Niya parecia surpresa.

— *Cadê o meu?* — perguntou, quase gritando, e virou as páginas freneticamente.

— Que incrível — elogiou Teo.

Xio o encarou. Seus ombros relaxaram um pouco.

— Mas têm muitas reimpressões e atualizações. É difícil de acompanhar.

Teo virou um card aleatório e deu de cara com os olhos flamejantes de Aurelio encarando-o de volta. O semideus estava com os braços cruzados sobre o peito e uma expressão severa — e talvez até meio irritada. O glifo da Deusa Fogo no canto superior direito indicava quem eram seus pais divinos, para o caso de as chamas de lâmina dourada ao redor das bordas não serem óbvias o suficiente.

Teo nunca havia colecionado cards, de fato. Era esquisito demais saber que sua mãe, mesmo depois de tudo que havia feito pela cidade, nunca teria um. Nem ele. Mesmo assim, era normal ganhar pacotinhos de presente de aniversário ou em rifas escolares, então Teo tinha um montinho... Pelo menos até três anos antes, quando o primeiro card de Aurelio foi lançado e uma réplica foi parar em um pacotinho que Teo havia adquirido em sua loja favorita.

Naquela tarde, o garoto deu sua caixa de cards para o pequeno Edgar, seu vizinho. Desde então, todo pacotinho que ganhava acabava indo parar nas mãos do garotinho, ainda lacrado.

— Uau, eles têm estatísticas de *tudo* hoje em dia... Forças, fraquezas, movimentos especiais — murmurou Teo, examinando alguns.

— Olha como minhas coxas estão incríveis nesse — destacou Niya, enfiando o fichário na cara do amigo para que visse o card especial em que ela aparecia partindo uma pedra ao meio com um chute.

Teo se inclinou por trás de Niya e abriu um sorriso provocativo para Xio.

— Você é tipo um nerd dos Heróis, né?

As bochechas de Xio coraram.

— É, acho que sou.

— Isso vai ser útil nas provações. Que sorte que você trouxe isso.

Com esse tipo de conhecimento enciclopédico, talvez Xio não estivesse tão perdido quanto Teo havia pensado.

— Acabei de lembrar que ainda estou com fome! — anunciou Niya, devolvendo o fichário para Xio e se levantando em um pulo.

— Você devia vir com a gente — insistiu Teo enquanto Xio arrumava os cards. — Todo mundo já deve estar na cama, e Niya e eu já somos os encrenqueiros de qualquer jeito.

— É verdade — concordou Niya, animada.

Teo meio que esperava que Xio fosse recusar o convite, mas então um sorriso minúsculo curvou seus lábios.

— É, tá bom. — Ele tirou o cabelo do rosto.

Niya sorriu, orgulhosa, e dirigiu um olhar do tipo "Eu avisei" para Teo, que ignorou a amiga.

Xio se enroscou com o cobertor felpudo para sair da cama. Vestia calças quadriculadas de pijama e uma velha camiseta cinza de manga comprida. As peças eram grandes demais para ele, o que fez Teo achar que eram de segunda mão.

— Bracelete legal — elogiou Niya.

Em volta do pulso de Xio havia um cordão com coral vermelho, olhos de jade e esferas mate de azeviche. Um pingente preto brilhante em forma de punho com uma junta saliente do dedo indicador pendia da pulseira.

— Obrigado — murmurou ele, puxando a manga para cobrir o bracelete em um gesto rápido.

— É um bracelete de azeviche, né? — perguntou Teo.

— É — O rosto de Xio ficou vermelho. — É do meu pai.

— É legal — afirmou Teo, sem querer que o menino se sentisse muito exposto.

Até onde Teo sabia, apenas bebês usavam braceletes de azeviche para dar sorte. Ele pensou que fazia sentido que Xio usasse um. É preciso sorte quando se é filho de Azar, certo? Ou a má sorte vinha no pacote?

Má sorte não parecia uma boa característica de se ter ao competir no Desafio dos Semideuses. Mas, mais do que isso, Xio devia sentir saudades do pai, e era exatamente essa a razão pela qual precisava de uma distração.

Teo estava esperando um refeitório parecido com a cantina de sua escola, com mesas redondas e ladrilhos de linóleo. Mas a sala de jantar na qual entraram era tão chique quanto o restante do templo. Uma longa mesa com cadeiras de espaldar alto estava abarrotada de tigelas com frutas frescas. No teto, pendia um grande lustre no formato do sol.

— Uau! — exclamou Xio em voz baixa, admirado.

— Na real... — concordou Teo.

— Que foi? — perguntou Niya, olhando ao redor.

— Esse lugar é chique pra cacete — explicou Teo.

— É?

Xio dirigiu um olhar desconfiado à garota.

Teo deu uma cotovelada no braço da amiga.

— Nem todo mundo aqui é das cidades Ouro. Ela não é uma babaca, eu juro — acrescentou Teo para Xio.

— Não de propósito — completou Niya, sem se incomodar.

O menino soltou uma risadinha surpresa.

Duas pessoas entraram vindo da cozinha. Quer dizer, não pessoas, Teo percebeu, mas deuses.

A deusa os notou primeiro e seu rosto se iluminou.

— Olá.

— Doce! — cumprimentou Niya, animada, saltitando em direção à deusa enquanto Teo a seguia e Xio mantinha uma distância segura atrás.

Com um sorriso caloroso e a personalidade gentil, a Deusa Pão Doce era uma das pessoas favoritas de Teo. Era baixa, com poucas curvas e usava o cabelo trançado em espirais de ambos os lados da cabeça, como pãezinhos açucarados.

Sua contraparte, o Deus Milho, estava menos animado ao vê-los.

— Sol me ajude — gemeu ele, parando de modo abrupto.

Para um deus da colheita, a figura alta e magra não parecia comer muito. Tinha o rosto alongado, o nariz largo, a pele negra e olhos da cor de folhas de tabaco, que, no momento, encaravam Teo e Niya de modo nada amigável.

Milho e Doce eram ambos Jades, e portanto não eram tão reverenciados como os deuses Ouro maiores, mas todos reconheciam que os dois formavam a espinha dorsal do evento. Tratavam-se dos melhores chefs de todo o Reino de Sol, muito dedicados à sua arte, apesar de Milho levar as coisas um pouco mais a sério do que Doce.

— Gostei do novo corte de cabelo — comentou Teo.

Antes do Incidente, Milho tinha trancinhas reluzentes que caíam até o meio das costas. Agora o cabelo estava arrumado no estilo 360 waves.

Milho o encarou, ameaçador, com a ponta da sobrancelha direita ainda faltando.

— O que você quer?

— Vamos chegar lá — disse Teo, dispensando a questão. — Primeiro, como você está?

— Muito ocupado — retrucou Milho.

— Vocês precisam de algo? — perguntou Doce, amarrando um avental na cintura.

— A gente estava pensando em um lanchinho da madrugada — sugeriu Niya, sentando-se em um banco e se balançando. — Será que você poderia fazer um chocolate quente para nós?

— E pão, se você tiver algum? — acrescentou Teo.

— Por favor? — concluíram ambos, em uníssono, com sorrisos estampados no rosto.

Doce sorriu, aprumando-se para voltar à cozinha.

— Vai ser um pra...!

— *Não!* — vociferou Milho, impedindo-a.

Teo se jogou sobre a bancada em um movimento dramático.

— Mas precisamos de açúcar!

Doce olhou para Milho, mas ele não cairia nessa.

— Se querem se tornar um Portador de Sol, precisam de *proteína* e *vegetais* — afirmou.

Mas a piada havia se voltado contra Milho... Teo não tinha a menor vontade de vencer as provações. Queria apenas que acabassem o mais rápido possível.

— Mas Deus Milho! — choramingou Niya.

De canto do olho, Teo percebeu Xio sorrindo.

— Não! Eu já parei de cozinhar por hoje — anunciou Milho, então enxugou as mãos em uma toalha e atravessou a sala, resoluto. — Se precisam de um lanche, há muitas frutas na mesa. Vocês nem deveriam estar comendo a esta hora. Faz mal dormir de barriga cheia. — Já na porta, ele parou e se virou. — *Boa noite.*

Então o Deus Milho desapareceu.

— Sinto muito — disse Doce, com um sorriso apologético. — Ele teve um dia muito longo, e está pensando no melhor para vocês, *de verdade.*

Niya deixou os ombros caírem e seu lábio inferior formou um beicinho.

— A gente sabe.

Teo apoiou o queixo na mão.

— Os sacerdotes Quetzlan sempre me faziam chocolate quente quando eu não conseguia dormir. Só estamos com um pouco de saudade de casa. — Ele deu de ombros e suspirou de maneira teatral.

Doce fez uma cara preocupada e juntou as mãos.

— Né? — Teo se virou para dar um olhar sugestivo para Niya e Xio.

— Ah, sim, com muita saudade de casa — concordou Niya, balançando a cabeça vigorosamente.

Xio levou um momento para entender, mas finalmente assentiu também.

A pobre da deusa olhou para os três, arrasada. Pareceu embarcar em um devaneio profundo, e sua boca se retorceu enquanto ela olhava ansiosa para onde Milho havia saído.

— Tá bom, tá bom, só um *agradinho*! — sussurrou ela, então se apressou para a cozinha.

— Milho é rigoroso — contou Niya a Xio. — E a gente meio que fez merda com o cabelo dele. Ele ainda não superou. É uma longa história.

— Doce é bem mais agradável — emendou Teo.

Ele mal havia terminado a frase quando Doce irrompeu de volta na sala com uma enorme bandeja com três copos de barro fumegantes de chocolate quente — com chantilly e lascas de canela — e uma pequena montanha de doces assados de todos os formatos e tamanhos possíveis.

Os olhos de Xio se arregalaram enquanto Doce apoiava a bandeja na ilha.

— *Uau.*

— Obrigada, Doce! — cantarolou Niya, puxando a deusa para um abraço apertado.

— Imagina. — Ela soltou uma risadinha, o ruborizando as maçãs do rosto.

— Você é a melhor — concordou Teo, pegando um copo e um doce no formato de um porquinho.

— Tomem cuidado para Milho não pegar vocês aqui — avisou ela, espanando o avental depois que Niya a soltou. — Se acontecer, eu não tive nada a ver com isso!

— Não vamos contar a ninguém — prometeu Niya, com a boca cheia, depois de devorar metade de um biscoito de massa folhada.

— Obrigado — disse Xio em um tom gentil, com um sorriso tímido e o chocolate quente nas mãos.

Pão Doce sorriu radiante e entregou guardanapos a todos antes de se retirar.

Eles levaram os chocolates quentes e pães para a área comum. Teo apoiou a bandeja em uma mesinha de centro e eles se jogaram nas cadeiras estofadas. A bebida estava incrível: espumosa, aveludada e com a quantidade exata de tempero. O pão era perfeito, como só Doce poderia fazer, mas Teo teve que parar depois da segunda concha.

— Vou entrar em coma alimentício — gemeu Xio, com farelos rosados no canto da boca.

— Alguém vai ter que me levar rolando para a primeira provação — concordou Teo.

— Vocês são dois *fracos*! — brincou Niya, então deu outra mordida grande em mais um doce de massa folhada no formato de bigode e bebeu um gole do chocolate quente. Engoliu, bateu no peito com o punho e soltou um arroto tão alto que Xio se sobressaltou.

Os três se acabaram de rir. Teo havia atingido o estágio engraçado em que se está muito elétrico para descansar, animado demais por causa do consumo de açúcar.

De repente, vozes se aproximaram pelo corredor.

— Espera... *shiiii* — sibilou ele. — Tem alguém vindo! — Enfiou a bandeja quase vazia embaixo da mesa enquanto Xio e Niya afundavam ainda mais nas cadeiras.

O murmúrio ficou cada vez mais alto até Teo finalmente identificar a voz.

— Eles não deviam participar — dizia Aurelio, a voz baixa e rouca. — Não é certo, eles são *Jades*.

As palavras atingiram Teo como um soco no estômago.

— Pelo menos a gente não precisa se preocupar com quem vai perder — respondeu Auristela, em alto e bom som, enquanto eles passavam pela porta. — Seria uma pena se um de nós acabasse como sacrifício.

Niya fez menção de se levantar, mas Teo ergueu a mão e balançou a cabeça. A julgar pelo olhar furioso e determinado no rosto da amiga, ele achou que Niya fosse ignorá-lo e marchar pelo corredor atrás dos semideuses de qualquer jeito. Mas então ela cerrou os dentes e se afundou de volta no assento, os dedos se fechando nos braços da cadeira.

— É, vai ser mais fácil manter as primeiras colocações na classificação. — Dessa vez foi a voz de Ocelo. — A gente vai poder se concentrar só em vencer.

Do outro lado, o queixo de Xio se abaixou até o peito.

— Isso não é... — começou Aurelio, mas Teo havia escutado o suficiente.

— Não liga para eles, Xio — disse ele, mais alto que as vozes, que já se afastavam pelo corredor.

Xio assentiu, mas não ergueu o olhar, apenas brincava com o bracelete do pai.

A mandíbula de Teo se contraiu. Logo quando tinham conseguido fazer o menino sair da concha, os Ouros tinham que aparecer e estragar tudo.

— Você devia ter me deixado ir atrás deles — rugiu Niya.

— E deixá-los achar que mexeram com a gente? Sem chance — retrucou Teo, cruzando os braços e tentando ignorar o calor que se espalhava por sua nuca. — Vamos revidar depois, prometo — acrescentou, para Xio.

Niya parecia satisfeita com a resposta, apesar de Xio não parecer tão seguro.

— Que merda. Na TV, eles sempre aparecem como os Heróis altruístas que protegem todos nós, os pobres civis, mas é tudo uma fachada — disse Teo, furioso. — Sem querer ofender, Niya.

— É verdade para *eles*. Não me irrito com os outros, mas Auristela e Ocelo são cruéis pra cacete. E Aurelio? — Ela riu e balançou a cabeça. — O cara só fica lá sentado na aula igual a um robô, como se tivesse sido *programado*. Foi mal — acrescentou, ao perceber a expressão de Teo. — Eu sei que vocês eram amigos.

— Você era amigo do Aurelio? — Xio finalmente abriu a boca.

— *Era* — enfatizou Teo, endireitando-se no assento. — Já faz muito tempo.

O menino franziu a testa.

— O que aconteceu?

Teo não estava com vontade de recontar uma história antiga. Havia explicado por alto para Niya, e ela não insistiu por mais detalhes. Mas se compaixão fizesse Xio se sentir melhor...

— A gente era amigo quando criança — começou Teo, despedaçando uma concha enquanto falava. — Aurelio e Auristela foram criados principalmente pelo pai mortal. Eu nunca o conheci, mas todo mundo fala que ele é superlegal, muito diferente da Deusa Fogo. Tipo, você viu, ela não é exatamente do tipo *carinhosa*.

Xio e Niya assentiram.

— Eu era muito extrovertido e Aurelio era supertímido — explicou Teo.

Na primeira vez que vira Aurelio, ele parecia minúsculo em comparação ao grupo de sacerdotes de robes pretos que o cercavam. Ocelo e Auristela eram grudados um no outro, mas Aurelio sempre andava acompanhado por um sacerdote, olhando ao redor, com medo, como se estivesse à beira das lágrimas.

— Quando vi Aurelio pela primeira vez em uma cerimônia aleatória... ele parecia estar precisando de um amigo.

Teo achou que Aurelio fosse solitário, e se identificou com o sentimento, então decidiu que deveriam ser menos solitários, juntos. Aurelio saiu um pouco da bolha e, sempre que havia uma cerimônia no Templo Sol de que todos os deuses e semideuses participavam, os dois eram inseparáveis. Na maior parte do tempo, Quetzal cuidava deles, que brincavam de pega-pega e pique-esconde ao redor das grandes asas da deusa.

— Mesmo quando ficamos mais velhos, ele não falava muito, a não ser quando mencionavam a Academia — continuou Teo.

A escola de elite para Ouros era comandada pela Deusa Fogo em sua cidade natal, San Fuego. Quando ela não estava exercendo seu cargo político ao lado dos deuses do Templo Sol, estava ensinando lá.

Aurelio sempre falava sobre ir para a Academia, sobre como se tornaria um Herói e finalmente poderia passar um tempo com a mãe. Durante anos, Teo presumiu que também iria para a Academia. Ele e Aurelio corriam pelo templo, fingindo lutar contra monstros e resgatar civis. Teo até fez cards colecionáveis para ele e Aurelio.

Então sua mãe contou que apenas Ouros iam para a Academia.

Aurelio ingressou no ano seguinte ao último Desafio dos Semideuses. Teo ficara de coração partido, mas o amigo prometeu que contaria *tudo*. O Ano Novo foi a primeira vez que se encontraram depois da notícia. Teo viu Aurelio do outro lado do salão, com Auristela e Ocelo. Correu até ele querendo saber tudo sobre a Academia.

Em vez de um encontro caloroso, como acontecia todo ano, Aurelio foi frio e indiferente. Teo tentou fazer perguntas, mas Aurelio deu apenas respostas curtas, sem nem olhar para o garoto. Teo manteve o olhar baixo enquanto a Deusa Fogo observava.

— O que foi? — perguntou Teo na época.

— Para de encher o saco dele — intrometeu-se Auristela, então puxou o braço do irmão.

— Ouros só são amigos de Ouros — anunciou Ocelo, com escárnio.

— Isso aí, nada de Jades por aqui — concordou a menina.

Teo tentou fazer contato visual com Aurelio, mas o garoto desviou o olhar.

Ele se lembrava de como fora humilhante, como seu coração batia forte enquanto Ocelo e Auristela riam e Aurelio se recusava a lhe dirigir a palavra. Huemac encontrou Teo algum tempo depois. Estava escondido debaixo da estátua do sol no pátio, chorando.

Mas ele deixou essa parte da história de fora.

— Ele começou as aulas na Academia, e desde então a gente não teve mais nenhuma conversa de verdade — finalizou Teo, dando seu melhor para ignorar a queimação no fundo da garganta.

— Aí você fez um upgrade para *mim* — acrescentou Niya, com um sorriso largo.

Teo soltou uma risada aliviada.

— Fiz mesmo.

— Auristela, Aurelio e Ocelo são chamados de Trio Dourado porque estão no topo da classificação na Academia, mas são uns babacas. Só querem se tornar Portadores de Sol, mas apenas um pode vencer. Provavelmente vão começar a se destruir durante o Desafio. Vocês vão ver, eles vão ter o que merecem — declarou Niya, com um sorriso satisfeito.

— Espero que esteja certa.

— Umas garotas da escola costumavam me zoar muito — disse Xio, de repente, em voz baixa.

— Sério? — perguntou Teo. Quem tinha coragem de zoar um filho de Azar?

— Meu cabelo era muito longo, e elas ficavam falando que gostavam muito dos cachos e que achavam uma *gracinha*. — Xio fez uma careta ao pronunciar a última palavra.

A irritação borbulhou sob a pele de Teo. Ele sabia muito bem como era.

— Mesmo depois de me assumir trans e cortar o cabelo, elas continuavam tocando nos cachos e falando que eram uma gracinha. Eu odiava. — Xio franziu a testa e puxou uma mecha do cabelo sem perceber. — Aí um dia as três pegaram uma infestação de piolho. Tipo, uma infestação muito ruim *mesmo*, a ponto de precisarem raspar a cabeça.

— Credo — disse Niya, com o punho pressionado na boca, mal conseguindo conter a risada.

Xio deu de ombros de leve.

— Azar, eu acho.

— Elas mereceram — concordou Teo, bufando. — Eu adoro seu cabelo. Vejo uns caras nas redes sociais fazendo permanente para ter um cabelo parecido com o seu, mas nem de perto fica tão legal.

— É *muito* bonito — concordou Niya, assentindo com vigor.

Pela primeira vez na noite, Xio sorriu.

Teo devolveu o sorriso. Era legal conhecer alguém que havia passado pelas mesmas merdas. Niya era sua melhor amiga, mas também era uma garota cisgênero e Ouro, então não entendia muita coisa sobre a vida de Teo.

Mas Xio entendia.

Teo se empertigou.

— Sabe de uma coisa? A gente deveria formar um time.

— Um time? — repetiu Niya, passando o dedo no interior da caneca para pegar as últimas gotas do chocolate derretido.

— É, tipo, se aqueles três querem acabar com a gente, por que não trabalhamos juntos para derrubá-los? Podemos ser o Trio Jade, ou, bom, Niya é uma Ouro, mas vocês entenderam.

Os olhos da garota brilharam.

— Podemos ser o Trio Arrasador, porque vamos arrasar com eles! Aaah, ou o Trio do *Arraso*, porque somos todos um arraso! Ou minha bunda pelo menos é um arraso. Xio, como é sua bunda? — perguntou ela, lançando um olhar sugestivo para o menino. — Tonificada? A gente pode começar um treino de agachamentos.

Xio hesitou, a mão paralisada a meio caminho de pegar outro doce.

— Eu não dou a mínima sobre virar Portador de Sol — disse Teo. — Só quero sobreviver ao Desafio inteiro, então vamos ser mais fortes se trabalharmos juntos, certo? — Ele se virou para Xio. — Com tudo que você sabe sobre os Ouros, a gente *definitivamente* vai conseguir ser mais esperto. Não precisamos passar por isso sozinhos. Podemos mostrar que eles estão errados.

Teo podia tomar conta de Xio. A convocação não precisava ser uma sentença de morte.

— Eu não sei — disse Xio em um tom indeciso, esfregando a nuca. — Não quero atrasar vocês...

— Você não vai.

— Sempre odiei aqueles imbecis mesmo, são obcecados com hierarquias e status — debochou Niya, revirando os olhos. — Você sabe que ouro, é tipo, o metal mais *inútil*, né? — Ela virou o pulso e um dos braceletes dourados saltou para sua mão. — É macio demais, não é bom para nada, só é bonito. — Ela fechou os dedos, e a peça se transformou em um caroço amassado. — Na verdade, o jade era muito mais valioso antigamente.

Teo sorriu, a adrenalina correndo por suas veias.

— Podemos ajudar uns aos outros e garantir que nenhum de nós seja o sacrifício. Isso vai mostrar para eles do que somos capazes. — O garoto já estava inebriado com a ideia de ver as caras de Aurelio, Auristela e Ocelo diante de um Ouro em último lugar. — O que acham?

— Estou *super* dentro — afirmou Niya, inclinando-se para a frente e esfregando as mãos.

Xio passou um longo momento mordendo o interior da bochecha, mas então assentiu, os cachos balançando sobre a testa.

— Tá bom.

Uma leveza repentina fez com que Teo se sentisse eufórico.

— Então somos nós contra eles.

Participar do Desafio não soava mais como uma sentença de morte. Eles haviam ganhado a chance de provar algo. Não apenas para os Ouros, mas para todo mundo.

CAPÍTULO 7

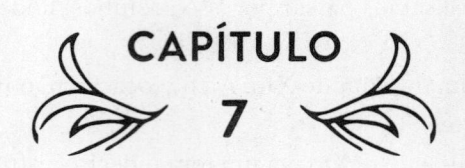

NAQUELA NOITE, Teo dormiu muito mal. Achou que repousar na cama chique seria como dormir em uma nuvem, mas era macia demais, diferente demais. Ele passou horas virando de um lado a outro na tentativa de achar uma posição confortável. Também tinha o fato de que o quarto era silencioso demais. O garoto estava acostumado ao zumbido constante de Quetzlan entrando pela janela aberta toda noite. Ali, o silêncio fazia pressão em seus ouvidos.

Cedo demais, uma leve batida na porta o acordou de um sono inquieto. Um sacerdote de Sol enfiou a cabeça para dentro e informou que o café da manhã estava pronto. Teo passou bastante tempo no chuveiro, deixando a água quente aliviar a tensão em suas asas. Com a visão turva, colocou o binder e saiu aos tropeços pelo corredor.

Quando entrou na sala de jantar, encontrou Niya sentada à longa mesa. A garota raspava o último pedaço de gema de ovo de um de seus dois pratos limpos com um pedaço quebrado de tortilla.

— Bom dia! — cumprimentou ela, dando um pulo da cadeira.

— Tem café? — perguntou Teo, então semicerrou os olhos em direção ao buffet que Milho e Pão Doce haviam preparado.

— Um montão. E Doce nos arranjou mais açúcar para incrementar — respondeu Niya, cruzando a sala até Teo em poucas passadas largas. Parou e o observou de cima a baixo. — Espera, por que você não está vestindo o equipamento?

Teo esfregou os olhos com as mãos fechadas.

— Que equipamento?

Então ele percebeu que Niya já estava vestida. Seu cabelo escuro estava trançado do jeito usual, mas a roupa chamou sua atenção.

Parecia uma vestimenta esportiva futurista e de alta tecnologia de revista. Niya usava leggings justas e um top esportivo de compressão. O material era preto, mas Teo conseguia distinguir um sutil padrão hexagonal de colmeia. Linhas de material dourado e fios de tela cruzavam suas coxas e destacavam o top. Raios de sol haviam sido bordados com fio dourado na parte superior esquerda do peito de Niya, e o glifo de montanha de sua cidade natal, La Cumbre, estava costurado dentro do sol.

— O que você está vestindo? — perguntou Teo, muito mais desperto de repente.

A expressão confusa de Niya se desfez, e ela pareceu se dar conta de algo terrível.

— São nossos uniformes de treinamento da Academia.

Nossos? Teo olhou além de Niya e viu Xochi, Atzi, Marino e Dezi sentados à mesa e comendo. Todos vestiam roupas similares às de Niya, com pequenas variações.

Teo, por outro lado, estava de pijama.

Alguém riu, e ele se virou para Ocelo, Aurelio e Auristela, que entravam na sala. Ocelo exibia um sorriso largo e maldoso. Auristela cobria o riso com a mão e cutucava o irmão, mas Aurelio não reagiu. Olhou Teo de cima a baixo, em silêncio e com a cara amarrada.

Ocelo, semideuse da guerra, estava entre os gêmeos. Era até engraçado ver quão baixe era em comparação aos amigos. Vestia um uniforme de treinamento que deixava os braços e as pernas expostos. Aurelio e Auristela usavam as mesmas roupas combinando que haviam usado no incêndio em Quetzlan: leggings, shorts e tops sem manga que deixavam a barriga à amostra.

Os braceletes dourados de Aurelio ainda estavam firmes no antebraço, e a luva estranha de três dedos, em suas mãos. O material fino do uniforme estava colado ao peito e às coxas, abraçando cada curva de músculo, sem deixar quase nada para a imaginação.

Era terrível o fato de ele ser tão babaca e ainda assim *tão* gostoso usando aquelas roupas de treinamento.

— Cadê seu uniforme? — perguntou Aurelio, de repente, com a mesma porcaria de careta.

Teo estava prestes a perguntar o que ele queria dizer quando Ocelo soltou uma risada maldosa.

— É, cadê? Você vai mesmo competir de moletom?

As mãos de Teo se fecharam em punhos, a vergonha era como um tapa quente na nuca.

Sem aviso, Niya investiu contra Ocelo. Elu tropeçou para trás, surprese.

Niya bufou pelo nariz e cruzou os braços.

— É, foi o que eu pensei.

Foi Teo quem riu dessa vez. Ele olhou de volta para Aurelio, que encarava a mesa de café da manhã como se estivesse prestes a incendiá-la.

A expressão aturdida de Ocelo logo se contorceu em um rosnado.

— O que significa isto?

Vindo da cozinha, a Deusa Lua havia entrado na sala de jantar. Seus olhos escuros eram penetrantes.

— Há algum problema? — perguntou ela, a voz calma e firme.

Teo se endireitou e pigarreou enquanto os outros quatro também se arrumavam a fim de parecerem o mais inocentes possível.

— Não, Deusa — respondeu Ocelo em um grunhido, como se fosse fisicamente doloroso segurar a língua.

Todos sabiam muito bem que não deviam invocar a ira de Lua.

Após outro momento de escrutínio, a deusa assentiu.

— Teo, venha comigo. Seu uniforme espera por você — declarou Lua, então gesticulou para que ele a seguisse. — Xio acabou de tirar as medidas.

Teo a seguiu de volta para o corredor, fazendo questão de manter o queixo erguido.

A Deusa Lua o levou até uma sala onde um pequeno grupo de sacerdotes de Sol aguardavam. No centro, havia um estrado circular com um conjunto de três espelhos e uma arara de roupas.

— Confeccionamos para você um uniforme como aquele que os estudantes da Academia recebem. Não sabíamos suas preferências e estávamos com o tempo um pouco apertado, então tivemos que nos basear em nossos próprios critérios — explicou Lua, puxando uma camisa da arara e entregando-a a Teo.

O garoto passou os dedos pela camisa de manga curta e observou mais de perto o padrão hexagonal de colmeia sob a luz. Em vez dos detalhes em ouro, como a roupa de Niya, os de Teo eram verde-jade.

— É muito elegante — murmurou ele ao notar o glifo de Quetzlan costurado no sol com o fio no mesmo tom de verde.

— É a última geração de equipamento de performance. Absorve umidade e é resistente a rasgos. O tecido vai aguentar os danos melhor do que sua pele de semideus.

— Danos? — repetiu Teo, lançando um olhar nervoso para Lua.

Ela abriu um sorriso paciente.

— Você está participando do Desafio dos Semideuses, Teo.

O garoto tentou ao máximo ignorar o buraco que havia se formado em seu estômago. Não queria pensar nos possíveis cenários de laceração de roupa que o aguardavam. Ao passar a mão na parte de trás da camisa, sentiu duas fendas verticais.

— Para que servem? — perguntou ele, deslizando os dedos pelas aberturas.

— Todos os uniformes são adaptados para os talentos específicos de cada semideus. Alguns são retardadores de chamas, outros possuem uma elasticidade maior. Isto é para suas asas.

— Minhas asas? — Teo balançou a cabeça e tentou devolver a camisa. — Eu não uso as asas.

As sobrancelhas de Lua se uniram.

— Você vai precisar delas nas provações...

— Não, não vou. Consigo me virar sem elas — afirmou Teo.

Lua lhe dirigiu um olhar que rivalizava a exasperação sofrida de Huemac, mas Teo não se intimidou.

— Então não as use, mas você ainda precisa vestir o uniforme — disse ela, ignorando a mão estendida do garoto. — O material tem elasticidade o suficiente para que elas caibam por dentro.

Teo se sentiu tentado a argumentar que precisava de uma camisa nova, mas não quis arriscar a sorte com a deusa.

— Tudo bem — concordou ele, a contragosto.

Com alguma ajuda dos sacerdotes, Teo colocou o uniforme e conseguiu encaixar as asas dentro da camisa com a ajuda do binder, então se virou de frente para o espelho, examinando-se e se sentindo ridículo.

As roupas eram justas *demais*. Ele se sentiu exposto. Graças a Sol, haviam lhe dado shorts, mas eram curtos e toda vez que Teo tentava puxá-los para baixo, em direção ao joelho, a peça esticava de volta até o meio das coxas.

As portas se abriram e Fofoca e Verdade entraram desfilando.

— Quem é o próximo? — perguntou Fofoca, seguido por dois assistentes.

Quando viram Teo, levantaram as enormes câmeras e começaram a fotografar.

Teo levantou as mãos, desconfortável, enquanto os flashes dançavam em seus olhos.

— O que ele está fazendo aqui? — perguntou o garoto à Lua, com uma careta. A última coisa que queria agora era uma plateia.

— Precisamos de fotos promocionais de todos os competidores usando uniforme — explicou a deusa.

— Terminamos agora a sessão do seu amiguinho esquisito — anunciou Fofoca, sorridente. Havia trocado a roupa vermelha por uma laranja, igualmente horrenda, e usava um batom que combinava.

— Mais um Jade — observou Verdade, que usava um terninho simples, fazendo anotações. — *Dois* competidores Jade pela primeiríssima vez. — Ela olhou de relance para Teo por cima dos óculos. — Eu adoraria uma perspectiva em primeira pessoa sobre o que isso significa.

Teo ignorou ambos.

— Não quero tirar fotos.

— Adolescentes, sempre tão envergonhados — comentou Fofoca, achando graça.

— Você não está acostumado a estar sob os holofotes, não é? — perguntou Verdade.

Lua pelo menos pareceu se solidarizar com o olhar suplicante de Teo, mas não adiantou.

— Sinto muito, mas faz parte do trabalho — disse ela.

O garoto gemeu e jogou a cabeça para trás.

— *Tá.* — Ele subiu de volta no estrado e fez uma careta para Fofoca. — Só quero que acabe logo.

— O sentimento é mútuo — afirmou Fofoca.

Verdade deu um passo à frente.

— *Eu* adoraria conversar com você, Teo. Talvez nós pudéssemos...

— *Não* — retrucou Teo, ríspido.

Esperou enquanto Fofoca latia ordens e seus assistentes tiravam uma foto atrás da outra sem parar. Teo não sabia o que fazer nem como posar. Não conseguiu nem pensar em onde colocar as mãos antes que Fofoca dissesse que haviam terminado.

— Acho que é o melhor que vamos conseguir — declarou o deus ao verificar o rolo da câmera, então o dispensou sem sequer erguer o olhar. — Pode voltar a ficar com raiva do mundo agora.

— Teo, sério — Verdade tentou de novo. — Se você...

O garoto saiu da sala furioso, na esperança de nunca ter que ver aquelas fotos.

Quando voltou à sala de jantar, a maioria dos Ouros estava sentada em uma ponta da mesa conversando e nem sequer notaram sua chegada. Aurelio observou enquanto o ex-amigo se aproximava de Niya e Xio. Teo fez de tudo para ignorá-lo.

O uniforme de Xio era similar ao dele, mas o menino usava uma jaqueta leve por cima.

— Que elegante — Niya sorriu enquanto Teo se deixava cair no assento ao seu lado.

— Estou me sentindo ridículo — resmungou ele, então puxou o colarinho alto da camisa. — Onde você conseguiu uma jaqueta?

Xio deu de ombros enquanto mastigava uma lasca de abacaxi salpicada de tempero Tajín.

— Eu pedi. Estava me sentindo meio pelado.

Teo bufou.

— Que merda, por que não pensei nisso?

Niya riu e deu um tapa forte nas costas do amigo.

— Você vai se acostumar. Agora come, temos que arrasar nas provações de hoje!

Xio empurrou o prato para longe.

— Está nervoso? — perguntou ele a Teo, em uma voz baixa.

— Fica tranquilo. Vamos ficar bem. Só precisamos escapar do último lugar — respondeu ele, dando uma sacudida encorajadora no braço de Xio. — Você está com a pulseira, certo?

Xio assentiu, então puxou a manga para mostrá-la.

A alguns assentos de distância, Aurelio encarou a peça.

— Por que você tem uma pulseira de azeviche? — perguntou Aurelio, parecendo mais curioso do que qualquer outra coisa, mas a última coisa que Teo queria era que Xio fosse colocado sob os holofotes pelo Garoto Dourado das provações.

— Para dar sorte — retrucou Teo, mas Aurelio nem sequer olhou em sua direção.

— Por que você precisa de uma pulseira para dar sorte se é filho de Azar?

— Por quê? Está com medo de mim? — perguntou Xio, com uma pontada de desafio na voz.

Aurelio permaneceu em silêncio. Os dois se observaram por um momento, então Aurelio balançou a cabeça e se virou.

Teo deixou escapar uma risada surpresa.

— Nossa, sabia que gostava de você por um motivo — elogiou Niya, em aprovação.

— É, acho que a gente realmente não tem que se preocupar. Você sabe se virar — concordou Teo, tocando o ombro de Xio com o seu.

O menino abaixou a cabeça e sorriu.

— Acredito que estejam todos preparados para viajar para a primeira cidade-sede, correto? — perguntou Lua ao entrar na sala de jantar.

De imediato, murmúrios animados passaram entre os Ouros. Até Niya sorria de orelha a orelha. Teo tentou ignorar o buraco no estômago.

— No dia seguinte a cada provação, vocês vão ter um tempo para explorar a cidade-sede...

Pela primeira vez, Teo sentiu uma onda de empolgação. Ele *finalmente* veria as outras cidades com os próprios olhos.

— Nesse dia, o deus anfitrião vai nos oferecer um banquete de despedida à noite, antes de embarcarmos para a próxima cidade. Seus pertences já foram reunidos — explicou Lua, gesticulando para que se levantassem. —, então, se me acompanharem, podemos começar a jornada.

— Para onde vamos hoje? — perguntou Atzi, quase vibrando na beirada do assento.

Lua sorriu.

— A cidade-sede da primeira provação será La Cumbre.

— ISSO! — gritou Niya, dando um soco no ar.

Teo relaxou um pouco. Não estava exatamente *aliviado*, mas ir para a cidade natal de Niya soava menos aterrorizante do que as outras opções.

Auristela bufou e cruzou os braços sobre o peito.

— Não é justo! — reclamou Ocelo, com a cara amarrada e furiosa.

— Ah, cala a boca! — retrucou Niya.

— O pai dela vai trapacear e facilitar as coisas! — acusou Ocelo.

— Já está inventando desculpas para explicar por que vai ficar em último lugar? — zombou Teo. A expressão enfurecida de Ocelo era uma visão satisfatória.

— As cidades-sede foram decididas e arquitetadas pelos deuses muito antes da seleção — explicou Lua.

Ocelo abriu a boca, mas quando a deusa lhe dirigiu um olhar severo, elu a fechou de imediato.

— Você pode nos dar uma dica de como será a primeira provação? — perguntou Xochi com a voz doce, batendo os cílios.

— Vai ter lava? — perguntou Atzi.

— Espero que não — rebateu Marino, engasgado.

— Isso não daria uma vantagem injusta para Aurelio e Auristela? — perguntou Xio a Teo, a expressão preocupada.

Antes que Teo pudesse tranquilizá-lo, Auristela se intrometeu.

— É uma droga ser uma droga, hein — provocou ela, abrindo um sorriso sarcástico do outro lado da mesa, em voz baixa para que Lua não ouvisse.

Um som ritmado e metálico baixo atraiu a atenção de Teo para Aurelio, que tamborilava os dedos em um dos braceletes dourados, com a cabeça virada em direção às janelas. Muito útil.

Teo revirou os olhos e ignorou os gêmeos.

— Tenho certeza de que vai ficar tudo bem — afirmou para Xio, apesar de ele mesmo não acreditar muito.

— Ninguém vai dar dicas — disse Lua, a voz mais alta do que a onda de burburinhos animados. — O fato de ser Terra quem organiza e lidera as provações deveria ser uma dica por si só. Vocês são todos inteligentes e capazes...

— Discutível — resmungou Teo, baixinho. Xio cobriu o sorriso com a mão.

— Tenho certeza de que conseguem imaginar alguns cenários por conta própria. Vai ser um campo igualitário para todos os competidores — garantiu Lua, olhando para todo mundo, um por um. — Entendido?

Teo segurou uma risada sarcástica. *Campo igualitário.* Tá bom. Tudo que ele podia fazer era dar seu melhor e tomar conta de seus amigos. Precisava se concentrar apenas nisso.

E talvez atrapalhar a vida de alguns Ouros no processo.

⁕

Teo já tinha visto navios de cruzeiro na TV e muitos barcos de turismo pessoalmente, mas o que usariam para viajar pelo Reino de Sol era outro nível.

Parecia uma mistura de iate com balsa. Era elegante e alto, com três andares de janelas enormes. O barco em si era branco, mas o casco era pintado com ondas agitadas em tons de azul: ciano, cobalto e marinho. O padrão era familiar, mas Teo não conseguiu identificar de onde até notar as bandeiras na popa e na proa. A de trás era branca e tinha o glifo de Sol costurado em linha dourada, e a da frente exibia as ondas turbulentas da Deusa Água. Faixas exibiam cada um dos glifos dos competidores. O olho verde-jade de Azar e o pássaro de Quetzal eram os únicos pontos coloridos entre as flâmulas douradas.

Os Ouros, inclusive Niya, atravessaram o plano inclinado como se fizessem isso o tempo todo. Apenas Teo e Xio ficaram para trás.

— Uau — sussurrou o menino, e Teo ficou feliz em não ser o único. — É maior do que minha escola inteira.

Teo sorriu.

— Caramba, e eu achando que a Quetzlan High era a menor de todo o reino — provocou ele, dando um cutucão no menino

Quando chegaram ao convés, sacerdotes de Sol entregaram copos finos de cristal cheios de algo transparente e borbulhante.

— Isso é chique demais para mim — murmurou Xio, então tomou um gole cuidadoso.

Niya riu.

— Ser um Herói tem suas vantagens!

— Saúde — brindou Teo, e então tomou um gole grande. Sua língua foi agredida pelo amargor e pelas bolhas cortantes. Ele tossiu e se engasgou, espirrando o líquido pelo nariz. — Ai, meus deuses! — Confuso, começou a enxugar freneticamente o nariz ardendo enquanto seus olhos se enchiam de água. — O que é isso?

— É água mineral — respondeu Niya enquanto Xio tentava controlar o ataque de risos.

— Tá *rançosa*. — Teo tossiu. — Por que está com esse gosto?

Um riso de escárnio arrogante chamou sua atenção.

— Amador — provocou Ocelo, com um sorriso maldoso.

— *Pobre* — corrigiu Auristela, olhando as unhas.

Antes que Teo pudesse pensar em uma boa resposta, Aurelio enfiou um guardanapo em seu rosto.

— Tem catarro no seu queixo — avisou ele, sem expressão.

Todo mundo explodiu de novo em gargalhadas.

Teo empurrou a mão de Aurelio para longe e limpou o rosto depressa.

— É, entendi. *Obrigado* — disparou ele em um tom rude, então deu as costas para o Ouro.

Xio pelo menos teve a decência de esconder a boca atrás da mão fechada, já Niya gargalhava abertamente.

Teo limpou a mão no braço da amiga, que apenas deu de ombros.

— Tenho dois irmãos mais velhos. Já limparam coisas mais nojentas em mim.

Lua os levou até um salão enorme cheio de móveis estofados e janelas amplas. Tudo era de madeira polida, bronze reluzente ou estofamento branco. Mais sacerdotes de Sol os aguardavam junto a uma equipe que vestia uniformes brancos impecáveis. Teo reconheceu Maré, a irmã mais velha de Marino. Ela estava à frente e tinha um corte de cabelo pixie e olhos cinzentos afiados.

— Esta será sua casa durante as provações — explicou Lua, andando até parar ao lado de Maré. — Tenho certeza de que alguns de vocês conhecem nossa capitã.

Marino sorriu e a irmã lhe lançou uma piscadinha.

— Maré tirou uma folga de liderar a frota de busca e resgate para nos transportar até as cidades-sede.

— É um prazer tê-los a bordo — saudou Maré, com dicção perfeita. — Vamos fazer um pequeno tour e partiremos em breve.

— Esta é a área comum — continuou Lua, gesticulando ao redor.

O espaço era cheio de cadeiras, sofás e livros. Na parede dos fundos, havia uma televisão grande transmitindo o noticiário. Era uma filmagem ao vivo do barco em que estavam, gravada das docas. Se não fosse pelo vidro escuro, Teo poderia ter acenado e se visto na tela. Havia também uma longa mesa de madeira com cadeiras estofadas e uma prateleira recheada de jogos como El Gocho e dominós.

— Sintam-se livres para frequentá-la entre as provações e se conhecerem melhor — informou Lua, então os levou para o lado de fora.

— Nada provável — cochichou Teo para Niya.

— Este é o convés principal. Como vocês sabem, a primeira cidade é La Cumbre e devemos chegar ao fim da tarde.

O convés tinha um enorme sofá branco semicircular encaixado no piso lustroso de madeira, então era preciso descer um degrau para se sentar. No centro, garrafas de água, suco com gelo e frutas frescas já haviam sido dispostos em uma mesa de vidro. O barco oscilava ao se afastar da doca.

Conforme ganhava velocidade, o grupo correu até a proa a fim de olhar a paisagem. Niya subiu na grade e inclinou a parte superior do corpo para a frente, então ergueu os braços e gritou, animada.

— Como essa coisa enorme vai passar ali? — perguntou Xio.

Teo se virou. Eles estavam indo em direção à muralha de montanhas que rodeava o Templo Sol, direto para uma das passagens da cachoeira, mas o barco era grande demais para atravessar. Maré estava absorta em uma conversa com Lua, nenhuma das duas nem um pouco preocupadas.

Conforme se aproximavam da muralha de rochas escarpadas, a pequena cachoeira se tornou cada vez maior e mais larga até que a água se dividiu. O barco passou com facilidade, e uma leve cascata de água choveu ao redor enquanto eles mergulhavam na escuridão da caverna.

— Acho que isso responde à sua pergunta — falou Teo.

Os Ouros conversavam animados, e Niya se jogou nas almofadas brancas do sofá.

— Cara, eu poderia levar essa vida fácil, fácil — comentou ela, suspirando.

Teo pensou que se a amiga vencesse o Desafio, ela se sairia muito bem como uma celebridade.

As únicas pessoas que não pareciam animadas eram Aurelio e Auristela. Os irmãos ficaram para trás na entrada da área comum. Seu ar usual de grandiosidade havia se transformado em um par de testas franzidas. Eles observavam a água errante que pingava no convés. Então Teo entendeu: os irmãos eram semideuses do fogo, e estarem presos em um barco na água devia ser seu pior pesadelo.

Não que ele se importasse, óbvio.

Enquanto atravessavam as cavernas, Lua os chamou de volta para dentro. Na outra ponta da área comum, portas duplas de vidro se abriram para outro convés.

— Este é o convés da popa. As refeições do Deus Milho e da Deusa Pão Doce serão servidas aqui — anunciou Maré, diante de uma mesa de jantar coberta com toalhas brancas de linho.

Teo ficou desanimado.

— Todas as refeições?

— Sim, todas as refeições — repetiu Lua.

— Achei que a gente ia passear pelas cidades. Sabe? Viajar pelo Reino de Sol, ver as paisagens, *experimentar os pratos típicos...*

— Vocês terão um tempo designado quando receberem permissão para sair do barco e passear como um grupo — explicou Lua em um tom frio.

O garoto gemeu.

— *Grupo*?

A viagem estava virando uma excursão escolar.

— Mas, fora os banquetes das cidades-sede, vocês farão as refeições aqui, *também* como um grupo — continuou Lua, como se não o tivesse ouvido.

Talvez aquelas fossem as regras, mas o que os olhos não veem, o coração não sente. Nem no caso de Lua. Durante o resto do tour, Teo ficou atento para identificar possíveis rotas de fuga.

Maré liderou o caminho por uma escada espiral até o próximo andar. À esquerda, havia um corredor e, à direita, uma porta.

— Esta é a cabine principal. Acima de nós está a ponte de comando onde minha tripulação e eu vamos cuidar desta operação. As cabines de vocês ficam por aqui, à esquerda — instruiu Maré.

Quando percorreram o corredor, Teo viu que os glifos dos competidores também estavam expostos em cada porta.

— Cada um de vocês terá a própria cabine com um banheiro privativo — a capitã informou.

Ela abriu a porta do primeiro quarto, marcado com o glifo de Auristela. Era um pouco menor do que os quartos no Templo Sol, mas tão luxuoso quanto. Grandes escotilhas davam vista para a superfície da água.

Todos se apressaram para ver seus quartos, mas Teo ficou para trás. Com toda a opulência e excesso, era fácil se distrair do motivo real de estarem ali. Mas ele não havia esquecido. Era como se estivesse em algum tipo de acampamento medonho, em que, em vez de prêmios idiotas e elogios superlativos, alguém acabava esfaqueado no fim do verão.

Quando acabaram o tour dos aposentos, Maré gesticulou em direção à outra ponta do corredor.

— A sala de treinamento fica naquela direção...

Os Ouros começaram um falatório animado. Até mesmo o rosto de Niya se iluminou ao seguir todo mundo para a sala.

Teo revirou os olhos e espiou Xio.

— Atletas.

— A gente tem que ir junto? — perguntou o menino, lançando um olhar de dúvida para Maré e Lua, as únicas que restavam no corredor, profundamente absortas em sua conversa.

Teo suspirou e resmungou:

— É, acho que sim.

De jeito nenhum daria a alguém a satisfação de pensar que ele não estava preparado para as provações.

Entrar na sala de treinamento foi como atravessar um portal para um mundo distópico dominado pela indústria fitness. Por algum motivo, havia uma parede de escalada com bandeiras de cores diferentes, grandes estantes com pesos de metal e um monte de máquinas que pareciam dispositivos de tortura.

Os Ouros já estavam usando os equipamentos. Alguns tentaram os caminhos de obstáculos que haviam sido montados, Auristela lutava boxe com a precisão de uma bailarina, e Ocelo perambulava com uma cara resoluta levantando literalmente qualquer coisa que parecesse pesada e que não estivesse soldada ao piso.

— Você sabe usar alguma dessas coisas? — perguntou Xio enquanto eles se demoravam na entrada.

— Meu lance é matar as aulas de educação física — confessou Teo, dando de ombros. Poderiam pedir a ajuda de Niya, mas ela já estava na metade da parede de pedra. — Se esses marombeiros sabem, não deve ser tão complicado, né?

O garoto se dirigiu confiante até uma barra com pesos, um dos poucos equipamentos que reconhecia.

Quantos quilos será que conseguia levantar? Noventa, no mínimo... Certo? Não sabia converter caixas de leite para quilogramas. Ele se curvou para a frente e envolveu os dedos na barra.

— Não é assim que se faz levantamento terra — interrompeu Aurelio, tão perto que Teo sentiu o calor irradiando de sua pele exposta.

Quando ergueu o olhar, o Ouro estava à sua frente, de novo com aquela expressão de desaprovação.

As palavras que Aurelio havia dito na noite passada queimaram no peito de Teo. *Eles não deviam participar.*

— Você vai se machucar — o garoto continuou.

— Deixa ele — cortou Auristela, com uma risada desdenhosa e sem nem uma gota de suor na testa.

Teo a encarou.

— Acho que sei como *levantar um objeto*. Não é muito difícil.

Aurelio balançou a cabeça de leve e deu um passo à frente.

— Você precisa segurar o peso perto do corpo e usar as pernas...

— Por que você se importa? — retrucou Teo, de repente. Não precisava que Aurelio desse orientações, ou que o salvasse, ou que fizesse piada dele. E com certeza não precisava de mais atenção não desejada de todo mundo.

Não precisava de Aurelio. Ponto final.

Aurelio abriu a boca para responder, mas a voz de Auristela o cortou.

— É, *por que* você se importa? — Ela encarou o irmão, esperando a resposta.

Por um momento, Aurelio ficou em silêncio, olhando de Teo para a irmã como se não soubesse o que fazer.

Teo o encarou de volta, o único ato de provocação de que era capaz quando estava preso sob aquele olhar hostil.

— *Relio* — insistiu Auristela.

Por fim, o semideus soltou um muxoxo e foi embora.

Teo nunca era o primeiro a dar o braço a torcer, então soltou um riso de escárnio e se curvou para a frente de novo. Agarrou a barra e a puxou em um movimento brusco. A boa notícia era que conseguia levantar o peso sem dificuldade. A má notícia era que a dor explodiu em sua lombar e disparou pela coluna.

Os pesos caíram com tanto impacto que até Dezi se voltou para ele. Teo precisou tensionar a mandíbula para não gritar quando Aurelio olhou. Ele se endireitou, as costas rígidas, e logo deu as costas para que o ex-amigo não visse sua expressão de dor, mas deu de cara com Xio, que tinha uma expressão de preocupação no rosto.

— Você está bem?

— Vamos embora — resmungou Teo.

Parecia que o menino estava contendo um sorriso.

— Precisa de ajuda?

Teo assentiu de modo rápido e saiu mancando da sala de treinamento. Precisava se deitar.

CAPÍTULO 8

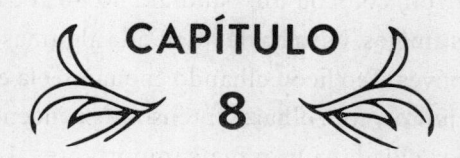

TEO ENCONTROU SUA CABINE e tomou um longo banho quente, sugestão de Lua. Por sorte, suas costas não estavam completamente destruídas e, com a recuperação acelerada e o calor sedativo, ele já se sentia muito melhor ao sair do banheiro.

Só o ego que precisava de um tempo para se recuperar.

Enxugou o vapor do espelho e encarou seu reflexo. Sacudiu as asas para dispersar a água — era impossível alcança-las com uma toalha — e as abriu. Então soltou um gemido. Sempre ficavam doloridas depois de um dia inteiro amarradas.

Teo se virou de um lado para o outro, tentando observá-las melhor no espelho. Lá no fundo, esperava que, por um milagre, acabassem mudando um dia. Mas ainda eram as mesmas, com as penas marrons e sem graça, femininas.

As asas eram parte dele — sua identidade e sua herança —, dadas por sua mãe, mas nunca pareceram *adequadas*. Era como se pertencessem a outra pessoa ou como se Teo houvesse recebido o par errado. Tinha que se esforçar mais do que muitos caras para conseguir o corpo que deveria ter e, na maior parte do tempo, isso não o incomodava. Testosterona era testosterona, não importa a via pela qual chegava.

Mas as asas se recusavam a seguir o planejado. Por que não eram o que deveriam ser? Por que não eram apenas... *dele*?

Frustrado, Teo pegou um uniforme limpo e a mochila. Na cama, tirou o frasco de testosterona e uma seringa nova. O líquido cor de âmbar se agitou como óleo quando ele deu petelecos na seringa para remover as bolhas de ar. Então a virou para baixo e inseriu a agulha na coxa. Depois de tantos anos, administrar em si mesmo a dose semanal de T havia se tornado um processo rápido e fácil.

Quando finalizou, colocou um band-aid no local da aplicação e saiu para encontrar os amigos. Niya havia reservado algumas cadeiras de lounge para eles no convés. Teo ficou olhando enquanto ela e Xio folheavam o fichário de cards juntos, com olhares intensos de concentração.

Como uma das cidades-Ouro mais importantes, La Cumbre ficava perto da entrada da Cidade Sol. Apesar disso, o trajeto estava levando uma eternidade. Teo suspeitou que a velocidade baixa era só pelas aparências. Enquanto desciam o rio, as pessoas ocupavam as margens, as passagens e as pontes, acenando e celebrando como se fosse algum tipo de desfile.

Em outra situação, Teo pensaria que Auristela e Aurelio estavam se refestelando com a atenção, mas os irmãos continuavam deitados no enorme sofá, afundados, aproveitando o sol. Os olhos de Auristela estavam fechados e seus pés balançavam no ritmo da música que escutava no celular enquanto Aurelio assistia a alguma coisa no dele.

Na verdade, Ocelo era a única pessoa correndo de um lado para o outro ao longo da grade, acenando para a plateia. Sempre que levantava as mãos de modo triunfante sobre a cabeça, os gritos de celebração se intensificavam.

Atzi, Xochi e Dezi corriam pela proa do barco, fugindo de Marino, que tentava molhar os amigos com jatos de água que puxava do rio. Atzi usava uma bandeja elegante de ouro para proteger os cabelos, e Xochi se movimentava com rapidez para fora de alcance. Eles riam, gritavam e corriam, sem parecer sem se importar com nada.

Estavam todos tão confiantes assim em relação às provações? Ninguém se sentia nem um pouquinho preocupado? Quanto mais se afastavam do Templo Sol, mais o buraco no estômago de Teo crescia. Na hora de subir para o almoço no convés superior era como se ele estivesse atravessando um lamaçal. Os outros estavam animados e agitados, conversando e rindo.

O único que parecia legitimamente preocupado era Xio. O menino se jogou no assento ao lado de Teo e encarou o prato de comida, mas não tocou em nada. Teo queria tranquilizá-lo, mas naquele momento não era capaz de tranquilizar nem a si mesmo. Em breve estariam competindo para valer, e ele estava começando a ficar preocupado com a possibilidade de não sobreviver à primeira provação, quanto mais às cinco.

Não conseguia nem levantar um peso sem se machucar... Quais eram as chances de competir com os Ouros, que estudavam em escolas de elite e tinham a vantagem de treinar para as provações com Heróis profissionais?

Teo acordou de devaneio catastrófico quando um jato errante de água, que deveria espirrar em Dezi, atingiu Aurelio e Auristela. Aurelio recuou, mas Auristela arfou em voz alta e se levantou em um pulo.

Atzi, Xochi, Dezi e Marino congelaram ao perceber o erro grave.

Auristela se virou para eles. O rabo de cavalo antes impecável estava molhado e desarrumado. Ela mostrou os dentes e fechou as mãos em punhos. A água em sua pele ferveu e evaporou.

Dezi colocou as mãos na boca, os olhos arregalados de medo.

— Fujam! — gritou Marino, também em sinais.

— Ela não pode matar todos ao mesmo tempo! — continuou Xochi, então agarrou a mãozinha de Atzi para tentar escapar.

— Vamos ver! — rugiu a Ouro.

Enquanto os quatro tropeçavam em rota de fuga, Aurelio tentava tirar a água dos alto-falantes do celular. Quando pareceu funcionar, ele se recostou e observou Auristela aterrorizar os outros.

A expressão de Aurelio era tensa e incerta. Uma que Teo havia visto muitas vezes quando eram crianças e o amigo queria brincar com os outros, mas não sabia como começar.

Na época, Teo teria apenas agarrado seu braço e o puxado para qualquer jogo que fosse. Observando-o naquele momento, ele se perguntou se a tendência de Aurelio e Auristela de serem reservados era proposital ou se, apesar do status de celebridade, Aurelio não havia mudado tanto quanto Teo pensara.

— O que está assistindo? — perguntou ele do outro lado do convés, para a surpresa de Niya e Xio.

Aurelio não reagiu.

— Eu?

— Não, o cara atrás de você.

Aurelio se virou.

— É, *você*!

— Vídeos de receitas — respondeu Aurelio, enxugando a tela na camisa.

Teo semicerrou os olhos, sem saber se o Ouro estava sendo sarcástico.

Aurelio levantou uma sobrancelha.

Teo bufou.

— Tá, então não conta.

Era essa sua recompensa por tentar conversar.

Ao redor, a paisagem se transformou à medida que as montanhas se aproximavam.

— Já chegamos? — perguntou Xio a Niya, que assentiu, animada, com um sorriso largo iluminando o rosto.

— Quase.

— Vamos desembarcar em breve — anunciou Lua, na porta.

Auristela se endireitou, com os punhos nos quadris e Marino e Dezi presos sob seus pés. Xochi e Atzi deram uma espiada por trás de uma espreguiçadeira onde haviam se refugiado.

Lua semicerrou os olhos para eles, mas decidiu não questionar.

— Por favor, voltem para as cabines e fiquem apresentáveis — instruiu a deusa.

Teo sentiu o estômago revirar.

— Assim que desembarcarmos, vamos direto para a primeira provação.

☼

Escondida na cadeia montanhosa a noroeste do Reino de Sol, La Cumbre era deslumbrante e diferente de qualquer outra cidade que Teo já havia visto. Seu nome se devia ao enorme vulcão dormente sobre o qual a cidade era construída e cujo topo abrigava o templo de Terra.

Teo nunca tinha visto montanhas tão grandes de perto. As construções eram enfiadas nas encostas, esculpidas na pedra, e havia menos árvores do que ele havia imaginado. A cidade brilhava, os chapeamentos de ouro e os enfeites de prata reluziam sob a luz do sol minguante. Pequenos caminhos ziguezagueavam a montanha íngreme. As ruas não eram asfaltadas, mas havia trilhas de terra fofa compactada.

Os Ouros conversavam entre si, tentando adivinhar como seria a primeira provação. Niya e Teo ficaram para trás, e Xio ia entre os dois.

— Espero que seja uma corrida — disse Xochi, arrumando as flores que havia pegado de um buquê na cozinha e colocado no cabelo.

— Aposto que é um combate corpo a corpo. — Foi o palpite entusiasmado de Auristela.

— Eu quero lutar com um deus! — anunciou Ocelo, batendo o punho na palma da mão.

— Eles não vão arriscar depois do que aconteceu noventa anos atrás — observou Aurelio, com a voz irritada.

Teo lançou um olhar preocupado para Niya por cima da cabeça de Xio.

— O que aconteceu noventa anos atrás?

— Ah, os competidores tiveram que lutar com a Deusa Cobra, mas ela se animou um pouco demais — explicou Niya, então deu de ombros, como se fosse de conhecimento comum. — Acabou esmagando três semideuses e quebrando a coluna deles — ela estalou os dedos — bem no meio.

— Nossa — sussurrou Teo. — Nunca tinha ouvido falar disso.

— Parte do currículo na Academia é estudar todas as provações passadas. Usamos como exercícios práticos.

Ótimo. Mais uma vantagem dos Ouros.

— Mas é uma droga — continuou Niya, com um suspiro. — Seria muito legal dizer que lutei com um deus.

Teo lançou um olhar perplexo para a amiga.

— Vocês Ouros não têm a menor noção.

Xio continuou em silêncio, olhando para a frente sem nem piscar, de um jeito que deixou Teo apreensivo, pensando que o menino poderia desmaiar antes que chegassem ao destino. Teo precisava controlar o nervosismo, para o bem de Xio. Se começasse a entrar em pânico, o menino faria o mesmo, o que não seria nada bom para nenhum deles, que estavam prestes a iniciar a primeira provação.

Teo teria que controlar as caras e bocas e engolir a preocupação. Lidaria mais tarde com as úlceras no estômago ou algo assim.

— Não precisar ter medo — disse ele baixinho para que os Ouros não escutassem.

— Não estou com medo. — Mas a voz de Xio estava tensa enquanto ele continuava olhando adiante.

Teo e Niya trocaram olhares preocupados.

As ruas da cidade estavam margeadas de espectadores que queriam vê-los chegar. O glifo de Terra, três montanhas com o sol nascendo por trás, adornavam postes de iluminação, e altares para o deus da terra se amontoavam em frente aos comércios. Niya era a favorita do público. Sorria de orelha a orelha e acenava, quase pulando de animação. Havia cartazes gigantescos com fotos dela pendurados nas janelas das lojas e murais colossais pintados nas laterais dos prédios.

Pelo jeito, Fofoca trabalhou mais rápido do que Teo imaginara, porque quando viraram uma esquina, o garoto ficou horrorizado ao se deparar com uma fila de retratos de todos os competidores colados nas janelas enormes de uma mercearia.

Os Ouros pareciam atletas profissionais que modelavam o tempo inteiro: poses perfeitas, sorrisos e poder. Até Xio estava ótimo, mesmo que um pouco desconfortável: seu queixo estava erguido, e ele encarava a câmera com um olhar feroz de determinação.

Já o cartaz de Teo, na extremidade esquerda, era até doloroso de olhar. O uniforme parecia ainda mais apertado do que no espelho e seu rosto estava comprimido em uma careta esquisita, com as mãos em punhos nas laterais do corpo.

Teo sentiu uma a humilhação queimar suas bochechas e tentou se esconder atrás de Niya, na esperança de que ninguém o reconhecesse.

— Estamos prestes a entrar na arena — anunciou Deusa Lua, também em sinais, enquanto se aproximavam de um estádio circular enorme. — Façam uma fila única e me sigam. Seus pais estão esperando por vocês... Por favor, juntem-se a eles e então vou repassar as regras antes de começarmos — disse ela, com um sorriso.

Teo respirou fundo uma última vez, trêmulo, então seguiu os outros pelos arcos que se agigantavam.

Entraram em um túnel longo. O que soava como milhares de vozes ricocheteou nas paredes de pedra. Quando chegaram à arena, os espectadores explodiram em aplausos e gritos.

O espaço era grandioso e antigo. As arquibancadas do estádio de pedra desgastada rodeavam a borda externa da arena. Espalhados entre os residentes de La Cumbre, balançando cartazes de Niya, estavam grupos de sacerdotes e semideuses que representavam, orgulhosos, suas cidades natais, todos vestidos com robes e erguendo flâmulas coloridas.

Bandeiras brancas tremulavam ao longo dos assentos — a maioria com o glifo de Terra, mas dava para ver que os outros competidores Ouro também tinham apoio. Em meio ao mar de branco, não havia uma única bandeira jade. Teo não estava surpreso, mas doeu mesmo assim. O único ponto de azul e roxo se encontrava no topo do canto superior, onde estavam sentados os sacerdotes de Quetzal e Azar.

Uma tela enorme tomava conta das arquibancadas e exibia Fofoca em uma cadeira à direita e Verdade, à esquerda. O primeiro trajava uma roupa branca de algodão com uma quantidade excessiva de joias de ouro, incluindo grandes brincos de argola, e Verdade vestia o mesmo terninho branco e preto sem graça. Sua expressão era séria, enquanto a de Fofoca era animada demais, mas Teo não conseguiu escutar o que ele estava dizendo por causa do barulho da multidão.

Uma a uma, as imagens promocionais dos competidores passaram na tela. Em qualquer situação, milhares de pessoas observando uma foto de nove metros de altura em que se está dolorosamente desconfortável já é o suficiente para fazer qualquer um entrar em curto-circuito, mas havia algo ainda pior.

Erguendo-se de um corpo de água no centro do estádio estava uma montanha escarpada. Era bastante íngreme e coberta por árvores e plantas tropicais exuberantes. Minúsculas cascatas de água caíam em intervalos, cortando um caminho em zigue-zague que subia pela montanha. No topo, uma tábua de ouro do tamanho de uma rocha grande esculpida com o glifo de Sol repousava brilhando sob a luz solar.

As arquibancadas e o pico imponente, que se agigantavam, eram desconcertantes. Teo se esforçou para continuar andando enquanto a vertigem fazia suas pernas bambearem. Xio seguiu Niya com passos determinados.

Ao entrarem no estádio, Aurelio e Auristela já haviam ativado o modo charme. Auristela sorriu e acenou enquanto o irmão ergueu a mão, fingindo um sorriso, com os olhos penetrantes e focados. A plateia deu as boas-vindas para os competidores com gritos de celebração enquanto Lua os levava à plataforma onde os deuses aguardavam.

Aurelio e Auristela assumiram seus lugares de ambos os lados da mãe, como se estivessem de guarda, enquanto Dezi correu os últimos passos até a dele. A deusa do amor e da comunidade era uma mulher grande e linda e recebeu o filho com um abraço. Quando se separaram, gesticularam animados um para o outro, com o mesmo sorriso que evidenciava as maçãs do rosto.

Enquanto todo mundo se unia aos pais, Teo se concentrou em respirar e foi até a mãe. Sentiu-se fora do próprio corpo, como se estivesse no piloto automático, acompanhando o trajeto de longe. Pensou que a ver o acalmaria, mas Quetzal parecia tão ansiosa quanto Teo.

— Você está bem? — perguntou ela, abraçando-o apertado.

— Estou — mentiu o garoto.

Quando a mãe o soltou, ele se posicionou ao seu lado, olhando para qualquer lugar que não fosse a multidão desconcertante. Sua garganta estava apertada, o colarinho do uniforme o sufocando.

À esquerda, Xio estava com o pai. A expressão de Azar era fria e de poucos amigos. O deus permanecia imóvel como uma estátua, com a mão apoiada no ombro do filho.

— Bem-vindos à montanha Tepetl! — exclamou Lua em uma voz magnífica ao dar um passo adiante.

Os aplausos estrondosos diminuíram até um zumbido baixo. O Deus Mariachi, que sorria em seu terno branco com a corneta de latão na mão, estava ao lado direito de Lua. Do lado esquerdo, uma figura familiar pairava.

Era estranho ver Fantasma à luz do dia. Em geral, ela não costumava aparecer nos eventos até o cair da noite e, mesmo então, passava a maior parte do tempo parcialmente escondida, nas sombras. Era óbvio que ela também estava fora de sua zona de conforto. Suas mãos estavam tão inquietas quanto as borboletas ao seu redor.

Mas Teo ficou aliviado ao ver uma amiga em um lugar hostil, mesmo que sua presença se tratasse de um lembrete mórbido do que estava em jogo nas provações. Teo sorriu para Fantasma, que mexeu os dedos em um curto aceno, sorrindo de leve.

— Ela é tão *esquisita*. — Auristela encarou Fantasma, a boca torcida em uma expressão de nojo. — Por que ela nunca fala?

Ocelo riu.

— Ouvi dizer que não tem língua.

— Deve ter sido devorada por vermes.

Aurelio olhou de relance para a irmã e uma ruga profunda se formou entre suas sobrancelhas. Por um segundo, Teo pensou que ele criaria coragem e diria alguma coisa... mas nada aconteceu. O Ouro desviou o olhar e focou em Lua enquanto tamborilava os dedos no bracelete de novo.

Uma onda de raiva inundou Teo. Ele fechou as mãos em punhos, as narinas se expandindo, enquanto tentava se concentrar no que a deusa dizia em vez de arrumar uma briga.

— O objetivo da provação é chegar ao topo da montanha — explicou a Deusa Lua, também em sinais, em um microfone. — Ao longo do trajeto, haverá dez marcadores com o glifo da cidade de cada competidor, incluindo o último no topo. Vocês devem ativar um por um com um toque. Apesar de diferentes, o caminho de todos tem a mesma distância e obstáculos. Se não chegarem ao topo a tempo ou se pisarem no caminho de outro competidor, isso vai afetar negativamente sua pontuação.

— Senti cheiro de brecha — murmurou Auristela para Ocelo.

Teo revirou os olhos.

— Os competidores têm dez minutos para chegar ao topo da montanha — prosseguiu Lua enquanto uma sacerdotisa de Sol entregava um relógio com pulseira preta a cada um deles. Quando Teo o colocou no pulso, o aparelho vibrou e a tela se acendeu com o glifo de sua mãe. — Há uma barreira na linha de chegada. Quando a cruzarem, vão ficar presos em suas posições e não vão poder sair até que a provação termine.

Dez minutos? Tepetl parecia tão alta quanto o Templo Quetzlan, que Teo subia sem esforço todos os dias, mas à sua frente havia uma *montanha* com *obstáculos*, fosse lá o que isso significasse.

A mente de Teo começou a trabalhar em uma estratégia. A montanha se parecia com a de um de seus reality shows favoritos, *Segredos do Templo Perdido*. Os competidores tentavam superar obstáculos cada vez mais difíceis enquanto subiam uma montanha falsa. Teo costumava ser obcecado pelo programa quando era pequeno.

Pensando assim, a provação se tornava um pouco menos assustadora. Era basicamente a mesma coisa, mas Teo teria que subir uma montanha de verdade, que, em vez de espuma e vértices acolchoados, possuía precipícios íngremes e terreno acidentado.

Ele engoliu em seco. Quão difícil seria?

O grupo atravessou a ponte até a base da montanha, onde os glifos de cada competidor estavam no solo, equidistantes um do outro. Era fácil distinguir o zigue-zague do glifo de Teo até o topo. O primeiro estava na entrada — um pedaço esculpido de jade de tamanho e formato similar a uma lápide.

Meio óbvio demais, para falar a verdade.

Teo não conseguia ver Niya mas, à sua esquerda, Ocelo separava ele de Xio, e à sua direita, Atzi se equilibrava nos calcanhares, com Auristela do outro lado.

Não tinha adiantado nada formar um time com os amigos.

Teo tentou imitar a postura inicial de Atzi, como se isso fosse lhe dar algum tipo de vantagem, e sacudiu os braços. Precisava apenas seguir sua trilha, ativar todos os glifos e chegar ao topo sem ser desqualificado.

— Em suas marcas! — A voz amplificada de Lua ecoou.

O glifo de jade de Teo pulsou com luz, e seu relógio vibrou no mesmo ritmo.

— Preparem-se!

A corneta de Mariachi soou.

O glifo de Quetzal piscou assim que o relógio disparou uma vibração longa.

Teo correu.

⁂

Assim que tocou o primeiro glifo, uma forte luz verde-jade o iluminou e seu relógio vibrou por um segundo. O terreno da montanha alternava entre pedregoso e exuberante. Uma cachoeira nascia em algum lugar no topo e corria perpendicular ao seu caminho. Teo patinou pela água em zigue-zague, subindo, sentindo a queda d'água cada vez mais forte.

Correu o mais rápido que conseguia, mas quando chegou ao segundo zigue-zague e deu um tapa no próximo glifo, seus pulmões ardiam. Ele não era um corredor. Não combinava com seu binder, e ele não tinha nenhum talento para manter o ritmo.

Um barulho alto o distraiu.

No topo da montanha, Atzi e Auristela brigavam, cada uma em seu lugar. Auristela continuava a arremessar bolas de fogo em Atzi, que desviava ao conjurar grossas pancadas de chuva com um movimento de braço. A água borbulhava e fervia com o impacto. Quando a garota teve uma abertura, um raio crepitante se materializou na mão de Atzi, elétrico e tremeluzente, e ela o atirou contra Auristela como uma lança.

A semideusa do Fogo quase não conseguiu desviar. O raio colidiu em uma árvore com um ruído estrondoso e a partiu ao meio.

Seria engraçado se não fosse trágico o quanto Teo era fraco perto delas. Os Ouros tinham poderes e força *de verdade*. Até a pequena Atzi acabaria facilmente com o garoto se quisesse. Ela podia *arremessar raios* com as *mãos*, pelo amor de Sol. Pelo menos, as duas estavam ocupadas uma com a outra.

No terceiro zigue-zague, Teo chegou ao primeiro obstáculo. O caminho acabou de repente e ele, distraído pela briga, quase avançou pelo lado errado.

Derrapou até parar, os braços girando em busca de equilíbrio, e se jogou na lateral escarpada da montanha. Rochas cortantes rasgaram suas asas. Um penhasco o separava do próximo glifo, seus pés estavam a poucos centímetros de uma queda livre. O curso de água da cachoeira caia pelo espaço aberto.

— *Merda* — sibilou ele, engolindo o ar. Como atravessaria?

Perdeu um tempo precioso tentando arquitetar um plano. Não podia voar... Não usava as asas desde que era pequeno e, definitivamente, não era hora de tentar. E, semideus ou não, com certeza não tentaria pular.

Procurou desesperadamente por algo que pudesse ajudá-lo.

Havia centenas de árvores, mas subir direto não daria certo porque ele ainda precisava ativar o glifo do outro lado do penhasco. Mas *havia* um galho grosso e longo ao alcance, do qual pendia uma videira espessa.

Teo se agarrou firme e deu três puxões para garantir que aguentaria seu peso. Sempre se balançava em cordas entre as margens dos canais no verão. Aquilo não seria muito mais difícil, certo?

Antes que tivesse tempo para duvidar de si mesmo, Teo se agarrou com toda a força e, com um salto impulsionado por uma corrida, se lançou sobre o penhasco. Cerrou os dentes, engolindo um grito, e soltou a videira quando estava sobre o solo. Caiu de sentado, todo torto, mas *não morreu*, então os hematomas eram até bem-vindos.

— ISSO! — gritou ele, dando um soco no ar, então tocou o próximo glifo e sentiu outra vibração do relógio.

Uma lufada de vento soprou quando algo grande voou acima dele.

Uma rocha grande colidiu na árvore em que ele havia acabado de se segurar. Galho, videira e pedra desmoronaram e caíram montanha abaixo.

Teo se virou a tempo de ver outro voando bem em direção à sua cabeça. Ele se abaixou depressa. O pedregulho colidiu no penhasco, e os destroços choveram ao redor. Teo se engasgou com a poeira e a sujeira, esforçando-se para ficar de joelhos. Através de uma fenda nas árvores, via Ocelo com uma postura ameaçadora, erguendo uma grande rocha com os braços musculosos.

— Você errou! — gritou Teo, cheio de rancor.

Ocelo arremessou outra vez. O garoto se jogou entre duas rochas, escapando por pouco.

Teo colocou a cabeça para fora do esconderijo e sorriu. Pensou que um Ouro teria a mira melhor.

— Você está com raiva por ser baixinhe? — gritou ele.

Ocelo mostrou os dentes.

Teo reagiu como sabia que todo valentão odiava: deu uma risada, curta e afiada.

Ocelo socou uma árvore, partindo o tronco. Inspirou fundo, e seu peito inchou, cresceu, *mudou*. Elu inclinou a cabeça para trás e soltou um berro.

Não, não um berro, um rugido.

O corpo de Ocelo se transformou, os músculos cresciam e ondulavam por baixo da pele, agigantando-se como se ele fosse um boxeador. As unhas se transformaram em garras e quatro caninos enormes saíram de sua boca. Quando Ocelo mostrou os dentes, seus olhos cor de âmbar se arregalaram.

Teo se arrependeu de tudo. Como ia competir com *aquilo*?!

No topo, a corneta de Mariachi soou e o relógio de Teo vibrou duas vezes, anunciando que alguém havia chegado ao final.

— Sério? — Teo virou para olhar, mas o topo da montanha ainda estava fora de vista. Como era possível que alguém já tivesse concluído?

Ocelo deve ter pensado o mesmo, porque deu um último rosnado e se apressou para concluir seu trajeto.

Teo precisava correr.

Quanto mais alto chegava, mais íngreme o terreno ficava. Pouco depois do quarto glifo, a cachoeira se derramava sobre o caminho. Mesmo com os sapatos de alta qualidade, os pés de Teo derraparam nas pedras lisas e no musgo quando ele atravessou para o próximo glifo e o ativou.

Buzz.

No zigue-zague seguinte, o trajeto havia sumido, substituído por rochas escarpadas que se projetavam para o céu. Parecia que os topos haviam sido cortados para servirem de degraus, mas as rochas não estavam próximas o suficiente para que fosse possível andar de uma à outra. Se Teo fosse atravessar, teria que pular de uma em uma, mas a superfície das rochas tinha a largura de seus pés e estava molhada por causa da cachoeira.

A adrenalina em suas veias não ajudava em nada e não deixava Teo se concentrar. Além de tudo, ele ofegava e suas pernas estavam perigosamente bambas.

Dois breves alardes de corneta cortaram o ar. *Buzz, buzz.*

Não tinha tempo para pensar, só precisava *ir.* Teo correu e pulou para a primeira pedra.

Seus pés atingiram a marca. Não podia se dar ao luxo de hesitar — se desacelerasse, talvez perdesse o equilíbrio. Então aproveitou o impulso e avançou para a próxima pedra, uma perna de cada vez.

Estava quase do outro lado quando a corneta o assustou. *Buzz, buzz.*

Seu pé escorregou, e ele se jogou para a última pedra. Respirou fundo. Seu corpo se inclinou para a frente sem permissão.

Teo estendeu os braços em uma tentativa desesperada de alcançar a beirada.

Seu peito colidiu com a borda, expulsando o ar dos pulmões. Suas costelas arderam de dor. Com as pernas balançando sobre as rochas escarpadas lá embaixo, Teo começou a deslizar.

O pânico esmagou seu coração em um aperto gélido. Ele tentou desesperadamente se agarrar para chegar à terra firme, mas a lama fazia seus dedos escorregarem. Um grito estrangulado ficou preso em sua garganta enquanto seu queixo deslizava dolorosamente pela pedra. Teo chutava o ar na tentativa de encontrar apoio.

Por fim, seu pé encontrou uma rocha saliente. Teo se impulsionou para cima com toda a força.

A rocha se desfez sob seu pé, mas ele conseguiu se jogar para a frente. Chutando e se arrastando nos braços, Teo voltou à terra firme. Todo enlameado, desabou de costas e encarou a copa exuberante das árvores. Seu coração disparava dolorosamente, e ele arfava.

Mas a corneta soou de novo. *Buzz, buzz.*

Teo tocou o sexto glifo — *buzz* — e se esforçou para tocar o sétimo. *Buzz.*

Então chegou ao topo da cachoeira, que fluía de uma fonte desconhecida dentro da montanha e se derramava de um espaço oco entre rochas protuberantes, caindo com um som estrondoso. Dessa vez, o glifo estava aninhado do lado de dentro, em uma pequena caverna. Teo mal conseguia enxergar a pedra jade através da cascata espumosa.

Com cuidado, ele se aproximou. A água espirrou em seu rosto, provocando ardência e obscurecendo sua visão. A pressão era impiedosa. Quando ele se aproximou demais, a força da água quase o derrubou.

Teo se virou e pressionou o corpo contra o penhasco, então enganchou os dedos da mão direita na fenda mais próxima. Pressionando a bochecha na pedra molhada, ele se inclinou, tateando a esmo com a mão esquerda. Assim que tentou alcançar o glifo, a água afastou seu braço com tanta força que ele quase caiu da beirada.

Cerrando os dentes, ele tentou de novo. Dessa vez, pressionou a palma inteira na lateral da montanha e a deslizou por trás da cachoeira para que não fosse empurrado novamente. Estendeu o braço ao máximo e seus dedos finalmente tocaram a superfície lisa do jade. Por trás da água, o oitavo glifo se acendeu. *Buzz.*

O caminho terminava na cachoeira, então ele precisava encontrar outra trilha para subir o restante da montanha. Faltava apenas um glifo até o décimo, no topo, mas o terreno era tão íngreme que Teo precisaria, basicamente, escalar. Tentou recuperar o fôlego enquanto pensava na melhor opção, a água fria pingava de seu cabelo e escorria pela nuca.

Tudo que via eram rochedos e afloramentos afiados. O nono glifo repousava em uma pedra lisa. Depois que o tocasse, teria que escalar mais uns quatro metros até o topo da montanha. Teo ouvia vozes distantes e já conseguia enxergar a ponta do glifo de Sol flutuando com a luz dourada.

Estava quase chegando. Ainda tinha tempo. Precisava continuar.

Com mãos e respiração trêmulas, Teo escalou. Uma extremidade afiada cortou seus dedos, e gotas de sangue cor de jade escorreram enquanto ele tentava se apoiar, enfiando os pés entre as rochas. O ar úmido e pesado não ajudou muito, e o cheiro do musgo terroso encheu seus pulmões. Arrastando o peito sobre a pedra firme, ele subiu até a superfície do penhasco.

Estava quase alcançando o nono glifo. O jade estava a apenas alguns centímetros de distância. Se Teo se esticasse, conseguiria tocá-lo. Desesperado, o semideus se impulsionou com o pé, mas a rocha cedeu.

Um grito se alojou em sua garganta. Engasgando-se com a terra, ele se segurou com toda a força enquanto o cascalho deslizava.

Ouviu a voz de Niya gritar seu nome do topo, então olhou para cima.

Ocelo havia chegado, mas, em vez de cruzar a barreira que marcava a linha de chegada, ficou na beirada. Erguia um grande pedaço de ardósia.

O coração de Teo parou. Ocelo sorriu, os olhos escuros como buracos negros. Elu arremessou a ardósia, e o garoto se retraiu, mas a rocha não veio em sua direção.

Caiu à direita de Ocelo

No caminho de Xio.

Teo observou o menino encolhido, enfiado entre dois rochedos, cobrindo a cabeça enquanto as pedras se deslocavam e desmoronavam ao seu redor. A superfície da rocha se partiu sob as mãos de Xio, que tentou se segurar.

O medo e a raiva travaram uma batalha dentro de Teo. Ocelo era brutal e forte, e não havia nada que Xio pudesse fazer para se defender. Em vez de apenas terminar a provação, o Ouro queria arrasar o filho de Azar.

Teo *precisava* largar o penhasco e *fazer* alguma coisa. Não podia invadir o trajeto de Xio para ajudá-lo, senão ambos teriam as pontuações diminuídas, mas se não fizesse *nada*, Ocelo iria esmagar o menino com um deslizamento de rochas.

Se quisesse ajudar, Teo teria que impedir Ocelo — ume semideuse Ouro metade onça que podia arremessar pedras do tamanho de burros.

Um duelo justo seria impossível. Ele não conseguiria derrotar Ocelo em um combate direto, mas talvez pudesse ser mais esperto. Tinha uma arma secreta, se estivesse disposto a usá-la.

Era a única vantagem de Teo nas provações, em especial naquela, que um competidor com a habilidade de voar dominaria.

Quando Ocelo ergueu outro pedaço de ardósia, a raiva de Teo venceu e ele se decidiu.

Tomara que funcione, pensou, enquanto juntava toda força que ainda restava em si. Tensionou as asas ao máximo e, quando o binder se rasgou, elas se libertaram e se abriram. Sem tempo para pensar, Teo bateu-as com força e voou para o afloramento acima.

Foi um pouco além do que pretendia e acabou colidindo com o penhasco, então deslizou para onde havia tentado aterrissar. Os músculos negligenciados arderam com uma dor lancinante, mas Teo seguiu em frente, batendo as asas uma, duas vezes. Na terceira, estava suspenso no ar, avançando pela encosta da montanha.

Ocelo estava paralisade, com uma rocha erguida acima da cabeça. Sua expressão foi tomada por choque. Elu balançou a cabeça de leve, como se tentasse desembaçar a visão, e quando voltou à postura ereta, os olhos amarelo-esverdeados estavam arregalados e confusos.

Ao passar voando por elu, Teo girou o quadril e bateu na cabeça de Ocelo com a parte interna do pé, como se chutasse uma bola feia de futebol. O Ouro caiu para trás, o que era bom, mas a manobra repentina fez com que Teo saísse dando cambalhotas no ar.

Desesperado, ele lutou para se reequilibrar girando os braços e tentando bater as asas. Quando conseguiu, olhou para trás. Ocelo estava sentade na terra, atordoade, e um filete de sangue dourado escorria do canto de sua boca.

Ele havia conseguido. Impedira Ocelo e estava *voando*.

Não fazia isso desde que era criança. Huemac e sua mãe estavam sempre preocupados com a possibilidade de ele se machucar, o que fazia sentido, porque Teo não tinha quase nenhum controle sobre as asas. Só conseguia se erguer a poucos metros do chão, mas isso foi antes da puberdade. Quando seu corpo começou a mudar, Teo desistira de usar as asas.

Não fazia ideia de como seria *agradável* estendê-las e voar. Por um instante, apenas respirou, aproveitando o vento que soprava. A sensação o encheu de euforia, tanta que ele se pegou rindo.

Mas precisava focar. Ainda estava na metade da provação e precisava garantir que Xio estava bem...

— CACETE, TEO! — gritou Niya, do topo da montanha, com um sorriso largo no rosto.

A amiga estava ao lado do glifo de Sol atrás de uma barreira cintilante, que devia ser a linha de chegada. Xochi, Auristela e Aurelio também. Eles pareciam atordoados. Aurelio encarava Teo, com os lábios sempre estoicos abertos.

— Que foi?! — gritou Teo de volta, em meio a bufadas tensas.

Estava perdendo o fôlego muito rápido, e seu corpo parecia mais pesado a cada batida de asas.

— *Olha suas asas!* — gritou Niya, dando pulinhos.

Na emoção do voo, pelo menos uma vez na vida, Teo não havia pensado na aparência das asas. Passara muito tempo tentando evitar espelhos e sua visão periférica. Olhou de relance, hesitante, por cima do ombro.

As asas não tinham mais a aparência familiar que o garoto se empenhava toda manhã para esconder. Não eram mais amarronzadas e de coloração desigual.

Penas de azul-marinho e brilhante, azul iridescente e verde vívido brotavam de suas costas.

As penas de um quetzal macho adulto.

CAPÍTULO 9

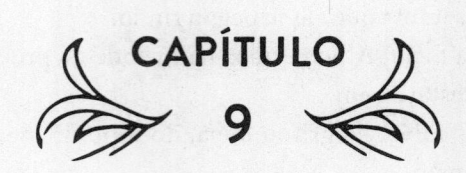

ESTENDIDAS, AS PENAS BRILHANTES farfalhavam enquanto Teo pairava no ar, muito acima da água. Ele sentiu como se o coração fosse explodir. Deu cambalhotas e socou o ar, mas o movimento o fez sair girando de novo. Dessa vez, ele se recuperou mais rápido.

Era como ter um segundo par de braços de repente. Ele sabia como asas funcionavam, mas nunca havia se dado ao trabalho de aprender a voar de verdade. Já estava exausto, e o efeito da adrenalina estava passando. Como faria para pousar, cacete?

Descobriu rapidinho.

Houve uma explosão repentina de luz branca. Um estrondo. Teo sentiu uma dor excruciante e elétrica atravessar seu corpo. Todos os músculos se retraíram. Ele não conseguia se mexer. Não conseguia respirar.

Caiu, caiu e caiu, então mergulhou na água congelante.

⁕

Com frio, encharcado e humilhado, Teo esperava ao lado da mãe a classificação de Sol. Do outro lado, Niya fez um joinha para ele, o sorriso selvagem e animado.

Atzi o havia derrubado com um raio, mas Água fora gentil e o salvara de um afogamento. Apesar disso, Teo teria dispensado a risada da deusa ao largá-lo de volta na plataforma em frente à plateia enorme.

Pelo menos Atzi tivera a decência de dar de ombros de maneira apologética.

— Olha só para elas! — elogiou Quetzal, dando uma de mãe coruja enquanto passava os dedos pelas asas de Teo.

Ele estremeceu e com as cócegas e sacudiu as asas, lançando água em todo mundo.

— *Mãe* — repreendeu ele, sem conter o sorriso.

A vergonha de ser eliminado em frente a uma multidão conflitava com a animação por causa das novas asas, mas Teo tinha mais com que se preocupar naquele momento.

Tentou dar uma olhada em Xio, mas Azar estava na frente. O deus provavelmente tentava tranquilizar o filho. Teo sentiu como se tivesse fracassado com o menino.

Ocelo parecia muito satisfeite consigo mesme e, depois de bater cabeça de modo afetuoso com Deuse Guerreire, lançou um olhar presunçoso para Teo. Xochi parecia o ignorar de propósito enquanto sua mãe se ocupava das flores renascendo em seu cabelo. E Dezi sorriu para as asas de Teo, que corou.

Dezi sinalizou algo. Teo estava prestes a se desculpar por não saber língua de sinais, quando alguém disse:

— Elas são muito bonitas.

Aurelio estava atrás de Teo e, com a cabeça inclinada para o lado, estudava as asas enquanto Auristela conversava com a mãe, distraída.

Teo perdeu o fôlego.

— Quê?

A atenção de Aurelio voltou para seus olhos. Ele endireitou a postura.

— Foi isso que Dezi disse.

Teo sentiu um buraco no estômago.

— Ah.

Ele deu as costas para Aurelio, sem querer que o Ouro notasse suas bochechas vermelhas, então sinalizou um "Obrigado" para Dezi. Era o único sinal que sabia.

— Teimosas elas, né? — comentou Quetzal, pensativa, e sinalizou antes de passar os dedos pelas penas de cores vívidas. — Igual a você.

Ela abriu um sorriso de provocação.

— É, achei que iam levar uma eternidade — resmungou Teo. Sua asa esquerda o atingiu no rosto. Ele se engasgou com as penas. — Ei!

— Acho que se recusaram a mudar até que você aceitasse de verdade que elas são parte de você — disse a mãe, com um olhar sábio. — Até que você *precisasse* delas.

Teo lançou outro olhar de relance para Aurelio, mas ele já havia se juntado à irmã de novo.

Auristela aguardava ao lado da mãe, com as mãos na cintura e uma expressão presunçosa. A maquiagem ainda estava perfeita e a leve camada de suor em sua testa, de algum jeito, deixava-a mais ainda bonita.

A Deusa Fogo sustentava o mesmo olhar entediado e irritado. Estava de costas para Aurelio, que inspecionava as mãos cobertas de fuligem. Ele flexionou os dedos enluvados e massageou a palma com o polegar. Parecia perplexo, como se estivesse tentando resolver um problema complicado de matemática na cabeça, mas algo não se encaixasse. Então alguém em meio à multidão o chamou, e ele ergueu o olhar. Seu sorriso reservado voltou, e ele acenou.

Teo não sabia como os outros tinham se saído, mas seria um milagre se Sol não o deixasse em último lugar. Além de não completar a provação, ele havia falhado de um jeito épico. Fofoca teria muito material em que trabalhar naquele dia.

A Deusa Lua chamou a atenção de todos.

— Sol determinou a classificação — anunciou ela, então gesticulou para dois sacerdotes.

Os homens trouxeram uma grande pedra de ardósia. Na superfície, o símbolo de Sol estava gravado com tinta dourada. Ao longo da base, os dez glifos dos competidores estavam dispostos em uma linha horizontal: oito de ouro e dois de jade. Entre os primeiros, havia dois de Fogo, um com um O nas chamas para Aurelio e outro com um A para Auristela.

Por um momento, nada aconteceu, mas então os glifos se mexeram e se posicionaram em uma classificação vertical no centro do sol.

Auristela perdeu a compostura e deu um grito ao ver que havia ficado em primeiro lugar. Tentou se controlar, mas o sorriso largo em seu rosto era irrefreável. Com um sorriso discreto, Aurelio estendeu a mão e apertou a da irmã. No ato mais afetuoso que Teo já havia visto, a Deusa Fogo assentiu em aprovação.

— Parabéns, Auristela — disse Lua.

— Vocês poderiam nos acompanhar? — começou Verdade, aparecendo do nada com Fofoca ao lado. — Adoraríamos ouvir algumas palavras.

— Uma entrevista *exclusiva* com a primeira competidora a conquistar um primeiro lugar — cantarolou Fofoca, então jogou os braços sobre os ombros de Auristela e a guiou em direção a um grupo de repórteres e fotógrafos à espera.

Mas Teo não se importava com quem havia ficado em primeiro lugar. Quando palmas estrondosas explodiram das arquibancadas, ele examinou o restante da lista e não ficou nem um pouco surpreso ao ver Auristela, Aurelio e Niya no topo.

Xochi e a Deusa Primavera deram as mãos, animadas. Todo cheio de si, o Deus Tormenta cutucou Guerreire, que estava muito irritade.

Teo esperava ver seu glifo em último lugar, mas para sua surpresa...

— Oitavo?

Ao seu lado, Quetzal soltou a respiração, aliviada, com a mão sobre o peito.

— Graças a Sol.

Xio vinha logo abaixo, em nono lugar. Teo se inclinou para a frente a fim de observar Xio, que estava coberto de terra, mas ileso. O menino encarava a classificação com os lábios comprimidos em uma linha.

Atrás dele, Azar apertou os ombros do filho e deu uma leve sacudida. A expressão do deus era ininteligível, mas sua pele parecia ainda mais pálida do que o normal e o suor na testa não devia ter muito a ver com o sol acima de suas cabeças.

Se Xio estava em nono, significava que sua performance devia ter sido um desastre ainda maior do que a de Teo, mas pelo menos nenhum deles ficou em último. O décimo lugar pertencia a...

Ocelo estava furiose.

— Marino, Teo e Xio não chegaram ao topo no tempo estabelecido — explicou a Deusa Lua.

— Então por que estou em último? — perguntou Ocelo.

Os olhos de Teo quase saltaram das órbitas. Uma onda de murmúrios ecoou pela multidão. Teo sabia muito bem que Lua era a última deusa do mundo que alguém deveria irritar.

— *Ocelo* — sibilou Guerreire.

A divindade com cabeça de onça parecia tão furiosa quanto o filho, mas pelo menos tinha a sabedoria de repreendê-lo por ter falado de modo tão impertinente com a Deusa Lua, que abriu um sorriso frio.

— Você está questionando a classificação de Sol? — perguntou ela, a voz ressoando mais alta conforme a multidão se calava.

Ocelo pareceu se arrepender de imediato.

— Eu… Eu não…

— Você jogou rochas para destruir os glifos de outro semideus com a intenção de que ele não pudesse concluir a provação. Depois provocou um desmoronamento, que, além de impactar de maneira negativa o desempenho de outros competidores, colocou em grande perigo os sacerdotes que trabalhavam como observadores na base da montanha. Os deuses tiveram que intervir para protegê-los.

Os olhos de Ocelo dispararam para a montanha, onde a poeira ainda rodopiava como névoa.

Teo odiou pensar no que teria acontecido se não tivesse as asas. O fato de ser um semideus não o teria salvado de ser esmagado por um monte de rochas.

— Gostaria de lembrá-lo, Ocelo — continuou Lua, devagar —, que como ume semideuse, é tanto sua honra como seu dever proteger as pessoas do Reino de Sol, e não as machucar. Seu comportamento nesta provação deixou evidente que você tem muito a aprender sobre seu papel no mundo. Tome cuidado. — Então a deusa concluiu, em direção à plateia: — A provação acabou.

Ocelo aguardou de canto, com o rosto vermelho e de cabeça baixa.

A expressão de Niya era a mesma que ela teria se Lua houvesse acabado de lhe oferecer uma bandeja de pães doces. Teo também queria aproveitar o momento, mas não podia. Ele e Xio haviam conseguido não ficar em último lugar, mas apenas porque Ocelo havia feito uma merda colossal. Algo lhe dizia que não seriam tão sortudos na próxima provação.

Se Teo não fosse cuidadoso, um deles acabaria morto.

⁂

— Sem querer dar uma de hétero, mas nossa, Teo, que asas! — No barco, Niya deu uma volta em Teo. — Isso faz de mim uma *furry*?

— Cala a boca.

Teo a afastou com um tapa e se virou para tirar as asas do alcance da amiga. Depois de tomar um banho e recuperar o ego ferido, ele havia ido encontrar Niya e Xio na área comum.

— Que foi? — perguntou Niya, rindo. — Só estou dizendo. Elas estão bonitas *demais*.

Teo fez seu melhor para parecer irritado, apesar de, no fundo, os elogios o terem deixado feliz e animado.

Quando as asas se dobravam, a parte de cima dava nos ombros e as penas longas da parte de baixo iam até o final das costas. Depois da recém-adquirida liberdade, elas não estavam a fim de cooperar, e se agitavam e se esticavam como se não aguentassem ficar paradas.

— Elas são demais *mesmo* — concordou Xio, empoleirado na cadeira.

— E seu cabelo também está ótimo — acrescentou Niya.

— Meu cabelo? — Teo o tocou. Ainda estava molhado do banho, mas não parecia diferente.

— Você não viu?

Niya agarrou Teo e o empurrou até um espelho circular emoldurado em ouro, pendurado na parede. Em vez do tom sem graça de castanho, os fios haviam adquirido um tom profundo de preto iridescente.

— Mas o quê...

Quando ele virou a cabeça, reflexos luminosos de azul e verde apareceram.

— As pessoas pagam uma boa grana para tentar tingir o cabelo desse jeito — comentou Niya.

— Você não percebeu? — perguntou Xio.

— Acho que estava muito distraído com as asas — murmurou ele, puxando uma mecha do cabelo.

Tomar um banho com as asas não foi nada menos do que uma batalha. Elas haviam derrubado todos os frascos de produtos chiques. Teo tentara prendê-las com o binder, mas parecia que as asas tinham vontade própria e nenhuma intenção de voltar ao confinamento.

— Você devia deixá-las livres — sugeriu Niya, movimentando-se para se acomodar no braço da cadeira de Xio. — Elas são incríveis, e se você aprender a *usá-las* de verdade, vão te dar uma vantagem nas provações. Sem querer ofender, mas, hm, você precisa disso.

Teo a encarou, mas sabia que a amiga tinha razão. O provação daquele dia havia sido um fracasso catastrófico que ele não poderia se dar ao luxo de repetir.

— *E* elas salvaram sua vida — acrescentou Xio em um tom que fez Teo se sentir culpado por ter chamado toda a atenção para si.

— Você está bem? — perguntou ao menino, virando as costas para o espelho

Xio encarou Teo com os olhos escuros e um sorriso amarelo.

— Quer dizer... considerando tudo? — acrescentou.

— Bom, eu não fui esmagado por um desmoronamento, então acho que tive sorte — respondeu Xio, dando de ombros.

— O que diabos foi aquilo, aliás? — perguntou Teo.

Sempre fofoqueira, Niya se meteu na conversa.

— Beleza, então, eu estava perto de Aurelio e Xochi — começou ela, falando pelos cotovelos e gesticulando freneticamente. — Aurelio não estava nem aí. Basicamente deu uma corridinha até o topo e foi isso. Marino tentou usar a cachoeira para desacelerar o cara, mas não foi rápido o suficiente. Eu estava indo muito bem... *arrasando*, sério. — Ela passou a mão pelo pescoço simulando um corte para enfatizar. — Mas aí Xochi passou por mim e atirou uma rajada de videiras. Uma hora eu estava lá, escalando a montanha, sendo incrível, e na outra BAM! — Niya socou o encosto da cadeira, quase derrubando Xio. — Foi tipo BDSM, o que é uma delícia, mas sem consentimento, o que *não* é uma delícia.

Os olhos de Xio se arregalaram. Teo soltou uma risada, surpreso.

— Mas, sabe como é, eu arranjei umas lâminas de prata e — Niya gesticulou com as mãos cortando o ar — estava de volta na minha jogada! Quando cheguei no topo, Auristela, Aurelio e Xochi já estavam lá e eu só conseguia ver o pessoal quando terminavam. Mas aí *Ocelo* apareceu. — A voz de Niya ficou mais alta, e ela fez uma careta. — Elu estava quase cruzando a barreira, mas simplesmente *parou*. Auristela até tentou convencer elu a atravessar, e normalmente elu faz tudo que ela manda, mas naquela hora não. Ocelo estava com um olhar esquisito e decidiu complicar para vocês.

A raiva borbulhou sob a pele de Teo. Então não era o suficiente para concluir antes do tempo, Ocelo tinha que dificultar para os outros sem motivo algum.

— Que babaca — grunhiu ele.

— Ume grande babaca — concordou Niya.

— Ocelo destruiu mesmo seus glifos? — perguntou ele a Xio, que assentiu e afundou na cadeira.

Niya bufou.

— Bom, como todo mundo já sabia, Ocelo é ume babaca...

— É.

— Mas isso é ser babaca *demais*, até mesmo para elu! — Teo dirigiu um olhar cético à amiga.

— Até Aurelio tentou convencer elu a parar, mas aí logo depois veio a parte do desmoronamento...

— Ele tentou? — interrompeu Teo, surpreso. Desde quando Aurelio contrariava Ocelo?

— É, mas era como se Ocelo não conseguisse escutar. Normalmente, os outros obedecem aos gêmeos sem nem pensar.

— Aí elu causou o deslizamento das rochas — disse Xio, mexendo na pulseira. — Eu me enfiei entre dois rochedos e esperei passar.

— Bom, pelo menos você não virou mingau — consolou Niya, tentando soar otimista.

— Você não tem nenhum poder de semideus que ajude nas provações? — perguntou Teo, meio desesperado à procura de algum tipo de solução.

Xio balançou a cabeça.

— Nada útil como armas mágicas e asas.

Teo esfregou o rosto, sentindo uma nova onda de cansaço. O que ele iria fazer? Mal havia conseguido sair vivo da primeira provação. Como iria ajudar Xio? Não havia nada a seu favor.

Era como se tivessem armado para Xio fracassar.

CAPÍTULO 10

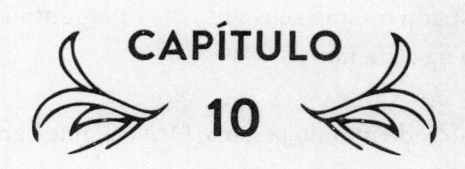

QUANDO TEO VOLTOU para a cabine, havia algumas roupas limpas na cama. Uma calça macia de moletom, shorts de ginástica e duas camisetas de algodão. Todas as peças possuíam um sol dourado com o glifo de Quetzal no centro costurado com linha cor de jade, uma lembrança constante de que Teo não pertencia àquele lugar. Será que os sacerdotes também escolhiam as roupas dos Ouros na Academia?

Teo passou nas cabines de Xio e Niya para irem jantar. Foram os últimos a chegar. Uma brisa agradável soprava pelo convés aberto. A longa mesa estava repleta de comida, e Milho explicava em que consistia cada prato, como se eles fossem clientes em um restaurante chique e não apenas um grupo de adolescentes famintos.

O deus lançou um olhar irritado para os três, provavelmente porque estavam atrasados, mas Pão Doce os recebeu com um aceno alegre.

Niya se jogou em uma cadeira na ponta da mesa e Xio tomou um assento ao lado de Auristela, o menor dos males considerando que Teo tinha que ficar ao lado de Ocelo. Ele arrastou a cadeira para perto de Niya e tentou ao máximo ajeitar as asas, que continuaram se contraindo, então as empurrou contra o encosto da cadeira para tentar mantê-las quietas.

Quando Milho e Pão Doce saíram, todos mergulharam no banquete impressionante. Todo mundo parecia cansado e agitado depois da provação. Com roupas casuais e exaustos, os Heróis Ouro do Reino de Sol eram quase normais.

Auristela era a única de bom humor. Ficava tirando selfies com o celular e puxando Aurelio para o enquadramento.

— Aff, para de bocejar. Você está estragando as fotos! — reclamou a garota, emburrada, então deu uma cotovelada no braço do irmão.

Aurelio respondeu com outro bocejo demorado. Quando a irmã parou de usá-lo como acessório, ele se recostou com a cabeça abaixada sobre o prato, os olhos com as pálpebras pesadas.

Do outro lado da mesa, Dezi piscava de sono repetidas vezes, o queixo caindo até o peito entre uma mordida e outra. Marino e Xochi haviam se sentado um de cada lado de Dezi, e o primeiro lançava olhares raivosos para Ocelo, que, grosseire até mesmo para seus padrões, espetava a comida violentamente com o garfo.

Quando Teo se inclinou para pegar outra porção do delicioso peixe enegrecido com arroz, uma de suas asas escapou e golpeou Ocelo no rosto.

— Presta atenção! Suas penas idiotas entraram no meu nariz — rugiu elu.

— Não consigo controlar — retrucou Teo, tentando flexionar a combinação certa de músculos para recolher as asas.

O barulho de vidro se espatifando fez Auristela se sobressaltar.

— Alguém pode vir tomar conta da criança? — provocou ela, com a frente da camiseta encharcada de água. A semideusa pegou o guardanapo que Aurelio ofereceu. — Ele está derramando o azar todo em mim!

— Não foi culpa minha — rebateu Xio, com a voz baixa, mas a expressão feroz enquanto as bochechas adquiriam um tom vívido de vermelho.

A raiva embaçou a visão de Teo.

— Deixa ele em paz.

Auristela soltou uma risada afiada.

— Vocês dois nem deviam estar aqui — acusou a garota, sustentando o olhar de Teo. — São só uma distração.

— Stela — repreendeu Aurelio, curto e reto, enquanto encarava a irmã.

Teo sentiu o rosto formigar de vergonha. Não precisava que Aurelio defendesse sua honra.

— A verdade é que estamos em uma competição entre nós, os Ouros — concordou Ocelo. — Vocês dois são os sacrifícios de sempre.

— Gente, relaxa — disse Atzi, tentando ajudar, mas o dano estava feito.

— Ah, e você acha que um de vocês três vai vencer? — perguntou Niya, apontando entre Ocelo, Auristela e Aurelio, então soltou uma gargalhada.

— Odeio ter que dizer isso, mas... — começou Teo, encorajado pela recusa de Niya em recuar — vocês vão precisar de um plano B, C e D para convencer seus pais a amarem vocês.

Auristela se enfureceu. Os olhos de brasa se incendiaram. Teo se deliciou.

— Você está bastante convencido para quem ficou em oitavo lugar, hein, Menino Pássaro. Ocelo, como é mesmo aquele ditado que eu adoro? Sobre o gato com um canário?

Ocelo exibiu as presas para Teo.

— Sol consegue enxergar através dessa fachada — disse Niya, com um sorriso.

— Ah, porque você é muito melhor do que a gente, certo? — cortou Ocelo. — Você só está aqui porque seu pai é o ex-namorado desonrado de Sol.

Teo prendeu a respiração.

A mesa pulou. Os pratos chacoalharam. Niya e Ocelo estavam ambos de pé.

Teo recuou depressa para escapar da longa lâmina de obsidiana que havia se materializado na mão de Niya, a ponta direcionada para a garganta de Ocelo.

— Repete — disparou Niya em um tom de voz baixo e mortal. — Eu te desafio.

Ocelo rosnou. O rosto bonito de Auristela se contorceu em uma expressão feia de escárnio. Aurelio se movimentou e, por instinto, Teo pegou um prato, pronto para...

Algo acertou a nuca de Teo e jogou sua cabeça para a frente, distraindo o garoto da fúria.

— Ai! — sibilou ele.

Os outros esfregaram a cabeça, olhando ao redor, atordoados.

— Já basta.

Lua havia aparecido e estava com a sandália de prata na mão.

— Pensei que vocês teriam mais energia depois de um dia tão auspicioso, mas estão todos agindo como crianças exauridas, então... — Ela estalou a língua. O tom era de provocação, ácido. — Hora de dormir. O jantar acabou.

— Mas a gente nem fez nada — argumentou Marino.

Mas, ao receber um olhar penetrante da deusa, o garoto se encolheu. Depois enfiou uns pães nos bolsos do moletom enquanto todos saíam devagar.

Teo sabia que a briga estava longe de ter acabado, mas Lua a havia postergado por enquanto.

Ocelo e Auristela foram embora enfurecidos, seguidos por Aurelio, e Niya jogou um beijo para eles.

⁂

— *Babacas* — xingou Teo quando chegaram ao quarto de Xio.

O menino se sentou na beirada da cama, e Niya se jogou de costas ao seu lado.

— Agora você sabe com o que eu tenho que lidar o tempo inteiro — resmungou Niya, torcendo os braceletes no pulso. — Apesar de não ser sempre tão sanguinário assim.

Teo esfregou a testa. Não podia falar pelos outros, mas normalmente controlava muito bem a própria raiva. O Desafio, no entanto, parecia estar acabando com sua paciência.

— Acho que está todo mundo cansado e pisando nos calos alheios — disse ele, andando de um lado a outro.

— Eles odeiam a gente por minha culpa. — O rosto de Xio se contorceu de frustração. — Isso sempre acontece. Mas meterem o pai de Niya na história foi *horrível*...

A garota se sentou e afundou os punhos na manta branca e limpa.

— *Não* é culpa sua, cara. — Teo o tranquilizou. — Eles sempre nos odiaram.

A expressão de Xio mudou da raiva para derrota.

— Eles chamaram a gente de "sacrifícios"...

O sangue de Teo esquentou de novo.

— *Babacas.* Nenhum deles merece ser Portador de Sol. Se forem, juro que vou arrancar minhas próprias asas fora. — Teo se virou para encarar os amigos. — A gente não pode deixar que eles vençam, não importa o que aconteça.

— A gente não deveria se concentrar mais em não morrer? — comentou Xio.

— É, *sim.* Mas também precisamos acabar com eles. Pensa no quanto seria humilhante se Ocelo, Auristela e Aurelio *perdessem*.

— Não é como se a gente pudesse impedir que eles vençam — retrucou o menino, triste.

— Sobreviver não é o bastante, precisamos derrubar aqueles três — reafirmou Teo. Xio lançou um olhar cético para ele. — Não existe um jeito melhor de provar que todo aquele elitismo de merda deles não serve para nada do que um dos desajustados vencer. Niya é a que tem mais chances, é óbvio.

— Isso deixaria eles *irritadíssimos* — ponderou a garota. — E eu *amaria* ver a cara da Deusa Fogo se nenhum dos filhos dela se tornasse Portador de Sol. Ela só se importa com a Academia e em garantir que Aurelio e Auristela estejam sempre no topo. Perderia as estribeiras.

— Melhor ainda — concordou Teo.

— Vocês acham que a gente consegue? — perguntou Xio, com um olhar de dúvida.

Teo deu uma sacudida no ombro do amigo.

— É óbvio que conseguimos. Quer dizer, eu sei que a primeira provação não foi uma maravilha...

— Que eufemismo...

— Mas aquilo foi só uma corridinha. Ainda temos mais quatro provações pela frente. Temos muitas chances de derrubar o trio e fazer com que Niya chegue ao topo da classificação. *E* evitar que fiquemos em último lugar — concluiu Teo.

Xio coçou a parte de trás da cabeça e ergueu o olhar sob a franja de cachos.

— Não vai ser fácil.

— Não. Mas temos uma arma secreta.

— Meu corpo arrasador? — Niya tentou adivinhar, cutucando o dente.

— Não. Xio.

O garoto mais novo pareceu alarmado.

— *Eu*?

— É. — Teo caiu na cama ao lado do amigo. — Você e seu conhecimento enciclopédico de todos os competidores — explicou ele, dando um tapinha na testa de Xio.

Niya se endireitou, com os olhos arregalados.

— Ah, entendi.

Mas Xio ainda parecia pouco convencido.

— Cadê seu fichário? — perguntou Teo.

Xio pareceu confuso.

— Dos cards colecionáveis e tal — explicou Teo.

— Ah! — Xio pegou o fichário de debaixo do travesseiro, onde estava escondido.

— Faz um resumo sobre Aurelio, Auristela e Ocelo. Se soubermos suas forças e fraquezas, podemos usá-las contra eles nas provações.

Niya se aproximou do outro lado de Xio.

— Ótima ideia.

— Bom, todo semideus possui força e resistência maiores do que os humanos mortais — explicou Xio enquanto folheava o fichário.

O fichário possuía folhas de plástico com pequenos bolsos transparentes que comportavam nove cards por página em ordem alfabética. Havia pessoas que tinham apenas um card, e outras que tinham muitos. Alguns eram simples, mas também existiam os holográficos e os lenticulares. Xio tinha até alguns feitos de ouro puro.

— Por definição, Ouros são mais fortes do que Jades, mas cada semideus tem poderes que foram herdados dos pais, como você e as asas, e a capacidade de Niya de manipular a terra.

Teo assentiu.

— E os poderes especiais?

— Ouros têm os poderes naturais, mas, durante o tempo na Academia, eles escolhem um e se especializam.

— Eu me especializei em transformar minerais e rochas terrestres em armas — informou Niya. Para demonstrar, transformou um bracelete de titânio em um escudo na mão esquerda, e um de prata em uma clava de aparência esmagadora na mão direita.

Xio se virou para Aurelio e Auristela, cujos cards ocupavam duas páginas inteiras, frente e verso.

— Os cards listam as especializações de cada semideus, e suas forças e fraquezas também — continuou Xio, então puxou um card de Aurelio e outro de Auristela para comparar. — Aurelio é um Manipulador e Auristela, uma Ignitora.

— O que isso significa? — perguntou Teo.

— Aurelio pode manipular o fogo para intensificá-lo, diminuí-lo ou apagá-lo — explicou Niya. — E Auristela pode criar o fogo. É por isso que Aurelio usa aquelas dedeiras idiotas. As pontas de sílex servem para ele acender o fogo.

— Aurelio é um Herói defensivo e Auristela, uma Heroína ofensiva — acrescentou Xio.

— Então por que convocaram Aurelio e Auristela para o incêndio em Quetzlan? Auristela não pioraria as coisas? — refletiu Teo.

— Todos os semideuses da Deusa Fogo são à prova de fogo — apontou Niya, como se fosse um fato de conhecimento geral. Xio assentiu. — Então ela podia ajudar a resgatar as pessoas.

Teo achou que fazia sentido.

— Esses gráficos de radar mostram as forças e as fraquezas dos semideuses.

— Gráficos de quê? — perguntou Teo, com uma cara confusa.

— De radar. São gráficos bidimensionais que mostram uma ou mais variáveis com um raio cada uma — explicou o menino, apontando para um tipo de gráfico que Teo nunca havia visto na vida.

Teo encarou o filho de Azar, atônito.

— Não acredito que tem uma coisa em que sou mais esperta que Teo — murmurou Niya para si mesma enquanto se empertigava. — Esses gráficos mostram quão bom ou ruim alguém é em coisas diferentes nessas formas bonitinhas.

— Ah. — Ele examinou a bolha amorfa. — Acho que faz sentido...

— Tem seis pontos em três eixos — continuou Xio. — Poder e estratégia, velocidade e resistência, e ataque e defesa. Normalmente, um gráfico mais pesado em cima significa que o semideus é mais forte, e um gráfico mais pesado embaixo significa que ele é mais estratégico, mas o ideal é que os seis pontos estejam equilibrados. Então, quanto mais o gráfico se parecer com um hexágono, mais equilibrado o semideus é.

— Espera, mas de onde vêm todas essas estatísticas?

— Das notas na Academia — respondeu Niya.

— Então, basicamente, seus boletins são de conhecimento público?

Ela deu de ombros.

— Acho que são.

— Eita. — Teo olhava do gráfico de Aurelio para o de Auristela. — O deles é quase idêntico.

— Quase. Aurelio é mais estratégico e Auristela, mais forte — disse Xio, apontando para os respectivos eixos.

— Os poderes deles meio que combinam, né?

Xio assentiu.

— Eles são muito complementares.

— É por isso que treinam juntos o tempo todo. São mais um time do que indivíduos — explicou Niya em um tom irritado. — Acho que é a primeira vez que ficam separados e estão competindo de verdade um contra o outro.

— Mas duvido que isso vá impedi-los de se unir quando tiverem a chance — resmungou Teo. Era o que fazia mais sentido e era uma boa estratégia.

Ele sabia que Auristela era muito poderosa e usava isso a seu favor, mas não havia considerado que Aurelio estava mais no lado da defensiva. Era fácil pensar nos dois como uma única pessoa. Mas Teo já os tinha visto discordarem, como sempre que Aurelio fazia aquela expressão emburrada em reação a algo que Auristela dizia.

— Aqui é onde as fraquezas específicas estão listadas — disse Xio, apontando para um espaço abaixo do gráfico.

— Água e frio — disse Teo, lendo em voz alta.

— Ah, é verdade. Uma vez participamos de um acampamento de treino nas montanhas durante o inverno — comentou Niya, com um olhar convencido. — Choveu e estava frio pra caramba. No final, tanto Aurelio como Auristela acabaram ficando muito doentes e tiveram que passar a noite na enfermaria.

— Acho que não vai ser tão fácil usar água e frio contra eles — falou Teo, irritado, ao perceber que não havia uma solução fácil.

— Depende da provação — comentou Xio.

— Mas não temos como saber o que vai ser até chegar a hora. — Teo bufou. — Seria mais fácil se a gente os visse em ação. Eu quase nem vi Auristela durante a primeira provação, e Aurelio estava do lado oposto.

— Está em todos os noticiários — disse Xio, então pegou o celular, um modelo antigo com uma robusta capinha de proteção. — Aposto que ainda está passando.

Em segundos, Xio abriu um livestream que, de fato, mostrava gravações da primeira provação.

— Nunca pensei que um dia ficaria agradecido por Fofoca — resmungou Teo ao pegar o celular.

Na tela, Aurelio e Marino avançavam pela montanha enquanto batalhavam. Ambos arremessavam fogo e água de um lado para o outro, tentando fazer manobras melhores e superar um ao outro em velocidade sem sair do próprio trajeto.

— Está vendo como ele é cuidadoso com a água? — notou Xio.

O vídeo mostrava Aurelio se abaixando atrás das rochas para evitar, por pouco, um jato pressurizado de água.

— É — murmurou Teo consigo mesmo. — Quais são as chances de a próxima provação ser debaixo d'água? — disse, com um sorriso amarelo.

— Eu sempre me perguntei como eles, tipo, *tomam banho,* se a água é tão perigosa — comentou Niya, brincando com uma das tranças bagunçadas.

— Acho que nem podem tomar banho — falou Teo, pensativo.

— Talvez só se lavem com um jato muito *rápido* — sugeriu Niya, com um sorriso.

A ideia de Aurelio pulando às pressas em um chuveiro e saindo logo depois o fez rir.

Mas a risada cessou quando a tela mostrou uma imagem de Teo voando com as novas asas... e sendo atingido por um raio.

— Qual é a fraqueza de Atzi? Eu gostaria de evitar ser eletrocutado no meio do ar na frente de milhares de pessoas de novo.

Xio voltou algumas páginas do fichário.

— Esgotamento rápido de energia.

Teo franziu a testa.

— O que isso significa?

— Ela cansa fácil — explicou Niya. — Atzi precisa de muita energia física para criar raios. Aqueles anéis que ela usa são conduítes, o que a ajuda, mas ela é nova demais, só tem treze anos... Sem ofensa, Xio. Enfim, se ela se esforçar muito, pode se exaurir.

— Parece que você está descrevendo uma bateria recarregável — observou Teo.

— Ou um daqueles desfibriladores — acrescentou Xio.

Quando o vídeo passou de novo, Teo se lembrou da explosão de eletricidade que havia sido disparada por seu corpo, então jogou o celular de Xio de volta para ele.

— Acho que já deu de noticiário por hoje.

— Ah, sim, aquele clipe viralizou no TicTac — constatou Niya, entusiasmada.

Teo sentiu um buraco no estômago.

— *Quê?*

— É. — Pelo jeito, a amiga não havia notado o temor em sua voz. — As pessoas estão reencenando e tal. Tem até uma garota que pegou o grito esquisito que você soltou e a plateia reagindo e transformou em uma música de dubstep!

Teo cerrou os dentes. Não era por *isso* que ele gostaria de ser lembrado durante as provações.

— Retiro o que disse sobre Fofoca.

— Ei, não é tão ruim assim — retrucou Niya, dando um beliscão no cotovelo dele. — Você podia fazer uma grana.

— Você ia conseguir vários seguidores e ganhar dinheiro com seu conteúdo — argumentou Xio, com uma careta, tentando fazer Teo se sentir melhor, mas não funcionou.

— Eu estou bem, obrigado.

— Auristela tem muitos seguidores no Instagrafía — continuou Niya. — Você sabia que ela é patrocinada por aquela empresa duvidosa de smoothies, a MLM? — Ela se sentou e pegou o celular. Em alguns segundos, abriu o perfil de Auristela na tela rachada. — Se eu tiver que ver essa menina segurando mais um smoothie cor de vômito no meu feed, juro que explodo.

Havia várias fotos de Auristela fazendo poses empoderadas na academia ou em algum lugar bonito, sempre com o rabo de cavalo alto e algum tipo de produto na mão.

— E Aurelio? — perguntou Xio, inclinando-se sobre o ombro de Teo.

Teo balançou a cabeça.

— Ele não tem perfil.

Niya semicerrou os olhos para o garoto.

— Como *você* sabe que Aurelio não tem perfil?

Teo se esforçou muito para manter o rosto impassível.

— Como *você* sabe que Auristela é patrocinada?

— Eu... O quê? — Ela se engasgou, então fez uma carranca. — Devolve meu celular.

— Vamos ver Ocelo — sugeriu Xio, segurando a risada.

Elu tinha três cards. Xio puxou o mais recente — um lenticular que alternava entre uma imagem de sua forma normal e outra de sua forma poderosa.

— Ocelo é ume semideuse de transformação. Isso significa que seus poderes permitem que elu mude as propriedades do corpo por um tempo, e por elu ser filhe de Deuse Guerreire, elu ganha as características de onça.

— O gráfico de radar delu é superpesado em cima — percebeu Teo.

— Aff, sim. Ocelo é ume cabeça vazia, nada além de força bruta — comentou Niya, revirando os olhos.

— Parece você — provocou Teo.

— Ei, eu sou *muito* mais esperta que Ocelo — garantiu Niya, então apontou para o gráfico de um de seus cards. — Viu?!

— Fraquezas: inteligência e resolução de problemas — disse Xio, lendo o card de Ocelo.

Teo soltou uma gargalhada.

— Uau, isso faz todo o sentido.

— Cadê os cards de vocês? — perguntou Niya, folheando as páginas novamente.

— A gente não tem — respondeu Xio.

— Somos apenas Jades de baixo escalão, lembra? — Era para ter sido uma piada, mas a voz de Teo estava ressentida demais.

— Ah, sim. — Niya deu um sorriso tímido e devolveu o fichário para Xio. — Foi mal, às vezes eu esqueço.

— Quais são seus poderes, Xio? — perguntou Teo, mudando de assunto, mas o menino apenas deu de ombros.

— Eu não tenho — admitiu ele, em voz baixa, enquanto encarava o fichário. — Nenhum que seja útil, pelo menos. Não sei se "ser azarado" é um poder.

— Que droga, cara — lamentou Niya, sem muito tato, mas ainda assim simpática.

— Ser capaz de *infligir* azar pode ser um poder legal — lembrou Teo.

— É, acho que sim — concordou Xio, curto e direto, como se não quisesse discutir o assunto. Teo não iria pressioná-lo.

— A última Jade a competir foi eleita há cento e trinta anos, certo? — perguntou Teo.

— É, aprendemos isso na aula de história. Mas isso é, tipo, tudo que eu me lembro — confessou Niya.

— Você sabe alguma coisa sobre essa Jade, Xio?

— Não, faz só uns cinquenta anos que começaram a produzir os cards. Fizeram cards retrô, mas são muito difíceis de encontrar. Mas deve ter alguma coisa na internet — lembrou Xio, então abriu o app no celular.

Em poucos segundos, encontrou um vídeo. A filmagem era em preto e branco e granulada, então era difícil saber o que estava acontecendo. A câmera focou, e Teo percebeu na hora que era um clipe da cerimônia de Portador de Sol.

O vencedor, algum semideus de Fogo com um corte de cabelo horroroso, estava em pé, orgulhoso, sob a Pedra Solar, sorrindo para a multidão reunida. Fantasma estava entre eles e, do outro lado, a semideusa Jade aguardava.

A câmera deu um zoom no rosto dela. Na gravação antiga, era difícil distinguir uma coisa da outra — tudo estava borrado e indefinido —, mas a semideusa parecia aterrorizada, os lábios comprimidos em linha rígida.

— Qual era o nome dela? — perguntou Niya, semicerrando os olhos.

Xio folheou até o final do fichário, onde várias páginas listavam os vencedores e perdedores de cada Provação do Desafio dos Semideuses até aquele ano.

— Paloma. Ela... — Xio parou de falar.

Niya se aproximou.

— O quê?

A câmera se afastou, mostrando uma cena mais ampla do altar de Sol e dos semideuses.

— O que é aquilo? — perguntou Teo, apontando para dois borrões atrás dos ombros de Paloma.

Ela se virou e se aproximou da mesa sacrificial.

Era como se Teo tivesse levado um soco no estômago.

— São asas. Ela tem asas! — Ele se virou para Xio e Niya. — Por que ela tem asas?

Os olhos de Niya se arregalaram, o punho pressionando a boca.

Hesitante, Xio mostrou a lista e apontou.

— Paloma, filha de Quetzal.

O coração de Teo bateu forte, e a pulsação acelerada deixava seu corpo inteiro dormente. As mãos suadas agarraram o celular, tremendo ao assistir à garota, sua meia irmã, deitar-se na mesa de pedra. As asas abertas atrás dela, longas e elegantes.

— Por que você não me disse? — perguntou Teo, sem tirar os olhos da gravação.

— Eu não sabia. — Niya se apressou em dizer. — A aula de história é muito chata e logo depois do almoço. Eu caio no sono *o tempo todo.*

— Sua mãe nunca contou a você? — perguntou Xio em voz baixa, próximo ao ombro de Teo, que negou com a cabeça.

Quetzal nunca havia falado uma palavra sobre Paloma.

— Por que ela não contaria? — Niya se perguntou.

Na tela, o Portador de Sol se aproximou da mesa, com uma adaga preta na mão. Quando pairou sobre a Jade e ergueu a lâmina acima da cabeça, Paloma fechou os olhos.

O vídeo terminou.

Por que sua mãe nunca dissera nada? Talvez não quisesse que Teo ficasse assustado. Ou talvez simplesmente não aguentasse tocar no assunto.

Memórias voltavam em flashes. Quetzal impedindo que Teo assistisse ao sacrifício dez anos antes. Como parecia aterrorizada quando Sol o selecionou para competir. Seu abraço de ferro e o alívio em sua voz quando o filho passou na primeira provação.

A mãe havia carregado aquele sofrimento sozinha, em uma cidade onde era a única imortal, onde ninguém de seu povo sabia, ou sequer se lembrava, de sua filha sacrificada.

— Sinto muito pela sua mãe — disse Xio, a voz triste e baixa.

Teo se sentiu mal. Quetzal já havia assistido à filha competir e fracassar nas provações uma vez, mas estava revivendo o pesadelo.

E, se Teo não fizesse algo, ela o perderia também.

CAPÍTULO 11

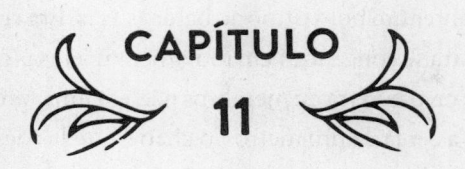

FIEL À SUA NATUREZA DE URSO, Niya decidiu que estava cheia demais após jantar para fazer qualquer coisa que não fosse dormir. Teo estava ansioso demais para descansar, então ele e Xio foram para a área comum, onde esbarraram com Auristela e Ocelo, que haviam se apropriado da TV gigantesca e ligado no noticiário. Xio pareceu interessado em um quebra-cabeças, mas quando os Ouros começaram a debochar dos clipes de Teo sendo atingido pelo raio repetidas vezes, Teo decidiu que precisava de um saco de pancadas.

Quando comentou com Xio que queria dar uma passada na sala de treinamento, o menino concordou em acompanhá-lo, mas apenas para dar apoio moral.

— Boa sorte — disse ele, dando tapinhas nas costas de Teo, então se jogou em uma pilha de tapetes, com o capuz puxado sobre a cabeça e o fichário de cards aberto no colo.

Teo soltou um suspiro enquanto olhava para todos os equipamentos chiques que não fazia ideia de como usar. Pensou em voltar no quarto de Niya e a arrastar para fora da cama para ajudá-lo, mas acabou tendo outra ideia.

Se suas asas se recusavam a ficar presas, então talvez fosse uma boa ideia aprender a usá-las. Teo era o único competidor com habilidade de voar, e essa era sua maior vantagem sobre os Ouros.

Mas por onde começar?

A maioria dos pássaros aprendia a voar ainda bebês e pulavam dos ninhos com a ajuda da mãe. Mas Quetzal não estava presente, e não havia um ponto alto o suficiente de onde pular, então Teo teria que se virar para descobrir algo que funcionasse.

O piso era acolchoado, então a sala parecia um lugar seguro para tentar. Primeiro, ele praticou decolar. Quando conseguiu subir ao ar, ficou instável e não conseguiu manter um bom ritmo ao bater as asas. Era como se não tivesse energia cerebral para se concentrar em movimentar as asas e continuar equilibrado. Controlar um par extra de membros não era uma tarefa fácil e resultou em várias subidas a cerca de um metro do chão e quedas desengonçadas.

Teo havia tentado compensar a mudança sutil de peso com um movimento de asas, mas caiu de bunda. Era impossível pousar de pé com os braços e as asas o desequilibrando.

Apesar disso, continuou se levantando e tentando repetidas vezes. Mesmo que fosse um idiota, era um idiota teimoso e determinado a fazer pelo menos *uma* coisa direito.

Depois da décima terceira queda (ou algo assim), Teo percebeu que Xio havia adormecido em seu ninho de tapetes, então pelo menos não havia mais plateia.

Com a paciência por um triz, Teo se sentou no chão com o suor escorrendo pelo rosto.

— Será que vocês poderiam só *colaborar*? — perguntou ele, irritado, dando uma cotovelada em uma asa.

A outra se virou e o golpeou no rosto.

Com uma careta, o garoto cuspiu minúsculas penas azul e verde.

Talvez o problema fosse que as asas ainda não eram fortes o suficiente. Depois de passarem tanto tempo amarrados, talvez os músculos necessários para um voo equilibrado tivessem atrofiado. Talvez Teo precisasse fortalecer os ombros ou algo do tipo para ganhar algum controle.

Para uma segurança extra, ele arrastou um dos tapetes, com cuidado para não acordar Xio. Então passou giz nas mãos, como havia visto os caras da academia fazer na TV, e se aproximou de uma das prateleiras de pesos.

Os objetos eram discos circulares, do formato e tamanho de escudos. Depois de considerar as opções por um total de cinco segundos, o garoto pegou um peso de vinte e dois quilos. Lembrou a dica de Aurelio sobre segurar o peso próximo ao corpo e usar as pernas.

Quando não conseguiu erguê-lo, trocou-o por um de vinte quilos.

Depois por um de treze quilos.

Rolou o peso até a área que havia arrumado, então, depois de se esforçar bastante, Teo o ergueu, segurando-o junto ao peito, com os braços cruzados. Aquilo deixaria suas asas mais fortes.

Começou a movimentar as asas em batidas amplas e enérgicas. Teo sentiu o suor pingar pela testa quando finalmente conseguiu se erguer do chão. O peso pareceu pelo menos diminuir a instabilidade, mas foi necessário um esforço a mais para manter as asas em atividade.

Tanto que ele fechou os olhos e fez uma careta. Quando abriu de novo, estava a três metros do chão.

Deixou escapar uma risada triunfante, o que tirou sua concentração, então caiu alguns centímetros, mas se apressou e bateu as asas para recuperar a altura, com dificuldades para encontrar o ritmo estável de novo.

Então a porta se abriu, e Aurelio entrou.

Estava vestido com as roupas de treino fornecidas pela Academia: shorts pretos e uma regata que cobriam muito pouco do corpo tonificado. Ele deu alguns passos antes de perceber Teo.

O garoto xingou baixinho. Era óbvio que o Ouro apareceria bem *ali*, bem *naquele momento*. Sempre parecia conseguir um assento na primeira fileira para observar Teo nos piores momentos possíveis. Teo tentou ao máximo ignorar Aurelio, mas o suor excessivo em suas mãos transformou o giz em pasta, e a superfície emborrachada do peso escorregou de seus dedos.

Ele tentou erguê-lo mais alto no peito, ainda em voo, mas a mudança repentina o fez cair mais um metro.

Aurelio parou, cruzou os braços e observou.

Se Teo tivesse uma mão livre, teria mostrado o dedo do meio.

Ofegante, Teo cerrou os dentes e tentou fazer mais força, determinado a não falhar na frente de Aurelio.

Mas seus braços ardiam, e uma pontada de dor perfurou suas costelas. Dava para sentir os músculos das costas e das asas tremendo. Ele tentou segurar o peso, mas estava perdendo a pegada.

Quando fez uma última tentativa desesperada de erguê-lo, a asa direita sofreu um espasmo e cedeu.

Teo soltou um grito enquanto trepidava e perdia a estabilidade no ar.

Caiu de costas, e o tapete fino não ajudou em nada a amortecer o impacto da queda. Meio segundo depois, o peso o acertou.

— AI!

Teo sentiu todo o ar desaparecer dos pulmões. Pontos escureceram sua visão. Tentou afastar o peso, mas seus braços estavam fracos demais depois de segurá-lo por tanto tempo.

Ele desistiu e desabou, as asas abertas e os braços largados, imóveis. Fechou os olhos e desejou que Aurelio o deixasse sozinho em sua humilhação, ou que Sol o fizesse desmaiar para fugir da vergonha.

Mas, de qualquer forma, nada disso facilitaria as coisas.

— Precisa de ajuda?

Teo abriu os olhos e viu Aurelio pairando sobre ele. O Ouro olhava para baixo com uma expressão plácida. O cabelo preto e macio como fuligem estava penteado para trás e preso naquele costumeiro nó, e as sobrancelhas grossas, unidas em uma expressão de preocupação sobre os olhos cor de barro. Tinha um cheiro sutil de fumaça, parecido com o capuz de Teo após semanas o usando perto de uma fogueira.

O garoto não respondeu, então Aurelio acrescentou:

— Ou essa é uma nova rotina de exercícios com a qual não estou familiarizado?

Teo reuniu toda a energia que ainda tinha para encará-lo, emburrado.

— Ou você me ajuda, ou fica dando uma de babaca. *Não os dois.*

O canto dos lábios de Aurelio se curvou em um quase sorriso. Ele se abaixou e ergueu o peso com uma facilidade frustrante, deixando-o no tapete ao lado.

Teo respirou fundo e esfregou o peito dolorido. Observou enquanto Aurelio ia até o cooler de água.

A atitude mais inteligente seria aceitar a derrota e ir para a cama, mas Teo quase nunca tomava a atitude mais inteligente, e não iria começar naquele momento. Ele se levantou e voltou a bater as asas.

— Você não está estendendo as asas direito.

Teo se virou a tempo de Aurelio jogar uma garrafa de água para ele.

O garoto se atrapalhou para pegá-la no ar.

— Estou, sim.

Para provar, Teo se endireitou e desdobrou as asas enormes, então abriu um sorriso convencido, mas Aurelio fez uma expressão exasperada.

— Gira os ombros para trás e junta as escápulas — instruiu ele, demonstrando o movimento, que repuxou a camisa apertada sobre o peito musculoso. — Expande o peito.

Teo fez uma careta, sentindo o rubor se espalhar pelas bochechas. Será que ele estava fazendo aquilo só para se exibir?

— Desde quando você é um especialista em asas?

Aurelio balançou a cabeça e foi em direção ao que parecia uma selva de pesos e polias.

Fazer o que Aurelio havia mandado ia contra todos os princípios de Teo, mas ele podia pelo menos tentar, apenas para provar que o Ouro estava errado. O garoto esperou até que Aurelio estivesse focado em reposicionar um equipamento, então tentou girar os ombros para trás e unir as escápulas.

As asas se estenderam sozinhas, abrindo-se com uma envergadura de pelo menos meio metro a mais do que ele estava acostumado.

— Uau! — exclamou Teo enquanto examinava as penas, que brilhavam sob as luzes.

— Eu falei — disse Aurelio, sem tirar os olhos do que estava fazendo, mas com um pequeno sorriso de satisfação.

A única coisa que Teo odiava mais do que estar errado era que Aurelio estivesse certo.

— Tem uns alongamentos...

— Não, obrigado.

— Vai ajudar a manter a envergadura.

— Você só quer que eu morra de tédio — resmungou Teo, e foi até a prateleira de pesos, emburrado. Talvez se tentasse um mais leve...

— Se você forçar muito, vai acabar se machucando ou ficando dolorido demais para competir — avisou Aurelio, encostando-se na prateleira.

Teo pegou o peso, irritado.

— Não sou criança — retrucou ele, retribuindo o olhar atento de Aurelio.

— Não foi um ataque pessoal — defendeu-se Aurelio, devagar, com a voz calma. Era difícil entrar em uma briga quando a pessoa se recusava a falar alto.

Teo decidiu encarar como um desafio.

— Ah, então você só está dando conselhos movido pela gentileza do seu coração? Achei que quisesse *vencer* essa coisa.

Aurelio permaneceu calmo.

— Eu quero — respondeu ele, talvez mais para si mesmo do que para Teo. — Eu quero, mas não quero ser o Portador de Sol só porque você... — Ele parou no meio da frase.

O que iria dizer?

— Só porque eu o quê? Só porque sou um Jade? Só porque sou tão fraco que não valer a pena competir comigo? — A voz de Teo falhou.

— Isso não é um jogo — disse Aurelio, franzindo a testa.

O peito de Teo se comprimiu.

— Eu *sei*.

— Então por que está agindo desse jeito? — perguntou Aurelio, sério.

Teo achou que ele talvez quisesse uma resposta de verdade, que não estivesse apenas tentando irritá-lo.

O garoto congelou, sem saber o que responder.

Pelo canto do olho, percebeu uma movimentação. Sobre a pilha de tapetes, Xio havia acordado. Ele se sentou, observando Teo e Aurelio. Parecia confuso.

A frustração nublou a mente de Teo e se entranhou sob sua pele.

— Estou levando a sério. A única coisa anormal aqui é como você e seus amigos estão animados para se tornarem assassinos.

Aurelio se endireitou.

— Sem o sacrifício, o mundo acabaria.

— É, bom, se ser *morto* é uma honra tão grande — grunhiu ele, tentando erguer o peso —, então é o *vencedor* que deveria ser sacrificado.

Por um instante, Teo achou que havia ganhado, porque Aurelio permaneceu em silêncio.

— Não é uma luta justa — disse Aurelio, por fim, em um tom calmo.

Teo enfiou o peso de volta na prateleira e se virou para Aurelio.

— Por que não é justa? — Ele explodiu. — Porque eu não sou um *Ouro*?

Aurelio recuou, surpreso, mas logo se recuperou.

— Exato — afirmou ele, como se fosse óbvio. — A Academia tem treinado a gente para o Desafio desde que éramos crianças. E você não tem ideia do que está fazendo...

Teo soltou uma risada amarga e afiada, balançando a cabeça.

— Uau, você é mesmo muito convencido.

Aurelio cerrou a mandíbula, e suas narinas se expandiram.

— Se você tivesse treinado a metade do que treinamos, na verdade se sairia muito bem.

— Você leva essas merdas a sério *demais*...

Finalmente, Aurelio explodiu.

— E você não leva as coisas *nada* a sério!

Todos os sentimentos ruins que Teo havia reprimido e isolado vieram à tona. Cada vez que havia se sentido divino de menos para ser um Ouro, ou divino demais para ser um garoto. Cada olhar cruel de Auristela. Cada risada terrível de Ocelo.

Cada vez que Aurelio virou as costas para ele.

Os sentimentos se reviravam e se contorciam, então se transformaram em palavras.

— Vocês, Ouros, andam por aí *fingindo* ser Heróis, mas são apenas uns encrenqueiros com complexo de deus. Eu estou tentando manter a mim e aos meus amigos vivos, e vocês só se importam com a classificação e em deixar a mamãe orgulhosa.

Os olhos acobreados de Aurelio se acenderam.

Teo queria que ele ficasse com ódio, que gritasse e perdesse o controle. Teo queria *brigar*. Queria fazer com que Aurelio se sentisse pequeno. Queria que Aurelio soubesse como era a sensação.

Mas Aurelio nunca daria o que ele queria.

O Ouro endireitou a coluna e retomou a expressão imperturbável, mas Teo percebeu como suas mãos haviam se fechado em punhos.

— Você vai acabar se matando — disse Aurelio, curto e grosso, então se virou e saiu da sala de treinamento. A porta se fechou com um baque às suas costas.

Teo ficou parado, sem fôlego e com as pernas bambas. Queria que Aurelio fosse embora, mas ainda doía quando ele se afastava.

Xio se aproximou em silêncio.

— Isso foi esquisito — comentou ele, olhando para a porta, e depois lançou um olhar nervoso para Teo. — Você está bem?

— Estou bem.

O garoto fungou e enxugou o suor da testa. Não deixaria que Aurelio o perturbasse. Era tudo apenas uma disputa machista de poder na qual Teo não cairia. E mais importante: não deixaria que Aurelio vencesse, e havia apenas um jeito de fazer isso.

Se quisesse destruir os Ouros, teria que agir como um Ouro.

CAPÍTULO 12

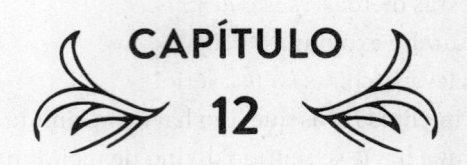

NA MANHÃ SEGUINTE, Teo estava tão dolorido que mal conseguiu sair da cama. Cada músculo da parte superior de seu corpo, dos ombros às asas, e até mesmo os dedos, doía e gritava em protesto enquanto ele tomava banho e colocava o uniforme.

A pior parte era que Aurelio estava certo, mas Teo preferia sofrer a deixar transparecer. Precisou se concentrar ao máximo para não se retrair com os espasmos de dor, mas não importava, afinal Aurelio não lhe deu nenhuma atenção durante o café da manhã.

Na verdade, nenhum dos Ouros deu. Conversaram entre si e, com uma animação genuína, tentavam prever qual seria a coisa terrível que os aguardava na próxima provação. Teo, Xio e Niya haviam voltado ao seu papel de figurantes, como Auristela havia dito.

Teo mal conseguia prestar atenção na conversa dos amigos. Estava distraído demais tentando capturar o olhar de Aurelio. Em geral, o Ouro dava pelo menos uma olhada de relance em sua direção, mas não naquele dia.

Era como se o estivesse evitando de propósito. Provavelmente só para irritá-lo. Teo precisou se segurar para não socar a mesa e *obrigar* Aurelio a olhar para ele.

— Ele come banana igual a um serial killer — resmungou Teo enquanto observava Aurelio cortar a fruta e comer os pedaços com um garfo. — Vocês acham que…

Ele se virou para Niya, que mordia uma pilha de panquecas como se fosse um hambúrguer. A amiga o encarou.

— Que foi? — perguntou ela, com a boca cheia. — Estou armazenando carboidratos.

Teo suspirou e balançou a cabeça.

Xio caiu na gargalhada, mas acabou se engasgando com o suco de goiaba e espirrou o líquido pelo nariz em cima da mesa.

— Ai, meus deuses, preciso de novos amigos — anunciou Teo enquanto pegava um monte de guardanapos e os estregava para Xio.

— Olha, eu não sei por que você está encarando tanto o Aurelio, mas está me deixando desconfortável — comentou Niya, dando um empurrão no ombro de Teo enquanto Xio enxugava a sujeira.

— Shh! — sibilou Teo, empurrando-a de volta, o que não adiantou nada. — Não estou encarando. — Ele estava, mas não precisava que Niya chamasse atenção para isso.

— Você definitivamente está encarando — confirmou Xio, assentindo.

— Cobiçando, quase. É *esquisito*, Teo. — Niya semicerrou os olhos. — Você está tentando tirar a roupa dele com os olhos ou o quê...?

— Cala a boca! — retrucou Teo, alto demais.

Todos olharam para ele... menos Aurelio, o que só aumentou a suspeita de Teo. Auristela se inclinou para dirigir a ele um olhar enojado.

Envergonhado, o garoto se encolheu na cadeira e esfregou o rosto com as mãos.

— Estou encarando Aurélio com *desdém*, e não com cobiça — disse ele, muito mais baixo dessa vez, mas sabia que não iria convencer ninguém depois da explosão.

Niya riu. Xio pelo menos tentou disfarçar a risada com uma tosse.

Teo gemeu, mas quando voltou a erguer o olhar para Aurelio, podia jurar que o viu desviando o rosto, com os cantos dos lábios se curvando.

— As roupas de vocês para hoje já estão prontas — anunciou Lua enquanto os sacerdotes de Sol retiravam o café da manhã.

— Outras roupas? Tipo, novas? — perguntou Teo, mas quando Lua parou e lhe lançou um olhar severo, ele fechou a boca rapidinho.

Lua continuou, sinalizando com movimentos enfáticos e eficientes:

— O Deus Terra gentilmente planejou um dia nas fontes termais de La Cumbre para vocês...

Uma onda de animação se espalhou pela mesa.

— *Isso* — sibilou Teo baixinho, bem-humorado de repente. Finalmente veria uma cidade Ouro de verdade!

— ... antes de nos receber em seu templo para o jantar. Não quero vocês correndo por aí com os trajes de treino. — O olhar escuro de Lua percorreu os competidores. — Espero que todos sejam respeitosos e corteses durante a visita. Não vou aceitar nada menos do que isso. Entendido?

Todo mundo assentiu e murmurou em concordância.

Lua deu um curto aceno de cabeça.

— Ótimo. Agora vão. Vocês têm uma hora até partirmos para as fontes termais.

Niya se levantou em um pulo e correu de volta para dentro.

— Que tipo de roupa você acha que eles vão fazer a gente vestir? — perguntou Xio, com um olhar temeroso.

— Não pode ser pior do que esses uniformes — respondeu Teo.

Não era *pior*, mas as roupas de La Cumbre apresentavam seus próprios desafios. O traje atlético e justo de Teo havia sido trocado por um de algodão branco e macio. A túnica sem mangas era agradável no clima quente e as asas passavam sem impedimentos pelas fendas nas costas, mas a parte de baixo era um problema.

Teo nunca havia usado um tecido de quadril. A peça era tradicional em algumas cidades, mas não em Quetzlan. O melhor que conseguiu fazer foi enrolá-la ao redor da cintura como uma toalha. Quando Niya foi ao quarto do amigo, riu e arrancou o tecido, deixando-a apenas de cueca, então o amarrou de volta da maneira correta.

Todos os competidores vestiam as mesmas roupas de algodão branco com seu glifo bordado no canto superior esquerdo do peito. Também receberam roupas de banho e uma mochila branca de cordão para levar tudo.

No caminho para o barco, Teo ajustou a ponta do tecido. Sentia-se exposto.

— Vou ficar paranoico. E se eu ficar pelado sem querer na frente de alguém? — resmungou ele.

Outro problema era a ausência de sapatos. Ele sabia que Niya nunca usava, mas achou que fosse apenas uma mania da amiga, e não um hábito de La Cumbre.

Niya fez uma cara despreocupada.

— Duvido que alguém ia perceber — comentou ela, com um traje quase idêntico ao que havia usado na cerimônia de abertura, mas sem as peças ornamentais. — As pessoas andam por aí nuas ou seminuas o tempo todo.

Teo e Xio trocaram olhares, chocados demais para saber o *porquê*.

Mas muitas perguntas foram respondidas enquanto eles avançavam pela estrada principal.

— Faz um pouco de cócegas — revelou Xio, com um sorriso, ao afundar os dedos na terra macia e quase cinzenta. Dava para ver que ele estava usando um binder branco por baixo da túnica branca fina.

— Faz a gente se sentir mais conectado à terra e a La Cumbre — explicou Niya. — Ela fala muito, então sentir os tremores na sola dos pés nos mantém conectados.

Niya falava do vulcão com afeto, como os cidadãos de Quetzal falavam de seus pássaros. Teo sorriu.

Então, como esperado, Auristela arruinou tudo.

— Que nojo. — Ela bufou.

Desde que haviam saído do barco, Auristela estava com uma expressão feia meio enojada no rosto que costumava ser atraente.

— Ninguém te perguntou — retrucou Niya.

— Eu gosto — afirmou Teo, ignorando Auristela, que revirou os olhos e olhou para o outro lado, chicoteando o rabo de cavalo alto.

Teo estava preocupado com a possibilidade de ter que subir a pé a montanha gigantesca para chegar ao templo, mas por sorte Lua os levou a uma estação de teleférico. O grupo embarcou no que parecia um feijão prateado com janelas de vidro em todos os lados. Quando foi erguido no ar pelos cabos, Teo segurou nas grades com força.

Contemplar La Cumbre do alto foi ainda mais incrível. Durante a jornada, todo mundo colou o rosto no vidro, e Niya apontou para os marcos lá embaixo.

Dezenas de banhos minerais e fontes termais de um azul cristalino cascateavam pela encosta da montanha. Grutas abrigavam altares e piscinas quentes de água azul.

Quando se aproximaram do topo, Teo sentiu um cheiro estranho de ovos podres.

— O que é esse fedor? — perguntou Auristela, torcendo o nariz.

Dezi deu uma cutucada em Marino, que o empurrou de volta.

— *Não fui eu!*

Dezi riu.

— É enxofre — explicou Niya a Teo, apontando ao passarem sobre outro cume e uma caldeira aparecer. — Tudo é aquecido pelo calor geotérmico de La Cumbre.

Conforme o teleférico atravessava a cratera, Teo observou os respiradouros vulcânicos cuspindo vapores amarelos e sulfúricos. Antes de aterrissarem, foi possível ter um vislumbre do templo de Terra. Diferente da laje simples de jade de Quetzlan, o altar era um grande pedaço de ouro esculpido com as três montanhas e o sol nascente do glifo do deus.

Quando desceram do teleférico, foram recebidos por mais uma multidão. As pessoas acenavam e aplaudiam, tirando fotos enquanto os competidores eram levados até as fontes termais. Sacerdotes de Terra margeavam o caminho e continham os espectadores de modo educado. Todos clamavam pela atenção de Niya, o que era legal, em especial porque parecia deixar Auristela e Ocelo bastante irritados.

A fonte termal inteira, incluindo o hotel e a piscina, fora esculpida na encosta do vulcão. Todos os edifícios eram da mesma pedra bege sobre a qual o grupo caminhava. No saguão, o piso havia sido polido até brilhar. Vários assentos almofadados contribuíam para a atmosfera de conforto e luxo.

— Cadê todo mundo? — perguntou Teo enquanto os sacerdotes os levavam para os vestiários.

Niya franziu a testa.

— Como assim?

— Esse lugar não é, tipo, muito popular? — perguntou ele, gesticulando ao redor. Sua voz ecoou pelos corredores. Fora o grupo e os sacerdotes, não havia mais ninguém no saguão e no café. — Cadê as pessoas?

— Ah, você quer dizer os mortais? — Niya riu e abanou as mãos. — Eles sempre fecham o local para o público quando visitamos.

Teo fez uma careta, confuso.

— Sempre?

Amiga abriu um sorriso incerto.

— É.

— Por quê?

Ela o olhou como se não tivesse entendido a pergunta.

— Não sei. — Niya deu de ombros. — É assim desde sempre.

Era estranho. Os semideuses Ouro pareciam viver separados dos mortais a quem protegiam. Teo se perguntou se era por serem famosos ou pelo status de quase Ouro. Talvez ambos. Não dava para entender. Não havia uma separação assim entre Jades e mortais. Teo ia para a escola, fazia compras no mercado, até ia ao cinema com os mortais de Quetzlan. A separação entre os Ouros e os mortais a quem eles devotavam a vida para proteger soava desnecessária e um pouco antiquada.

Eles entraram nos vestiários e vestiram as roupas de banho, que eram, mais uma vez, brancas. Infelizmente, as partes de baixo também eram tecidos de quadril, só que o material era mais apropriado para a água. Teo optou por ir de peito nu, mas Xio pôs uma túnica folgada. A outra opção era um top *bandeau*.

Quando os dois saíram para a área principal das fontes termais, Teo não conseguiu acreditar na beleza e na elegância de tudo aquilo. De fato, a vista do teleférico não fazia jus àquilo. Construídas na encosta do vulcão, havia pelo menos uma dúzia de piscinas escalonadas de água turquesa fumegante. Dosséis exuberantes os protegiam do sol impiedoso, e cachoeiras se derramavam pelo penhasco pedregoso e alimentavam as fontes.

— Esse lugar é *muito* chique — comentou Xio, com os olhos arregalados.

— É — concordou Teo, sem contar o sorriso. Talvez discordasse de toda a atenção especial que os Ouros recebiam, mas também não iria recusá-la enquanto a tinha. — A coisa mais próxima que temos de um spa em Quetzlan é um cara chamado Rico que fica do lado de fora do mercado e paga cinco dólares para você *deixar* que ele te faça uma massagem nos pés.

Xio soltou uma risada.

Teo nem havia começado a mexer na mala quando ouviu Marino gritar. Ele se virou para observar o Ouro correr e saltar, caindo como uma bola de canhão em uma das piscinas. Niya o seguiu, provocando respingos muito maiores ao mergulhar.

Teo e Xio pegaram dois copos de suco de manga gelado de uma mesa cheia de bebidas, frutas frescas e nozes enquanto os outros saiam dos vestiários.

— Ah, cara, você sabe onde eles têm o *melhor* suco de manga? — perguntou Teo.

Então Auristela e Aurelio surgiram em seu campo de visão, e o rapaz congelou.

Não era como se nunca tivesse visto a pele dos irmãos. O uniforme dos gêmeos consistia, basicamente, em um cropped elegante, mas Aurelio estava sem camisa e parecia um deus de *verdade*. O Ouro ergueu a mão e arrumou o cabelo preso, a luz do sol refletindo na pele marrom-escura.

Será que alguém havia passado óleo nele? E de onde ele tinha tirado aqueles músculos abdominais?

— Teo?

O garoto se sobressaltou, derrubando o suco de manga na mão enquanto se virava depressa para Xio.

— Quê?

— Onde tem o melhor suco de manga? — repetiu Xio.

— Ah. — Teo pigarreou.

O menino semicerrou os olhos para ele.

Teo não conseguiu se lembrar do que estava falando.

— Esqueci.

Xio olhou de relance para onde Aurelio e Auristela haviam entrado em uma piscina rodeada por avisos do tipo PERIGO e EXTREMAMENTE QUENTE. Talvez aguentassem a água, contanto que estivesse fervendo.

O menino levantou uma sobrancelha.

— Sei.

Teo o empurrou.

— Cala a boca e escolhe uma fonte.

Decidiram por uma das piscinas ricas em minerais. Com as asas que repeliam água, Teo podia flutuar de costas sem nenhum esforço. Niya montou acampamento na mesa de comes e bebes enquanto Dezi e Xochi, com máscaras de lama, relaxavam em um banho de minerais. Atzi e Marino ficavam mergulhando para ver quem prendia a respiração por mais tempo, e Ocelo cochilava em uma espreguiçadeira à luz do sol.

Niya levou Teo e Xio para uma cachoeira. Quando entraram, sentiram o impacto estrondoso da água sobre a cabeça, engolindo as risadas enquanto martelava nas costas deles. A sensação da pancada quente era incrível nas asas doloridas de Teo. O garoto sugeriu um jogo em que a pessoa escolhida tinha que fechar os olhos e escutar os outros para marcar os amigos.

Xio era *muito* bom e, de algum jeito, conseguiu se esgueirar pela água sem ser ouvido, mas Niya era barulhenta demais e provocava respingos para todo lado, então sempre a pegavam.

Na terceira vez que foi o escolhido, Teo notou que, depois de poucos minutos na piscina mais quente, Auristela já tinha saído para tirar fotos no cenário maravilhoso.

Finalmente sozinho, Aurelio desapareceu dentro do que parecia uma caverna esculpida na encosta da montanha, protegida por uma pequena cachoeira.

Enquanto Niya se movia pela água com os olhos fechados e Xio a seguia, rindo sem fazer barulho, Teo aproveitou a oportunidade para ir atrás de Aurelio.

Quando ele atravessou a pequena cascata, a água fria fez cócegas em suas costas. De repente, Teo foi atingido por uma onda de calor. Estava em uma gruta com samambaias viçosas, que cresciam das ranhuras nas paredes escarpadas. No meio do chão, havia um poço de pedras escuras que soltava um vapor ondulante, deixando o ar quente e úmido.

Aurelio estava sentado em um banco esculpido na parede de pedra da sauna improvisada. A luz solar azul que se infiltrava através da cachoeira e o brilho vermelho do fogo das tochas dançavam sobre a pele de Aurelio. Seus olhos estavam fechados e a cabeça inclinada para trás de um jeito que Teo achou que o Ouro deveria estar dormindo. Ele deu um passo adiante, e um dos olhos acobreados de Aurelio se abriu.

— Tudo bem se eu sentar? — perguntou Teo, apontando para o banco.

Aurelio assentiu e endireitou a coluna.

Cheio de confiança, Teo se aproximou e se sentou a uma distância segura, com as asas dobradas nas costas. Aurelio se inclinou para a frente e pegou de um balde uma concha grande cheia de água, depois a derramou sobre as pedras quentes, provocando uma onda fresca de vapor no ar.

Estava quente demais. Teo não sabia como Aurelio aguentava. Ele ficava ali, todo calmo e relaxado, enquanto o suor brotava de seu peito e das coxas nuas, e um pequeno filete escorria...

— Você está bem?

Teo se sobressaltou.

— Ah, sim. Estou — mentiu. O suor escorria por sua nuca.

Uma ruga se formou na testa de Aurelio.

— Você está meio vermelho.

— É, bom, está quente aqui. — A verdade era que Teo estava sufocando. O vapor era tão denso que não dava nem para respirar direito. Mas ele podia ir embora a qualquer momento, *se quisesse*. — Estou *relaxando* — acrescentou, espreguiçando os braços e as asas para enfatizar.

Não estava acostumado às asas livres, então não tinha muita noção de como eram amplas. Quando ele as abriu, as penas tocaram os ombros de Aurelio.

Os olhos do garoto dispararam para onde havia sido tocado. Teo retraiu as asas depressa, engasgando-se com um pedido de desculpas que se recusava a fazer.

— Tem certeza de que não está quente demais para você? — perguntou Aurelio de novo.

Teo revirou os olhos. Por dentro, desejava com toda força poder se abanar um pouquinho.

— Quem você é? Minha mãe?

— Alguém já te falou que você é muito teimoso?

— Quase todo dia. Huemac sempre diz que vou teimar até a morte.

— Estou começando a achar que ele está certo. — Aurelio se inclinou e pegou uma garrafa de água. — Aqui — disse ele, estendendo-a para Teo.

Por um momento, ele hesitou.

Aurelio suspirou e o encarou por um momento.

Teo bufou.

— Tudo bem. — Ele pegou a garrafa. — Mas não é porque estou superaquecido.

— Eu sei.

— Estou com uma sede normal.

Aurelio assentiu.

— Eu sei.

Teo sentiu as bochechas ferverem.

— Com sede tipo, *hidratado*, e não... — gaguejou ele, tentando recobrar algum senso de compostura.

— Você sabe que estar com sede significa que você está *des*idratado, né?

Aurelio ainda não tinha aprendido a responder piadas. Pelo menos era algo que não havia mudado desde que eles eram crianças. Teo abriu a boca, pronto para provocá-lo com uma resposta esperta, quando de repente...

— O que você faria se fosse o Portador de Sol? — perguntou Aurelio.

Teo soltou uma gargalhada estrondosa, mais de surpresa do que por achar a pergunta engraçada.

— Para falar a verdade, nem me passou pela cabeça, cara. Não é como se fosse uma possibilidade real.

— É, sim. Sol não escolheu você só para...

— Ser morto? — continuou Teo. — Por um dos *verdadeiros* competidores ?

Aurelio respirou fundo.

— Fiquei pensando no que você disse...

Teo não queria mais falar sobre esse assunto, e algo em seu rosto deve tê-lo entregado porque Aurelio se calou.

Um silêncio desconfortável se seguiu. Teo se sentiu um imbecil por seguir Aurelio até ali. *O que* ele esperava? Talvez um vislumbre do Aurelio que havia visto na outra noite. O Aurelio que não parecia intocável.

— Acho que já deu de sauna pra mim — anunciou Teo, levantando-se com as pernas bambas. — Mas não porque está muito quente.

Uma expressão divertida dançou no rosto de Aurelio.

— Tem certeza? Porque você está parecendo bem fogoso.

Teo tropeçou na saída.

— Obrigado! — gritou ele.

Obrigado?! Qual era o problema dele?

Teo atravessou a cachoeira e logo se sentiu aliviado com o ar fresco na pele escaldante. Quando deu de cara com Niya e Xio, ele derrapou até parar.

— Olá, Teo — cumprimentou Xio, com um sorriso que estava longe de ser inocente.

Teo apertou a garrafa de água.

— Oi.

— A gente estava se perguntando para onde você tinha ido — continuou o menino, com os braços cruzados.

— Eu só... hã... — Ele apontou com a cabeça em direção à gruta. — Estava só dando uma olhada por aí.

— Tenho certeza que sim — disse Niya, balançando a cabeça.

— Eu... O que isso quer dizer?!

— Nada de confraternizar com o inimigo, Teo — provocou Xio.

— Eu não estava!

— Mas e essa broderagem aí? — cantarolou Niya, mas Teo tirou a tampa da garrafa e jogou a água fria no rosto dela.

Niya arfou, boquiaberta. Sua expressão fez com que Teo gargalhasse.

— Ah, você acha isso engraçado?! — reclamou Niya, partindo para cima de Teo.

— Não! Para! — Ele tentou correr, mas era tarde demais.

Niya o agarrou e o arremessou em uma das piscinas como se ele fosse um boneco de pano e mergulhou logo em seguida. Teo, ainda rindo, se engasgou com a água enquanto usava as asas para lançar ondas gigantescas em direção à amiga.

— Tentem não se afogar! — gritou Xio, da borda da piscina.

⁂

Depois de tomarem banho e trocarem de roupa, os três fizeram uma caminhada rápida até o templo de La Cumbre. O santuário ficava no topo do vulcão, do lado oposto à caldeira do spa, e era feito de barro avermelhado. A única cor destoante era a de uma bacia de cristais rústicos de ametista, que abrigava a Pedra Solar de La Cumbre. Seu feixe brilhava no céu noturno crepuscular.

A maioria dos realces dourados se concentravam ao redor das janelas e nos degraus externos principais que levavam ao altar, mas, para além disso, o templo era bastante simples se comparado ao que Teo esperava de uma cidade Ouro. Sacerdotes de Terra trajando robes marrons os receberam.

— O que achou? — perguntou Niya, puxando o braço do amigo enquanto andavam pelo pátio. Era simples também, com duas fontes termais de azul-acinzentado ao redor de uma estátua dourada de Terra.

— É incrível! — elogiou Teo, sem querer magoar os sentimentos da amiga, mas o lugar também era...

— Meio fedido — acrescentou Xio, sem ser indelicado, apenas a título de observação.

— Eu sei! — Niya quase gritou ao olhar para sua casa. — Não é ótimo?

Teo se pegou sorrindo. Sabia que ela não podia voltar para casa com frequência por causa do treinamento. Ele também teria mais carinho por Quetzlan se passasse o tempo todo preso na Academia. Apesar de estar se familiarizando depressa com o sentimento, antes desconhecido, da saudade de casa.

— Eu achei que seria mais... elaborado — admitiu Teo.

— Espera só até ver o interior — disse Niya, com um sorriso convencido.

Eles foram guiados para dentro do templo, e tudo fez sentido.

O templo de Terra era como um geodo. Enquanto o exterior do templo era simples, o interior tinha tetos altos e cavernosos, e todas as superfícies estavam cobertas por pedras preciosas. Opalas de fogo resplandecentes, jaspe vermelho e cristais de todas as cores imagináveis sobressaíam das paredes em ângulos lapidados e irregulares, e cintilavam sob a luz das tochas. As cores caleidoscópicas e o tamanho das pedras preciosas eram desconcertantes.

Teo gostaria de ter perambulado pelo lugar, mas o olhar cortante que Lua lhe dirigiu quando ele se afastou em direção a outro corredor o manteve na linha.

Eles foram levados até um salão de jantar onde uma grande mesa de pedra havia sido posta. Gigantescos cristais de quartzo citrino cor de mel, maiores do que Teo, pendiam como um lustre do teto alto.

Quatro pessoas os cumprimentaram da cabeceira da mesa. Vestido com o terno de sempre e a máscara dourada, o Deus Terra ergueu uma das mãos enluvadas. O deus era alto, mas o corpo magro o fazia parecer pequeno em comparação às figuras corpulentas ao seu lado.

Monte e Mino estavam vestidos com panos de quadril e túnica combinando. Um homem mais velho que Teo nunca havia visto estava ao lado de Terra. Seu cabelo castanho era grisalho nas têmporas, e ele tinha o formato de uma montanha. Quando sorriu, suas feições eram idênticas às de Niya e seus irmãos, formando linhas profundas e enrugando a pele ao redor dos olhos.

— PAI!

Niya deixou a formação do grupo para trás e correu para se jogar nos braços do pai mortal. Rindo, ele envolveu Niya em um abraço apertado, depois a levantou e a girou no ar.

Deuses não eram limitados aos meios mortais de reprodução e nascimento, então ter dois homens como pais biológicos era normal entre os semideuses.

— Terra, Andres, obrigada por nos receber — disse Lua, sorrindo ao se aproximar.

Andres apoiou o braço ao redor de Terra e puxou o deus para dar um beijo em sua bochecha. Se Terra tivesse pele, Teo imaginou que estaria corando.

Ele permaneceu atrás dos outros, sentindo-se meio deslocado de repente. O peso em seu peito o prendia. Entre os deuses e semideuses, sua mãe era toda a família de sangue que ele tinha, e isso era suficiente. Mas ver Niya em casa com a família fez com que Teo se sentisse consciente, de maneira dolorosa, de como eles eram diferentes.

— Estamos tão felizes em receber vocês! — anunciou Andres, dando as boas-vindas ao restante do grupo. Ele tinha uma voz profunda e estrondosa, que ecoava pelo salão enorme. — Por favor, sentem-se. — Ele gesticulou para as cadeiras vazias. — Temos um banquete e tanto nos esperando. Os sacerdotes se superaram!

Teo fez menção de se mover para pegar um assento no final da mesa, com Xio em seu encalço como uma sombra, quando Niya agarrou o braço dos amigos. Todo mundo encarou enquanto ela os arrastava até as cadeiras ao seu lado, perto da cabeceira, com seu pai e seus irmãos. Dois Jades se sentando entre alguns dos Ouros mais poderosos do Reino de Sol. O calor inundou o corpo de Teo, e ele não conseguiu segurar um sorriso.

Enquanto todos começavam a conversar, animados, os sacerdotes de Terra traziam os pratos e a bebida para o jantar. Os copos eram, na verdade, jarras de barro e os pratos eram feitos de ágata polida.

Havia legumes assados de mais cores do que Teo sabia que existiam. Andres explicou que o bife havia sido selado a vácuo e cozinhado nas fontes termais até que estivesse macio como manteiga. A carne se desfez assim que Teo a perfurou com o garfo. Ele evitou o frango, mas se serviu do peixe, grelhado nas cozinhas com o calor geotérmico de La Cumbre. Até o rebocado, um cozido de porco, havia sido preparado lentamente debaixo da terra em panelas de barro.

— Comam! — anunciou Andres, percebendo a hesitação de todos. — Vão precisar de proteína para a provação de amanhã.

Dezi se virou para Lua e sinalizou algo.

— A segunda provação será hospedada pela Deusa Fauna — explicou Lua, sinalizando em resposta. — Vamos partir para El Valle assim que embarcarmos hoje à noite e devemos chegar ao meio-dia.

O grupo explodiu em conversas animadas. Teo não comeu muito depois da notícia. Quanto mais tarde ficava, mais sentia uma agitação e um aperto no peito.

Quando chegou a hora de partir, Niya e a família trocaram abraços de quebrar as costelas. Teo estava pronto para consolar a amiga, mas o tempo com os parentes parecia ter dado a ela uma nova dose de energia.

As hipóteses sobre o que aconteceria na provação seguinte não cessaram nem quando eles saíram do templo e desceram a montanha no teleférico. À noite, as tochas iluminavam os caminhos que ziguezagueavam pela cidade lá embaixo.

— Boa noite, La Cumbre! — gritou Niya para a montanha, ao se aproximarem das docas.

Teo podia jurar que sentiu o vulcão tremer sob seus pés em resposta.

CAPÍTULO 13

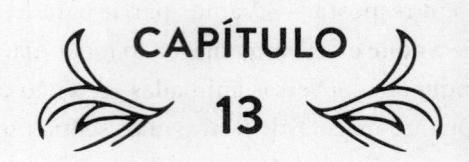

NA MANHÃ SEGUINTE, Teo, Niya e Xio foram ao convés da proa para aproveitar a viagem. Haviam deixado as montanhas para trás e navegavam rumo ao leste pela extensão de floresta tropical entre La Cumbre e El Valle.

— Fico imaginando que tipo de provação a Fauna arrumou — murmurou Xio consigo mesmo enquanto mexia na pulseira.

— Provavelmente alguma coisa a ver com animais — sugeriu Niya, recostando-se nas grades.

— Fauna é a deusa dos animais, então eu diria que essa é uma observação astuta — resmungou Teo, encostado na grade enquanto encarava o denso emaranhado de árvores ao longo da margem do rio.

— Alguém acordou com o pé esquerdo hoje — provocou Niya, tocando na asa do amigo.

A asa afastou a mão dela, agitada.

— Você está bem? — perguntou Xio, o que fez Teo se sentir um babaca, porque era Xio que estava ferrado no Desafio.

— Acho que sim. Só não dormi bem. — Não era totalmente mentira. Ele havia se revirado a noite toda, preocupado com a provação seguinte. Não estava nem um pouco bem. — Só estou…

— Rabugento? — arriscou Niya.

Teo fez uma careta.

— Não.

— Ansioso? — perguntou Xio, como se entendesse muito bem.

— Tipo isso — admitiu. Teo estava nervoso com a próxima provação, e havia sonhado a noite inteira com Paloma.

Ocelo estava deitade sobre o sofá imenso, em uma poça de sol, cochilando.

— Enquanto isso, elu está dormindo como um bebê — resmungou Teo.

— A autoconfiança realmente faz diferença — observou Xio, revirando os olhos.

— Ei — disse Niya, cutucando-o. — Talvez elu mantenha a classificação e continue em último lugar.

Quando viraram em uma esquina, o burburinho familiar capturou a atenção de Teo. Agrupados em um galho longo e baixo na beira do rio, havia um trio de tucanos.

Teo aproveitou a oportunidade.

Colocou as mãos ao redor da boca e chamou:

— Ei, vocês!

Os tucanos pararam, olhando uns para os outros, curiosos, e então para Teo, depois voaram.

— Uau. — Xio riu, dando um passo para trás enquanto Teo era enxameado.

Você tem asas!, admirou-se um dos tucanos, pousando na grade para encará-lo, chocado.

Uma tucano pousou em seu ombro, as penas da cauda esticadas no ar enquanto ela se abaixava para inspecionar as penas de Teo.

Nunca vi um garoto com asas!, comentou ela, tocando-as com o pé.

O terceiro se acomodou no topo da cabeça de Teo. Antes que ele pudesse se apresentar, o pássaro puxou uma mecha de seu cabelo.

— Ai!

Blá! O tucano sacudiu as penas. *Apenas estranhas penas humanas aqui em cima!*

— Sou filho de Quetzal...

FILHO DE QUETZAL!, exclamou o tucano sobre sua cabeça.

Os três pássaros alçaram voo e pousaram na grade. Começaram uma conversa animada, pulando agitados de um lado para o outro sobre os pés azuis.

Filho de Quetzal?!

Filho de QUETZAL!

Você é o filhote emplumado de Quetzal?!

Eles inclinaram a cabeça para cima e para baixo em pequenas reverências engraçadas.

Olá, Filho de Quetzal!

É tão bom conhecê-lo!

Teo sorriu. Os pássaros em Quetzlan estavam acostumados a vê-lo, então ele quase nunca recebia esse tipo de cumprimentos entusiasmados.

— O que eles estão dizendo? — perguntou Niya, dando uma sacudida no braço de Teo.

— Estão animados por me conhecer por causa da minha mãe.

— Ah! — Niya abriu um sorriso largo. — Você é famoso com os pássaros! É tipo um príncipe passarinho pra eles!

Teo revirou os olhos.

— Acho que não é bem assim. — Ele se virou para os tucanos, que ainda estavam fazendo reverências e se trombando uns nos outros. — Eu estava pensando que vocês três podiam me dar uma mãozinha.

Não tenho mãos, explicou um deles, profundamente apologético.

Mas temos seis asas entre nós!, interrompeu outro, apressado, batendo-as.

O terceiro inclinou o grande bico para o ar e soltou uma risada. *Essa foi boa!*

Obrigado!

— Está vendo elu dormindo ali? — perguntou Teo, apontando para Ocelo.

Tem cheiro de gato.

Não gosto de gatos!

— Elu é ume filhote de Deuse Guerreire — explicou Teo.

Um dos tucanos estremeceu.

Gosto disso ainda menos!

— Elu é ume babaca — concordou Teo. — E muito rude comigo e meus amigos...

O QUÊ! Um se sobressaltou.

NÃO!, exclamou a outra, batendo o pé.

Com o Filho de Quetzal?!

Teo assentiu, tentando manter a expressão solene.

— Eu estava pensando se vocês se importariam em despertar elu com bastante animação por mim?

Pelo Filho de Quetzal!, anunciou um deles, então o grupo alçou voo.

— O que eles estão fazendo? — perguntou Xio, confuso.

Mas a resposta veio depressa.

PELO FILHO DE QUETZAL!, cantaram os pássaros em uníssono e mergulharam em direção a Ocelo.

E Ouro acordou com um sobressalto tão violento que caiu do sofá, desaparecendo de vista. Teo, Niya e Xio caíram na gargalhada enquanto observavam os tucanos alternando na perseguição.

Gato mau!

Aquele é o nosso garoto!

Os gritos de Ocelo cortaram o ar, e Niya ria tanto que teve que se curvar. Xio segurou na grade para não despencar de tanto rir.

Gato bobo não tem nem garras!, zombou um tucano.

Com uma velocidade surpreendente, Ocelo se levantou, um rosnado contorcendo seu rosto. Elu abriu as mãos e garras afiadas se desdobraram como canivetes.

GARRAS!

Os tucanos se atrapalharam para evitar os golpes de Ocelo e voltaram para a margem. Sãos e salvos, os novos amigos de Teo começaram a saltitar em um galho.

Nós o vingamos, Filho de Quetzal!

Teo acenou em agradecimento, ainda rindo demais para gritar de volta.

Ocelo esfregou a cabeça, com os olhos turvos e confusos, procurando algo ao redor.

— *Depressa!* — sibilou Xio. Os três correram pela lateral do barco, sumindo de vista antes que Ocelo os visse.

— Isso foi *incrível*! — falou Niya assim que ficaram a salvo. — Estou morrendo de inveja. Só consigo fazer armas estúpidas!

— Acho que ser um Jade de baixo escalão não é tão ruim — ponderou Teo, sorrindo sem parar.

— Na próxima vez, você devia ver se eles topam cagar na cabeça delu — sugeriu Xio, os ombros pequenos se sacudindo por causa das risadas.

Niya agarrou Xio pelos braços e praticamente o levantou do chão.

— AI, MEU DEUS, SIM!

Teo sorriu, sentindo a tensão da manhã finalmente se dissipar.

⁂

O cenário mudava conforme o grupo se aproximava de El Valle. As árvores densas davam lugar a morros ondulantes e planícies gramadas. O vale era circundado por montanhas à distância, e Teo tinha certeza de que dava para ver um grande lago, longe ao norte, que se conectava ao rio por uma série de canais. Nas periferias da cidade, havia amplos espaços abertos e um ou outro rancho com teto de grama, mas, quanto mais se aproximavam do templo de Fauna, mais urbana a cidade se tornava.

Cedo demais, eles foram instruídos a vestir seus uniformes. Dessa vez, Teo deixou as asas livres. Enquanto eles se alinhavam, as asas se eriçavam e se sacudiam, traindo a ansiedade crescente do garoto. Quando chegou a hora de descer do barco, Lua liderou o caminho. Assim que pisaram na doca, a multidão que os aguardava explodiu de animação.

Eles prosseguiram pelas ruas de El Valle em uma fanfarra completa, acompanhados por oito cavaleiros de Fauna a cavalo. Todos os montadores vestiam a mesma roupa branca com detalhes em ouro: calças de renda enfeitadas com laços e vestidos elaborados com três camadas de babados e bordado tradicional nos formatos de diferentes animais. Usavam botas, cintos amarrados, arcos no cabelo e chapéus sombrero.

Eles flanquearam os competidores e realizaram uma performance muito bem ensaiada enquanto montavam de lado em seus corcéis. Os giros e passos para trás eram perfeitamente sincronizados. Era como assistir a um balé montado a cavalo.

As equipes de câmera de Fofoca também estavam presentes, tirando fotos e filmando. O vídeo era exibido em telas enormes por toda a cidade, para que todos os cidadãos do Reino de Sol assistissem ao vivo. À medida que o grupo avançava pela rua principal, Teo dava seu melhor para demonstrar confiança, erguendo a mão de vez em quando, mesmo sabendo que ninguém estava torcendo por ele.

Diferente de outras regiões de El Valle, o centro da cidade parecia qualquer outra metrópole Ouro espalhafatosa que passava na TV, mas com adaptações específicas para a vida selvagem. Prédios modernos tinham portas do tamanho de animais, e havia comedouros para burros e vacas do lado de fora das lojas. Teo ficou impressionado com as casas de passarinho comunais que se agigantavam sobre ele, com vários andares e quase da mesma altura que os edifícios. Matagais densos de árvores se erguiam entre os arranha-céus, dando aos trabalhadores vistas de macacos se balançando do lado de fora das janelas ou de felinos da selva cochilando em galhos.

Os viadutos de estradas mais amplas eram gramados para permitir a passagem de animais sem que fossem perturbados. Dispersadas entre prédios cromados, havia esculturas pensadas para servir de poleiros para morcegos adormecidos. Alguns dos andares térreos eram tocas designadas com janelas, por onde Teo espiou uma pilha de cutias adormecidas. Manadas de quatis perambulavam pelos parques abertos, desaparecendo dentro de esconderijos enfiados sob galhos de árvores altas, enquanto capivaras se banhavam em uma lagoa.

Xio apontou para um grande rebanho de cabras que aparava o gramado em frente a uma escola, e Teo quase avançou para cima de uma coelheira na calçada que abrigava um grupo de coelhos adormecidos.

— Como uma cidade pode ser tão limpa? — perguntou-se Teo em voz alta. — Com tantos animais, devia estar tudo fedendo. — Ele só sentia cheiro de terra, feno e grama recém-cortada.

— É um ecossistema funcional — explicou Xio, apontando para um grupo de pessoas de macacão lavando a calçada com uma mangueira e levando algumas lixeiras embora.

— Eles coletam dejetos animais para compostagem e transformam em adubo, depois exportam para cidades como Maizelan, onde tem muita agricultura.

Eles continuaram a procissão pela cidade até chegarem à arena. Teo sentiu os pés vacilarem.

Era completamente diferente da primeira provação. Diferente da montanha elaborada que Terra havia construído, a arena era quase árida — terra plana com grandes rochas de vários tamanhos e formatos. No centro, erguia-se um círculo de enormes árvores da selva densamente unidas.

Quando eles se aproximaram da plataforma onde seus pais aguardavam, um rugido profundo soou de entre as árvores. As copas tremeram e as folhas farfalharam enquanto os pássaros alçavam voo.

Teo estremeceu.

— Que tipo de provação é essa?

Um sorriso satisfeito curvou os lábios de Niya.

— Para mim, parece uma luta com monstros.

Teo sentiu o estômago se revirando enquanto Lua os levava adiante. Quando viu a mãe, em pé com as mãos unidas à frente em uma postura ansiosa e um sorriso tenso no rosto, sentiu a bile subir pela garganta. Correu os últimos passos e se jogou, abraçando-a forte.

A risada de surpresa de Quetzal fez cócegas em seu ouvido.

— Que "olá" mais agradável.

Por um instante, Teo ficou em silêncio e apenas pressionou o rosto na dobra do braço dela. Fechou os olhos com força na tentativa de expulsar o rugido da multidão e fingir, só por um segundo, que tinham voltado para casa e estavam no próprio templo.

— Passarinho? — Os dedos delicados de sua mãe acariciaram seu cabelo.

Teo sentiu um aperto no peito ao toque gentil da mãe e ao ouvir o apelido, então levou a mão para as costas de Quetzal, pegando as penas macias entre os dedos.

— Mãe?

Os olhos pretos de Quetzal examinaram o rosto dele.

— Você está bem? — perguntou ela.

— Eu descobri sobre... — Ele engoliu em seco. — Xio estava mostrando para mim e Niya umas gravações das provações passadas pra gente ver quais outros Jades haviam competido e... — Teo hesitou, incapaz de encontrar as palavras certas.

O rosto de sua mãe se retraiu enquanto ela se preparava, como se soubesse o que Teo iria dizer a seguir.

O garoto respirou fundo.

— Paloma.

Quetzal soltou um longo suspiro.

— Paloma — repetiu ela, com tanto amor na voz que Teo sentiu a dor no peito novamente. Seus olhos se encheram de lágrimas enquanto os lábios formaram um sorriso suave. — Faz tanto tempo desde que ouvi esse nome...

— Como ela era? — perguntou Teo, desesperado para saber mais sobre a irmã.

De repente, o mundo se limitou a ele e sua mãe. A torcida da plateia, a pressão dos corpos ao redor, o som de seus amigos conversando por perto... tudo isso se dissipou enquanto Teo observava a mãe relembrar uma vida inteira de momentos com sua irmã.

— Ela era como você, Passarinho — disse Quetzal, por fim, com uma risada triste presa na garganta. — Uma encrenqueira. Era corajosa também, e mal-humorada. Sempre dando bastante trabalho para os sacerdotes...

Teo lembrou da própria infância. Será que Paloma também havia tido um Huemac? Será que também havia sido amiga dos cidadãos mortais de Quetzlan? O quarto dele era o mesmo que ela ocupava no templo?

— Ela deu tudo de si no Desafio. — Quetzal adotou um tom de voz decidido. — E ela era forte. Ela...

Teo reagiu por instinto, puxando a mãe para um abraço antes que a hesitação em sua voz se transformasse em lágrimas. Apesar de Quetzal ser uma deusa, muito maior do que a vida, naquele momento Teo sentiu como se a mãe fosse algo pequeno e delicado que ele precisava proteger.

— Sinto muito, mãe. Você não precisa falar disso se não quiser...

— Por muito tempo, eu tive medo — continuou Quetzal, as palavras jorravam com uma ferocidade que Teo nunca havia ouvido. — Ter outro filho, amar alguém tanto assim, só para... — Ela se afastou, segurando o rosto de Teo.

— Eu não vou deixar isso acontecer de novo — jurou Teo. Era uma promessa difícil, mas ele estava decidido. Não deixaria a mãe perder outro filho, não para o Desafio.

— Naquele dia, eu quis tanto poder tomar o lugar dela.

Os olhos de Quetzal se desanuviaram, e ela voltou para o presente, então olhou para o filho. Por um instante, Teo achou que ela começaria a arrumar as penas e o cabelo dele, como quando ele era pequeno, mas a deusa respirou fundo e se afastou.

— É hora de você se preparar — disse ela, forçando um sorriso. — Eu te amo. Boa sorte.

Teo se virou para Lua, evitando as arquibancadas porque sabia que não encontraria apoiadores. Ao lado da deusa, estava Fantasma.

A pequena deusa estava esperando que ele a olhasse e, quando aconteceu, ela sorriu tímida e acenou. Pelo menos Teo tinha um rosto amigável para torcer por ele.

Lua estava no meio da plataforma, com Mariachi à esquerda e Fantasma à direita. A Deusa Fauna esperava por perto. Usava um vestido simples de manga comprida, e o rosto angular tinha maçãs proeminentes. Ela possuía os olhos grandes e castanho-escuros de uma capivara e cabelos longos e castanhos de cavalo cascateavam por seus ombros. O nariz era pontudo e rosado. Mas o que se sobressaía, sua característica mais marcante, eram as grandes galhadas de veado sobre as quais um manto de renda estava drapeado. Teo ficava com dor de cabeça só de imaginar como seria equilibrar aquelas coisas enormes na cabeça o dia inteiro.

O garoto ficou confuso com a presença das Estações. As deusas — Verão, Outono e Inverno — pareciam plenas e felizes, lado a lado, usando vestidos adornados com flores apropriadas aos seus títulos e banhando-se na atenção das câmeras. A única que faltava era Primavera, que aguardava, como deveria, ao lado de Xochi.

— Semideuses — começou Lua, a voz amplificada para os espectadores nas arquibancadas. — Na segunda provação, vocês devem recuperar um bebê alebrije do ninho.

Um murmúrio baixo se espalhou pela multidão. O coração de Teo disparou. A maioria dos alebrijes tinha padrões intrincados, mas alguns desses estranhos animais híbridos eram tão fluorescentes que praticamente brilhavam. Era impossível saber se as cores vibrantes eram inofensivas ou um sinal de pele venenosa, bafo de fogo ou farpas elétricas.

— Para obter seu alebrije, vocês devem passar pela mãe — explicou Lua.

Lua acenou com a cabeça para as Estações. Em um movimento coordenado, as deusas Primavera, Verão, Outono e Inverno torceram as mãos. As árvores altas da arena estremeceram e se encolheram até não passarem de mudinhas delgadas, revelando o que havia no interior.

No centro, havia um ninho feito de folhagem seca e troncos cobertos de musgo. Entre folhas mortas e galhos, Teo espiou minúsculos pontinhos coloridos, que deviam ser os alvos. Não sabia ao certo como podiam ser tão pequenos se sua mãe era tão grande.

Vigiando o ninho, andando de um lado a outro, estava o que parecia ser uma onça do tamanho de um caminhão-baú. Seu pelo era preto e as pintas formavam um caleidoscópio de cores que mudavam e se deslocavam. Ela tinha uma cauda longa de iguana com espinhos de um tom verde-ácido e asas de couro de morcego da cor do vinho. Presas compridas e amareladas que deviam ser do tamanho do antebraço de Teo se sobressaíam da boca aberta.

— Caramba, Ocelo, você não disse que sua mãe viria — provocou Niya, fingindo seriedade.

— *Invejosa* — retrucou Ocelo.

Teo estava prestes a desmaiar. Ou vomitar. Ou talvez ambos.

Os outros semideuses avaliaram a nova provação com diferentes graus de interesse, mas Xio era o único com bom senso o suficiente para soar aterrorizado. Auristela já sussurrava para o irmão, Marino contorcia o rosto como se estivesse resolvendo uma equação difícil e Dezi parecia confiante demais. Já Niya parecia que havia acabado de receber um presente de aniversário antecipado.

— Vocês têm dez minutos para levar um alebrije em segurança até a linha de chegada — anunciou Lua.

Então Mariachi soou sua corneta, e o relógio de Teo vibrou, dando início à provação.

O garoto correu pela ponte com Xio e Niya ao seu lado, observando com cuidado enquanto os outros semideuses corriam em direção ao perigo.

— Precisamos de uma estratégia — disse ele. Era muito mais fácil correr sem ter os pulmões comprimidos por um binder. — Não tem como pegarmos aquele alebrije.

— Eu consigo! — respondeu Niya, ofendida.

— Eu sei que *você* consegue, estou falando da *gente*! — explicou Teo, gesticulando para ele mesmo e Xio. — Trabalho em equipe, lembra?

— Ah, sim. Esqueci. — Niya soltou uma risadinha.

À frente, Auristela e Aurelio encararam a mãe alebrije no fim da ponte. Com um estalo das luvas com pontas de sílex, o fogo se acendeu nas mãos de Aurelio. Auristela assumiu a liderança e arremessou bolas de fogo nas patas da alebrije para fazê-la recuar. A mãe rugiu, batendo os dentes e desviando as patas.

— E se eu levasse a mãe? — perguntou Niya ao se aproximarem da ilha.

Aurelio e Auristela erigiram uma muralha de fogo, mantendo a alebrije encurralada e permitindo que eles — e o restante dos competidores — se aproximassem.

— A Deusa Lua disse um alebrije *bebê* — ressaltou Xio, mantendo o máximo de distância possível entre ele e o fogo, sem cair na água.

Niya soltou um muxoxo desapontado.

Como se estivesse à espera, a alebrije saltou por sobre o fogo com as garras estendidas e pronta para lutar.

— Cuidado! — Teo agarrou a parte de trás das camisetas de Xio e Niya, trazendo-os para baixo, enquanto Ocelo jogava um pedregulho na onça híbrida, que desviou e rapidamente se lançou contra eles em retaliação, prendendo Ocelo no chão com as enormes patas.

Ocelo se transformou, e seu rosnado virou um verdadeiro rugido à medida que seus músculos cresciam e as presas se alongavam. Elu agarrou as duas presas da alebrije. A força bruta de Ocelo era a única coisa que a impedia de afundar os dentes em seu ombro.

Niya, Xio e Teo tiveram que avançar depressa para não serem esmagados enquanto Ocelo e a alebrije batalhavam pelo domínio.

— Ainda quer levar a mãe? — perguntou Xio, ofegante.

Quando a gigantesca cauda de iguana cortou o ar, os três se abaixaram.

— É, beleza, entendo seu ponto — admitiu Niya.

— Só precisamos chegar ao ninho e voltar para a plataforma — lembrou Teo. — Será que é tão difícil assim?

Mas então descobriram que sim, seria muito difícil.

Aurelio e Auristela estavam bastante perto, e os outros vinham logo atrás. Os irmãos se separaram, cada um para um lado do ninho. Quando estava quase alcançando, Auristela pulou e deu um chute no ar em uma manobra complexa, lançando um arco de fogo do pé em direção ao ninho.

Foi uma das coisas mais inúteis e exageradas que Teo já havia visto. Ele não sabia que era possível odiá-la ainda mais, mas Auristela sempre tinha uma surpresa na manga.

O fogo espantou os alebrijes para o outro lado do ninho, onde Aurelio estava esperando. Ele agarrou pela cauda uma lagartixa alebrije azul de tom vívido muito brava. Dava para ouvir os rosnadinhos raivosos enquanto ela se debatia e cuspia fogo em Aurelio.

Enquanto isso, um quati verde fluorescente com casco de tatu havia se transformado em uma bola, tremendo de medo. Auristela o pegou e o enfiou debaixo do braço. Sem nem dar um tempinho para respirar, os gêmeos se viraram de volta para a ponte.

E então tudo foi por água abaixo. O fogo que Auristela havia arremessado no ninho se espalhou, descontrolado. Alguns dos alebrijes fugiram, em pânico e frenéticos. Uma anaconda jaguarundi preta e verde — basicamente uma mola com garras — se lançou nos tornozelos de Ocelo. Um papa-léguas laranja corria ao redor de qualquer um que tentava capturá-lo, fazendo com que Atzi e Xochi colidissem.

O pânico fincou as garras na espinha de Teo, impelindo-o a correr ainda mais rápido. Ele não estava nem aí para quem pegasse um alebrije primeiro, só queria garantir que ele e seus amigos não seriam assados. Quando correu em direção ao ninho, viu Auristela seguindo para a ponte com Aurelio logo atrás. Na fração de segundo em que passaram pelo garoto, os olhos de Auristela se fixaram nos dele.

Seus lábios se curvaram em um sorriso convencido, e, antes de ela desaparecer, um olho de brasa piscou.

Teo ferveu de raiva. Perdeu o foco no objetivo. Tudo que queria era abrir alguma vantagem sobre os irmãos Ouro. Jogou o corpo para o lado, lançando a asa para baixo na tentativa de atingir as canelas de Aurelio.

Mas o garoto dourado do Reino de Sol saltou como se não fosse nada. Teo xingou baixinho, mas então o solo tremeu e desequilibrou os dois.

A onça havia deixado Ocelo de lado e retornado para o ninho. Os pequenos alebrijes guinchavam e choravam lá dentro. Com os pelos eriçados, ela se abaixou e tentou abafar as chamas. O cheiro de pelos queimados ardeu no nariz de Teo, e ela soltou um uivo de dor.

O coração de Teo foi parar na garganta, e ele esqueceu a fúria. Para sua surpresa, Aurelio ainda estava lá.

Os olhos acobreados do Ouro se arregalaram, a lagartixa ainda se debatendo em sua mão.

— Relio, depressa! — gritou Auristela.

Aurelio deslocou o peso, como se quisesse ir atrás da irmã, mas seus pés continuaram imóveis.

Ele lançou um olhar preocupado para Teo.

— Eu... — Ele se interrompeu.

Teo sentiu o sangue ferver de raiva. Aurelio só *ficou parado,* nada disposto a abrir mão da chance de vitória. Teo se recusou a não fazer nada. Com a mente acelerada pela adrenalina, correu em direção ao fogo e fez a primeira coisa que lhe passou pela cabeça.

Com os ombros para trás e o peito aberto, ele estendeu as asas e usou toda a força para batê-las na tentativa de apagar o fogo. Infelizmente, o oxigênio extra só atiçou as brasas, aumentando a intensidade das chamas. Uma muralha de calor roçou o rosto de Teo, que se protegeu com os braços e semicerrou os olhos à espera de que as chamas o devorassem.

Mas nada aconteceu.

Quando ele abriu os olhos, Aurelio estava na sua frente, com os braços abertos e os dedos estendidos. As chamas lambiam seus braços e seu pescoço, tentando alcançar Teo, mas o Ouro as impedia. Conteve a muralha de fogo e, com um movimento difícil, a empurrou-a de volta.

Mas não havia ninguém para proteger a onça. A mãe alebrije soltou um ganido profundo e gutural.

— *Não!* — A palavra saiu estrangulada enquanto Teo observava, paralisado pelo medo.

De repente, de modo inexplicável, Marino apareceu ao lado. Fez um movimento amplo com os braços e uma onda enorme caiu sobre o ninho, extinguindo as chamas e derrubando Teo, que se atrapalhou. Frenético, o garoto tentava não ser arrastado pela água na borda da arena, então uma grande mão o agarrou e o puxou para fora da corrente.

— Desculpa. Você está bem?

Teo piscou para tirar a água dos olhos e viu Marino. Conseguiu assentir, e o garoto mais alto sorriu.

— Estou.

Então Marino voltou a agir.

O ninho carbonizado pingava, e a mãe alebrije estava encharcada, mas ilesa, enquanto fungava nos restos. Todos os bebês haviam fugido para a floresta, menos um. Um tucaninho azul e verde com cauda de serpente espichou a cabeça e olhou ao redor. Guinchou para a mãe, os olhos de camaleão girando em direções opostas.

Teo ficou aliviado ao ver que o alebrije estava ileso.

— Puta merda! — Niya estava do outro lado do ninho, encarando Teo, boquiaberta. — Você está bem?!

— Acho que sim — respondeu ele, apalpando-se. Seu peito arfava. — Acho que Marino acabou de me salvar de ser sugado para fora da arena.

— Mas por quê? Eles não eram inimigos?

Quando procurou Aurelio, tudo que viu foram as costas dele indo embora, pausando apenas para pegar a lagartixa de novo. Ele disparou atrás da irmã pela ponte.

Depois que o fogo se apagou, a onça se lançou em direção aos gêmeos.

— Você viu o tamanho daquela onda? — perguntou Niya, sorrindo de orelha a orelha. — Aquilo foi uma *incrível*!

— Foco, Niya! — disparou Teo, incisivo.

Os três precisavam encontrar alebrijes que não os mutilariam.

O tucaninho! Mas ele havia se distraído por tempo demais. Quando olhou de volta, a mãe alebrije estava sozinha, encarando-o com um olhar frio.

As opções para concluir a provação estavam minguando depressa.

— Cadê o Xio?

Niya acenou com a cabeça na direção em que Xio estava encolhido contra um pedregulho, curvado em uma bola com os braços sobre a cabeça.

Algo pequeno e absolutamente *irado* cortou o ar, piando furioso. Teo precisou se aproximar correndo para perceber que era um camundongo miúdo com bico e asas de beija-flor, que atacava Xio sem parar em investidas constantes.

Quando o garoto alcançou Xio, jogou uma das asas sobre ele. O alebrije o picou com o bico afiado.

— *Ai*! Você tinha que escolher o menor e mais furioso? — perguntou Teo, tentando afastar o alebrije.

— Foi sem querer! — desculpou-se Xio, espiando sob a asa de Teo com uma careta.

— O menor e mais furioso. — Niya riu. — Que nem o Xio!

— Não temos tempo para piadas, Niya! — rugiu Teo.

Niya balançou a cabeça.

— Certo, não *temos tempo, Niya!* — repetiu ela.

Dois guinchos agudos da corneta de Mariachi soaram. *Buzz, buzz. Buzz, buzz*. Auristela e Aurelio haviam retornado à plataforma com seus alebrijes.

— Vocês dois, peguem um alebrije antes que sobrem apenas os mais difíceis! — gritou Teo, então o grupo se separou.

Foi um caos total. Teo se lançou sobre o papa-léguas, mas Ocelo foi mais rápido. Quando elu o capturou pelo pescoço, o alebrije chutou Ocelo no rosto até que elu o largou. A criatura pulou para longe.

Quase não deu tempo de sair da frente quando Marino deslizou pelo solo, derrubado de bunda por um bode astuto com asas de borboleta. O alebrije pulou e chutou, com as asinhas batendo com toda a força, mas pequenas demais para erguê-lo mais do que alguns centímetros no ar.

Sem Aurelio e Auristela, a atenção da mãe alebrije havia se concentrado em Atzi. Com a testa coberta de suor, Atzi jogou o máximo de raios na onça o mais rápido que conseguiu, mas dava para ver que eles estavam ficando cada vez mais fracos. Provavelmente por causa do esforço que ela estava desprendendo para desviar de dentes e garras.

Ao lado, Dezi enquadrou um galo verde e magrelo com longos chifres de touro. O galo arranhou o solo com as garras dos pés e soltou um canto potente.

— *Quiquiriqui!* — Ele abaixou a cabeça e correu em direção a Dezi.

Por algum motivo, Dezi não parecia nem um pouco preocupado. Na verdade, sorriu enquanto o pássaro avançava. Teo queria alertá-lo e avisá-lo, mas seria inútil. Rápido no passo, Dezi desviou para o lado no momento exato e tocou os dedos nas costas do galo, como se estivessem brincando de pega-pega.

O alebrije derrapou até parar, levantando uma nuvem de poeira. Ele se virou para encarar Dezi. Inclinou a cabeça como se o estivesse examinando por um momento, então soltou um cacarejo confuso. Dezi estendeu a mão e, para a surpresa de Teo, o galo se aproximou do Ouro por vontade própria. Com zero retaliação, Dezi o pegou e o acomodou com cuidado debaixo do braço. A criatura, antes raivosa, murmurava alegre, enquanto o Ouro corria de volta para a ponte.

— Desgraçado — resmungou Niya.

— Como ele fez isso? — perguntou Teo, perplexo.

— Ele é filho de Amor — respondeu Niya, como se explicasse tudo. — Todo filho de Amor pode manipular o afeto — acrescentou ela, quando Teo lhe dirigiu um olhar confuso. — A especialização de Dezi é a "alegria viciante". Se ele tocar você, pode fazer você se sentir *tão bem* que você nunca vai querer ir embora. Algumas pessoas da Academia falam que o afeto pode ser tão intenso, que você, tipo, morre porque não aguenta viver sem ele, mas, na minha opinião, acho que é conversa fiada.

De repente, o aviso de Huemac sobre não se aproximar de Dezi fez muito mais sentido. Mas havia coisas mais importantes com as quais se preocupar naquele momento. Niya se sobressaltou, e Teo se virou. Deu de cara com um alebrije vermelho-escarlate com o corpo de javali e cabeça de besouro-rinoceronte escavando a terra com os cascos.

— Puta merda, olha só aquela coisa! — gritou Teo, saindo do caminho.

— Ele é lindo! — sorriu Niya. Quando o alebrije abaixou a cabeça e avançou, Niya correu em sua direção. — É meu!

Teo não viu problema em sair do caminho. O bode cerceta com asas de borboleta saltitou na frente do garoto, mas quando ele tentou agarrá-lo, o alebrije o chutou com os pequenos cascos, pronto para revidar em suas canelas. Em um instante, videiras enredaram a criatura, derrubando-a de lado e amarrando suas pernas. Xochi puxou-as de volta e pegou as pernas do alebrije como se fossem uma bolsa.

Ela abriu um sorriso convencido para Teo, então correu de volta para a ponte. O alebrije balia raivoso em seus braços.

— Sabe, seria muito mais fácil odiá-la se ela não fosse tão gostosa — comentou Niya, soltando um bufo.

— Você diz isso sobre todo mundo — retrucou Teo, ofegante.

— Não é culpa minha que somos todos *gostosos*, Teo!

Perder outro alebrije para um semideus não era nada bom, mas quando a onça correu para interceptar Xochi, Teo pensou que pelo menos ganharia mais tempo.

— Precisamos correr!

Frenético, Teo procurou um alebrije ao redor.

— *Squonk!*

O som esquisito deu um susto em Teo. O tucaninho alebrije estava aos seus pés. Ele inclinou a cabeça, observando Teo com os estranhos olhos de cameleão esbugalhados. Quando o garoto apenas o encarou, surpreso mas muito confuso, a criatura repetiu o ruído, impaciente. Estava muito mais para uma buzina do que para qualquer piado de pássaro que Teo já tivesse ouvido antes.

Ele hesitou um instante, sem ter certeza se era algum tipo de truque, então se ajoelhou.

— *Squonk, squonk!* — O tucaninho pulava sob os pezinhos, com as asas batendo e a cauda de serpente balançando, então bamboleou para perto de Teo.

Ele estendeu a mão para a criaturinha, mas então um uivo terrível e estridente soou. Xio havia pisado na cauda de um gatinho azul meia-noite com casco de tartaruga amarelo-néon. O alebrije sibilou e cuspiu, rebatendo na perna de Xio, enquanto o camundongo beija-flor continuava a investir, atacando-o.

— Foi sem querer! — Xio gemeu, mas o dano já havia sido feito.

Descendo com as asas colossais, a mãe alebrije pousou na frente deles. Um rugido ecoou de sua boca aberta. Teo agarrou Xio e, usando o restinho de força que sobrava em suas asas, tirou-os do caminho. Mas então a onça se colocou mais uma vez diante deles. Os dois pousaram com um baque, em uma bagunça de membros embolados.

Niya se jogou entre os amigos e a mãe e conjurou um grande escudo de metal.

— Fiquem atrás de mim! — gritou ela. O bracelete de prata em seu pulso derreteu e se transformou em uma clava com espinhos.

A onça rosnou, com a cabeçona abaixada, enquanto os perseguia. Teo sabia que a amiga era forte, mas achava que nem Niya conseguiria conter uma mãe alebrije furiosa.

À distância, a corneta soou. Xochi havia retornado em segurança. *Buzz, buzz.*

Foi então que Teo percebeu a pequena bola verde e azul brilhante entre as patas dianteiras da onça.

Era o tucaninho, bamboleando atrás de Teo e ganindo sem parar.

— O que ele está fazendo? — perguntou Niya.

Teo balançou a cabeça.

— Eu não faço *ideia.*

— Pergunta.

— Não dá pra perguntar. Não é um pássaro, é um alebrije!

O som da corneta cortou o ar. O relógio de Teo vibrou de novo.

Ele pensou em Dezi. Em como o galo havia ido de livre e espontânea vontade. Como o Ouro não havia usado nenhuma violência ou força bruta.

Parando para pensar, a mãe alebrije havia ido atrás de todos os semideuses que haviam capturado um filhote de sua ninhada, mas Teo não se lembrava de ela ter perseguido Dezi. Uma ideia lhe ocorreu, e ele ficou em choque. Era uma ideia muito ruim e extremamente perigosa que talvez acabasse com ele morto, mas se não tentasse *alguma coisa*, os três acabariam mortos de qualquer maneira.

— O que você está fazendo? — sibilou Niya, enquanto Teo saía detrás do escudo.

— Ou isso vai dar uma ajudinha, ou vai me machucar bastante — murmurou ele, aproximando-se devagar. Seu coração martelava.

A onça soltou um rugido baixo. Seus lábios pretos se arreganharam e deixaram os dentes à mostra. Teo sentiu os joelhos tremerem de modo violento. Seu corpo implorava para ele se virar e correr, mas o garoto permaneceu firme.

Focou no tucaninho e se ajoelhou. Sentiu a respiração falhar ao estender a mão devagar, *muito* devagar.

A grande alebrije parou por um momento. Teo sentia os dentes enormes a menos de trinta centímetros do pescoço e a respiração quente banhando sua pele, mas ela não atacou.

O tucaninho saltitou para longe das patas da mãe e subiu na palma de Teo, depois inclinou a cabeça para trás e soltou um gorjeio horrível, que fez o garoto se retrair. O alebrije pulou alegre, escalando o braço do Jade.

A onça observou o tucaninho. Quando olhou para trás, Teo percebeu que as penas vibrantes do filhote combinavam quase perfeitamente com as suas.

O pássaro se aninhou nas penas escapulares de Teo, onde a asa encontrava o ombro, e piou sua canção horrorosa de novo. Estalou o bico em formato de banana, o que era muito fofo, até que começou a arrancar alegremente as penas de Teo. O garoto xingou baixinho, mas se aquilo deixava o alebrije feliz, então tudo bem.

Mas nada de celebrar a vitória antes da hora.

A mãe alebrije observou Teo. Os olhos dourados encararam os do garoto pelo que pareceu uma eternidade, então ela bufou, e o sopro de suas narinas bagunçou o cabelo dele.

Um ganido familiar cortou o ar. Atzi estava batalhando para conseguir segurar o gato-tartaruga, carregando-o pelo pescoço enquanto ele atacava com as patas, cortando o ar.

As pupilas da onça se dilataram, e ela partiu atrás de Atzi. Teo cambaleou de alívio. Finalmente tinha um alebrije, que, ainda por cima, havia vindo a ele por vontade própria. Niya e Xio o encararam, boquiabertos.

— Caramba, quando foi que você ganhou culhões maiores que os meus? — perguntou Niya e explodiu em uma gargalhada espantada.

Xio continuou a encarar, tão chocado que parou de tentar afastar o camundongo beija-flor que ainda o atacava. Mas não dava tempo comemorar. A provação não havia acabado.

Como um lembrete, a corneta voltou a soar quando Marino cruzou a linha de chegada. *Buzz, buzz.*

— Precisamos ir — repetiu Teo. — *Agora!*

— É, mas o que a gente vai fazer agora? — retrucou Niya, jogando os braços para cima. — Não somos encantadores de alebrijes como você e Dezi!

— Então só sejam *rápidos*. Aproveitem que a mãe ainda está distraída. Me dá sua jaqueta — pediu ele a Xio.

Teo ficou impaciente enquanto o menino se enrolava para tirar a peça pela cabeça.

Quando o camundongo beija-flor desceu para outro ataque, Teo usou a jaqueta para capturá-lo. O alebrije piou, raivoso, e se debateu, perfurando o material com o bico afiado.

— Pega e toma cuidado! — ordenou Teo, empurrando a trouxa nos braços de Xio.

Talvez não pudessem persuadir os alebrijes a se entregar, mas poderiam pelo menos ser mais cuidadosos com eles.

Entendendo a ideia do amigo, Niya usou os braceletes para formar o que parecia uma grande tigela de metal, que usou para capturar o javali besouro-rinoceronte. O alebrije resistiu e se debateu, na tentativa de escapar, mas seus cascos deslizavam contra as laterais altas e lisas.

Restavam Atzi e Ocelo. O último agarrou a anaconda jaguarundi, que, como uma mangueira de incêndio descontrolada, se enrolou ao redor dos braços delu e começou a picar seu ombro sem parar. Manchas de sangue dourado surgiram enquanto elu corria em direção à ponte.

Para não ficar nas últimas colocações, os três precisavam voltar antes dos outros.

— Vamos nessa! — gritou Teo, então correu para a ponte, com Xio e Niya ao lado.

O grupo chegou à ponte primeiro, mas dava para ouvir os passos pesados de Ocelo logo atrás.

Ocelo era forte, mas Teo e os amigos eram mais velozes. Atravessaram a ponte, retornaram à plataforma e se lançaram sobre a linha de chegada: primeiro Teo, depois Niya e, por último, Xio.

Três estouros curtos da corneta de Mariachi. O relógio de Teo vibrou no mesmo ritmo.

Mas antes que Ocelo atravessasse, a corneta voltou a soar. *Buzzzz.*

O Ouro colidiu com a barreira e ricocheteou para fora, arremessade para trás.

O tempo havia se esgotado. A provação havia acabado.

CAPÍTULO 14

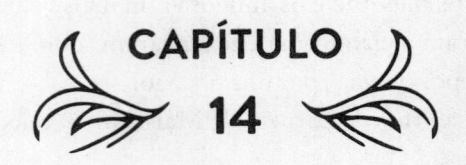

DESGRENHADOS E EXAUSTOS, os semideuses se reuniram com os pais na plataforma na ordem em que haviam concluído a última provação. Depois de dar os parabéns a Teo pelo trabalho, Quetzal ficou toda entretida com o novo amigo.

— Que coisinha mais fofa — murmurou ela, acariciando a parte de trás do pescoço do alebrije pousado no ombro de Teo.

O pássaro respondeu com ruídos suaves e alegres no ouvido de Teo, os olhos de camaleão se fechando de contentamento. Mas o garoto estava distraído. De volta à ilha, a mãe alebrije andava de um lado a outro na ponte. Alguns dos outros deuses estavam de guarda para garantir que ela não atravessasse. A onça soltou um gemido baixo, e Teo sentiu o estômago revirar de culpa.

— Por favor, apresentem seus alebrijes — instruiu Lua.

A Deusa Fogo estava entre os dois filhos, estoica e fria como sempre, mas suas feições se suavizaram — o que era quase impossível de perceber — quando Auristela apresentou o alebrije. O coitado do quati-tatu ainda estava enrolado em uma tensa bola roxa, trêmulo, quando foi apresentado a Lua e à plateia. Auristela abriu um sorriso convencido, obviamente satisfeita por ter sido a primeira a completar a provação.

Já o sorriso sempre-pronto-para-as-câmeras de Aurelio estava ausente. Seu rosto estava tensionado em uma expressão de concentração enquanto ele tentava segurar seu alebrije. A lagartixa azul guinchava, raivosa, e corria pelas mãos dele, quase caindo. Quando a lagartixa cuspiu fogo, Aurelio sibilou, retraindo a mão.

Ótimo, era o que ele merecia por ter sido um babaca.

Mas a vindicação de Teo não durou muito, porque então ele percebeu o modo como os olhos ardentes da Deusa Fogo dispararam para o filho. Não havia o menor sinal de carinho enquanto ela encarava seu garoto dourado, apenas frieza. Teo não conseguia imaginar nada que a deixaria impressionada, animada ou satisfeita. Sentiu pena de Aurelio.

Dezi segurava, orgulhoso, seu galo verde, que se aconchegava em seus braços encarando-o com a maior expressão de "adoração" que um pássaro poderia fazer. O bode de Xochi ainda estava amarrado, mas havia sido apaziguado pelo amontoado de videiras que a Ouro havia lhe dado para comer. Marino quase derrubou o papa-léguas laranja, que se debatia furioso. Dentro da jaula improvisada, o javali besouro-rinoceronte de Niya ainda estava irritado e fazia questão que todos soubessem.

Teo estava feliz por Niya ter conseguido, mas estava mais aliviado ainda por ele e Xio terem conseguido evitar o último lugar. Ficou muito orgulhoso quando chegou a hora de o menino apresentar seu alebrije.

Com cuidado, Xio desdobrou a jaqueta.

O primeiro sinal de que havia algo errado foi que ninguém ouviu nenhum pio raivoso. Xio franziu a testa e abriu a jaqueta um pouco mais, conferindo as mangas e então os bolsos. Por fim, ele sacudiu a peça, mas não havia rastro do camundongo beija-flor.

O coração de Teo parou.

— Onde você deixou o alebrije, filho? — perguntou Azar, em uma voz incomumente suave, mas com os olhos escuros preocupados.

Xio balançou a cabeça.

— Não sei.

Quando ele olhou para o pai, suas bochechas coraram.

Azar pegou a jaqueta e, desesperado, conferiu todas as dobras de novo.

— Deve ter escapado quando a gente estava correndo de volta — disse Xio, inconsolável.

A jaqueta vazia caiu. Xio abaixou o queixo, e os cachos esconderam seu rosto. Azar passou o braço pelos ombros do filho, puxando-o para perto. O deus permaneceu em silêncio, e sua expressão avisou a todos para imitarem sua postura.

Teo abaixou a cabeça, sentindo-se horrível. Foi ideia *dele* capturar o alebrije com a jaqueta. Deveria ter arranjado algo melhor. Queria dar seu tucaninho a Xio, mas ele sabia que a Deusa Lua — e mais importante, Sol — não permitiriam.

Por sua causa, Xio estava destinado a uma das últimas colocações.

— Teo — disse Quetzal, apertando o braço do filho de modo suave.

Todo mundo o observava, esperando.

Engolindo em seco, ele pegou o tucaninho com cuidado e o segurou para Lua. O pássaro ronronou e mordiscou de modo afetuoso o polegar de Teo com o grande bico.

Lua assentiu e prosseguiu.

Teo manteve a cabeça baixa e os ombros erguidos até as orelhas.

Apesar de Ocelo ter capturado um alebrije, não havia retornado a tempo. Atzi, que parecia abatida e acabada, não tinha nada em mãos.

Lua refletiu por um momento, então anunciou:

— Sol determinou a classificação. — Ela gesticulou em direção à laje de pedra. Os glifos de ouro e jade levaram um instante insuportavelmente lento para se rearranjarem.

Teo prendeu a respiração.

Niya gritou e deu um soco no ar, depois abraçou o pai e o levantou do chão. Os braços dele giraram enquanto ela pulava, apertando-o com força. Teo estava feliz pela amiga e queria celebrar, mas ficou distraído tentando entender a classificação geral enquanto sussurros abafados eclodiam entre os expectadores nas arquibancadas.

Auristela estava *fervendo*. Apesar de Niya ter concluído a provação depois da Ouro, de algum modo havia ficado em primeiro lugar. Marino também havia subido de posição, logo abaixo de Aurelio.

Talvez o mais impressionante era que Teo havia ficado em *quinto* lugar.

— Mas que porra é essa — falou Teo baixinho enquanto a mãe lhe dava um abraço apertado. Até Xio havia subido. Não muito, mas pelo menos nenhum dos dois estava em último. Ele se virou para o menino, que parecia tão atordoado quanto Teo. — Mas que *porra* é essa?

Xio balançou a cabeça, como se também não conseguisse acreditar.

Teo olhou ao redor, tentando interpretar as reações dos outros. Para sua surpresa, Aurelio não parecia chateado — era como se estivesse estudando a classificação, tentando juntar as peças do quebra-cabeça que havia deixado todo mundo confuso.

A raiva de Auristela foi eclipsada pela fúria mal contida de Ocelo, que bufava tão alto que Teo achou que elu perderia a cabeça. Pelo jeito, Ocelo havia aprendido a lição da última vez. Ou talvez Deuse Guerreire o estivesse acalmando, falando baixinho em seu ouvido.

Percebendo a confusão de todos, Lua se dirigiu ao grupo:

— Agora é uma boa hora para lembrá-los de que a classificação não é determinada simplesmente pela ordem em que vocês completam as provações. — Ela abriu um sorriso calmo enquanto Verdade e Fofoca levavam uma Niya muito feliz até os repórteres. — A classificação é baseada na *avaliação de Sol* de como vocês performaram ao longo da competição.

Alívio, alegria e frustração batalhavam dentro de Teo. Como seria possível manipular o sistema se não existiam regras bem definidas?

— Vocês podem soltar seus alebrijes — instruiu a Deusa Lua.

Os animais coloridos se apressaram para atravessar a ponte de volta até a mãe. Quando Dezi colocou o gato com chifres de touro no chão, o alebrije se sacudiu, como se houvesse acabado de acordar, e fugiu depressa. O tucaninho de Teo havia adormecido em sua palma, com o bico aninhado sob a asas e a cauda de serpente enrolada no corpo como um gato.

— Você precisa voltar — disse Teo, cutucando-o com o polegar. — Não pode ficar comigo.

O tucaninho apenas se virou para o outro lado e se encolheu de novo. Era muito fofo, mas Teo já estava bastante ocupado tentando tomar conta de si mesmo. Não era qualificado para ser responsável por um alebrije bebê.

Da ilha, a mãe chamou de novo, um grunhido baixo.

O tucaninho esticou a cabeça para cima e olhou para onde a família o aguardava, então olhou de novo para Teo.

— Vai lá.

O alebrije soltou outro pio minúsculo, então voou, desajeitado, para a mãe.

— Que criaturinha linda — disse a Deusa Quetzal, com um sorriso, as penas do cabelo reluzindo sob o sol da tarde. — Acho que ele gostaria de Quetzlan. O que você acha? — perguntou a Teo, alisando as asas do filho com a mão em um gesto que fez os ombros tensos do garoto relaxarem.

— Talvez. — Ele deu de ombros, abraçando-a antes de entrar na fila atrás de Lua para caminhar de volta até o barco.

Não queria pensar em sua casa agora. Não quando ainda havia uma chance de que ele nunca mais voltasse a vê-la.

⁂

Na volta até o barco, Niya se uniu a eles.

— Não acredito que fiquei em primeiro! — exclamou ela em um gritinho, saltitando enquanto caminhavam. A garota agarrou os ombros de Teo e o sacudiu. — E você ficou em quinto! *Quinto*! Se saiu melhor do que *quatro* Ouros, Teo!

— Eu sei. — Teo riu e balançou a cabeça. Era verdade. Não sabia como, mas havia conseguido. De repente, a ideia de vencer todos os Ouros não parecia tão distante. — Puta merda, é capaz de conseguirmos mesmo cumprir o plano!

Mas Xio estava em completo silêncio, recusando-se a erguer o olhar dos pés.

— Ei, vai ficar tudo bem — consolou Teo, dando um aperto no ombro do amigo.

— É, foi só um pouquinho de má sorte — acrescentou Niya.

— Ainda temos mais três provações pela frente. Tem bastante tempo para você subir na classificação.

— É — murmurou Xio, os olhos escondidos atrás dos cachos escuros. — Acho que sim.

Teo e Niya trocaram olhares preocupados. Era verdade: eles tinham tempo, mas não muito. Era como se o universo estivesse decidido a fazer Xio se atrapalhar. Haviam impedido que o menino ficasse em último nas duas últimas provações, mas até quando?

— Acho que todo mundo aqui precisa de uma boa refeição — disse Teo.

— E um banho — acrescentou Niya. — Eu definitivamente estou fedendo.

— A gente podia…

— Ei, perdedores!

Os três pararam e se viraram. Auristela se aproximava a passos rápidos, com o queixo erguido e os punhos nas laterais.

Niya gemeu.

— O que você quer? — perguntou Teo, colocando-se entre Xio e o olhar mordaz de Auristela. Não estava no clima de, ainda por cima, lidar com a Ouro. — Você não tem uns animais bebês para atormentar ou algo assim?

— Deixa eu te dar um conselho para você sobreviver às provações — disse ela, parando na frente deles. Os olhos de Auristela queimaram os de Teo. — Primeiro, presta atenção em como fala comigo. — Teo bufou, mas ela continuou, sem pausar. — E segundo, fica fora do meu caminho e do de Aurelio.

— Como isso vai me ajudar a sobreviver às provações? — retrucou Teo.

Auristela deu um passo à frente. Teo precisou reunir toda sua coragem para não recuar por instinto. Quando ela voltou a falar, sua voz era baixa, mortal e calma.

— Arrisca e vai descobrir, Menino Pássaro.

Então ela abriu caminho entre Teo e Niya a passos confiantes na direção de Aurelio, que a aguardava na saída da arena.

Xio engoliu em seco.

— Isso foi aterrorizante.

— Odeio admitir, mas foi mesmo — concordou Teo, soltando a respiração.

Niya observou Auristela se afastar, com um olhar pesaroso no rosto.

— Por que uma pessoa tão gostosa tem que ser tão cruel?

⁂

Depois do jantar, os Ouros estavam muito menos convencidos e cheios de si. Conversavam quietos uns com os outros, e todas as piadas recebiam apenas um sorriso débil como resposta. A realidade de que o Desafio não se tratava apenas de brincadeira e diversão finalmente parecia estar recaindo sobre eles. Dois Ouros estavam nas últimas posições da classificação geral, e, apesar de Teo gostar de vê-los suar, ainda havia uma possibilidade muito grande de ele despencar para que ficasse confortável com o risco.

Xio passou a noite em silêncio, com a cabeça baixa, respondendo apenas com ruídos e palavras monossilábicas. Teo e Niya tentaram convencê-lo a passarem um tempo juntos e se empanturrar de doces, mas o menino disse que queria ficar sozinho e foi dormir cedo. Niya queria forçá-lo a aproveitar, mas Teo a impediu. O mínimo que ele podia fazer era dar algum espaço ao menino.

Enquanto teorizavam sobre qual seria a provação seguinte, Niya caiu no sono ao pé da cama de Teo, rodeada por embalagens de doces. O sono não veio tão rápido para o garoto. Ele estava exausto, mas inquieto. Em vez de perturbar a amiga, colocou o uniforme de ginástica e a deixou roncando de leve no quarto.

Precisava se distrair, então achou que a sala de treino seria uma boa.

Mas, por um acaso do destino, outra pessoa havia tido a mesma ideia. Quando passou pela porta, Teo parou de repente.

Aurelio já estava lá, deitado em um banco, erguendo pesos que deviam ser cinco vezes mais pesados do que Teo. O garoto deixou a porta se fechar com um baque alto.

Aurelio apoiou a barra na máquina e ergueu o olhar para o reflexo de Teo no espelho. Ele abaixou as mãos e se sentou no banco com uma perna de cada lado, olhando para Teo enquanto o suor escorria pela lateral de seu rosto.

Teo se virou incisivamente e marchou em direção a...

Droga, o que ele iria fazer? O que sequer *sabia* fazer?

Um saco preto de boxe pendia no canto da sala. Boxe não parecia tão difícil e era improvável que rendesse autolesões. Teo fechou as mãos em punho e começou a bater no saco como havia visto as pessoas fazerem na TV. Desferiu um soco, então conferiu o quanto o saco se deslocava. Mal se movia. Não ajudava o fato de Aurelio o estar encarando o tempo inteiro.

Ele lançou um olhar irritado para o Ouro por sobre o ombro.

— Que foi? — perguntou ele, ríspido, preparando-se para uma briga.

Não estava com humor para piadas. Desferiu mais alguns golpes, que mal deslocaram o saco.

— Você está fazendo errado.

Aurelio se levantou e, com uma das mãos, puxou a barra da camisa até o alto para enxugar o suor. O gesto foi rápido, mas expôs o torso quase inteiro, as curvas dos músculos sob a pele marrom-escura. Quando Aurelio tirou a mão do rosto, Teo olhou para o outro lado depressa.

Então fez uma careta. Mas que *porra*. Aurelio parecia um ator de propagandas de empresas de equipamentos esportivos de luxo.

— Não é assim que se usa um saco de areia — repetiu Aurelio em um tom calmo, lançando a Teo um olhar meio irritado.

— É um saco cheio de areia feito para levar uns socos — retrucou Teo, levando o braço direito para trás. — Acho que posso me virar.

— Você deve usar luvas ou enfaixar as mãos — explicou Aurelio, como se estivesse dando uma aula, mas Teo não demonstrou interesse.

O garoto revirou os olhos e arremessou o punho direito no saco com toda a força.

A dor explodiu em seu polegar.

— Filho da...!

— E nunca segure o polegar dentro do punho — acrescentou Aurelio.

Teo sibilou entre dentes e sacudiu a mão, que latejava.

Aurelio suspirou e atravessou a sala.

— Eu tentei avisar...

— Você acha que é *muuuuito* bom, né? — Teo se virou para encarar Aurelio, que parou no meio caminho. — Aurelio, o Garoto Dourado, o filho da Deusa Fogo — disse ele, fingindo admiração enquanto mexia os dedos.

Aurelio enrijeceu a postura, e suas sobrancelhas se uniram. Estava muito mais próximo do que Teo esperava. Ele levou um momento para se recompor diante de tanta *pele* suada e cheirando levemente a fumaça de fogueira e canela.

Teo sacudiu a cabeça e inflou o peito, recusando-se a se retrair.

— Aposto que derroto você no mano a mano.

Aurelio expirou uma risada curta pelo nariz, como se não entendesse se Teo estava falando sério ou não.

— Vamos lá — persuadiu Teo, erguendo os punhos no que esperava ser uma pose de boxe enquanto se equilibrava para a frente e para trás nos calcanhares. — Posso não ser um Ouro, mas sou insistente.

Aurelio lançou um olhar intenso para o Jade.

— Você prefere brigar comigo do que me deixar ajudar?

— Prefiro.

Ele era mais forte do que Aurelio? Não. Era um bom lutador? Também não. Ainda assim queria incitá-lo a entrar em uma briga? Sem dúvida.

Teo abriu um sorriso sarcástico.

— Aposto que você adoraria meter as mãos em mim.

Aurelio apenas murmurou.

— Qual é, Garoto Dourado? Eu... — Teo não conseguiu completar a frase.

Em um piscar de olhos, Aurelio golpeou suas pernas por baixo, derrubando-o — o mesmo movimento que Teo havia tentado fazer durante a segunda provação. O garoto caiu com um baque de costas e sentiu o ar deixar seus pulmões. As asas não fizeram muito para amortecer a queda e doeram sob a força do próprio peso. Teo soltou um gemido enquanto tentava se levantar.

— Parece que doeu — provocou Aurelio, estendendo a mão para ajudar Teo a se levantar.

— Porque doeu *mesmo* — retrucou Teo, recusando a mão de Aurelio com um tapa enquanto se atrapalhava para se levantar sozinho. — Você tira essas coisas estúpidas em algum momento? — disse Teo, gesticulando para as faixas douradas presas nos antebraços de Aurelio.

Aurelio endireitou a coluna.

— Não.

Teo fez uma careta ao levar a mão às costas para esfregar as asas muito doloridas.

— Comprometido mesmo com a estética, hein?

Teo soltou um grito estrangulado enquanto era derrubado mais uma vez.

Aurelio havia se agachado sobre um joelho, agarrando a camiseta de Teo enquanto imobilizava os ombros do garoto no chão. Teo tentou segurar as faixas de braço. O ouro era gelado de encontro aos seus dedos, mas o calor irradiava da pele de Aurelio.

Teo arfava, a respiração audível. Aurelio não estava nem perto de perder o ar. Os olhos castanho-avermelhados encaravam Teo com uma fagulha de sorriso escondido.

Teo comprimiu os lábios, com o coração a mil.

Tão rápido quanto havia derrubado o oponente, Aurelio se levantou.

— Você não é muito bom nisso — declarou, fazendo uma careta para Teo, que continuava deitado no tapete.

— Só estou me aquecendo. — Teo tentou se levantar. — Atraindo você para uma falsa sensação de segurança.

Aurelio suspirou.

— Você precisa transformar *tudo* em uma competição?

Teo soltou uma risada debochada.

— Olha só quem está falando. Não dá nem pra saber se esse é seu jeito estranho de tentar ajudar ou se você é só um idiota. Além disso, esse nozinho no cabelo não ajuda.

Aurelio recuou como se Teo o tivesse golpeado.

— Esse é o nó tradicional dos guerreiros que os Heróis da Deusa Fogo utilizam há *séculos*...

— É literalmente um coque masculino, cara.

Teo nunca havia visto Aurelio parecer tão ofendido. Era gratificante.

— Ops, coloquei o dedo na ferida? Você ficou com raiva? — Teo inclinou a cabeça e fez um beicinho. — Parece que está com raiva.

Aurelio bufou.

— Cala a boca.

Teo sorriu.

— *Vem calar.*

Em um segundo, Teo foi derrubado pelas pernas mais uma vez. Mas quando atingiu o chão, soltou um grito de dor.

— Aaai!

Aurelio correu e se abaixou para ajudá-lo, sem nenhuma suspeita, achando que o tinha machucado de verdade.

— Você...?

Teo agarrou o braço de Aurelio, usando o impulso para puxá-lo e o fazer perder o equilíbrio, então usou toda a força para virar o Ouro e o imobilizá-lo de costas.

Aurelio inspirou, com uma expressão de surpresa.

Teo sorriu, triunfante.

— Falei que eu era insistente.

Aurelio engoliu em seco.

— Insistente o suficiente para sobreviver às provações?

Por um segundo, Teo havia conseguido fingir que eles eram crianças de novo. Que ainda eram amigos. Que Aurelio não era basicamente um estranho depois de tanto tempo.

Que não precisavam enfrentar as provações.

Teo ficou desolado.

Ele se afastou de Aurelio com um empurrão e voltou a se levantar.

— Vocês Ouros são realmente obcecados em se tornar um Portador de Sol, né? — disse ele em um tom rude, esticando as asas e voltando a dobrá-las nas costas.

Teo franziu a testa para Aurelio, que se levantava devagar.

— Quer dizer, soa muito idiota para mim... seguir ordens sem questionar, se colocar em perigo só porque a mãe mandou.

A expressão de Aurelio se fechou. Houve uma mudança sutil em sua postura, algo que Teo não saberia nomear, mas o Ouro estava de volta à performance.

— Sol nos escolheu por um motivo. Eu daria minha própria vida com alegria para manter a paz e a prosperidade no Reino de Sol.

— Sério? Que engraçado — retrucou Teo, rindo e dando um passo adiante. Dava para ouvir o veneno em sua própria voz. — Não é disso que eu me lembro da última cerimônia do Portador de Sol.

Os músculos nos ombros de Aurelio se retesaram.

Teo fechou as mãos em punhos nas laterais do corpo.

— Ainda me lembro de como você estava assustado.

Quando tinham sete anos, Teo e Aurelio haviam assistido ao Desafio dos Semideuses juntos. Huemac se voluntariara para tomar conta dos meninos, o que significava, em grande parte, gerenciar as encrencas de Teo. Na época, ele não entendia o que eram as provações, não de verdade, mas sabia que significava brincar de pega-pega com Aurelio longe nas arquibancadas, para onde sua mãe os havia enviado, e Huemac os chantageando com nozes açucaradas para que se sentassem por apenas cinco minutinhos.

Quando prestaram atenção, tanto ele como Aurelio acharam que as provações eram muito legais e emocionantes. Os competidores pareciam grandiosos, fortes e adultos. Nunca haviam tido outra oportunidade de ver tantos semideuses colocando todos os seus poderes em ação de uma só vez. Era inspirador. Teo achava que seria como eles quando crescesse.

Mas quando as provações terminaram e a hora da cerimônia do Portador de Sol chegou, a mãe de Teo o manteve afastado. Enquanto aguardavam, ao redor da Pedra Solar, que a cerimônia terminasse, Quetzal envolveu Teo por completo com suas asas, como um casulo.

Quando acabou, Teo quis encontrar Aurelio para brincar nos degraus do templo, mas a mãe segurou firme sua mão.

Confuso, o menino olhou ao redor.

Niya, corajosa, estava em pé, com a coluna reta, os olhos arregalados e os lábios comprimidos em uma linha fina. Seus pequenos punhos agarravam o tecido da calça do pai com toda a força, enquanto ele a levava de volta para o templo.

Por fim, Teo avistou Aurelio, que chorava sem parar e esfregava os olhos com as mãos vazias, enquanto as lágrimas escorriam por suas bochechas. Teo tentou se aproximar para perguntar qual era o problema, mas a Deusa Fogo o enxotou com um gesto de desdém, e uma sacerdotisa levou Aurelio embora. Ele era apenas um garotinho cercado por sacerdotes gigantes usando robes pretos.

Teo não entendeu. Tentou olhar na direção do altar para ver o que havia acontecido, mas as asas enormes da mãe bloquearam sua visão e o guiaram gentilmente em direção ao templo, com promessas do chocolate quente de Pão Doce antes da cama.

Era estranho ver o mesmo Aurelio diante dele depois de tantos anos. Alguém que Teo conhecia havia tanto tempo, que significou *muito* para ele no passado, mas que havia se tornado um estranho. Familiar, mas irreconhecível. A amizade dos dois era apenas uma memória distante que não havia deixado nada além de uma dor oca no peito.

— Então, o que mudou entre aquela época e agora? — perguntou Teo.

A pele delicada ao redor dos olhos ardentes de Aurelio se enrugaram em uma expressão de dor. Ele deu de ombros, desistindo.

— Tudo.

Olhando para trás, aquilo havia sido o início do fim. Foi o primeiro vislumbre do futuro que os aguardava. Quando Aurelio ingressou na Academia, seus caminhos se separaram de vez — o Ouro havia se tornado intocável, e Teo havia se tornado, bem, só Teo.

E eles estavam competindo um contra o outro nas provações.

— Eu era só uma criança na época. Não entendia a importância do Desafio.

Teo revirou os olhos.

— É uma honra vencer ou perder...

— É uma honra se permitir ser *assassinado*? — Teo se ouviu gritar, seus punhos estremeciam.

— É uma honra morrer para manter meu povo seguro — retrucou Aurelio.

Teo recuou um passo. Nunca havia escutado Aurelio subir o tom de voz devido à raiva. A garganta de Teo queimou, e seus olhos arderam, traindo-o. Havia sido fácil demais se segurar durante as provações e diante de Ocelo e Auristela, mas naquele momento Teo achava que iria desmoronar.

Aurelio fechou os olhos e respirou fundo devagar.

— Eu só estou tentando ajudar — disse ele.

Teo balançou a cabeça.

— Por quê?

O olhar de Aurelio se tornou cansado.

— Porque não é uma luta justa.

Teo se lembrou do que ele havia dito na outra noite, como os Jades não deveriam competir nas provações. Aurelio não queria uma vitória fácil. Queria que Teo melhorasse suas habilidades para equilibrar a competição.

— Uma luta justa — repetiu Teo, pensativo.

Por mais que não quisesse a pena de Aurelio, sabia que seus amigos dependiam dele. Havia prometido tomar conta de Xio e impedi-lo de ficar nas últimas colocações, mas até aquele momento tinha feito um trabalho de merda.

— Tudo bem — cedeu ele, depois de um momento.

— Tudo bem? — ecoou Aurelio, como se pensasse que era mais uma das pegadinhas de Teo.

— Tudo bem — repetiu ele, erguendo o queixo. — Só não chora quando eu finalmente acabar com você nas provações.

Aurelio deixou escapar uma risada de surpresa, um som baixo de alívio.

— Vamos lá — chamou, acenando de volta para o saco de areia. — Vou mostrar como dar um soco sem quebrar o polegar.

— Ah, agora ele sabe fazer piada! — Teo sorriu, acompanhando Aurelio. — E eu achando que eles tinham obrigado você a se desfazer da sua personalidade quando entrou na Academia.

Aurelio revirou os olhos, mas um vislumbre de sorriso repuxou o canto de seus lábios.

— Não me obrigue a envergonhar você de novo, por favor.

CAPÍTULO 15

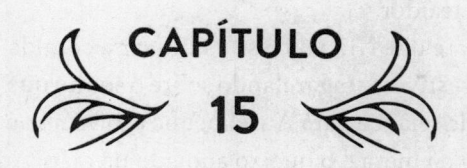

OS DOIS VARARAM A NOITE até a madrugada da manhã seguinte treinando. Teo terminou ainda mais dolorido do que no dia anterior, mas o encorajamento de Aurelio o fez se sentir energizado e preparado para a provação seguinte. Em vez de se arrastar para o banho, Teo estava desperto e pronto antes de Xio e Niya.

— Você está de bom humor — comentou Xio, observando-o do outro lado da mesa.

O menino tinha profundas olheiras arroxeadas sob os olhos escuros. Teo se perguntou quanto havia conseguido dormir nos três dias anteriores. Não muito, pelo visto.

Teo sentiu uma pontada de culpa. Ampliou o sorriso.

— Acho que sim — disse ele, dando de ombros.

Niya se aprumou.

— Por quê? Perdi algo divertido ontem à noite? — perguntou ela, a voz subindo de volume com a boca cheia de arroz, ovos, feijão e batatas.

— Nadinha. — Teo a tranquilizou antes que ela ficasse ansiosa demais. — Só passei a noite treinando para controlar minhas asas e tal.

Niya se engasgou, e pedaços de comida voaram de sua boca.

— Você estava o quê? Você, Teo, estava *se exercitando*?

Teo dirigiu a ela uma expressão neutra.

— Niya.

— Alguém forçou você?

— Isso não tem graça!

Ela deu de ombros.

— Xio está rindo.

Teo aceitou as piadas para que ela não fizesse mais perguntas. Aurelio ainda era um competidor, e ele não queria que Xio e Niya pensassem que o amigo era um traidor.

Ele esperou até que Xio voltasse a cutucar a comida em seu prato com um garfo e Niya estivesse tagarelando sobre o sonho que teve na noite anterior para olhar de relance para Aurelio, que estava na outra ponta da mesa. Com o cotovelo na mesa e o queixo apoiado na mão, Auristela falava com o irmão. Aurelio escutava, assentindo com o que quer que fosse o esquema que devia estar armando para a provação seguinte. Seu olhar foi além do ombro da irmã, encontrando o de Teo.

O garoto prendeu a respiração, mas durou apenas um segundo. E tudo bem, de verdade. Não era como se Teo estivesse com expectativas de que a sessão secreta de treinamento mudaria algo. Mesmo que não fosse de todo horrível, Aurelio estava diferente, assim como Teo, e uma noite não mudaria nada, não importa o quanto ele desejasse.

Eles tinham um acordo: Teo usaria o conselho de Aurelio para performar melhor nas provações e ajudar a si mesmo e a Xio, mas só estava fazendo isso para satisfazer qualquer moral esquisita em que o Ouro se apoiava para sentir que seu sucesso nas provações era merecido.

Não era nada demais. Teo não se permitiria pensar demais no assunto. Era apenas um modo de ajudá-lo a sobreviver.

⁂

Outra cidade significava mais uma troca de roupa. Eles haviam sido convidados para um tour pelo santuário de alebrijes, um dos muitos pelos quais El Valle era famosa, antes de ir ao templo de Fauna para o jantar. Os dez competidores receberam trajes marrons simples e jaquetas. A de Teo havia sido modificada para que suas asas ficassem livres. As calças tinham bordados marrom-avermelhados de todos os tipos de animais, em camurça, na lateral. O único realce era o glifo de Quetzal na lapela de Teo.

Mesmo que Teo se sentisse elegante ao usar um traje tão fino, a roupa estava *longe* de seu visual favorito. O tecido pesado, a gravata borboleta de seda e o chapéu sombrero eram sufocantes.

— Acho que vou morrer de tanto suar — reclamou Teo, enquanto o grupo se alinhava na sala comum.

Já era possível ouvir a multidão celebrando a chegada dos competidores.

— Acho que o meu está grande demais — comentou Xio, afastando o sombrero da testa, mas o chapéu deslizou de volta sobre as sobrancelhas do menino um segundo depois.

— Como as pessoas conseguem fazer qualquer coisa usando isso? — perguntou Niya, irritada, puxando as roupas como um felino selvagem. — As garotas precisam *respirar*!

— Que garotas? — perguntou Teo, olhando para ela enquanto tentava folgar a gravata.

— Essas! — Niya flexionou o bíceps. Os músculos tensionaram contra o tecido. — Mas minhas tetas também não estão muito bem. — Ela baixou o olhar para o peito. — Nem sei dizer quanto suor que tem debaixo dos meus peitos.

Os demais Ouros não estavam muito melhor. Xochi estava com dificuldades para incorporar as flores no visual, e o chapéu de Ocelo era pequeno demais para sua cabeçorra. As mangas de Aurelio não cabiam sobre os braceletes dourados, então ele teve que desabotoá-las e dobrá-las até os cotovelos, o que ficou muito ridículo, na opinião de Teo. Ele pensou que, depois de passar a maior parte do tempo com o uniforme de elastano da Academia, os Ouros deviam se sentir confinados naqueles trajes.

⁂

Os únicos que pareciam sossegados eram Auristela, cujo traje coube como uma luva, e Dezi, mas ele ficaria perfeito até com um saco de papel. Na frente, Auristela acenava com entusiasmo, recebendo uma onda renovada de aplausos enquanto eles avançavam em direção à doca. Na metade da rampa, Niya tirou as botas com chutes e prosseguiu descalça.

Quando os competidores passaram pela estrada principal que cortava a cidade, as pessoas pararam para aplaudi-los e acenar. Lua contornou um engarrafamento que havia sido causado por um boi enorme mastigando alegre um monte de feno no meio da rua. Os motoristas não pareciam muito incomodados. Aguardaram, pacientes, nos carros e seguiam as instruções dos sacerdotes de Fauna, que redirecionavam os veículos para não incomodar o animal.

Teo encontrava animais companheiros *por toda parte*, o que fez com que sentisse uma saudade profunda de casa. Seu peito doía ao observar uma garota atravessar a rua com um gato dentro da mochila, e de novo quando passaram por uma padaria onde um homem e uma preguiça compartilhavam um muffin.

O santuário de alebrijes era gigantesco. Sacerdotes de Fauna os guiaram pelo campus em um tour. Mostraram a clínica veterinária onde alebrijes machucados e doentes eram atendidos com tecnologia de última geração.

Em tom monótono, um sacerdote explicava as várias dietas fornecidas aos diferentes alebrijes quando a atenção de Teo vagou para as janelas amplas. Do lado de fora, havia uma área cercada. Assim como o spa em La Cumbre, o santuário não estava recebendo visitantes devido ao tour privado dos semideuses, mas, na área cercada, havia pessoas *comuns*.

Não sacerdotes em robes, mas pais, adolescentes e muitas crianças. Apenas pessoas normais.

— O que é aquilo? — perguntou Teo, interrompendo o sacerdote no meio da frase.

— É nosso zoológico interativo — respondeu ele, visivelmente irritado. — Um dos muitos modos pelos quais arrecadamos dinheiro para o santuário. As pessoas podem pagar para alimentar os alebrijes que não conseguiriam sobreviver sozinhos na natureza. É um destino muito popular para excursões.

Teo sorriu.

— Demais! A gente devia ir lá.

— E-espera! — interrompeu o sacerdote. — Você não...

Mas Teo nem escutou. Abriu as portas e atravessou para a luz do sol, e Xio e Niya o seguiram sem questionar. Parecia muito mais divertido do que escutar o guia idoso e chato do tour.

— Podemos alimentar os alebrijes? — perguntou Teo a uma sacerdotisa na entrada do pequeno jardim.

Quando ela se virou e viu Teo, seus olhos se arregalaram. Ela pulou depressa entre os três.

— Ah! — Ela os encarou. — Vocês... Vocês querem?

— A gente pode? — perguntou Teo, trocando olhares confusos com Xio. Não tinha entendido o olhar assustado no rosto da mulher.

— Eles são tão fofos! — exclamou Niya em uma voz melosa, os dedos agarrando-se na cerca.

A situação chamou a atenção das pessoas dentro do zoológico. Quando viram o trio, crianças e adultos compartilharam o mesmo olhar surpreso.

— Ah, quer dizer, eu posso tentar tirar todo mundo — disse a sacerdotisa depressa, pedindo ajuda para dois outros sacerdotes próximos.

— Não precisa tirar ninguém — afirmou Teo, com uma risada confusa.

O comentário pareceu deixar a mulher ainda mais desorientada.

— Você...Você tem certeza?

— Bom, a gente não tem nenhuma doença contagiosa. — Ele riu. — E acho que Niya não está muito afim de esperar — acrescentou, gesticulando para a amiga, que havia enfiado os dedos pela cerca de arame em uma tentativa desesperada de alcançar um porco-espinho marrom com pescoço de avestruz.

A sacerdotisa ainda parecia preocupada.

— Todos vocês? — perguntou ela, olhando sobre o ombro de Teo.

Os outros competidores também haviam ido para o lado de fora e aguardavam, desconfortáveis. Teo nunca havia visto os Ouros parecendo tão inseguros.

— Acho que sim.

A sacerdotisa ficou ruborizada, então, junto aos ajudantes, se atropelou para entregar a todos um copo de papel cheio de ração rica em nutrientes. Niya foi a primeira a tentar, seguida por Teo e Xio. Tanto as crianças quanto seus acompanhantes adultos ficaram boquiabertos com a aparição repentina dos semideuses. Niya pareceu não notar, ao correr de um lado a outro tentando fazer os alebrijes coloridos aceitarem seu amor. Algumas crianças não conseguiam segurar a risada.

Teo estendeu a mão com pedacinhos de comida para uma lhama cor de arco-íris com asas de morcego. Xio apenas observava.

— O que eles estão esperando?

Teo olhou para onde o menino apontara. O restante dos Ouros estava alinhado próximo à cerca dos fundos, olhando para os lados. Teo balançou a cabeça.

— Não faço ideia.

— Será que estão com medo dos alebrijes? — perguntou Xio, enquanto a lhama mastigava, alegre.

— Não, isso não faz sentido...

Eles não tiveram nenhum problema em caçar os alebrijes durante a provação, então o que estava acontecendo? Nessa hora, Teo percebeu que os olhares temerosos dos Ouros não eram direcionados aos alebrijes, mas aos adultos e crianças por perto. Ele soltou uma risada de surpresa.

— Vocês já interagiram com mortais *alguma vez na vida*? — perguntou Teo, andando de volta para o grupo.

Os Ouros trocaram olhares preocupados. A boca de Marino se abriu.

— Que *não fossem* sacerdotes — especificou Teo.

Sua boca se fechou.

— A gente salva mortais todos os dias, literalmente — vociferou Auristela, na tentativa de manter uma postura arrogante, mas Teo enxergava através das rachaduras na fachada.

— Sei, mas você já *conversou* com um?

Auristela revirou os olhos e se afastou.

Teo riu e balançou a cabeça.

— Eles não mordem.

Para provar o ponto, o garoto andou até um grupo de crianças que bajulava um burrinho com pelos verdes e olhos de sapo.

Aos poucos, todo mundo pareceu se soltar. Os alebrijes não se importavam com quem eles eram. Dezi e Marino foram os primeiros a se afastar da cerca, e os animais vieram aos bandos atrás dos copos de comida. Um esquilo voador rosa-vibrante com cabeça de axolote se afeiçoou em Dezi, e quando um porco com escamas verdes e amarelas entusiasmado demais se jogou em Marino, alguns dos pais correram para ajudá-lo a se levantar.

Não demorou muito para que as crianças tomassem coragem para se aproximar e fazer centenas de perguntas aos semideuses. Um garotinho e uma garotinha elogiaram as tranças de Atzi e as flores nos cabelos de Xochi, que ficou tão lisonjeada que fez brotar algumas orquídeas da casca da árvore para dar de presente.

Todo mundo se entrosou, falando com as crianças e até mesmo engatando conversas longas com os pais. Apenas Auristela e Ocelo se recusaram a participar e foram comer frutas com chili em uma barraquinha. Teo pegou os copos de ração abandonados pelos Ouros e chamou algumas crianças. Quando uma fila se formou, ele passou colocando um pouco de comida nas cabeças e nos ombros deles para que um grupo de alebrijes voadores viessem em bando comer. As crianças se acabaram de rir enquanto as penas dos alebrijes faziam cócegas em suas bochechas.

Quando um garotinho, assustado por um macaco-gato agressivo, derrubou a ração e começou a chorar, Aurelio se aproximou, hesitante, e ofereceu seu copo. Teo não conseguiu conter o sorriso, e seu estômago — como o traidor que era — deu uma cambalhota.

— Eu amo tanto esses bichinhos — disse Niya em um gemido, quase derretendo em uma poça, enquanto um dos sacerdotes mostrava ao grupo alguns filhotes de pombos-coelho cor de arco-íris que haviam acabado de nascer. — Como vocês conseguiram alebrijes de estimação?

— Ah, eles não são de estimação — explicou o sacerdote. — Muitos alebrijes perambulam para as cidades do sul, vindo de Los Restos. Normalmente os capturamos e os soltamos de novo, mas alguns se machucam e precisam ser reabilitados, como esses quatro.

— Então vocês tomam conta deles? — perguntou Teo.

Ele assentiu.

— Só até que fiquem fortes o suficiente para ir para casa.

— Eu quero tomar conta de alebrijes quando crescer — declarou um garotinho, que acariciava gentilmente uma das pequeninas bolas de pelo.

— Eu quero ser uma Portadora de Sol — emendou uma garota com cabelos encaracolados, abrindo um sorriso largo para Niya.

Teo sentiu o estômago revirar. Pensou na conversa que tivera com Aurelio.

Auristela sussurrou algo atrás da mão para o irmão e Ocelo, uma zombaria com a garotinha mortal ingênua.

Mas Niya devolveu o sorriso.

— Eu também.

⁂

Depois de agradecer os trabalhadores do santuário e dizer adeus aos novos amigos — tanto alebrijes quanto mortais — finalmente era hora de ir para o Templo de Fauna, que, à primeira vista, Teo confundiu com um monte alto no meio da cidade. Em vez de pedra ou aço com vértices afiados, as paredes do templo eram cobertas de musgo e grama. Árvores gigantescas cresciam ao redor da estrutura, e os galhos grossos e retorcidos forneciam apoio e lares para mais vida selvagem. Conforme se aproximavam, Teo percebeu que animais de todos os formatos e variedades estavam entalhados em cada centímetro de madeira.

Em vez dos icônicos degraus de pedra que levavam aos observatórios da maioria dos templos, o caminho do templo de Fauna era uma rampa inclinada e coberta de gramínea. No topo, a Pedra Solar de El Valle brilhava no pôr do sol alaranjado.

Eles atravessaram o pátio principal, uma série de passarelas de madeira suspensas por cordas sobre um corpo de água onde peixes-boi mastigavam as cabeças de alface que os sacerdotes jogavam.

— Cuidado onde pisam — avisou Lua quando alcançaram o térreo, onde animais perambulavam livremente.

Pássaros se aninhavam em casas de madeira ao longo das paredes, mas Teo precisou manter os olhos baixos porque camundongos pequenos e porcos-espinhos anões corriam pelo piso de pedra e um cangambá os seguia, todo desajeitado, tentando manter o passo.

O grupo subiu uma escadaria. Cada andar era dedicado a um ecossistema ou clima diferente. Havia até mesmo um andar inteiro para um aquário.

— Como eles não se devoram? — perguntou Niya, enquanto passavam por um andar de selva onde macacos-aranha perseguiam uns aos outros ao redor de uma jaguatirica adormecida.

— Fauna — disse Xio, como se explicasse tudo.

Quando Niya e Teo fizeram uma cara de interrogação, ele sorriu.

— Ela é uma presença que acalma os animais, então eles ficam muito relaxados e de boa quando estão no tempo dela.

Niya se virou para Teo.

— Você está se sentindo muito relaxado e de boa?

Teo fez uma careta.

— Eu não sou um animal.

— Bom, tecnicamente… — começou Xio, mas Teo não o deixou concluir.

— Eu *não* sou um pássaro. Eu tenho asas, sim, mas o restante do meu corpo é cem por cento humano!

— Mas você também é metade deus — apontou Xio.

— Então, você é, tipo, vinte e cinco por cento humano, vinte e cinco por cento pássaro e vinte e cinco por cento deus-pássaro — explicou Niya, contando nos dedos.

— Isso soma apenas setenta e cinco por cento — observou Xio.

— Ela é péssima em matemática — sussurrou Teo.

— *Teo!* — Niya bateu o pé. — Você sabe que eu sou sensível com isso.

A risada atrapalhou Teo quando ele tentou se desculpar.

— Desculpa.

Ela se virou bruscamente para longe, e uma das tranças atingiu sua bochecha.

— E vinte e cinco por cento imbecil, que tal?

Teo e Xio foram atrás de Niya, enchendo-a de elogios para fazerem as pazes, mas quando chegaram ao destino, ela já havia superado.

O salão de jantar no templo de El Valle era menor do que o de La Cumbre, mas não menos grandioso. As paredes eram repletas de estátuas douradas de animais, desde um pequeno camundongo sobre um pedestal até um enorme crocodilo. A mesa de centro, de madeira espessa, era esculpida de uma única árvore, e os inúmeros anéis testemunhavam os séculos que haviam se passado para que ela alcançasse aquele tamanho.

Sacerdotes de Fauna vestidos com robes macios cor de trigo formavam duas fileiras, a postos para servir. Duas mulheres que Teo não reconheceu ocupavam a cabeceira da mesa, flanqueando a deusa.

— Bem-vindos, competidores — cumprimentou Fauna, com a voz suave.

Era tão calmante que Teo percebeu a tensão nos ombros e nas asas derretendo até estar sorrindo para ela como um esquisitão, mas não dava para conter.

— Obrigado por nos receber, deusa — disse Lua.

Fauna sorriu.

— Minhas filhas, Catalina e Alejandra, estão igualmente felizes em conhecer todos vocês.

Ela gesticulou para as jovens ao seu lado.

Catalina assentiu. Vestia um traje quase idêntico ao que eles haviam recebido. Pelo modo como se portava, com as mãos unidas nas costas, Teo captou uma energia de seriedade, o que contrastava bastante com sua irmã.

Alejandra era mais baixa e muito menos severa. Vestia um casaco de pele felpudo, o que parecia estranho considerando o calor. Havia pedaços de gravetos, grama seca e tufos de fiapos presos na pelagem e embolados em seu cabelo. Seu sorriso era brilhante e luminoso, e ela acenava, animada, para todos.

Niya foi a única a acenar de volta.

— Por favor, sentem-se. Tenho certeza de que estão todos cansados e famintos —continuou Fauna.

— Você conhece aquelas semideusas? — sussurrou Teo para Xio enquanto eles tomavam os lugares.

— Catalina é uma das semideusas ativas mais condecoradas no Reino de Sol. É capitã das cavaleiras mulheres, as jiinetes de Fauna, que nos escoltaram até a provação. Elas fazem missões de busca e resgate em lugares com terreno difícil, como montanhas ou desertos, e também acodem em qualquer situação de emergência em que haja animais envolvidos, como debandadas ou se algo perigoso estiver perambulando por uma cidade.

— E Alejandra? — perguntou Niya, acenando para a semideusa, que se sentava do outro lado da mesa.

Xio deu de ombros e balançou a cabeça.

— Eu nunca ouvi falar dela...

— Então Fauna é, tipo, sua avó? — perguntou Niya a Teo.

Ele fez uma cara de confusão.

— Como assim?

— Tipo, ela é a deusa dos animais, né? — explicou Niya, enquanto os sacerdotes de Fauna traziam a comida em grandes bandejas. — E sua mãe é a deusa dos pássaros...

— Você está achando que é, tipo, uma estrutura familiar — interrompeu Xio. —Mas é mais uma escada corporativa.

— Minha mãe responde à Fauna — concordou Teo. — Não somos parentes.

Mas ele ainda estava distraído com Alejandra. Talvez tivesse sido um engano, mas Teo jurava ter visto algo se mexer no casaco dela. Quando uma bandeja de rolinhos foi posta na mesa, Alejandra pegou um e o partiu em pedaços, depois os colocou sobre a palma virada para cima.

Dessa vez, Teo *definitivamente* viu algo se mexer sob seu casaco.

— Mas o quê...?

Três criaturinhas fluorescentes saíram correndo de sua manga.

Auristela, sentada ao lado de Alejandra, se sobressaltou e se afastou, batendo em Aurelio e derramando o copo de água que ele estava prestes a beber.

— *O que são essas coisas?!* — gritou a Ouro.

Aurelio fez uma expressão descontente e começou a enxugar com cuidado a água em seu colo com um guardanapo.

— Ah, eles são só meus amigos — disse Alejandra, sorrindo para as criaturinhas como se não tivesse percebido o chilique de Auristela.

Na mão de Alejandra, um axolote roxo-néon com garras de caranguejo despedaçou o rolinho em pedaços menores, enquanto um gato bassarisco esquilo azul mordiscava sua porção, e uma centopeia-lagartixa verde com vários pezinhos com ventosas de sucção se colava em um pedaço de pão.

Teo sorriu.

— Vimos vários no santuário — disse ele, inclinando-se ao máximo para ver melhor.

Auristela agarrou o braço do irmão, forçando-o a trocar de assento com ela.

— *Ale* — sibilou Catalina. Fauna e Lua estavam absortas em uma conversa na ponta da mesa —, você tinha que soltar os alebrijes à mesa?

— Não se preocupe, eles são inofensivos — respondeu Alejandra, ignorando a irmã.

A centopeia-lagartixa avançou bamboleando até Aurelio, então o encarou e sacudiu o corpinho, chicoteando a cauda, que fazia um estranho coaxar.

— Pepe gostou de você — a garota disse a ele.

Teo observou enquanto Aurelio estendia a mão, hesitante. De imediato, o alebrije se virou para se deitar de costas e expor a barriga amarelo-limão. Com o dedo indicador, Aurelio fez cócegas em Pepe, que se remexeu e gorgolejou, contente.

Aurelio soltou uma risadinha, um ruído caloroso e profundo — um fenômeno raro e efêmero que Teo não testemunhava havia anos.

— Esse é Gigi e aquela, Lala — comentou Alejandra ao apontar para o gato bassarisco esquilo e depois para o axolote-caranguejo. Então ela franziu a testa. — Cadê o Mauricio?

Ao ouvir seu nome, um coelhinho rosa espichou a cabeça para fora da manga de Alejandra, sonolento.

— Aqui!

Alejandra sorriu.

Mauricio se arrastou para a mesa. Um coelho rosa era chocante, mas nada comparado ao par de longas pernas de flamingo que se seguiram.

Teo deixou escapar uma risada, então cobriu a boca com a mão.

— Ai, meus *deuses*.

Mauricio se desequilibrou um pouco ao tentar se levantar sobre as pernas finas. Xio estendeu um pedaço de pão. De repente, o alebrije despertou, farejando sem parar enquanto mordiscava a comida.

— Eu ajudo no santuário quase todo dia — explicou Alejandra. — Se chegam criaturinhas que precisam de mais atenção, eu as levo para casa e ajudo na reabilitação até elas estarem prontas para se unir aos outros alebrijes que não podem retornar à natureza.

— Eles ensinaram isso na Academia? — perguntou Teo, tentando imaginar.

Alejandra riu.

— Ah, não. Eu reprovei e saí depois de uns dois anos. Ser uma Heroína não é pra mim, então fui estudar em uma escola de veterinária e me afeiçoei aos alebrijes.

Teo assentiu e tentou não parecer irritado. Pelo jeito, alguns Ouros iam para a Academia até quando *não* queriam, mas mesmo assim Jades eram recusados.

Sacerdotes de Fauna trouxeram o prato principal e o serviram, com cuidado para não perturbar Mauricio, que havia caído no sono sobre uma única perna. A outra dobrada repousava sob o corpo.

— Uau! — exclamou Niya ao ver as carnes cozidas e apimentadas com legumes suculentos. — Achei que seria tudo vegano! — acrescentou ela, alto o suficiente para chamar a atenção de Fauna.

— Nós cuidamos dos animais e os respeitamos — explicou Fauna. — O que inclui seus sacrifícios. Honramos os animais ao usar todas as suas partes em nossas roupas, tecidos e comida. Nossos casacos de inverno são feitos de pelos e insulados com penas. Usamos até as fezes secas como combustível para o fogo.

— Isso não deixa o templo fedendo? — perguntou Atzi, perplexa demais para se censurar.

Fauna sorriu.

— Usamos especificamente herbívoros, então só cheira à grama queimada.

Atzi pareceu *muito* impressionada.

Teo viu Auristela soltar um "Eca" baixinho.

— As roupas que demos a vocês são produzidas com base nos mesmos princípios — prosseguiu Fauna, gesticulando para Dezi, enquanto Lua interpretava em sinais. — Elas são costuradas com agulhas feitas de ossos e linhas de tendões. Os botões são feitos de galhadas; o cinto, de couro cru; e os sapatos, de couro tingido. Até os sombreros são de pelos de cavalo e coelho.

— Essa *com certeza* é a cidade mais sustentável em todo o Reino de Sol — declarou Xochi, admirando a costura do chapéu.

— Fácil — concordou Fauna, com um sorriso. Era óbvio que se sentia muito orgulhosa. — Não queremos que o sacrifício de nenhuma criatura seja em vão, seja no setor alimentício, têxtil, artístico ou utilitário. — Seus grandes olhos voaram para Teo. — Até seus ossos pneumáticos poderiam se transformar em flautas lindas, Teo.

Quando todos se viraram para encará-lo, o garoto hesitou.

— Você tem ossos pneumáticos? — perguntou Marino, impressionado.

— Hã, quer dizer, sim — respondeu Teo, gaguejando.

— É por isso que você é tão leve e fácil de jogar de um lado a outro?! — interrompeu Niya.

— Não, você que é ridiculamente forte — retrucou ele.

— Você é quase um alebrije — comentou Alejandra.

Niya agarrou a mesa, como se enxergasse o amigo sob uma nova luz.

— Ai, meus *deuses*.

— É verdade! — exclamou Xio.

Quando a mesa inteira explodiu em perguntas, Teo sentiu a língua congelar e o estômago se revirar.

— Você nasceu de um ovo? — perguntou Atzi, animada.

— Você se empoleira? — emendou Xochi, em voz alta.

— É, tipo, se eu colocar um galho para você pisar... — Marino fez um gesto de agarrar com as mãos.

— Você come *insetos*? — perguntou Ocelo, dando um risinho de escárnio.

O rosto de Teo ardeu.

— *Não!*

Dezi sinalizou algo para Marino, que balançou a cabeça e respondeu em sinais, o que de algum jeito pareceu pior do que saber o que eles estavam falando.

Alejandra se inclinou sobre a mesa e tentou sussurrar, mas todo mundo estava prestando atenção.

— Você tem uma cloaca?

— *O QUÊ?!*

Catalina suspirou profundamente e apertou a ponte do nariz.

— Longe demais, *de novo*, Ale.

Teo se levantou depressa, e suas asas derrubaram a cadeira.

— Com licença — murmurou ele, então saiu correndo.

Ele sentia o coração martelar e a humilhação correr em suas veias. Quando chegou ao corredor, jogou-se em um sofá de encontro à parede e cobriu o rosto com as mãos. Por que o fato de seu corpo ser diferente fazia com que as pessoas pensassem que podiam fazer todo tipo de pergunta sem noção?

— Vocês foram longe demais! — Ele ouviu Niya declarar.

As portas se abriram, e ela entrou no corredor, resoluta. Quando avistou Teo, sentou-se ao lado do amigo.

— Você está bem? — perguntou ela, empurrando-o de leve com o ombro.

— Acho que sim — grunhiu ele, então deixou as mãos caírem no colo.

— Eu não queria envergonhar você. — Ela puxou uma das tranças, parecendo se sentir culpada.

— Eu sei. — Teo respirou fundo e expirou pelo nariz. — Só estou cansado de me sentir uma aberração da natureza em comparação a todo mundo.

— Sinto muito.

— Eu sei. — Teo se recostou e tentou abrir um sorriso. — Obrigado por se desculpar.

Niya se encolheu e dobrou as pernas sobre o assento.

— Ei, Teo?

— Hm?

Ela deitou a bochecha sobre o encosto do sofá e olhou para ele.

— O que é uma cloaca?

Teo a empurrou para fora do sofá.

⁂

De volta ao barco, Teo havia trocado de roupa e estava bisbilhotando o saco de doces — cada vez mais cheio de embalagens vazias — quando ouviu uma leve batida na porta.

— Ei, Teo? — Xio enfiou a cabeça para dentro. — Posso perguntar uma coisa?

Teo arremessou um travesseiro no chão, raivoso.

— Eu não tenho uma cloaca! — vociferou ele.

Xio ficou imóvel.

— Hã, não é isso.

— Ah. — Teo relaxou. — Desculpa, eu só... — Ele balançou a cabeça. — O que foi?

Xio entrou no quarto e fechou a porta. Ele já estava de pijamas — uma camiseta grande demais e um short de dormir —, e seus cachos bagunçados fizeram Teo se perguntar se o menino havia saído da cama só para vir falar com ele.

— Eu fiquei me perguntando... — Xio retorceu a manga da blusa ao redor dos dedos, sem olhar nos olhos de Teo enquanto ele se aproximava.

Teo inclinou a cabeça, curioso. Xio estava agindo de modo ainda mais reservado e parecendo mais desconfortável do que o normal, o que devia significar alguma coisa.

— ENTÃO, VOCÊ É, TIPO, TRANS E TAL. — Xio deixou escapar de uma vez.

Suas bochechas adquiriram um tom vívido de vermelho.

Aaah. Então eles teriam a Conversa. Um sorriso repuxou os lábios de Teo, que se deixou cair sentado na cama.

— O que você quer saber?

Os ombros de Xio caíram. Ele parecia aliviado, mas ainda hesitante.

— Qual é a sensação de tomar T?

— Hm, é principalmente ficar suado e meio fedido — respondeu ele, o que lhe rendeu uma risada. Era uma pergunta muito ampla, mas Teo tentou pensar em alguma informação útil para dar. A última coisa que queria era assustar Xio. — É bom, eu acho? Antes dos quinze anos, eu não entendia minhas questões de gênero. Minha *quinceañera* e a cerimônia de afirmação de gênero aconteceram na mesma semana...

— Eu lembro — interrompeu Xio, então pigarreou. — Foi meio que um evento importante para mim — confessou ele, tentando soar casual. — Meio que me ajudou a criar coragem para fazer minha cerimônia no ano passado.

Teo nunca havia se sentido tão lisonjeado na vida.

— Eu também lembro — respondeu ele.

Quando uma semidivindade descobria que seu gênero não se alinhava com o de nascença, a cerimônia de afirmação era celebrada como qualquer aniversário. As cerimônias eram uma ocasião ainda mais marcante do que as *quinceañeras*, porque era um reconhecimento e uma celebração importantes para a comunidade.

— Eu não sei, é tipo... — falou Xio, olhando para os pés. Ele não conseguia encarar o olhar de Teo. — É tipo perceber que você me ajudou a entender algo sobre mim mesmo, acho. Eu meio que sempre senti que não era cem por cento eu mesmo, mas não conseguia entender por quê, sabe? — Ele dirigiu um olhar nervoso de relance para Teo.

— Eu entendo, de verdade. — Teo havia passado muitos anos se sentindo confuso e perdido, como se estivesse usando sapatos ao contrário, e sempre com muitos colapsos emocionais. — Comecei a tomar testosterona alguns meses depois da cerimônia — contou Teo, incerto, tentando organizar os fragmentos de memórias em uma linha do tempo. — Foi preciso criar coragem porque tinha muito medo de agulhas. Mas agora é, tipo, normal.

— E você fez a mamoplastia.

Teo assentiu.

— Ano passado.

— E pareceu... certo?

— Puta merda, foi, tipo, uma diferença da água para o vinho. — Teo riu. Ainda ficava aliviado ao se ver com o peito plano. — As roupas que eu queria vestir finalmente tiveram o caimento certo e eu me *senti* eu mesmo. A única desvantagem foi que minhas asas não fizeram a transição junto com o restante do meu corpo. Então, apesar de eu não ter mais que usar um binder no peito, tive que usar um para esconder as asas porque a visão me deixava tão... — Ele procurou a palavra correta.

— Disfórico? — arriscou Xio.

— Exato. Mas agora elas são perfeitas e não consigo parar de admirar — admitiu Teo, observando com carinho o reflexo no espelho do outro lado do quarto. — Não sei porque demoraram tanto, mas a transição nunca é a mesma para todo mundo, e também nunca é uma mudança linear, sabe? Não acontece de um dia para o outro. — Teo deu de ombros. — É um processo mental e físico, acho. Já a puberdade foi uma *desgraça*.

— Total! — Xio finalmente se aproximou da cama e se sentou ao lado de Teo. — Mudou *tudo* — acrescentou, o rosto contraído como se ele estivesse sentindo dor física.

— Quer dizer quando você menstruou?

— Sim — confirmou Xio, esfregando a nuca. Parecia que ele não tinha uma boa noite de sono havia dois anos. — Ela deixou à mostra praticamente tudo que eu mais odeio sobre mim mesmo. Foi uma época muito difícil para mim.

— Minha menstruação parou depois de alguns meses tomando T — disse Teo, na tentativa de dar esperança ao menino.

— Não estou tomando T — respondeu Xio, brincando com a pulseira de novo.

— Bloqueadores então?

Xio balançou a cabeça.

Talvez Teo estivesse focando na coisa errada.

— Você quer tomar?

Xio assentiu com vigor. Seus cachos balançaram.

— Então por que não está tomando?

— Meu pai é… esquisito com coisas médicas.

Teo franziu a testa. Algo não se encaixava. A transição de gênero era comum e natural. Teo nunca havia ouvido falar de alguém que fosse contra, em especial entre os deuses.

— Mas você teve a cerimônia de afirmação de gênero.

— Ele não tem nada contra — disse Xio, às pressas. — Ele não confia é nos médicos. Acho que levar a má sorte para um hospital é meio que uma má ideia.

— Acho que sim…

Mas ainda algo não se encaixava.

— Sinto que ainda tem partes de mim que as pessoas não conseguem enxergar ou entender — explicou Xio. — Nunca senti como se pertencesse ou me encaixasse em lugar nenhum, e não só porque sou… um Jade. Ainda não sei direito quem sou.

O cérebro de Teo pifou ao tentar descobrir o que aquilo significava.

— Ah! Você quer dizer que talvez seja, tipo, agênero, bigênero, não binário ou algo assim?

Xio ergueu e abaixou os ombros.

— Algo assim.

— Você gostaria que eu usasse o pronome elu/delu? — sugeriu Teo. — Talvez ajudasse.

— Ainda não tenho certeza.

— Sabe, não se encaixar em uma concepção binária de gênero é normal — prosseguiu Teo. — Tipo, Sol, literalmente a maior e mais poderosa divindade que temos, quem nos *criou*, é não binário. Isso é muito incrível, na minha opinião. — Teo deu um empurrãozinho em Xio.

O menino deu uma risada curta, mas dava para perceber que ele ainda estava incomodado.

— Bom, está tudo bem se você ainda não se descobriu — continuou ele, na tentativa de tranquilizar o menino. — Você tem literalmente todo o tempo do mundo.

Xio fez uma careta, e Teo sentiu um aperto no coração. Xio achava que estava destinado a morrer. Assim como os outros Jades. Assim como Paloma.

— Ei, não… — começou Teo.

— Obrigado por falar comigo — interrompeu Xio, levantando-se de repente. — E por me deixar ser, tipo, estranho com você. — Ele forçou uma risada. — Mas estou muito cansado agora, e temos um dia longo amanhã.

Xio se espreguiçou e bocejou. Deu para notar que foi forçado, mas Teo não queria pressioná-lo a falar sobre um assunto sobre o qual ele ainda não se sentia preparado. Seria uma conversa a longo prazo.

— Ok — concordou ele.

— Obrigado, e desculpa — disse Xio, depressa. — Enfim, tchau, ou boa noite, eu acho.

Ele deu um aceno brusco e desapareceu pela porta.

Teo se arrastou para a cama. Encolheu-se de lado e procurou no TúTube qualquer vídeo de Paloma que conseguisse encontrar. Será que ela havia tido algum amigo durante as provações? Será que era como Xio, solitária e assustada? A dor no peito de Teo era oca e esmagadora.

Xio devia achar que as provações diminuiriam seu tempo para descobrir quem ele era. Mas Teo não deixaria isso acontecer. O futuro ainda não estava decidido. Havia dez competidores por um motivo. Nem todos seriam sacrificados, e Teo garantiria que Xio fosse para casa e tivesse a vida que merecia.

CAPÍTULO 16

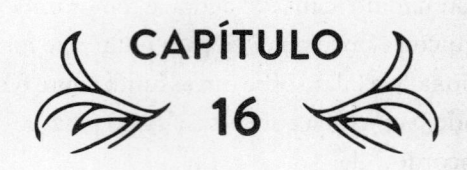

— **A TERCEIRA PROVAÇÃO** será sediada no Oásis Opala e organizada por Deuse Guerreire — anunciou Lua, no dia seguinte, durante o café da manhã.

Ocelo bateu com os punhos na mesa, o que fez a louça estremecer.

— SIM!

— *Isso não é justo!* — zombou Niya, com uma voz chorosa.

Ocelo a encarou, com raiva.

O Oásis Opala estava localizado no sudeste de El Valle. Conforme avançavam pelas águas, as planícies gramadas da encosta davam lugar a um deserto plano. Logo ficou quente demais para relaxar no convés, então todos entraram e beberam suco gelado na sala comum refrigerada pelo ar-condicionado, até entrarem na sombra de um desfiladeiro.

O rio seguia em um vai e vem por entre as faces íngremes dos penhascos. A água era de um azul-turquesa vívido e brilhante de encontro às formações rochosas listradas de vermelho e laranja. Aos poucos, grandes cactos e arbustos verdes brotaram, então o grupo deixou o desfiladeiro para trás e a vista se abriu, revelando o Oásis Opala.

Aquilo era o que Teo esperava de uma cidade Ouro.

Ele vislumbrou uma gigantesca mancha verde, que se espalhava no meio do deserto árido, ao redor de uma nascente de água doce abastecida por aquíferos. Palmeiras densas cresciam entre prédios enormes, que, em sua maioria, eram construídos com vidro e recobertos de ouro. Ao sol poente, a cidade cintilava em tons de azul, verde, rosa e laranja. Lembrava Teo das opalas de fogo, que ele imaginou ser o motivo do nome da cidade. Os cidadãos de Oásis Opala se orgulhavam muito da cidade. Era comum ouvi-los se gabar sobre como apenas os mais fortes sobreviviam e prosperavam em um dos lugares mais inabitáveis do planeta.

A joia da coroa da cidade era o templo dourado de Deuse Guerreire, que se erguia sobre a margem da nascente água-marinha. O sol reluzia com tanta intensidade de encontro ao ouro que Teo sentia os olhos doerem ao olhar diretamente.

O barco teve que diminuir o ritmo ao se aproximar. A cidade era muito isolada, então havia um tráfego constante de barcos com cargas pelos canais projetados que ligavam o rio ao porto. Barcos menores carregavam remessas de produtos importados aos canais mais estreitos, que se ramificavam para outras partes da cidade.

Quando chegou a hora de caminhar até a arena, os cidadãos saíram aos montes para apoiar sua semidivindade. Mares de pessoas inundavam as ruas, cantando o nome de Ocelo, enquanto o grupo seguia em procissão. Sempre que elu acenava, os aplausos se intensificavam para gritos. As pessoas jogaram flores e onças de pelúcia, que foram coletados e armazenados em uma carroça por sacerdotes de Guerreire vestidos em robes vermelhos.

Eles adoravam Ocelo, o que não fazia nenhum sentido para Teo. O garoto não conseguia conceber a ideia de alguém gostar da semidivindade da guerra, e muito menos uma cidade inteira.

Era difícil olhar ao redor através da multidão, mas Teo conseguiu vislumbrar academias e bares de esporte. Eles passaram até por uma loja chique, que Teo achou ser uma joalheria até perceber que as vitrines exibiam armas com adornos incríveis.

A terceira arena, no meio da cidade desértica, havia sido transformada em uma floresta tropical. A névoa pairava nas copas densas das árvores, e até o ar tinha um cheiro intenso de terra molhada. Seus pais os aguardavam na plataforma. Um jumbotron mostrava Verdade e Fofoca conversando, obviamente sobre a provação, mas era impossível escutá-los.

Ali, os aplausos para Ocelo eram ainda mais estrondosos. Nas arquibancadas, em um canto, o público havia construído uma imagem da cabeça de Ocelo em meio a um rugido. Devia haver mais de cem pessoas sincronizadas para segurar a faixa acima da cabeça.

— A paz reina em nossas terras há milhares de anos — disse Lua, quando todos se reuniram na plataforma e os semideuses tomaram seus lugares de costume em frente aos pais divinos —, mas isso não significa que nosso povo queria viver sem a emoção da batalha.

Ao lado de Lua, Deuse Guerreire sorriu, orgulhose, com os punhos no quadril. Fantasma lançava olhares nervosos de canto de olho a elu.

— Antigamente, as cidades invadiam umas às outras para capturar figuras proeminentes, não para matá-las, nem mesmo para fazê-las reféns, apenas para provar que podiam. Tratava-se de competições honráveis e não violentas. Na provação de hoje, nós recriamos a tradição da Batalha Sem Sangue. Vocês vão competir em duplas. Se forem tocados por alguém de outro time, significa que foram capturados e não poderão mais capturar outro semideus. Aqueles tocados serão marcados com o glifo dos semideuses que o capturaram — explicou Lua.

O rosto de Auristela se iluminou com um sorriso cortante. Ela encarou Aurelio, que respondeu com um leve aceno de cabeça. Todo mundo olhou ao redor, em uma busca silenciosa por um colega de time, e, de repente, Teo sentiu que estava de volta à escola, precisando de um par para a aula de biologia.

— Os pares vão ser decididos por Sol — finalizou Lua, como se tivesse esperado até que eles criassem esperanças apenas para esmagá-las.

Teo não conseguiu evitar o sorrisinho debochado ao ver as expressões descontentes dos Ouros. Auristela parecia especialmente homicida, mas então ele percebeu que isso também se aplicava a si mesmo.

Merda.

— Semideuses, por favor, deem um passo à frente e formem um círculo — instruiu Lua, gesticulando para que o grupo se aproximasse.

A mãe de Teo lhe deu um beijo no topo da cabeça, e ele avançou para se unir aos outros. Teo fez uma oração silenciosa a Sol para que tivesse piedade dele e pareá-lo com Xio ou Niya. Ou, pelo menos, não com Auristela ou Ocelo.

Os dez semideuses formaram um círculo, um de frente para o outro, desconfortáveis, à espera de que os pares fossem escolhidos. Teo olhou ao redor, aguardando que algo acontecesse quando seu olhar se prendeu em Aurelio.

O Ouro acenou com a cabeça — apenas um leve abaixar do queixo — em direção a Teo, que sentiu o estômago dar uma cambalhota, mas murmúrios eclodiram na multidão, desviando sua atenção.

Como se houvesse sido desenhado no ar, o coração em chamas da Deusa Amor pairava sobre a cabeça de Marino. Ele sorriu para Dezi, que estava do outro lado do círculo. O filho da Deusa Amor abriu um sorriso deslumbrante enquanto o glifo de onda da Deusa Água flutuava acima de sua cabeça. O jumbotron exibiu os retratos de ambos os semideuses lado a lado.

Teo teria ficado feliz com qualquer um deles como seu parceiro, mas se agarrou à esperança de ser pareado com um dos amigos. Xochi e Atzi foram as próximas. De novo, ele teria preferido as garotas em vez das alternativas, mas parecia que Sol estava cheie de compaixão, pareando semideuses que se davam bem.

Até aquele momento.

A luz do glifo que surgia sobre a cabeça de Xio, à esquerda, chamou a atenção de Teo. Ele se encheu de esperança e, em um movimento brusco, olhou para cima, ansioso, esperando ver o glifo de Quetzal, mas não teve essa sorte. Era a cabeça de onça de Guerreire.

— Não é justo! — A voz de Ocelo ribombou.

Do outro lado do círculo, o olho jade de Azar se iluminou sobre a cabeça de Ocelo.

Elu ficou furioso.

— Ele dá azar! Vai me fazer perder!

De imediato, os ouvidos de Teo zuniram. Dava para ver a sensação atingindo o restante do grupo. Todos faziam caretas e travavam as mandíbulas. Teo pressionou a língua entre os dentes enquanto o ódio contido de Azar martelava pela arena.

Deuse Guerreire deu um peteleco na parte de trás da cabeça raspada de Ocelo e advertiu e filhe baixinho.

— Você tem tão pouca confiança na própria habilidade que depende do seu parceiro para arcar com a responsabilidade do desempenho do time? — perguntou Lua, em um tom frio e inabalável.

A boca de Ocelo se abriu e se fechou, como a de um peixe. Niya riu, e Teo se forçou a não reagir.

— Ou você está questionando a vontade de Sol, de novo? — acrescentou Lua.

A boca de Ocelo se fechou de vez.

Xio se encolheu diante da atenção, com os ombros erguidos até as orelhas, enquanto seu pai se assomava atrás dele, parecendo pronto para arrancar os dentes de qualquer um que ousasse dizer algo contra seu filho.

Teo estendeu a mão e roçou de leve os nós dos dedos no braço de Xio.

— Não se preocupa. Vai ficar tudo bem — murmurou ele, sabendo muito bem que era mentira.

Xio manteve os olhos fixos no chão enquanto brincava com a pulseira.

Teo ficou preocupado. Não só por Xio, mas por ele mesmo. Niya, Aurelio e Auristela eram as únicas opções restantes. Qualquer resquício de esperança foi aniquilada quando os glifos de Auristela e Niya apareceram acima da cabeça uma da outra. Os lábios cheios de Auristela se comprimiram em uma linha severa enquanto ela olhava de Niya para o irmão, o rabo de cavalo alto chicoteando o ar.

Niya revirou os olhos e arrumou uma das tranças.

— Baixa a bola — resmungou ela baixinho, soando irritada, mas principalmente incomodada.

Se Niya e Auristela eram um time, então...

Teo sentiu um aperto no peito.

Não precisava erguer o olhar para saber qual glifo era o seu. Do lado oposto, o quetzal de sua mãe brilhou acima de Aurelio.

Sol não iria mesmo dar um descanso a ele.

Aurelio continuou sorrindo para a multidão, mas de um jeito que parecia meio forçado

Teo tinha que admitir: Aurelio era bom em encobrir as emoções. Era uma habilidade que Teo reconhecia não ter nem um pouquinho. Franziu a testa, tentando interpretar a reação de Aurelio, mas ele parecia totalmente concentrado em Lua, à espera das próximas instruções.

— Troco com você — disse Niya baixinho.

Por mais que odiasse admitir, Aurelio era um competidor habilidoso, e Teo definitivamente... não era. Dava para sentir a humilhação iminente. Aurelio podia ter se disponibilizado para ajudá-lo a treinar, mas isso não significava que queria formar um time com um Jade.

— Esta provação não tem limite de tempo, termina apenas quando restar um único time ou pessoa — disse Lua, acenando para que os semideuses seguissem até a ponte que levava à arena. — É hora de assumir suas posições.

— Não se preocupa — repetiu Teo, discretamente, para Xio, enquanto eles entravam na fila atrás de Lua. — Niya e eu vamos encontrar você o mais rápido possível.

Niya assentiu.

— Só tente ao máximo não ser pego, tudo bem?

Xio concordou, mas não parecia tranquilizado. Seu rosto havia adquirido uma palidez doentia, e ele lançava olhares nervosos para Ocelo, que avançava resoluto e de cara emburrada atrás de Lua, como uma criança.

Se conseguissem se encontrar e se reagrupar, poderiam jogar na defensiva e sobreviver aos outros pelo máximo de tempo que conseguissem.

Até lá, era ele e Aurelio. Parceiros.

⁂

Os pontos de partida de cada time ficavam ao redor da ilha, na área externa, equidistantes. Havia apenas cerca de três metros entre a margem da água e a linha das árvores, o que tornava impossível ver onde estava qualquer um.

Teo se sentia ridículo ao lado de Aurelio. O Ouro era alto e largo, com um ar de estoicismo heroico, e Teo era magrelo e tinha cabelos bagunçados e uma falta latente de bravura. O garoto deu seu melhor para endireitar a coluna e manter as asas dobradas e arrumadas nas costas, enquanto Aurelio mantinha a pose impecável, pronto para começar.

— Está pronto? — perguntou Aurelio, falando com ele pela primeira vez desde que haviam sido pareados.

— Óbvio — retrucou Teo, mantendo os olhos na floresta adiante e recusando-se a olhar para o colega.

À distância, a corneta de Mariachi soou, e o relógio de Teo vibrou.

Os dois correram direto para as árvores.

Na hora, Teo foi atingido por um paredão de ar quente e úmido. Era abafado e pesado, e nenhuma brisa conseguia cortar caminho pela folhagem densa. Entranhava-se em sua pele. Teo sentia o suor na testa. Era difícil respirar. As copas densas das árvores bloqueavam o sol, e eles mergulharam em uma escuridão tenebrosa.

A floresta tropical era um mar de seringueiras finas e palmeiras frondosas agigantando-se por mais de trinta metros de altura. As videiras espessas e cheias de galhos dos cipós se derramavam sobre tudo, ameaçando enredar Teo se ele desse um único passo em falso. Com sorte, a falta de luz tornava impossível que qualquer coisa crescesse no solo além de xates baixas, cujas folhas grandes se estendiam na busca desesperada por um pouquinho de sol.

— Qual é o plano? — perguntou Teo, a concentração dividida entre manter as asas dobradas para que não ficassem presas em algo e tentar respirar no ar quente pesado e implacável.

— Dividir e conquistar? — sugeriu Aurelio, nem um pouco sem fôlego.

— Isso *realmente* funciona? — zombou Teo, soltando um bufo.

Aurelio já estava tentando se livrar dele.

— Às vezes.

— Tipo, isso é basicamente um pega-pega mais complexo.

Aurelio suspirou.

— Eu não sei o que é isso.

— Qual é, Garoto Dourado, é você que estudou em colégio de elite, não deveria ter umas dicas?

— Não seja pego.

— Ah, ótimo, obrigado, isso foi muito útil.

— E não fale tão alto ou os outros vão escutar você — retrucou Aurelio ao pularem sobre um tronco caído, um de modo muito mais gracioso do que o outro.

Teo achava difícil ficar quieto quando já estava ofegante igual a um cachorro. Corria o mais rápido que conseguia, mas mesmo assim Aurelio se esforçava para manter o ritmo.

— Sabe, nos filmes de terror, se dividir é o que sempre faz com que as pessoas sejam assassinadas — apontou Teo.

— Eu não vejo filmes.

— Você *o quê*?! — Teo se engasgou. Seu pé se enganchou em uma raiz, e ele tombou para a frente.

Por sorte, Aurelio agarrou seu antebraço e o puxou de volta, sem nem mesmo titubear. Enquanto Teo recobrava o equilíbrio, seu olhar deslizou em direção ao colega. Vislumbrou um leve sorriso.

— Que tipo de tortura eles infligem em vocês naquele lugar? — perguntou Teo.

— Foco, Miolos de Pássaro — pediu Aurelio.

Teo deu uma ombrada no Ouro.

— Cala a boca!

Aurelio sequer diminuiu o passo, mas sorriu, o que foi agradável. Tão agradável, na verdade, que Teo demorou um momento para perceber as vozes adiante.

— Eu vou para a esquerda, e você para a direita — disse Aurelio em um tom severo. Uma expressão de concentração voltou ao seu rosto.

— Eu vou para a esquerda, e *você* vai para a direita — retrucou Teo, sem querer obedecer às ordens de um Ouro, então cruzou o caminho do colega antes que ele pudesse impedir.

Teo tinha quase certeza de que Aurelio estava tentando se livrar dele, mas não importava. Ele iria se livrar de Aurelio primeiro e encontrar Xio. Era essa sua prioridade.

Ele ouviu passos pesados um segundo antes de Ocelo atravessar as árvores e se arremessar em seu caminho.

Teo soltou um grito estrangulado e impeliu as asas para baixo, erguendo-se alto o suficiente para que Ocelo agarrasse o vazio, então pousou enquanto o semideuse tropeçava até cair, colidindo na base de uma árvore. Perseverante, elu se levantou.

— Vem aqui! — rugiu elu.

— Vem me pegar! — retrucou Teo, recuando depressa.

Ocelo investiu contra ele como um touro.

Batendo as asas azul e verde ao máximo, Teo se ergueu mais uma vez. Estava desequilibrado, inclinando-se para trás e para a frente enquanto ganhava altitude. As asas, que batiam desesperadas, colidiram nas folhagens, o que assustou um grupo de rãs arborícolas de olhos vermelhos.

Por algum milagre de Sol, Teo conseguiu alcançar os galhos mais baixos da copa. Ou, pelo menos, colidiu em um tronco e se segurou com toda a força.

— Volta aqui! — gritou Ocelo, com o rosto vermelho enquanto andava de um lado para o outro na base da árvore, como uma onça raivosa.

— Estou bem por aqui! — respondeu Teo, firmando-se. Pelo menos os galhos pareciam fortes o suficiente para aguentar seu peso.

— Você não pode ficar aí para sempre!

Teo soltou uma gargalhada, muito satisfeito com o fato de ter conseguido ser mais esperto do que Ocelo.

— Hã, eu definitivamente posso!

Aceitando o desafio, Ocelo se aproximou da árvore, decidido. Com um grunhido, elu se transformou. Seus músculos incharam.

— O que você vai fazer, derrubar a árvore? — perguntou Teo, o tom condescendente.

Ocelo estendeu as mãos para os lados, libertando as garras, então as afundou na casca macia e começou a escalar o tronco velozmente.

Teo havia se esquecido de que onças conseguiam escalar árvores.

Abandonando o barco, Teo desceu do galho, todo desajeitado, e partiu para outra árvore. Por pura sorte, a copa era tão densa e cheia de galhos emaranhados que, com a ajuda das asas, era relativamente fácil pular de um para o outro.

A casca da árvore arranhava a palma das mãos e as folhas ficavam presas em seus cabelos enquanto Teo voava de árvore em árvore. A folhagem densa o manteve escondido e, em pouco tempo, ele havia escapado de Ocelo, os gritos enraivecidos de Ouro desvanecendo-se ao longe.

Teo usou as copas para adentrar a floresta tropical. Chegar ao centro da arena parecia um bom plano, pois devia ser para lá que os outros estavam indo. Ele precisava encontrar Xio e Niya antes que qualquer um dos dois fosse pego. Teo se sentiu meio mal por deixar seu parceiro de time para trás, mas não era como se Aurelio estivesse dependendo dele para vencer a provação.

As folhas úmidas forneciam uma cobertura ampla, e estar a essa altura permitia que ele se esgueirasse sem chamar a atenção.

Depois de alguns minutos de esbarrar em nada além de um exército de formigas-tecelãs e de um bichinho-preguiça relaxado, Teo ficou preocupado. Então ouviu uma comoção à frente e foi atrás do ruído. Pulou em uma figueira-estranguladora e usou as asas para manter o equilíbrio e se agachar sobre um galho.

No meio de uma clareira, erguia-se uma gigantesca mafumeira. A parte de baixo da árvore era uma grande massa de raízes que mergulhavam no solo, e, sentado na base, estava Xio.

Teo abriu um sorriso largo. Algo finalmente havia dado certo! Teo estava prestes a descer quando algo no jeito como o menino estava sentado o fez pausar.

Xio estava sentado com as pernas cruzadas e as mãos no colo, mas recostado de lado. A posição era estranha, rígida demais. Foi então que Teo avistou os glifos que pairavam sobre sua cabeça. A onda da deusa Água e o coração em chamas da Deusa Amor.

Teo sentiu um frio no estômago. Xio já havia sido pego, e o culpado ainda estava presente. Dezi estava de costas para Xio, a apenas alguns metros de distância, prestando atenção no que havia atraído Teo para a clareira.

Niya e Auristela estavam na maior briga. Auristela arremessou bolas de fogo em Niya, que habilmente desviou e atirou uma lança dourada como um dardo. Auristela se abaixou a tempo, e a arma dourada afundou na árvore.

— Você sempre faz isso! — gritou Auristela, o rosto muito vermelho.

— Faço o quê? — perguntou Niya, mostrando os dentes.

Seus olhares furiosos estavam presos um no outro, mas havia algo de muito errado. Os olhos de Niya não estavam do tom castanho-claro habitual, mas pretos, e os de Auristela também haviam mudado. Além disso, a pele ao redor estava escura, quase com um aspecto de hematoma.

Era só uma impressão? Efeito da sombra das copas?

— Atropela tudo que nem uma avalanche! — rosnou Auristela.

— Pelo menos eu sou um desastre *natural*, você é fogo de graxa!

Auristela estava colérica. Em um movimento veloz, estendeu os braços e uniu as mãos com as palmas viradas para Niya.

Whoosh.

O fogo emanou de suas mãos como um lança-chamas.

Teo perdeu o apoio por um momento, sentindo um grito de pânico se abrigar na garganta, mas Niya foi rápida.

Ergueu os braços e um grande escudo prateado se materializou. Ela se agachou para se proteger das labaredas. O metal aqueceu e brilhou com um tom profundo e raivoso de laranja, mas felizmente não derreteu.

Teo cerrou os dentes. Queria gritar e dizer que estavam agindo como idiotas, que eram a droga de um time. Por que estavam lutando uma contra a outra?

Mas Teo permaneceu imóvel porque Dezi estava distraído com o chilique das duas.

Se Xio já havia sido eliminado, Teo poderia pelo menos se vingar ao pegar Dezi. A raiva inundou o peito de Teo e nublou qualquer outro pensamento além de "Dezi vai pagar caro".

Ele desceu da árvore e abriu as asas de modo a dar um rasante em direção ao semideus. Esticou-as como Aurelio o havia ensinado, mas os músculos mais resistentes ainda não eram fortes o suficiente para impedir o ímpeto de seu corpo quando ele se jogou para a frente.

Teo gritou. Uma dor lancinante se alastrou por seus ombros.

Dezi deve ter sentido a mudança no ar e recuou para olhar sobre o ombro. Seus olhos se prenderam nos de Teo, arregalados de surpresa.

Teo se jogou para a frente e estendeu a mão, então abriu um sorriso convencido ao perceber que era tarde demais para que Dezi escapasse. Então algo estranho aconteceu.

Dezi não se retraiu, nem sequer teve a decência de reconhecer a derrota, apenas *sorriu*.

Na hora, Teo soube que estava ferrado.

Ele tocou no braço de Dezi. Algo como um choque estático picou a ponta de seus dedos e percorreu o braço. O corpo de Dezi ficou rígido, e ele caiu para o lado. Os glifos de Teo e Aurelio apareceram acima de sua cabeça.

No mesmo instante, uma onda de sonolência encobriu Teo, que tropeçou para a frente, cambaleando. A raiva que sentira momentos antes havia se dissolvido por completo. Ele franziu a testa, tentando se lembrar *por que* tinha ficado chateado.

De repente, nem se importava por que havia se enfurecido. Algo quente e doce como mel se espalhou por seu corpo, do topo da cabeça à ponta dos pés. Uma respiração profunda e satisfatória preencheu seus pulmões e, quando expirou, seus braços e asas ficaram flácidos à medida que todos os músculos relaxavam.

Teo se sentiu bem, *de verdade*, e tranquilo. A sensação o lembrou das tardes de verão, deitado sob o sol nas docas dos canais depois de um longo dia de nado. Queria se encolher e tirar um cochilo.

Sabia que havia outras pessoas ao redor, mas não se importou. Através da névoa em sua cabeça, elas não passavam de figuras sombreadas e irrelevantes, até Teo se virar e Dezi entrar em foco.

O Ouro sorriu para ele, e Teo sentiu cada nervo de seu corpo formigar.

Dezi. Dezi era tão perfeito. Por que ele e Dezi não eram melhores amigos? Teo apostava que tinham muito em comum. Tipo, ambos achavam que Dezi era o garoto mais bonito que já existiu. E ele *era*! Como Teo nunca havia percebido?

Soltando um suspiro de alívio, Teo caiu de joelhos ao lado de Dezi. Deitando a cabeça no ombro do garoto, Teo respirou fundo mais uma vez e fechou os olhos. Sentiu como se estivesse recebendo o abraço mais acolhedor do mundo. Através do nevoeiro, alguém chamou seu nome, mas ele ignorou. Enquanto estivesse com Dezi, ficaria feliz. Enquanto estivesse com Dezi, permaneceria seguro e nada poderia dar errado. Ele se encolheu para mais perto, segurando o braço de Dezi com força enquanto sua asa se dobrava sobre os dois. Poderia adormecer bem ali, no solo da floresta, pensando que nada de ruim aconteceria.

Alguém sacudiu seu ombro de modo brusco.

— Vai embora — resmungou Teo, afastando a pessoa, então afundou o rosto no pescoço de Dezi.

Sem cerimônia, ele foi arrastado até se levantar.

— Sai dessa — disse a pessoa, em um tom sério e alto.

Teo se retraiu. Ser tirado da presença de Dezi fez com que uma dor profunda dilacerasse seu peito. A pele formigava e coçava. Ele *precisava* de Dezi... precisava daquela sensação de segurança e conforto. Sem Dezi, algo terrível aconteceria com ele.

O pânico apertou a garganta de Teo como um punho de ferro.

— Quero ficar sozinho!

Ele se debateu e lutou, sem conseguir se livrar de quem o havia capturado. Mas a pessoa se recusava a soltá-lo.

— *Para* — ordenou ela, apertando seus antebraços e sacudindo-o.

O coração de Teo disparou, e sua visão começou a clarear. O rosto de Aurelio entrou em foco. Ele estava com uma expressão tensa e os olhos ardentes em chamas.

Emanava calor. Não a quentura gentil de Dezi, mas uma sensação intensa que fez a pele de Teo pinicar sob o toque.

— Você precisa se afastar de Dezi.

Teo se irritou. Aurelio, que lhe causava apenas sofrimento e dor de cabeça, queria levá-lo para longe da única pessoa que o havia feito feliz.

— Não. — Teo se contorceu para se livrar das mãos de Aurelio e voltou para o lado de Dezi.

De imediato, o contentamento sonolento suprimiu a dor e o pânico crescentes.

— O que você está sentindo não é real.

Teo encarou Aurelio. Seus olhos ardiam e a garganta queimava. Que coisa terrível e *cruel* de se dizer.

— Vai embora! — gritou Teo, desesperado pela euforia que Dezi o fazia sentir.

Aurelio estava *arruinando* o momento. Aurelio arruinava *tudo*.

Os olhos de Aurelio miraram além do ombro de Teo. Em um piscar de olhos, ele se levantou e arremessou uma bola de fogo.

Teo se abaixou e se jogou na frente de Dezi. Quando olhou para cima, Marino havia entrado na clareira. O fogo queimava na base da árvore ao lado. Quando Aurelio fechou a mão, as chamas se apagaram.

Marino se levantou, então fez movimentos ondulantes e ritmados com os braços enquanto um corpo de água se recurvava ao redor, como uma serpente azul-prateada no ar. Teo havia pegado o parceiro dele, e ele havia chegado para se vingar.

Aurelio se afastou de Teo e Dezi e acendeu chamas gêmeas na palma das mãos.

Por um momento, eles se encararam, mas então, em um piscar de olhos, investiram um contra o outro, em um misto de fogo, água e vapor sibilante.

— Teo, cuidado! — A voz de Niya soou.

Auristela, com um borrão de fuligem na bochecha e um olhar destemido, corria em direção a Teo.

Mas ele não deu a mínima. Auristela poderia pegá-lo se quisesse, contanto que ele ficasse com Dezi.

Um momento antes de ela o alcançar, uma rede dourada voou pelo ar e a enrolou, derrubando-a no chão. Auristela soltou um ruído furioso enquanto se debatia na tentativa de se libertar. Niya correu em direção à parceira.

— Traidora — guinchou Auristela, rosnando para Niya, no chão.

Quando recuperou o fôlego, Niya apoiou o punho na cintura e revirou os olhos.

— Vai se ferrar, princesa.

Auristela bateu os punhos no solo. Fogo cobriu seu corpo inteiro. Através das chamas, Teo observou a rede dourada derreter e a Ouro voltar a se levantar.

— Droga — grunhiu Niya.

Auristela arremessou uma bola de fogo em sua cabeça.

As duas voltaram a lutar em uma confusão de chamas e metal afiado, desaparecendo entre as árvores.

Teo se abaixou ao lado de Dezi, pronto para repelir Aurelio, mas o foco de Aurelio estava em Marino. O outro garoto lançava jatos d'água, e Aurelio se abaixava e desviava, aproximando-se aos poucos até estar de frente para Teo. Antes que Teo conseguisse entender o que estava acontecendo, Aurelio já tinha rolado para a esquerda e...

Um jato pesado de água o atingiu no rosto.

Entrou pelas narinas e o encharcou por completo. Os pulmões de Teo se apertaram com a água gelada, enviando uma onda de choque por seu corpo. Ele tossiu e se engasgou, tirando a água do rosto.

— Que merda foi essa?

Ele foi agarrado pelo braço e forçado a ficar de pé.

— Voltou ao normal agora? — perguntou Aurelio em um tom de voz irritado e o rosto transformado em uma carranca.

Ao normal?

— O que foi que aconteceu? — perguntou Teo, enxugando a água dos olhos.

— *Dezi* aconteceu.

Não deu tempo de Aurelio elaborar. Ele empurrou Teo para trás e desviou. Outro jato d'água atingiu a mafumeira. Marino estava do lado oposto, todo acabado. Aurelio também não estava em boas condições. Teo não conseguia se lembrar de vê-lo tão suado e sem fôlego.

— Dezi?

Teo olhou para onde o filho de Amor estava, ainda paralisado, mas com uma expressão confusa no rosto. Ele entrou em choque. Teo ficou... se aconchegando em Dezi? No meio da provação? Na frente de todo mundo? *No telão?!*

— Ai, meus *deuses*.

— Contentamento viciante — disse Aurelio, então se esforçou para atirar outra bola de fogo em Marino, que desviou do ataque.

Idiota. Huemac havia avisado, e ele até havia visto com os próprios olhos durante a segunda provação quando Dezi tocou o galo com chifres de touro.

Ele se afastou de Dezi depressa, com medo de ser sugado por seus poderes de novo.

— Merda. Eu fui um idiota? — sibilou ele.

— Um pouco — confirmou Aurelio, sem fôlego.

Teo olhou para Xio, que ainda estava congelado no mesmo lugar, mas, fora isso, parecia bem. Ser pego tão rápido não seria bom para a classificação, mas essa era uma preocupação para mais tarde.

O tempo não estava do lado deles.

Marino desferiu outro ataque e, dessa vez, Teo abriu as asas, fazendo o possível para proteger a si mesmo e a Xio. O jato d'água tinha a pressão de uma mangueira de incêndio e o atingiu com uma força brutal, arrancando algumas penas. Teo xingou em voz alta.

— Eu vou cuidar de Marino — anunciou Aurelio, afastando-se de Teo e dos outros.

Teo franziu o cenho, confuso.

— Tem certeza?

Aurelio assentiu e voltou a atenção para Marino enquanto acendia chamas nas mãos.

— Vai encontrar alguém para pegar — ordenou ele, com uma expressão tensa.

— Mas...

— E *não* seja pego.

Aurelio criou atrito com as luvas de sílex e ergueu uma muralha de fogo. O calor queimou as bochechas de Teo. Não era preciso ouvir duas vezes. Ao pegar o máximo de impulso nas pernas, ele ergueu voo, de volta à cobertura das copas, deixando Aurelio para, com sorte, derrotar Marino.

As coisas não estavam boas, mas também não estavam indo mal. Pelo menos ele e Aurelio não estavam se engalfinhando como Niya e Auristela. Teo até havia conseguido pegar Dezi.

Só precisava encontrar mais alguém para pegar, o que era fácil para Aurelio pedir. Teo ainda era um Jade em uma arena cheia de Ouros. Sua única vantagem eram as asas. Se iria pegar alguém, teria que ser furtivo.

Teo avançou pela copa das árvores o mais rápido que podia sem fazer muito barulho. O vento contra suas bochechas e em suas penas lhe dava uma sensação de euforia. Ele fez um círculo amplo ao redor de onde havia deixado Aurelio, assim seria mais fácil encontrá-lo de novo caso se metesse em encrenca. A ideia de que estava dependendo de Aurelio para qualquer coisa ainda era inconcebível, mas ele tinha que entrar no jogo.

Assim que ouviu uma comoção, foi atrás do ruído por entre as árvores.

Pelo jeito, Auristela e Niya haviam recobrado o bom senso, ou talvez Auristela tivesse, por fim, matado Niya, porque Teo se deparou com Atzi e Auristela lutando. Era um jogo estranho de gato e rato, ambas dançando ao redor uma da outra, mas com Atzi na defesa enquanto Auristela investia nos ataques, implacável. A primeira atirava raios e mantinha a segunda afastada, mas por pouco.

Teo se sentiu meio mal por Atzi, mas não o suficiente para se meter no meio de duas Ouros poderosas, então seguiu em frente. Atzi manteria Auristela ocupada até Auristela inevitavelmente a pegar.

— Ai, meus *deuses*, você quer sossegar?! — A voz de Niya soou por entre as árvores.

O alívio fez Teo correr sobre os galhos.

Quando a encontrou, Niya pairava sobre Ocelo, que estava deitade de bruços. Os glifos de Niya e Auristela flutuavam sobre a cabeça delu.

— Finalmente achei você — disse Teo, descendo da copa.

— Finalmente você me achou. — Niya abriu um sorriso brilhante.

— Você está bem?

Ele examinou os olhos da amiga. O preto havia sumido, e o tom castanho-claro habitual estava de volta.

Niya inspirou pelos lábios crispados.

— É óbvio. Derrubei aquelu Cabeça Oca! — declarou ela, orgulhosa, apontando para onde Ocelo os encarava, com a bochecha pressionada na terra, furiose.

— Não que tenha sido difícil — continuou Niya, então cruzou os braços e lançou um olhar de reprovação para Ocelo. — Sabe, se você não perdesse a paciência tão rápido, seria mais difícil enganar você.

Ocelo se debateu.

Teo deu um passo largo para trás. Se existisse alguém capaz de quebrar as amarras mágicas da provação, seria Ocelo, e ele *não* queria estar no caminho.

Niya cutucou elu com o pé.

— Fica calme.

— Falando em paciência, achei que você e Auristela iam se matar — comentou Teo, olhando ao redor para o caso de a filha da Deusa Fogo decidir aparecer.

Niya franziu a testa e balançou a cabeça.

— Eu juro que, em geral, eu a ignoro muito bem, mas é como se, desde que as provações começaram, eu simplesmente *não conseguisse*, sabe?

Niya esfregou os olhos.

— É, eu entendo — concordou Teo.

Talvez o estresse das provações estivesse afetando a todos.

— Então, qual é o plano? — perguntou Niya, virando-se para o amigo.

— Por que eu tenho que inventar um plano? Você é a Ouro.

— É, mas você é, tipo, o cara dos planos.

— O *plano* era impedir que Xio fosse pego — resmungou ele.

— Bom, esse não funcionou, então qual é o plano B?

— Eu preciso inventar um plano A *e* um plano B?

— Você é o cara dos planos!

— Eu...

Duas pessoas se aproximarem ricocheteando por entre as árvores.

Teo e Niya gritaram, e ela estendeu a mão para agarrá-lo, mas o garoto se desviou depressa.

— VOCÊ QUASE ME PEGOU!

— DESCULPA! EU ME ASSUSTEI!

Marino havia perseguido Aurelio até a clareira, atirando vários jatos d'água de modo incansável. Aurelio ergueu os braços para tentar se defender, mas era inútil contra o dilúvio.

Teo esperou que Aurelio revidasse com alguma espécie de lança-chamas, mas nada aconteceu.

Ao receber outro golpe d'água, Aurelio caiu de joelhos.

— Seu parceiro não tá com uma cara muito boa — observou Niya, cautelosa.

Teo achou que nunca veria Aurelio ser derrotado. Não fazia sentido, mas então ele percebeu... Marino era o semideus da água, e Aurelio, o semideus do fogo. Os dois eram de elementos opostos. Teo se lembrou de se debruçar sobre os cards de Xio e ler as fraquezas listadas na parte inferior: a de Marino era o fogo e o calor, e a de Aurelio, a água e o frio.

E se Aurelio estava encharcado, então suas luvas de sílex não funcionavam.

Ele precisava de ajuda.

Pensando rápido, Teo decolou e pousou na frente de Aurelio a tempo de ser atingido na cara pela água. Ergueu as asas para se defender. Dessa vez, o golpe de Marino não foi tão forte. Talvez também estivesse enfraquecendo.

Enquanto a água atingia suas asas sem causar nenhum dano, Teo baixou o olhar para Aurelio, que estava agachado às suas costas.

— Está tudo bem? — perguntou.

O Ouro ergueu o olhar, meio atordoado. Suas bochechas estavam vermelhas, e as roupas ensopadas grudavam no peito arfante enquanto ele tentava recobrar o fôlego. Aurelio enxugou a água do rosto e assentiu, com um olhar determinado.

Marino estava se aproximando. Mais um passo, e ele conseguiria tocar nas asas de Teo.

— Voa — mandou Aurelio, focado no que estava à sua frente.

O idiota teimoso acabaria sendo pego.

— Mas você...

— Agora!

Teo voou acima da cabeça de Marino, que avançou para o vazio, enquanto Aurelio mergulhava em direção aos seus pés e tocava a perna direita.

De imediato, o corpo de Marino ficou paralisado, e ele caiu no solo lamacento.

Teo deu um soco no ar em comemoração, o que quase o fez cair, mas ele se recuperou depressa. Aurelio pegou impulso para se levantar, instável, mas ereto.

Tanto ele quanto Aurelio haviam pegado alguém. Por algum milagre de Sol, realmente tinham chances de vencer a provação. A vitória, porém, foi curta.

— Filhadap...!

Ao longe, Niya estava caída de costas no chão, com os pulsos e os tornozelos amarrados por videiras. Xochi observava a alguns metros de distância, com um sorriso triunfante, enquanto usava as videiras como cordas para trazer a adversária até si.

Teo voou até lá e pousou com tanta força que quase caiu. Correu até Niya, agarrou as videiras e puxou na tentativa de libertá-la de Xochi, mas a semideusa da primavera era mais forte do que ele.

— Você lembra qual é a fraqueza de Xochi? — perguntou Teo, segurando com toda a força.

— Não, eu achei que *você* fosse lembrar! — respondeu Niya, debatendo-se contra as videiras.

— Corta as videiras! — sugeriu Teo.

— Não posso, minhas mãos estão presas!

Niya se mexia, mas sem resultado.

Com um puxão violento, Xochi derrubou Teo, que se atrapalhou e enfiou os calcanhares na terra, mas isso não adiantou muito para desacelerar Xochi. Era um cabo de guerra, e o garoto não iria vencer.

Em um clarão laranja, chamas atravessaram a visão de Teo e romperam as videiras. O garoto pisoteou as pontas queimadas enquanto Xochi soltava um grito incoerente de raiva.

Aurelio se levantou. Pequenas chamas dançavam sobre a ponta de seus dedos.

Niya abriu os braços para quebrar o que restava das amarras frouxas.

Xochi correu em direção a eles, mas antes que ela tocasse Teo, Niya colocou a mão aberta sobre o solo e então a fechou em um punho. A lama engoliu o pé de Xochi até os tornozelos, derrubando-a para a frente. Enquanto a adversária ainda estava desorientada, Niya tocou no braço de Xochi em um movimento rápido.

— Não sabia que você podia fazer isso.

Teo estava boquiaberto.

Niya se levantou e jogou a trança sobre o ombro.

— Tenho vários truques que você não conhece — disse ela, sorrindo de orelha a orelha. — Vamos lá.

Niya ofereceu uma das mãos para ajudá-lo a se levantar, e Teo estendeu a mão.

— Não! — gritou Aurelio.

Teo recolheu a mão.

— Você ia me pegar?!

Niya riu e deu de ombros.

— Valeu a tentativa!

Teo a encarou.

— Era para a gente trabalhar junto.

— Somos os únicos quatro que restaram! — disse Niya, bufando. — É eu ou...

Uma luz branca resplandecente explodiu diante dos olhos de Teo, seguida por um ronco estrondoso.

Quando ele voltou a enxergar, Niya estava largada de lado no chão, sem se mexer. Um corte recém-aberto em sua bochecha pingava sangue dourado. Atzi estava em pé atrás dela, com os punhos erguidos, enquanto ela olhava de Teo para Aurelio.

Teo sentiu um aperto no coração.

— Niya!

Ele se mexeu para correr até a amiga, mas a voz de Aurelio o impediu.

— Ela está bem. Se você a tocar, vai ser eletrocutado também — avisou ele, os olhos presos em Atzi.

Pequenas fagulhas de relâmpagos dançavam sobre o corpo de Niya.

— Ela não está bem, está inconsciente! — vociferou Teo.

— Niya já foi atingida pelos raios de Atzi dezenas de vezes — explicou Aurelio, calmo. Teo o encarou, mas o semideus do fogo sorriu. — Quer terminar isso ou não?

— Não quero ser atingido por um raio de novo.

Não havia sido uma primeira vez especialmente boa.

— Ela disparou muitos raios hoje, o que significa que está com pouca energia — observou Aurelio, acenando com a cabeça em direção a Atzi.

Olhando com mais atenção, dava para ver o movimento do seu peito enquanto arfava. Os laços prateados que sempre usava trançados no cabelo pendiam, tortos e frouxos.

Atzi estava cansada, mas determinada a se vingar.

Se ela ainda estava de pé, significava que devia ter vencido a luta contra Auristela. Teo teria pagado uma boa quantia para ver a expressão no rosto da irmã de Aurelio quando Atzi a pegou.

— Quantas pessoas você pegou? — perguntou Teo, movendo-se para o lado de Aurelio.

— Uma.

— Eu também.

Um sorriso curvou os lábios de Teo.

Aurelio olhou de relance para ele, levantando uma das sobrancelhas.

— Aposto que consigo primeiro — disse Teo.

Aurelio expirou com força pelo nariz.

— A não ser que você esteja com medo...

Aurelio sorriu, e Teo sentiu um calor encher seu peito.

— No três.

Teo deixou escapar uma risada.

— Um, dois...

Ele correu o mais rápido que podia.

Atzi se virou e partiu em disparada por entre as árvores. Levou menos de cinco passos para Aurelio alcançar e acompanhar o ritmo de Teo.

Atzi costurou o caminho por entre as árvores na tentativa de despistá-los. A competidora se virou e ergueu um muro de chuva, mas era pouco mais do que um chuvisco e não adiantou de nada para desacelerá-los.

Apesar de se esforçar, ela começou a perder energia. Ao se aproximarem, Aurelio aumentou a largura das passadas, avançando cada vez mais. Teo sentia a adrenalina e uma determinação teimosa correr por suas veias e se forçou a correr mais rápido, pegar mais pesado, *mais, mais, mais*.

Um tronco musgoso e derrapante atravessava o caminho, mas Atzi o pulou. Teo e Aurelio chegaram ao mesmo tempo, mas em vez de pular, Teo se lançou ao ar.

Lançou as asas para baixo e mergulhou para tocar Atzi entre as omoplatas. O corpo dela paralisou e caiu. Lá em cima, a corneta do Deus Mariachi soou determinando o final da provação. O relógio de Teo vibrou.

Ele se atrapalhou no ar e colidiu com força no solo, dando cambalhotas até escorregar e parar na base da árvore. Seus pulmões queimavam e várias partes de seu corpo estavam definitivamente machucadas, mas tinha valido a pena.

Ele ergueu as mãos sobre a cabeça.

— Vencemos! — anunciou ele, sem fôlego e meio ébrio com a vitória.

Não conseguia acreditar. Havia sobrevivido a uma provação, não fora um completo desastre. Mais do que isso, havia pegado *dois* Ouros!

Aurelio se aproximou do parceiro.

— Eu consegui.

Teo abriu um sorriso largo para ele, ainda sem conseguir acreditar em si mesmo.

— Conseguiu — concordou Aurelio, estendendo a mão para Teo.

Uma risada delirante borbulhou no peito de Teo enquanto ele era puxado até se levantar. O toque firme de Aurelio em sua mão durou apenas um momento, mas a sensação permaneceu como uma queimadura.

— Não acredito — disse Teo, curvando-se e apoiando as mãos nos joelhos enquanto tentava recuperar o fôlego. — Isso foi incrível!

Aurelio olhou para ele com uma expressão entretida no belo rosto. Não era um sorriso, mas era, definitivamente, algo próximo a um. Ele parecia ter se recuperado do ataque de Marino. Mesmo ali, o calor corporal anormalmente alto de Aurelio estava secando suas roupas, fumarolas de vapor ondulando de seus ombros.

Ele estava ótimo, na verdade. Os dois haviam perseguido Atzi pela floresta tropical, e o Ouro não estava nem ofegante.

Teo franziu a testa.

— Espera — disse ele, forçando-se a endireitar a coluna.

Algo não se encaixava. Se Aurelio ainda estava fraco devido aos ataques de Marino, então deveria parecer abatido. Mas não parecia. E se já tivesse recuperado, então deveria ter corrido mais do que ele em questão de segundos quando estavam perseguindo Atzi.

— Você me deixou vencer? — perguntou Teo.

— Eu não sei do que você está falando — respondeu Aurelio, limpando as mãos sujas de fuligem e os braceletes na barra da camisa.

— Você sabe, sim.

Sem erguer o olhar, ele se virou e começou a andar.

— Vamos. É hora da classificação.

Teo bufou e o seguiu batendo os pés.

— Volta aqui, seu babaca!

CAPÍTULO 17

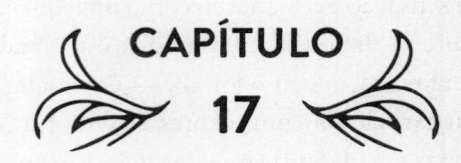

OS SEMIDEUSES SE REUNIRAM mais uma vez na plataforma com a Deusa Lua. Olhando ao redor, Teo percebeu que o clima estava diferente comparado ao da primeira provação. Quando o Desafio começara, havia uma energia carregada de competição, mas, naquele momento, as falhas de todo mundo estavam começando a aparecer. A animação e a expectativa foram substituídas pela exaustão e pela cautela enquanto todos aguardavam pela classificação.

Vestida com seu traje branco imaculado, a Deusa Médica foi convocada para avaliar Niya, que havia sido forçada a se sentar. A deusa conferiu o coração e os pulmões da competidora com o estetoscópio dourado e uma expressão séria no rosto. Terra estava arrasado, aguardando atrás de Niya enquanto alternava entre mexer na gravata e torcer as mãos enluvadas, nervoso. Parecia perturbado — ou, pelo menos, tão perturbado quanto alguém de máscara poderia parecer.

Niya, a durona, que sempre dava uma indestrutível, estava mole e fazia uma careta a cada movimento. Pequenas queimaduras vermelhas provocadas pelo raio marcavam seus braços e pescoço em padrões emplumados. Por fim, a Deusa Médica a liberou. Quando Niya se levantou, aplausos de encorajamento se espalharam pela multidão.

— Você está bem? — perguntou Teo baixinho, enquanto Niya e Terra tomavam seus lugares ao lado dele e da Deusa Quetzal.

— Pelo amor, vai ser preciso mais do que isso para me derrubar — disse ela, com um sorriso cansado e dando uma piscadinha.

Aliviado, Teo sorriu de volta, mas não durou muito.

A Deusa Lua parecia muito descontente ao se aproximar da laje de pedra. Sem preâmbulos, anunciou:

— Sol determinou a classificação.

Dessa vez, quando os glifos se rearranjaram, boa parte da movimentação aconteceu no topo, mas Teo estava concentrado na parte inferior. Ele prendeu a respiração, esperando para ver a posição de Xio, então soltou um suspiro pesado. O menino seguia em oitavo lugar, e, embora não tivesse subido, pelo menos não havia caído. Era um alívio, e também era confuso. Xio não havia sido o primeiro a ser eliminado? Por algum motivo, Ocelo continuava abaixo do menino.

Quando Teo olhou para o lado, presumiu que elu estaria ardendo de raiva de novo, mas, para sua surpresa, Ocelo estava quiete. Em vez de fúria, o medo marcava as linhas de seu rosto.

A Deusa Amor levantou as mãos e as balançou, soltando um grito triunfante. Quase dançou ao receber a notícia do sucesso do filho, sinalizando vigorosamente para ele. Dezi ficou parado, sorrindo. O Deus Tormenta teve que praticamente se dobrar para falar palavras suaves e tranquilizadoras para Atzi, que estava à beira das lágrimas. Seus olhos estavam molhados e seu queixo formava uma covinha, mas ela permaneceu forte, assentindo para o que o pai dizia. Quando Tormenta voltou a ficar ereto, sua expressão era tempestuosa, e o trovão em sua barba ribombava de mau humor.

Apesar de Auristela ter caído drasticamente para o quinto lugar, um sorriso iluminou seu rosto. Ela agarrou o braço de Aurelio, sacudindo-o com força. Teo percebeu que a garota não estava reagindo à própria classificação, mas ao fato de que o irmão havia ficado em primeiro. Uma nova luz laranja surgiu atrás dos olhos dela, e Aurelio cambaleou com o entusiasmo da irmã.

Quando Verdade puxou o braço de Aurelio, arrastando-o para uma entrevista, o competidor olhou por cima do ombro e encontrou o olhar de Teo, então sorriu. Não era o sorriso forçado que parecia fazer parte de seu uniforme, mas um sorriso *genuíno*, do tipo que levantava as bochechas e enrugava os olhos. Teo ficou sem ar.

— Teo!

A voz surpresa de sua mãe o assustou.

O temor fez seu estômago se revirar.

— Que foi?

Frenético, ele varreu a parte inferior da lista à procura de seu glifo.

— Olha!

Quetzal apontou para a pedra. Não em direção à base, mas ao topo.

— Quarto? — Teo quase berrou, aturdido. Não podia estar certo, podia? — Espera... Como?

— Você e Niya foram os únicos que pegaram duas pessoas, filho — explicou a mãe, com um sorriso largo.

— Acho que essa é a posição mais alta que um Jade já alcançou — comentou Azar, sua voz suave como seda, observando-o com curiosidade.

— Puta merda! — exclamou Teo, sem ar, sem conseguir acreditar no que estava vendo. Não podia ser real. — *Eu?*

Ao lado, Xio encarou a classificação, parecendo tão confuso quanto Teo.

Azar não foi o único cuja atenção se voltou para Teo. Outros deuses Ouro o observaram, curiosos. A Deusa Amor sorriu para ele, alternando sua atenção entre Teo e Dezi, que sinalizou depressa para a mãe com expressões faciais enfáticas. Deuse Guerreire semicerrou os olhos para ele, em suspeita, mas Deus Terra, com seu coração gentil, ofereceu-lhe um joinha discreto.

E então havia a Deusa Fogo. Seus olhos escaldantes de brasa o encararam de modo tão intenso e calculista que Teo teve certeza de que bolhas estourariam em sua pele. Ao lado dela, o olhar de Auristela era igualmente abrasador. Talvez estivesse possessa por ele a ter ultrapassado na classificação geral.

— Como é que *eu* estou em segundo lugar? — Niya deixou escapar, genuinamente surpresa, mas feliz. — Eu fiquei inconsciente por, tipo, cinco minutos no final!

— Por que eu fiquei tão em baixo? — sussurrou Atzi.

O Deus Tormenta permaneceu fiel ao lado da filha, com uma das mãos apoiada sobre seu ombro.

— Você realmente ficou inconsciente durante o final da provação, Niya — disse a Deusa Lua, sem dar aos outros a oportunidade de fazer objeções —, mas não foi pega e capturou dois adversários.

Niya inclinou a cabeça para trás e para a frente, semicerrando um olho, como se estivesse tentando fazer os cálculos de cabeça.

— Atzi — continuou Lua, voltando a atenção para a semideusa da chuva. — O título dessa provação era Batalha *Sem Sangue*. Vocês foram instruídos a não causar danos aos adversários, mas você não seguiu a instrução.

Atzi se encolheu de encontro ao pai, que envolveu seu grande braço ao redor dos ombros da semideusa. Ela assentiu, mas seus lábios tremeram.

— Esse desafio foi projetado para testar a capacidade de vocês de trabalhar em equipe. O time de Teo e Aurelio foi o único que trabalhou unido — explicou a Deusa Lua. — Ocelo abandonou o colega assim que a corneta soou.

Teo olhou para Xio para confirmar. O menino tinha uma expressão convencida no rosto, como se estivesse feliz ao ver Ocelo recebendo uma advertência. Teo sorriu também.

— Não se trata de uma prova com nota como a que vocês fariam na escola — explicou a Deusa Lua em um tom frio. — Não existe um valor numérico atribuído que determine a classificação.

Niya soltou um ruído de desapontamento. Teo sabia que ela era boa em encontrar soluções literais: enxergava tudo em preto e branco e achava complicado entender zonas cinzentas.

— Sol está procurando pelo campeão assim como por seu sacrifício. É *assim* que o Portador de Sol é escolhido. Todos vocês fariam bem em se lembrar disso.

— Que merda — resmungou Xio, enfiando as mãos nos bolsos com uma careta petulante.

Como sempre, os três se demoraram no final da fila enquanto Lua os levava para o templo.

— É, tipo, impossível descobrir o critério para a classificação.

— É, nada está saindo do jeito que eu pensei — concordou Teo, meneando a cabeça. — Quer dizer, acho que esse é o objetivo, né? Sol enxergar através da superficialidade para decidir quem é digno...

— Ei, pelo menos você não está em último lugar — comentou Niya, bagunçando os cabelos cacheados de Xio. — Enquanto isso, *esse cara aqui* tem uma chance real de virar o Portador de Sol! — acrescentou ela, dando um empurrão de brincadeira que fez Teo sair tropeçando.

Teo revirou os olhos de modo dramático, mas realmente não parecia mais tão impossível. Niya era quem deveria ficar acima dos outros Ouros. Ele não acreditava *de verdade* que poderia ser *ele*. Não achava que Sol o enxergaria como um competidor viável, mas, no fim das contas, ele estava em *quarto lugar.* Era coisa demais para processar, e mesmo que ele soubesse que não havia como Sol considerá-lo digno de ser o Portador de Sol... Bom, e se elu *considerasse*?

Um Jade nunca havia vencido o Desafio dos Semideuses. Se Teo vencesse, seria uma reviravolta sem precedentes. Ele pensou em Paloma e em como a irmã havia enfrentado corajosamente seu fim.

Se ele vencesse, talvez as pessoas fossem obrigadas a, finalmente, levar os Jades a sério.

— Quer saber de uma coisa? Você tem razão — disse Xio, mudando de humor de repente. O menino abriu um sorriso largo para Teo e Niya. — Tipo, eu pensei *de verdade* que estaria em último lugar a essa altura, mas na real estou bem.

Teo soltou uma risada aliviada.

— Eles disseram que um de nós acabaria como o sacrifício, mas olha só para a gente agora.

— Esse é o espírito! — exclamou Niya.

Os três se acabaram de rir. Teo não se sentia tão bem desde que chegara ao Templo Sol. No começo, a esperança era pequena e leve como uma pena, mas cresceu aos poucos enquanto ele sonhava. Vencer significaria dar o troco em todos que achavam os Ouros eram melhores do que os Jades. Ele mostraria aos deuses quão errados estavam por barrar os Jades da Academia.

A determinação ardeu em suas veias. O pensamento fincou raízes em seu cérebro.

Ele conseguiria, não só por ele mesmo, mas por cada Jade que havia se sentido inferior.

Era mais do que garantir que os valentões perdessem.

Antes, Teo queria proteger e sobreviver. Agora, ele queria *vencer.*

De volta ao barco, durante o jantar, os Ouros estavam sombrios e em vários estágios de exaustão. Ocelo franzia o cenho para o prato o tempo inteiro, e seus joelhos quicavam de ansiedade. Atzi nem sequer apareceu, mas Xochi se voluntariou para levar a comida para a amiga. A coitada da Niya havia ido para a cama cedo, pois o raio que havia recebido de Atzi fizera um estrago em seu corpo já exaurido. Ela passou a noite dizendo que precisava de descanso extra para recuperar alguns neurônios. Teo não achou que era um bom momento para explicar que não era assim que os neurônios funcionavam.

Todo mundo estava acabado, sentindo pena de si mesmo, ou ambos.

Todo mundo, exceto Teo e Xio. O menino estava com o melhor humor que Teo já havia visto desde o início do Desafio. Ele sorria fácil e até ria das piadas terríveis de Teo. O garoto ficou feliz de aproveitar as boas energias.

Cinco dias de provações fisicamente exigentes, sono inquieto e treinamento para usar um novíssimo par de membros havia deixado Teo esgotado. Ele sentia uma dor amortecida constante nos músculos e uma dor de cabeça leve, mas ainda estava de ótimo humor devido ao sucesso na última provação.

Ficava tentando capturar o olhar de Aurelio, mas o Ouro estava de costas para Teo, enquanto Auristela falava com o irmão aos sussurros. Toda vez que ela o pegava olhando em sua direção, a garota lançava um olhar feio para Teo. Pelo jeito, ele não teria uma chance de parabenizar Aurelio.

A maioria do grupo foi para a cama logo após o jantar. Depois de tomar banho, Teo vestiu um par de calças de moletom e uma camiseta em que os sacerdotes de Sol haviam cortado fendas para suas asas. Passou algum tempo andando de um lado para o outro na cabine. Sua pele formigava com uma energia reprimida — do tipo que parece uma embriaguez devido à falta de sono e ao excesso de animação. Ainda estava empolgado por causa da provação, e a sensação era *incrível*. Seria um desperdício ficar enclausurado no quarto a noite toda. Fazia algum tempo desde que havia se metido em uma encrenca, e ele estava começando a se sentir tentado.

Então elaborou um plano.

Teo sentia a frieza do piso de madeira sob os pés descalços enquanto se esgueirava pelo corredor, com cuidado e tentando ser especialmente silencioso ao passar pelos quartos de Xio e Niya. Ele se sentiu um pouco culpado, mas não queria ter que se explicar se fosse pego.

Deu batidinhas leves com os nós dos dedos no glifo de fogo pintado na porta. Sentia o coração estremecer no pulso.

Meio que esperava que Aurelio já tivesse dormido, mas, depois de um momento de silêncio, ouviu o som dos passos.

A porta se abriu. Aurelio vestia um short minúsculo e uma daquelas regatas largas com espaços enormes para os braços caindo até a cintura. Era a primeira vez que Teo o via com o cabelo solto. Os fios cascateavam sobre os ombros e escondiam as laterais raspadas em ondas espessas e brilhantes.

Teo soube que nunca deveria ter presenciado essa versão de Aurelio — com roupas confortáveis, sonolento e tranquilo. Sentiu uma espécie de excitação percorrer sua espinha e mergulhar no fundo do estômago.

Por um segundo, Aurelio o encarou sem expressão, mas então os olhos turvos se arregalaram de surpresa ao se depararem com Teo, que estava boquiaberto.

— Eita, cara, dá pra ver seus mamilos. — Teo deixou escapar, pego de surpresa pela extensão de pele marrom e músculos.

Aurelio cruzou os braços sobre o peito. Suas bochechas ficaram vermelhas.

Teo sorriu.

— Sério, pra que se dar ao trabalho de vestir uma regata se ela não cobre nada?

Aurelio fez uma careta.

— Eu fico com calor — respondeu ele, a voz rouca de exaustão.

— Você dorme assim também? — perguntou Teo, apontando para os braceletes dourados nos braços. — É, tipo, uma mantinha de conforto?

— Você precisa de alguma coisa? — interrompeu Aurelio, então balançou a cabeça de leve. O movimento fez com que seus cabelos escuros reluzissem e as pontas delicadas roçassem seus ombros.

Teo balançou a cabeça, voltando a olhar para o rosto de Aurelio.

— O que você estava fazendo?

— Vendo vídeos de culinária — respondeu Aurelio, erguendo o celular.

Na tela, alguém confeitava um cupcake ao som de uma música de piano baixinha.

— Sério? — Teo riu. — Achei que estava zoando aquele dia.

— É relaxante — acrescentou Aurelio, meio na defensiva.

— Bom, eu tenho outros planos. — Teo levantou a mochila e ergueu as sobrancelhas. — Quer vir comigo?

Aurelio inclinou a cabeça para o lado e dirigiu um olhar suspeito a Teo.

— O que você vai fazer?

Teo bufou.

— Fala sério, qual é a pior coisa que pode acontecer?

Aurelio deu uma olhada rápida em direção ao quarto da irmã.

— Isso não é resposta.

— Ai, meus deuses. Olha, venha ou não venha, eu não ligo. — Ele se virou para ir embora, mas Aurelio o impediu.

— Espera... Eu vou.

Teo sorriu, triunfante.

— Ótimo. Mas vai vestir algo decente primeiro, pelo amor de Sol. Não quero ver seus mamilos me encarando a noite toda.

Aurelio voltou e vestiu um casaco preto com capuz.

— Aonde está me levando? — perguntou Aurelio enquanto Teo seguia para o convés.

— Fala baixo — repreendeu Teo em um sussurro rouco, olhando ao redor para garantir que a área estava limpa. — Estamos em uma missão.

— Que missão? — perguntou o outro garoto, mais baixo dessa vez.

— Conseguir uns doces para Niya melhorar logo — explicou Teo, esperando que um dos marinheiros terminasse a ronda. — Meu estoque acabou, e esse é sempre o melhor jeito de animá-la.

— Espera, você está falando em sair escondido do barco?

— Isso.

O marinheiro voltou para dentro, e Teo correu até a doca. Foi até a metade do caminho, então percebeu que Aurelio não o havia seguido. Ele se virou e viu o semideus do fogo ainda no barco.

— O que está esperando? — sussurrou Teo, ríspido.

Aurelio olhou ao redor.

— A gente não pode sair do barco.

Teo bufou outra vez.

— Você sempre faz o que as pessoas dizem para você fazer?

— Sim, óbvio.

— Escuta, eu *deveria* estar passando meu tempo viajando e conhecendo todas essas cidades sozinho, mas em vez disso fui escolhido para competir no Desafio, então estou reivindicando o tempo que me devem — explicou Teo.

Aurelio revirou os olhos, mas cedeu.

Parecia impossível que a sensação de vencer o Desafio dos Semideuses rivalizasse com a emoção triunfante que explodiu no peito de Teo. Igualmente surpreso e satisfeito, ele puxou a manga de Aurelio.

— Vamos!

Juntos, eles se esgueiraram até a doca e correram para a liberdade.

⁂

Oásis Opala era surpreendentemente animada à noite. As pessoas abarrotavam os bares esportivos, e conversas altas enchiam as ruas. Em meio a todo o alvoroço, seria fácil avistar Aurelio, o competidor que ocupava o primeiro lugar no Desafio dos Semideuses, e Teo, o garoto com *asas*. Teo pelo menos teve o cuidado de dobrá-las para dentro do casaco. Quando saíram do barco, o garoto puxou o capuz de Aurelio sobre a cabeça dele na tentativa de esconder seu rosto.

Teo não fazia ideia de para onde estavam indo, mas obedeceu ao ímpeto de seguir pela rua principal até encontrar uma pequena bodega na esquina. O interior do lugar estava cheio de prateleiras de metal abarrotadas de mercadoria. Havia torres de todos os sabores imagináveis de batatinhas chips e uma seção de produtos de higiene. Além disso, havia geladeiras cheias de refrigerante, energéticos e cerveja ao longo de toda a parede dos fundos e uma seção inteira dedicada a produtos de limpeza. Piñatas coloridas — algumas embranquecidas pelo sol — pendiam do teto.

Teo pegou os favoritos de Niya às pressas e despejou sobre o balcão, enquanto Aurelio perambulava pelas alas, deslizando os dedos sobre as pilhas de doces coloridos. Depois de pagar a mulher de cabelos grisalhos atrás do balcão, Teo pegou o saco de papel estufado e levou Aurelio até um banco em um parque bastante iluminado.

— O que é isso? — perguntou Aurelio, mexendo nos doces que Teo havia despejado entre eles.

— Como assim "o que é isso"? — Teo soltou uma risada confusa. — É doce.

— Hmm. — Aurelio olhou concentrado para a variedade de doces que estava mais apropriado para um tabuleiro de xadrez.

— Lucas, Paleta Payaso, Pulparindo, Vero Mango. Você realmente não sabe o que é doce? — perguntou Teo.

Aurelio deu de ombros de leve.

— Eu sei o que *é* doce, só não como — disse ele, tirando o capuz.

Teo ficou chocado.

— O quê... Por quê?

— Não tem doce na Academia.

— Nenhum?

— Não pode, mas alguns alunos levam escondido. Tipo a Niya.

— Que *horrível*.

— Pão Doce faz alguns doces pra gente de vez em quando, e chocolate quente — lembrou ele, pegando um pacote de Limon 7, hesitante.

Aurelio o despejou na boca. Na hora, tossiu e se engasgou, cuspindo o pó.

— Isso é *horrível* — disse ele, com os olhos marejados. — Parece *água do mar*.

Teo se jogou para trás e abraçou a barriga, gargalhando.

— Fica melhor com picles.

Aurelio arregalou os olhos e fez uma cara de nojo. A expressão alarmada e ridícula provocou outro ataque de risos em Teo.

— Aqui, prova esse — ofereceu Teo, enxugando as lágrimas ao oferecer uma Cachetada azul para Aurelio. — É de tamarindo.

— Hã, como isso funciona? — perguntou Aurelio ao inspecionar com cuidado a longa forma oval.

Ele a segurou com ambas as mãos, fechou um olho e bisbilhotou Teo através do doce como se fosse uma lupa. Havia um sorriso desconfortável em seu rosto, tão largo que parecia bobo. Teo sentiu um tremor traiçoeiro ao perceber que era o tipo de coisa que Aurelio teria feito quando criança.

Ele bufou de modo dramático e estendeu as palmas abertas.

— Você não sabe de nada mesmo.

Aurelio hesitou por um segundo, então entregou o doce. Teo o apoiou sobre a perna e desembrulhou a primeira camada de celofane.

— É mais fácil em uma mesa — explicou ele, dobrando a outra camada de plástico. Teo pressionou a palma na coxa para amassar o doce maleável e tentou não sufocar sob o olhar de Aurelio. Com movimentos lentos e deliberados, torceu o palito entre os dedos e dobrou o doce uma vez atrás da outra até que se tornasse um retângulo. A luz não o atravessava mais.

— O combustível perfeito para se tornar um Portador de Sol — disse Teo, estendendo o doce para Aurelio.

— Se doce é o fator decisivo, Niya provavelmente vai acabar com a gente — comentou Aurelio, a mandíbula trabalhando enquanto ele mastigava o doce pegajoso.

Teo balançou a cabeça em desaprovação.

— Droga, eu estava começando a pensar que poderia gostar de estudar na Academia, mas agora mudei de ideia. Não tem doce na sua cidade natal?

— Com certeza, mas não saio muito do campus, a não ser quando sou convocado para missões — confessou Aurelio.

— Você não vai visitar seu pai em casa?

— Minha mãe deixa eu e Auristela voltarmos para casa no nosso aniversário. Mas é só. Ela acha que é melhor passar mais tempo treinando do que desperdiçar em casa.

Uau! E Teo achava que *ele* passava tempo demais na escola. Não dava para imaginar como seria viver na Academia vinte e quatro horas por dia, sete dias por semana, e só sair uma vez por ano. Parecia um tipo de tortura.

— E sua mãe? — perguntou Aurelio.

Em outra situação, Teo não o deixaria mudar de assunto, mas Aurelio parecia tão cansado que ele decidiu deixá-lo em paz.

— Vejo minha mãe quase sempre. Ela dá bênçãos no templo durante a semana e faz visitas mais longas nos fins de semana. Ainda lidera todas as celebrações de feriados e até faz viagens especiais para *quinceañeras* e tal. Acho que é uma vantagem em ser um Jade: menos responsabilidades e mais tempo para fazer o que quiser.

— Parece legal — admitiu Aurelio, com um sorriso discreto.

— Mas Huemac é meu guardião quando minha mãe não está por perto. O coitado basicamente me criou — explicou Teo, com um sorriso.

— Eu sei. Eu lembro — disse Aurelio, baixinho. — Sempre gostei dele.

Teo engoliu em seco. Não sabia o que era mais difícil de digerir: o fato de que Aurelio tinha memórias deles ou de que essas memórias eram boas.

— Você tem sorte. Stela e eu só tivemos um monte de sacerdotes emburrados. Cuidar da gente era a tarefa menos popular do templo.

O sorriso de Teo se desfez. Quanto mais Aurelio contava, mais parecia que sua vida de Ouro talvez não fosse tão boa quanto parecia.

Será que era o mesmo para todos os semideuses Ouro? Teo sabia que Niya amava ir para casa. Não dava para imaginar uma situação na qual o

Deus Terra não ficaria feliz por ver a filha. Na verdade, Teo tinha certeza de que o deus da máscara dourada ficava ansioso para estar com a filha mais do que Niya para estar com ele, o que dizia muito.

A vida de Aurelio soava dolorosamente solitária. Teo havia crescido com Huemac ao lado, cuidando dele, e os outros sacerdotes de Quetzlan eram sua família. Até os cidadãos de Quetzlan haviam ajudado a cuidar dele.

Como tinha sido para Aurelio e Auristela ter apenas um ao outro?

Aurelio estendeu a mão para um dos pequenos discos de marzipã e rasgou a embalagem. Na hora, o doce delicado se despedaçou em farelos nas mãos grandes.

Teo se precipitou para a frente.

— Ei, ei, ei.

Aurelio congelou, o marzipã esfarelado pontilhou seu colo.

— Que foi?

— Você está fazendo tudo errado. Tem que abrir com *cuidado*, sem quebrar. — Teo pegou um e desembrulhou o papel. Boa parte do marzipã ficou intacta, exceto por um canto, que se desfez. — Viu? — Ele ergueu o doce. — É assim.

Aurelio fez uma cara de confuso.

— Por quê?

— Não sei. — Teo deu de ombros. — Mas é assim. Ninguém questiona. É tipo morder o bolo no seu aniversário.

Aurelio pareceu ainda *mais* confuso.

— Por que você precisa morder o bolo no seu aniversário?

— Você só morde — retrucou Teo, rindo. Aurelio não sabia nada sobre diversão. — Você realmente tem muito a aprender — acrescentou ele, balançando a cabeça em desaprovação. — Aqui, tenta de novo.

Aurelio pegou outro marzipã e começou a desembrulhar o papel de rosas devagar, mas o doce virou uma lambança de farelos na hora.

Teo soltou uma risada pelo nariz.

— Se você se tornar o Portador de Sol, vai conhecer todas as cidades — comentou Aurelio, pegando outro marzipã. — Todas elas dão festas incríveis.

Teo já tinha ouvido falar sobre o que incluía ser um Portador de Sol. Na escola, os professores destacavam mais a parte da cerimônia sacrificial e não entravam em detalhes sobre o que acontecia depois, apenas diziam que o Portador era quem entregava a cada templo o elixir que era feito do sacrifício e abastecia as Pedras Solares.

O orgulho de ser o quarto na classificação geral ainda queimava ferozmente no peito de Teo. Ele sorriu.

— Seria muito legal. Mas estou surpreso por você estar considerando a ideia de eu vencer.

— Todo mundo tem uma chance — afirmou Aurelio, incisivo.

— Acho que sim, mas todo mundo tem *expectativas* sobre você. Nós, Jades, não temos perspectivas muito animadoras em casa — comentou Teo, mastigando o palito do pirulito.

Aurelio inclinou a cabeça, curioso.

— O que os semideuses Jade costumam fazer?

— Meio que depende dos pais, para falar a verdade. Os filhos de Mariachi e Baile costumam virar artistas. A filha mais velha de Médica acabou de se tornar a treinadora-chefe do time de futebol da cidade. Depois que eu me formar, provavelmente vou continuar morando no Templo Quetzlan, ajudando Huemac com a gestão da cidade e tomando conta dos pássaros.

— Isso tudo parece muito legal — comentou Aurelio, com uma voz estranha que Teo não conseguia identificar.

— Não é nada comparado a ser um Herói. Vocês podem viajar por todo o Reino de Sol, resgatando as pessoas e salvando vidas. Todo mundo conhece vocês.

— Eles sabem algumas coisas sobre mim, mas não me *conhecem*. — Aurelio focou no marzipã em suas mãos. — Ser um Herói significa estar sempre ocupado, sempre viajando para onde precisam de você. Eu não posso ficar em lugar nenhum nem conhecer gente que não é da minha equipe. Pelo menos você tem opções.

Teo nunca havia pensado por esse lado. Achava que os semideuses Ouro viviam de fama e luxo. Não havia considerado o que isso significava na prática. Aurelio já não tinha muito uma família além da irmã. Será que ser um Herói era tudo isso mesmo? Valia a pena ser solitário e não ter uma vida própria? Ser famoso e amado, mas à distância?

Faltava apenas um ano para que eles se formassem. Teo pensou que talvez essa fosse sua chance de voltar a ser amigo de Aurelio, mas a verdade é que provavelmente seria a última vez que se cruzariam. Depois do Desafio, suas vidas os fariam se afastar ainda mais um do outro.

De repente, o estômago de Teo não estava mais no clima para doces.

Ele se inclinou para jogar o palito do pirulito em uma lixeira ali perto, e suas asas se abriram abruptamente, decidindo que precisavam dar uma espreguiçada.

Os olhos de Aurelio dispararam para elas.

Teo sentiu calor inundar o rosto.

— Desculpa. — Ele se inclinou para longe e tentou dobrar as asas contra as costas de novo, puxando o suéter para baixo. Desconfortável e na defensiva, perguntou: — Elas causam alguma repulsa em você ou algo assim?

Aurelio olhou ao redor como se estivesse tentando descobrir sobre o que Teo estava falando.

— O quê?

Teo cruzou os braços apertados sobre o peito.

— Minhas asas.

Aurelio pareceu confuso.

— Óbvio que não.

Teo o encarou.

— Ah.

— Por que acha isso? — perguntou Aurelio, brincando com um marzipã.

Teo deu de ombros, sentindo a vergonha tingir seu pescoço de vermelho.

— Não sei, você sempre olha para elas com uma cara esquisita — respondeu ele, desconfortável no assento. — Até quando a gente era criança.

Quando eles eram pequenos, Teo sempre costumava pegar Aurelio encarando as asas de canto de olho. Quando pararam de se falar, Teo presumiu que as asas haviam sido um dos motivos pelos quais Aurelio não queria mais ser seu amigo.

Aurelio balançou a cabeça, como se não entendesse o que Teo estava dizendo.

— Sei que elas são meio...

— Eu gosto das suas asas — interrompeu Aurelio, simples mas sincero.

O coração de Teo acelerou.

— Eu achei... — Ele ficou sem jeito de repente, com dificuldade para unir as palavras em uma frase completa. — Você sempre evita tocar nelas...

Aurelio balançou a cabeça, e uma pequena ruga se formou entre suas sobrancelhas.

— Não evito, não.

— Então por que nunca as tocou? — perguntou Teo, com uma pontada de frustração na voz.

Todo mundo tocava nas asas dele sem nem perguntar, o tempo todo. Se Aurelio não sentia repulsa, por que parecia se esforçar além da conta para ficar longe?

Aurelio deu de ombros.

— Você nunca disse que eu podia.

Teo o encarou. A tensão se derreteu de seus músculos enquanto ele afundava de volta no banco. Pego de surpresa, soltou um "Ah" baixinho.

Estava tão acostumado às pessoas agarrando e tocando suas asas sem consentimento que nem havia considerado que Aurelio as evitava porque Teo nunca dera permissão para que as tocasse.

Teo pigarreou, dando seu melhor para erigir uma fachada de compostura e indiferença.

— Bom, você pode tocar, se quiser — disse ele, do modo mais casual possível.

Um rosado suave ruborizou as bochechas de Aurelio.

— Tem certeza?

O jeito que ele perguntou, tão em dúvida, fez Teo rir.

— Pode, cara, não deixa isso esquisito.

Ele deslizou para a frente no banco e se virou.

— Só toma cuidado, às vezes elas têm vontade própria.

Mas, pelo jeito, daquela vez suas asas queriam se comportar, porque ficaram quietinhas, esperando.

⁕

Teo teria rido de nervosismo se não estivesse ocupado tentando lidar com o batimento acelerado do coração.

Depois de uma longa pausa, os dedos de Aurelio roçaram de leve as pequenas penas coberteiras no topo das asas, que estremeceram em resposta. Teo soltou uma risada, sem jeito.

— Desculpa, faz cócegas — explicou ele, sentindo arrepios percorrerem os braços.

O toque de Aurelio era surpreendentemente gentil e sempre, sempre muito quente.

Os dedos desceram pelas penas até as plumas primárias, que terminavam na ponta inferior.

— Não achei que seriam tão macias — comentou Aurelio, baixinho.

Teo tentou disfarçar o arrepio com uma risada.

— Você estava esperando escamas? — perguntou, virando-se para observar Aurelio por sobre o ombro.

Aurelio lhe lançou um olhar mordaz, mas os cantos de seus lábios se repuxaram em um sorriso. Do tipo que aquecia seus olhos e suavizava sua expressão sempre tão séria. Era tão chamativo que Teo se pegou encarando. Cada nervo em seu corpo dançava e formigava.

O sorriso de Aurelio mudou para uma expressão tão suave que Teo prendeu a respiração.

— Eu poderia jurar que tinha deixado bastante explícito que vocês deveriam permanecer no barco.

Teo e Aurelio se sobressaltaram e se afastaram de imediato.

Lua estava diante deles, com uma expressão severa no rosto. Auristela aguardava ao lado, com os braços cruzados e apertados sobre o peito. Encarava Teo, o que não era nada novo, mas Aurelio deixou os ombros penderem, culpado.

— Lua! — disse Teo, estendendo os braços em um cumprimento. — A gente só estava...

Ele olhou para Aurelio, mas o garoto estava estático. A cor havia sido drenada de seu rosto, e ele encarava a deusa, aterrorizado. A mente de Teo se apressou para inventar algum tipo de desculpa, mas nada veio. Devia ser a primeira vez que não conseguia usar a lábia para se livrar de uma encrenca.

— Aceita um doce? — perguntou ele, com um sorriso culpado.

Teo, Aurelio e Auristela foram atrás de Lua na vergonhosa caminhada até a doca.

— O que está fazendo aqui? — perguntou Aurelio à irmã, baixinho.

— Lua me pegou saindo às escondidas para procurar *você* — sibilou ela.

Teo revirou os olhos. Típico.

— De volta para os quartos — ordenou Lua, severa, quando chegaram ao barco. — Vocês três. Se eu pegar alguém burlando as regras de novo, haverá sérias consequências.

Teo e Aurelio embarcaram lado a lado. Auristela apontou com a cabeça em direção aos quartos.

— Vamos, Relio.

Por um momento, Aurelio não se mexeu e Teo achou que ele fosse ficar, mas durou pouco.

— Tudo bem. Estou indo.

Quando Auristela não se mexeu, Aurelio suspirou, então se virou para Teo.

— Aqui.

Aurelio estendeu o punho fechado e Teo ofereceu a mão virada para cima.

Com muito cuidado, Aurelio depositou um marzipã perfeitamente desembrulhado em sua palma. Teo soltou uma risadinha.

— Até amanhã — murmurou Aurelio.

— Até amanhã.

Então Aurelio seguiu a irmã para dentro, deixando Teo sozinho com o marzipã e um aperto no peito. Ele não havia notado como o calor corporal de Aurelio estava mantendo-o aquecido, até ele ir embora.

CAPÍTULO 18

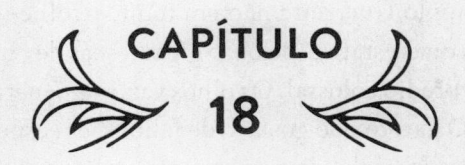

COMO PUNIÇÃO PELA ESCAPADA da noite anterior, Teo não tinha permissão para ir ao jogo de futebol que Deuse Guerreire havia organizado para o grupo assistir. Aurelio, nobre e com bons princípios, disse que deveria receber a mesma punição, mas Teo argumentou que havia sido sua ideia, que ele havia quase literalmente arrastado Aurelio junto. Lua prontamente aceitou a desculpa como verdade, o que deveria tê-lo ofendido. De qualquer maneira, não fazia sentido ambos perderem o evento.

Quando o grupo saiu, Teo foi para a área comum e convenceu alguns sacerdotes a jogarem dominó enquanto a partida de futebol passava na televisão. Como se para pôr sal na ferida, as câmeras insistiam em mostrar os nove competidores em seus próprios camarotes, rodeados por uma abundância extravagante de comidas e bebidas. Depois de ele perder duas rodadas, os sacerdotes se apiedaram de Teo e trouxeram uma bandeja de pão doce feito a mão pela própria deusa.

Depois de um tempo, todos voltaram carregados de lembrancinhas. Niya trouxe uma onça de pelúcia — o mascote do time de Oásis Opala — para ele e Xio deu seu cachecol pontilhado de amarelo e vermelho. Enquanto a amiga contava, animada, sobre como havia sido divertido, Xio pelo menos parecia culpado por ter curtido o evento sem Teo.

Para a viagem até o Templo Guerreire, eles receberam túnicas pretas sem mangas, que combinavam com as calças adornadas com zíperes dourados ao longo da costura externa. Também precisaram usar uma capa vermelha, presa com um nó sobre o ombro esquerdo e drapeada ao longo do lado direito, com os glifos de seus pais bordados no tecido. Niya teve que ajudar Teo a colocar porque as asas insistiam em ficar no caminho.

Quando finalmente desembarcaram, Ocelo liderou o caminho.

Depois de passar o dia todo confinado, Teo estava feliz por sair do barco, mas o Templo Guerreire não era muito acolhedor. Talvez tivesse algo a ver com as duas estátuas de ouro gigantescas de onça apoiadas sobre ambas as alas do prédio colossal. Os olhos vazios e penetrantes faziam Teo sentir calafrios. O garoto não gostava de felinos, em especial os grandes, e as estátuas ameaçadoras lhe davam arrepios como se, a qualquer segundo, fossem saltar e engoli-lo em uma bocada.

O pátio do templo abrigava um pequeno bosque de árvores, com galhos espessos e videiras pendentes ao redor de uma lagoa. Uma estátua dourada grandiosa de Deuse Guerreire erguia-se na beira da água com uma estátua preta de uma onça deitada aos seus pés.

Pelo menos foi o que Teo achou que fosse. Ao se aproximaram, a onça levantou a enorme cabeça quadrada, os olhos cor de âmbar praticamente brilhavam em contraste com os pelos cheios de melanina. O animal se levantou e se aproximou do grupo. Teo se sobressaltou e se agarrou ao braço de Niya, mas a onça se lançou sobre Ocelo, derrubando e semideuse.

Teo soltou um berro aterrorizado quando a onça...

Lambeu o rosto de Ocelo.

Estupefato, Teo observou três outras onças com coloração normal emergirem das árvores e se amontoarem sobre e semidivindade da guerra. Ocelo riu e cumprimentou os amigos gigantescos, lutando e empurrando-os com carinho, enquanto eles roçavam a cabeça em sua pele para dar as boas-vindas.

— Você está bem? — perguntou Niya, com um sorriso zombeteiro.

Teo percebeu que ainda estava agarrando o braço de Niya com toda a força.

O garoto a soltou depressa e enxugou as palmas suadas nas coxas.

— Estou. — Ele fez uma careta. — Eu só...

Xio pelo menos cobriu a boca com a mão para rir.

Algo puxou a asa de Teo.

Ele olhou para trás e viu um filhote de onça o apalpando, cheirando suas penas, curioso.

Teo pulou em Niya, praticamente escalando suas costas.

— SOCORRO!

Mas ela estava muito ocupada rindo para fazer qualquer coisa enquanto o filhote se sentava sobre as patas traseiras e golpeava o ar, brincando.

Ocelo se aproximou e pegou o filhote nos braços.

— Essa é a minha garota — disse elu, sorrindo ao voltar para a frente do grupo.

O filhote apoiou as patas enormes na cabeça delu, e a língua comprida começou a arrumar o cabelo raspado. Os desbotados traços felinos de Ocelo combinavam quase perfeitamente com a pelagem do filhote.

Teo se virou para os amigos, com o rosto vermelho.

— Muito obrigado, vocês dois — disse, ríspido.

Niya continuava a gargalhar. Xio estava curvado para a frente, sem conseguir parar de rir, abraçando a barriga.

— Vou fazer xixi!

Para piorar a humilhação, ele percebeu que Aurelio o observava e parecia estar se divertindo. Teo se virou depressa para esconder as bochechas cada vez mais vermelhas.

A onça preta andou ao lado de Ocelo e Lua no caminho pelo pátio. O restante dos felinos ficou para trás, mas Teo poderia jurar que eles o estavam encarando. Em vez de cumprimentá-los no salão de jantar, como os outros deuses, a figura imponente de Guerreire aguardava o grupo na entrada do templo.

— BEM-VINDOS, HERÓIS! — saudou elu, os dentes afiados à mostra ao sorrir de orelha a orelha.

Elu gesticulou para que todos entrassem, cumprimentando o grupo de modo amigável, então alcançou Ocelo e permaneceu ao seu lado, com o grande braço apoiado nos ombros de filhe.

O salão de jantar era pequeno, mas aconchegante. A mesa já estava abarrotada de quase todo tipo imaginável de carne, mas principalmente cortes raros e suculentos. Os sacerdotes de vermelho eram tagarelas, e copo de Teo nunca ficou vazio.

Deuse Guerreire compartilhou a cabeceira da mesa com Ocelo. A onça preta se acomodou sobre uma almofada grande, mastigando pedaços de carne e ossos que Guerreire compartilhava do próprio prato. O filhote permaneceu no colo de Ocelo, sendo alimentado a mão e sugando os dedos de semideuse entre um pedaço e outro.

Deuse Guerreire era muito diferente do que Teo havia imaginado. O garoto havia achado que a deidade seria grosseira e intimidadora, como Ocelo, mas Guerreire era o oposto. Falava alto e era amigável, de sorriso fácil, apesar dos dentes afiados. Gostava de fazer piadas e rir sozinhe logo depois, enviando um som estrondoso pelo salão. Mais estranho ainda era ver Ocelo em seu habitat natural, rindo e gargalhando junto.

Quando retornaram ao barco, todos estavam empanturrados. Os outros Ouros se amontoaram nos sofás da sala comum, recuperando-se dos comas alimentícios e trocando os canais da TV sem parar.

Teo, Xio e Niya se recolheram em algumas cadeiras no canto, assistindo a clipes de provações passadas que Deuse Guerreire havia sediado. No fim das contas, todas envolviam algum tipo de competição direta. Em um ano, os competidores haviam sido pareados em um ringue e forçados a batalhar uns contra os outros até alguém ser empurrado para fora e em outro envolveu uma espécie de capture a bandeira.

Conforme a noite avançou, Xio ficou cada vez mais quieto. Niya não pareceu notar, mas dava para ver a tensão tomando conta de seus ombros. Eles foram os únicos que sobraram na sala comum e, quando Niya cochilou e começou a roncar, Teo decidiu que era hora de ir para a cama.

— Temos mesmo? — perguntou Xio, baixinho. Havia passado as últimas horas girando a pulseira, ansioso.

— Está tarde. Você devia dormir um pouco para estar bem descansado para amanhã.

— Acho que sim... — Xio não completou a frase e encarou a porta.

— Você está bem? — perguntou Teo.

De repente, ficou preocupado com a possibilidade de Xio estar considerando fugir. Não sabia o que acontecia com competidores que tentavam escapar, mas teve medo demais para procurar saber.

Xio ficou em silêncio por um momento, então se virou para Teo e forçou um sorriso.

— É, estou bem.

Teo sabia que o menino estava mentindo, o que talvez tenha ficado óbvio, porque Xio se apressou em acrescentar:

— É só bom ter companhia, acho. Em casa eu compartilho o quarto com três dos meus irmãos. É meio esquisito e silencioso ficar sozinho.

— Você pode ficar comigo — sugeriu Teo, comovido.

Não fazia ideia de como era compartilhar um quarto, pois era filho único de Quetzal — bom, o único vivo —, mas dava para imaginar que a mudança repentina era estranha.

— Tenho certeza de que um dos sacerdotes de Sol pode trazer uma cama extra...

Mas Xio balançou a cabeça depressa.

— Não, tudo bem — disse ele, com o mesmo sorriso forçado. — Tenho umas coisas que preciso fazer antes de ir dormir mesmo. — Quando Teo lhe dirigiu um olhar questionador, ele acrescentou: — Só quero dar uma revisada nas minhas anotações mais uma vez.

— Posso fazer companhia se você quiser...

— Não, não. Tudo bem, de verdade — emendou Xio, apressado.

Teo mordeu o lábio. Não gostava da ideia de deixar Xio sozinho, mas também não queria tratá-lo como se ele fosse uma criança.

— Tudo bem. Estou do outro lado do corredor se você mudar de ideia. Beleza?

Xio assentiu.

Teo estendeu a mão e deu um empurrão em Niya. Ela dormia pesado e, se ele não fosse meio bruto, ela continuaria morta para o mundo.

Um ronco curto estremeceu o nariz da garota, que endireitou a coluna em um pulo.

— O que aconteceu? — perguntou ela, grogue, olhando ao redor.

— É hora de ir para a cama, Bela Adormecida — disse Teo, enquanto Xio pegava o fichário de cards.

Niya bocejou e se espreguiçou.

— Ah, bom, eu estava começando a ficar um pouco cansada.

⁂

Teo se revirou a noite inteira. Seu corpo estava cheio de uma energia inquieta. Diferente da noite anterior às outras provações, ele sentia uma onda de excitação, em vez do temor de costume. Ainda não conseguia acreditar que havia ficado em *quarto lugar.* Todo mundo tinha uma chance, o próprio Aurelio havia dito, mas será que acreditava mesmo nisso?

No café da manhã do dia seguinte, Teo sentiu os joelhos quicarem descontrolados debaixo da mesa e continuava desviando o olhar para Aurelio. Quando o garoto retribuiu, um fogo baixo surgiu no estômago de Teo e não parou de arder quando Lua chegou para anunciar o próximo destino.

— Para a quarta provação, vamos viajar para Laberinto — anunciou ela.

Teo ficou imóvel, em choque, enquanto a confusão tomava conta de todos à mesa.

— Laberinto? — repetiu Xochi, como se não soubesse que cidade era aquela.

Atzi deu de ombros, tão perdida quanto a amiga.

— Laberinto é uma cidade Jade — disse Teo, mais alto do que pretendia, então olhou para Lua, à espera de algum tipo de explicação, mas ela apenas assentiu.

— Isso mesmo.

Teo não sabia se ria, comemorava ou sei lá.

— Puta merda. — Era a voz baixa e chocada de Xio.

— Por que a gente vai para uma cidade *Jade*? — perguntou Auristela, cuspindo a palavra como se deixasse um gosto ruim na língua.

— Porque a Deusa Opção vai sediar a quarta provação — explicou Lua, escolhendo ignorar a atitude de Auristela.

— Nunca houve uma provação sediada em uma cidade Jade — comentou Aurelio, devagar, mas sem indelicadeza.

— Sim, mas também nunca tivemos dois competidores Jade — apontou Lua, lançando um olhar rápido para Teo e Xio. Teo podia jurar que ela estava segurando um sorriso. — Acho que este Desafio está cheio de surpresas que nunca aconteceram.

— Não acredito — murmurou Teo, meio delirante, quando ele, Xio e Niya chegaram ao convés da popa para conversar sobre o que haviam acabado de ouvir. — Uma *cidade Jade*! — Ele passou as mãos pelos cabelos.

— Não sei o que pensar sobre isso — confessou Niya, afundando no sofá.

— Nem eu. Isso significa *alguma coisa* . Eu só não sei o quê.

Será que os outros deuses finalmente estavam entendendo que os Jades tinham algum valor? Se foram escolhidos por Sol para competir, e se havia um deus Jade *sediando* uma das provações, será que significava que, talvez, os Jades teriam uma chance?

Era uma oportunidade que Teo não queria desperdiçar. Se vencesse, talvez mudasse as coisas para os Jades em um nível monumental.

Enquanto Teo lidava com a crise interna, Niya começou a fazer perguntas mais práticas.

— E a Deusa Opção é deusa do quê? Existem tantos deuses Jade, é difícil conhecer todos — comentou ela, então se apressou para acrescentar: — Sem querer ofender.

— Solução de problemas, inventividade e escolhas — respondeu Xio, usando seu conhecimento enciclopédico.

O fichário de cards colecionáveis havia sido folheado e deixado de lado. Não havia dados históricos para ajudá-los daquela vez.

— Parece difícil — refletiu Niya, com um olhar de preocupação.

— Não consigo acreditar que é uma cidade Jade — repetiu Teo pela décima vez, andando de um lado para o outro.

— Talvez seja algum tipo de quebra-cabeça? — arriscou Xio.

Niya bufou.

— Se a quarta provação for um jogo de tabuleiro, vou querer meu dinheiro de volta.

Eles trocaram ideias enquanto Maré os guiava em direção ao leste.

Laberinto era uma cidade costeira, quase na ponta do equador oposta à Quetzlan. Quando estavam quase chegando, o rio se alargou e eles entraram em um canal onde a água doce se encontrava com o oceano. Laberinto surgiu à vista.

Teo, Xio e Niya foram até o convés para ter uma visão melhor.

Era uma pequena cidade no penhasco, empoleirada em uma península e com vista para o oceano a leste. O som das ondas quebrando e das gaivotas cantando viajava no vento. O ar cheirava à salmoura, como o sal marinho. Enquanto o oceano ocidental, margeado por Quetzal, era calmo e de um azul brilhante com praias arenosas, o litoral na base de Laberinto era o oposto: a espuma batia nas laterais do barco conforme ondas escuras colidiam na costa rochosa, enviando montes de algas marinhas.

No topo dos penhascos, repousava Laberinto. A cidade era muito estreita para conter uma arena, então haviam construído uma em um terreno próximo ao mar. O vento açoitava o ar, carregando os gritos da plateia que aguardava. Soava estranhamente mais alto do que de costume, mas Teo não pensou muito sobre o assunto; estava ocupado demais com os próprios pensamentos.

Estavam se aproximando do final. Ele tinha mais duas provações para vencer. Precisava se concentrar e evitar distrações a qualquer custo. Assim, quando entrou na arena e os aplausos estrondosos explodiram, ele mal percebeu.

— Puta merda. — Niya parou de repente, fazendo com que Teo colidisse em suas costas sólidas demais.

— Cuidado aí, Niya...

— Olha.

— Eu quase quebrei o nariz nas suas...

— TEO! — Niya o agarrou pelos ombros e o virou em direção às arquibancadas. — OLHA!

A princípio, Teo não entendeu o que deveria estar vendo. As arquibancadas estavam cheias. O público sacudia flâmulas e bandeiras, como em qualquer outra provação, mas havia algo diferente...

Não eram as bandeiras brancas dos Ouros nem mesmo as de Sol. Eram bandeiras de tons vívidos de azul e verde.

Jade.

Teo sentiu a respiração ficar presa na garganta.

E não eram quaisquer bandeiras Jade. Todas exibiam o quetzal de asas abertas, o glifo de sua mãe. Fãs seguravam cartazes feitos a mão com seu nome e pôsteres com aquela foto terrível do primeiro dia. Havia até mesmo pôsteres de quetzais pintados à mão.

HERÓI DOS JADES, dizia um cartaz.

O jumbotron exibia vídeos de Teo nas provações anteriores: o garoto se ajoelhando diante da enorme mãe alebrije, desviando de ataques nas árvores e voando sobre a montanha de Terra com as novas asas. Haviam até cortado a parte em que fora atingido pelo raio e caído.

Uma transmissão ao vivo começou. Seu rosto boquiaberto e aturdido apareceu no telão.

A plateia explodiu em gritos, celebrações e assovios. O barulho era tão intenso que Teo podia sentir a reverberação no fundo do peito. Palavras truncadas encheram o ar aos poucos até se tornarem um canto retumbante.

— *Pas-sa-ri-nho! Pas-sa-ri-nho!*

Não dava para acreditar.

— Eles estão aqui por *você*! — Niya praticamente berrou em seus ouvidos.

Xio se virou para olhar para Teo, as sobrancelhas erguidas e os lábios partidos como se ele também não acreditasse. Teo deixou escapar uma risada espontânea. Sentiu os olhos arderem e o peito tão apertado que mal conseguia respirar. Pressionou as palmas nas bochechas e balançou a cabeça. Como era possível? Seu estômago se revirou enquanto ele andava até a mãe.

— Isso é incrível, Teo! — disse ela, apertando-o com força. — Você é o Herói deles!

Herói.

Teo se virou, procurando por Aurelio.

Quando o encontrou, Aurelio já estava observando, com um sorriso aberto e descarado. Teo sorriu de volta com tanto vigor que seu rosto doeu. Não se importava que Auristela estivesse fervendo ao lado do irmão. Ela não importava.

Teo, um simples Jade de uma cidadezinha esquecida, estava entre os melhores jovens Heróis de todo o Reino de Sol. As pessoas gritavam seu nome. Queriam que vencesse.

Teo não iria decepcioná-las.

Para a quarta provação, um templo se erguia no centro da arena. Na verdade, estava mais para as ruínas de um templo, coberto por samambaias exuberantes e musgo escorregadio. Seções desabadas do teto revelavam um breu completo, drapeadas por videiras. Raízes grossas haviam aberto caminho e destroçado os degraus de pedra que levavam ao centro do templo.

Era uma visão estranha. Teo teve uma sensação desconcertante que o fez se aproximar de Niya. Nunca havia ouvido falar de um templo em tal estado de decadência. Mesmo os santuários Jade mais pobres eram cuidados com amor por seu povo.

Era como o vislumbre de um futuro desolador ou de um passado distante.

— Na quarta provação, os competidores devem coletar as pedras escondidas neste templo — instruiu a Deusa Lua, também em sinais. — Há quatro tipos diferentes de pedras, cada uma vale uma determinada quantidade de pontos. As de obsidiana valem dez pontos, as de jade, vinte e cinco, e as pedras de ouro valem cem pontos. Por último, há uma réplica da Pedra Solar. Essa vale quinhentos pontos.

Marino soltou um assovio baixo.

Parecia bastante simples, mas até Teo percebia que seria muito mais complicado do que as provações passadas. Tentar encontrar pedras escondidas em um templo desconhecido seria como procurar agulha no palheiro.

— Pedras de menor valor são mais fáceis de achar e estão em maior quantidade, já as pedras de ouro são mais difíceis de localizar e estão em menor quantidade — continuou Lua. — Vocês têm uma hora para coletar o máximo de pontos que conseguirem.

Sacerdotes de Sol deram um passo à frente para entregar mochilas pretas de corda e relógios esportivos chiques. Teo murmurou um agradecimento. Quando o ajustou no pulso, a tela se acendeu com números verdes cor de ácido.

60:00

— Vocês devem depositar suas pedras no altar, no topo do templo, antes que o tempo termine — disse Lua, gesticulando para o destino dos competidores.

Teo ergueu a cabeça e semicerrou os olhos. Não conseguia enxergar o topo direito, mas algo reluzia sob a luz do sol.

— Vocês podem depositar suas pedras a qualquer momento, mas apenas uma vez. Assim que o fizerem, sua pontuação não poderá mais mudar. — Os olhos cor de meia-noite de Lua examinaram a fileira de semideuses. — Vocês podem usar quaisquer meios à disposição para coletar pedras e interagir com outros jogadores.

Lua sorriu como se soubesse de algo que eles não sabiam.

O grupo foi levado até a beira da ponte para que começassem todos de uma vez.

Era muito incomodo carregar a mochila nas costas com as asas, então Teo a vestiu no peito para evitar o problema. Alguns Ouros tiveram a mesma ideia. No mínimo, facilitaria guardar as pedras e as manter seguras.

— Estou com um mau pressentimento sobre essa provação — disse Xio, os olhos grudados no templo.

— Ei, sem pensamentos negativos — ordenou Niya enquanto o ajudava a colocar a mochila de corda, prendendo-a no lugar. — Só energias positivas por aqui. Certo, Teo?

— Certo — concordou Teo, sem prestar atenção.

Estava distraído por Aurelio e Auristela, que se alongavam ali perto e provavelmente conversavam sobre suas estratégias enquanto aguardavam o início da provação.

— Vamos conseguir ficar juntos dessa vez. — Niya o tranquilizou. — Coletamos o máximo de pedras que conseguirmos, depois dividimos. Vamos dar algumas a mais para Xio, porque ele está em uma colocação muito baixa na classificação. Aposto qualquer coisa que esses idiotas vão ficar brigando pelas pedras de pontuação maior, então só foquem nas de jade e nas de obsidiana...

A voz de Niya diminuiu para um ruído baixo à medida que Teo se aproximava de Aurelio e o cutucava na parte de trás do joelho com a ponta do sapato.

Os joelhos de Aurelio se curvaram.

Quando ele se virou, Teo sorriu.

— Pronto para dar adeus ao primeiro lugar, Garoto Dourado?

Auristela se voltou para Teo, o rosto contraído com uma raiva contida. Mas a expressão de Aurelio suavizou para um sorriso.

— Você acha que consegue mais pontos do que eu, Miolos de Pássaro?

— Ah, eu *sei* que consigo.

Uma faísca se acendeu atrás dos olhos de Aurelio.

— Então prove.

Teo sentiu algo queimar no fundo do peito. Nem se importou quando Auristela agarrou o braço do irmão e o levou embora.

Quando voltou para o lado dos amigos, Niya acertou seu braço com um tapa, que estava mais para um soco vindo de uma semideusa tão forte.

— Ai!

— *Eca*, Teo! — disse Niya de modo acusatório.

— Que foi? — retrucou ele, em meio a risos culpados. — Uma pequena competição amigável não faz mal a ninguém!

Niya fingiu que ia vomitar, e Xio olhou das costas de Aurelio para Teo, curioso.

— Semideuses, na minha marca — anunciou a voz amplificada de Lua.

A corneta de Mariachi soou ao mesmo tempo em que o relógio de Teo vibrou.

Todos atravessaram a ponte correndo. Aurelio e Auristela lideravam o grupo. Teo e Niya diminuíram o ritmo para acompanhar Xio. Quanto mais perto chegavam do templo, menos confiante Teo se sentia. Os aplausos das arquibancadas eram esmagadores e zuniam em seus ouvidos.

O primeiro esconderijo que encontraram ficava no pátio. O piso estava coberto por uma camada densa de plantas que ameaçavam se enrolar nos pés de Teo se ele desse um único passo em falso. Na parte externa dos muros, havia manchas de cinzas em meio ao musgo.

No centro do pátio, erguia-se uma estátua humanoide de pedra rachada e desgastada. O tempo havia erodido quaisquer feições que um dia pudessem ter existido, deixando apenas uma fenda irregular.

Todos correram em direção à estátua. Dava para ver a pedra de ouro, quase do tamanho de um punho, repousando sobre a cabeça. Os Ouros dispararam para capturá-la.

— Isso é esquisito — observou Teo.

Diminuíam o passo até parar.

— Eca — concordou Niya, torcendo o nariz.

— A gente devia... — Teo olhou para Xio, mas ele não estava mais entre os dois.

O menino havia parado a alguns metros. Encarava a estátua, paralisado e de olhos arregalados. A cor se esvaíra de seu rosto.

Teo voltou para o lado do amigo.

— Ei, está tudo bem — afirmou ele, encostando o ombro de leve no de Xio. — A gente vai tomar conta um do outro.

Mas Xio estava obviamente aterrorizado, e não dava para culpá-lo.

— Vamos ficar juntos dessa vez! — Niya o lembrou. — Vamos pegar umas pedras e acabar logo com isso.

— Quanto antes melhor — concordou Teo.

Xio assentiu em um movimento brusco e curto, os olhos ainda grudados na estátua.

Quando a alcançaram, Aurelio já havia capturado a pedra e Auristela, pegado uma das três pedras jade de tamanho menor que repousavam nas mãos viradas para cima da estátua. Ocelo agarrou a segunda e Xochi, a terceira.

Os outros haviam passado direto para o interior do templo.

— Ninguém nem tocou nas pedras de obsidiana — disse Teo, quando se aproximaram da estátua abandonada. Uma pequena pilha de pedras de obsidiana polidas mais ou menos do tamanho de ovos de galinha repousava aos pés da estátua. — Eles não viram?

— Devem ter achado que eram *bons* demais para elas — retrucou Niya, emburrada.

— Sério?

— *Sério.*

— Que estratégia ruim — comentou Teo, pegando as duas pedras, frias contra seus dedos enquanto ele as guardava na mochila.

— A maioria deles vai querer as pedras de ouro — salientou Niya, jogando as oito pedras restantes na mochila de Xio.

— Você não precisa de algumas? — perguntou o menino, lançando um olhar surpreso para Niya.

Ela abanou as mãos.

— Vamos encontrar mais. Além disso, estou bem na classificação. Sem querer me gabar nem nada — acrescentou ela, com uma piscadinha.

Mas havia algo de errado.

— Isso está fácil demais, né? — disse ele, olhando ao redor do pátio livre de competidores. — Só umas pedras a céu aberto?

— Teo! — reclamou Niya, fazendo um gesto de cortar a garganta. — Só aceita os presentes maneiros dos deuses e vamos em frente... Não fica atraindo coisa ruim! Sem querer ofender — acrescentou, para Xio.

O menino deu de ombros.

— Não me ofendi.

Teo tentou ignorar o sentimento insistente. Naquele momento, precisava se concentrar em sobreviver à provação, em especial se queria derrotar Aurelio.

— Tudo bem. Vamos antes que encontrem todas as pedras boas.

Teo liderou o caminho ao atravessarem o pátio para onde os degraus de pedra tortos levavam ao topo do templo. Duas passagens enormes e escuras em formato de arco erguiam-se de ambos os lados a cada dois lances da escada.

— Esquerda, direita ou para cima? — perguntou Teo.

— Aurelio, Auristela e Ocelo foram para a esquerda — lembrou Niya.

— Eu vi Xochi, Marino, Dezi e Atzi irem para a direita — acrescentou Xio, agarrando as alças da mochila.

— Então vamos para cima — concluiu Teo, sem esperar a confirmação dos amigos, e avançando pelos degraus desiguais de dois em dois. — Vai ser bom se a gente encontrar um esconderijo antes dos outros e não ficar só com as sobras.

Quando o caminho se dividiu em dois, ele seguiu para a esquerda sem pensar.

— Vamos lá!

Com um último vislumbre da luz do dia, cruzaram o arco e mergulharam na escuridão. O barulho da torcida foi abafado. O silêncio repentino fez o coração de Teo dar um solavanco.

Os três derraparam no piso escorregadio até parar.

— Vocês ouviram isso também? — perguntou Xio, esfregando o ouvido.

— Ouvi — confirmou Teo, olhando ao redor.

Diferente dos andares a céu aberto do Templo Quetzlan, aqueles salões mal iluminados eram apertados e se dividiam em várias direções. Pisos de pedra esburacados eram flanqueados por paredes cobertas por entalhes erodidos e mofo escuro. O único som eram os ecos de água pingando e o vento soprando pelos corredores vazios.

— Cara, como é que a gente vai andar por esse lugar? — questionou Teo.

Sem janelas e sem guia, era impossível se orientar. As tochas nas paredes eram a única fonte de luz.

— Bom, a gente sabe que subir vai nos levar à linha de chegada — observou Niya, cheirando um brotamento verde e esponjoso na parede.

Teo revirou os olhos.

— Ah, é? Não me diga. E não lambe isso.

Ela fez uma careta.

— Eu não ia lamber!

— Será que a gente devia escolher uma direção e torcer para dar certo? — arriscou Xio, com um olhar de dúvida.

Niya jogou as mãos para o alto em um gesto exagerado.

— Acho que sim.

— Não seguimos um plano de verdade em nenhuma das outras provações, então para que começar agora? — resmungou Teo.

— Vamos tentar por aqui — sugeriu Xio, apontando para um corredor repleto de passagens abobadadas.

Enquanto avançavam, ficou tão escuro que Teo não conseguia nem enxergar o que havia do outro lado.

— Caramba, que lugar enorme — comentou Teo enquanto o trio percorria o corredor que parecia se estender para sempre adiante. Era impossível enxergar onde acabava, se é que acabava.

— Não pode ser maior do que a arena, certo? — especulou Niya, mas até ela parecia duvidar.

— Vamos tentar por aqui. — Xio se distanciou para atravessar um dos arcos sombreados.

Assim que o cruzaram, entraram em outro corredor idêntico. Teo sentiu o estômago revirar. Uma sensação pavorosa subiu por sua nuca enquanto ele e Niya seguiam Xio por outra passagem...

Para mais um corredor idêntico.

— É o mesmo corredor? — perguntou Niya, parando para olhar ao redor.

— Acho que não — disse Xio, sem soar muito preocupado.

— Não faço ideia — admitiu Teo, semicerrando os olhos no escuro. — Não consigo ver quase nada.

— Espera.

Teo se virou e viu Niya, com um tilintar de metal, transformar os braceletes em um machado brilhante. Ela o ergueu acima da cabeça e golpeou o piso. A lâmina colidiu na pedra, deixando uma rachadura irregular.

— Pronto. — Ela apoiou a arma no ombro, como um taco, então gesticulou orgulhosa para o círculo de pedras desmoronadas. — Agora dá para saber quando for o mesmo corredor.

Xio, ansioso para ir embora, liderou o caminho por uma passagem diferente.

— Por aqui.

Teo o seguiu e, mais uma vez, o grupo caiu em um corredor.

Depararam com a rachadura na pedra que Niya havia deixado.

Teo gemeu.

— É definitivamente o mesmo corredor. — Ele mal conseguiu terminar a frase, porque Niya empurrou seu braço, fazendo-o tropeçar para a frente.

— Você deu azar — resmungou ela.

Teo recuperou o equilíbrio quando estava prestes a colidir com a parede musgosa.

— Não dei, não.

— Você disse "Isso está fácil demais, né?" — Niya o imitou com uma voz ridiculamente grave. — O Xio concorda. Né, Xio?

— Minha voz não é assim — retrucou Teo, empurrando-a para trás, mas a garota nem se moveu. Ele ficou irritado. — E não é culpa minha se acabamos nesse corredor estúpido.

Xio se colocou entre os dois, os olhos alternando de um para o outro, enquanto eles brigavam.

— Bom, com certeza não é culpa *minha* — ironizou Niya.

Teo soltou um gemido tão frustrado que quase soou como um grasnido.

— Precisamos nos concentrar. Achamos apenas um esconderijo e não temos ideia de quantos existem. Por onde vocês acham que a gente deve ir?

— Por aqui — afirmou Xio.

Teo e Niya o seguiram em direção a outra passagem.

Mas o grupo voltou ao mesmo corredor uma vez atrás da outra.

— Espera — disse Teo, antes que Xio saísse correndo por outra passagem. Xio e Niya derraparam até parar. — Isso não está funcionando.

Ele enxugou o suor da testa. O ar úmido e abafado era denso em seus pulmões.

— Não faz sentido — falou Niya, com raiva, a voz ecoando enquanto ela batia o pé. — Essas passagens idiotas não estão funcionando.

Seus braceletes derreteram e cresceram no formato de uma grande clava de metal.

— Niya — avisou Teo, mas era tarde demais.

Segurando-a como um taco e com um olhar feroz, ela girou a clava contra a parede.

O golpe rachou a pedra, ecoando. O piso sob os pés de Teo tremeu de modo violento, e ele agarrou o capuz de Xio e o arrastou para trás.

Por sorte, o único dano foi um buraco com reentrâncias na parede.

— Pronto. — Niya sorriu, alegre. — Se essas passagens não funcionam, então vamos usar uma nova.

A clava retornou ao formato de braceletes, e Niya empurrou algumas das rochas soltas para alargar o buraco. A pedra antiga não resistiu muito.

— Niya! Você podia ter feito o piso despencar! — acusou Teo.

Ela reagiu com escárnio.

— Para de ser dramático. Eu só usei uma forcinha de nada.

— Aquilo foi uma *forcinha de nada*? — perguntou Xio, encarando Niya, com os olhos arregalados.

Ela pareceu adorar o comentário.

— Vamos *tentar* não causar nenhum desmoronamento aqui, ok? — pediu Teo, esfregando as têmporas, então conferiu o relógio para ver que mais de cinco minutos já haviam se passado. — Vamos!

Niya foi na frente, abrindo caminho pelo buraco, e Teo esperou Xio passar para poder entrar também.

Enquanto avançava aos tropeços, ouviu Niya dizer:

— Uau.

— O que foi agora?

Não havia corredor do outro lado da parede. O buraco dava para um pequeno cômodo ocupado apenas por um pouco de musgo e pelo cheiro de mofo. Na parede dos fundos, havia uma única porta de madeira escura manchada de água.

— Bom, pelo menos é *alguma* coisa — disse Teo ao se aproximar, hesitante, da porta.

— Que cheiro ruim aqui — comentou Xio, cobrindo o nariz com a manga.

— Estou sentindo energias ruins vindo dessa porta, Teo — acrescentou Niya, a voz tensa.

— Ah, qual é, Niya? Desde quando você tem medo de...

Teo se virou para encarar a amiga, que estava com uma expressão enrugada enquanto encarava a porta. Xio fazia cara de nojo.

Mas o que o fez parar foi o buraco na parede. Ou melhor, a falta do buraco.

Teo deixou os ombros caírem e sentiu o estômago revirar.

— Tudo bom, talvez não seja uma boa ideia.

Ele apontou para a parede lisa atrás deles, que não mostrava sinal da destruição anterior de Niya e, mais importante, não tinha saída.

— O que diabos é isso? — Niya abriu a boca e passou as mãos pela pedra escorregadia. — Será que faço outro buraco?

— Não. Estou com a sensação de que estamos aqui justamente porque tentamos pegar atalhos — concluiu Teo, se esforçando para manter a voz calma.

Não queria admitir, mas o pânico estava prestes a fincar as garras em sua garganta. Não estava acostumado a ficar preso em lugares pequenos e não gostava nem um pouco da sensação de enclausuramento. Suas asas ficavam se remexendo e Teo precisou se concentrar para mantê-las sob controle.

— Talvez alguém devesse tentar a porta? — sugeriu Xio.

O menino estava certo, afinal, quanto mais rápido saíssem dali, melhor. Teo precisava de ar fresco e do céu.

Niya estufou o peito e ergueu o queixo.

— Vamos tentar!

Ela marchou até lá e segurou a maçaneta. Por um milagre, a porta se abriu com um rangido.

O alívio era como água fria no rosto de Teo.

Niya se virou para trás com um sorriso.

— Funcionou.

Assim que as palavras deixaram seus lábios, Teo viu algo se mexer do outro lado.

Teo conseguiu apenas soltar um grito estrangulado, então uma mão colossal de pedra empurrou Niya. A garota derrapou até os pés de Teo e Xio, e a porta se fechou com um baque.

— Filho da...

— Niya! — Teo se abaixou ao lado da amiga, que arfava. — Você está bem?!

— Que porra foi essa?! — disse ela, com a voz rouca, esfregando o peito e tossindo.

— Parecia uma mão — falou Xio, com uma curiosidade aguçada, enquanto estreitava os olhos para a porta fechada.

Teo a ajudou a se levantar.

— Acho que precisamos parar e pensar...

Mas Niya já voltava, resoluta, para a porta.

— Eu dou um jeito. Não se preocupa — afirmou ela, e então a clava se materializou de novo em sua mão.

— Eu acho que...

Tarde demais.

Niya abriu a porta, pronta para o ataque, mas a mão de pedra apareceu mais uma vez e derrubou a clava de suas mãos. Teo agarrou Xio e usou as asas para voar e evitar a arma, que quicou pelo piso.

Não deu tempo de reagir. A mão empurrou Niya de novo, e ela saiu voando. Suas costas se chocaram contra a parede, e ela despencou ao lado da clava. Qualquer pessoa comum já estaria com o crânio partido àquela altura.

— Acho que não está funcionando — observou Xio, calmo, enquanto Teo a ajudava a se reerguer.

Mas Niya não estava ouvindo. Estendeu a mão e a clava voou de volta como um ímã. Dessa vez, os adornos em seus tornozelos se uniram para formar um martelo maior.

— A gente vai atravessar aquela porta a qualquer custo! — gritou ela, seguindo com passos firmes, com as coxas nuas e sujas e os braços musculosos.

Dessa vez, Niya foi mais rápida. Quando a porta se abriu, ela estava pronta e golpeou a mão de pedra com o martelo, mas a mão simplesmente capturou a arma e a esmagou. O pedaço deformado de metal caiu no piso.

— SEU...!

Mas a mão a levantou e a arremessou em Teo e Xio, que desviaram. Niya colidiu com a parede com um baque. Quando deslizou para o chão, restou apenas uma teia de aranha de rachaduras na parede de pedra.

— Pelo amor de Sol, Niya! — avisou Teo, correndo de volta até a amiga enquanto a porta se fechava de novo. — Quer fazer o favor de parar? Não está funcionando.

Quando ele a sentou, tufos de cabelo haviam escapado das tranças, arrepiando-se em todos os ângulos. Niya cuspiu, e sangue dourado respingou no chão e brilhou em seu lábio. Quando ela ergueu o olhar, a raiva cintilava em seus olhos de bronze.

— QUE BABACA!

— Acho que ela não se importa — comentou Xio.

Mas algo se encaixou na mente de Teo.

— Tenho uma ideia — disse ele, virando-se para a porta. — Se o templo nos jogou nessa sala porque não gostou que a gente arrombou a parede para atravessar...

— *A gente?* — repetiu Niya.

— Que *você* arrombou a parede para atravessar — corrigiu Teo, tentando não soar irritado. — Então talvez *a gente* é que tenha sido babaca.

— Não entendi — disse Xio.

— Talvez estejamos jogando sujo — ponderou Teo ao se aproximar da porta devagar.

Cada fibra de seu corpo gritava para ele se afastar. Até as asas se abriram, desequilibrando-o, como se fossem alçar voo, mas não havia para onde fugir.

Teo parou em frente à porta. Seu coração batia forte. Ele fechou as mãos em punhos e tentou se acalmar. Respirou fundo e fez uma prece silenciosa a Sol, então bateu à porta.

Os ecos soaram até desaparecerem. Nenhuma resposta.

Engolindo em seco, Teo pigarreou.

— Podemos passar?

A porta abriu com um rangido, e Teo se agachou e cobriu a cabeça com as asas para se proteger.

Mas nenhuma mão de pedra o arremessou pela sala.

— Eita — disse Niya, com uma risada.

Teo espiou por entre as penas. A porta estava aberta, e não havia sinal da mão.

— Fun-funcionou? — gaguejou ele, incrédulo.

— Acho que sim. — Niya o puxou para cima. — Quem diria que seu cérebro seria a cara metade dos meus músculos? — brincou ela, dando um tapa tão forte nas costas de Teo que o garoto ficou sem ar.

— Obrigado. — Teo tossiu.

— Como você sabia que era para fazer isso? — perguntou Xio, franzindo a testa.

— Eu não sabia. — Ele deu de ombros.

Xio não pareceu satisfeito com a resposta, mas não havia tempo para discutir.

— Avante! — anunciou Niya, como se não houvesse quase virado uma polpa humana minutos antes.

Teo liderou o caminho. Entraram em um cômodo muito maior. Era estreito, mas longo, com tochas tremulantes nas paredes que iluminavam o próximo esconderijo.

— *Finalmente* — disse Teo, aliviado.

Havia três pedestais de pedra equidistantes. O mais próximo abrigava dez pedras de obsidiana, o segundo, quatro de jade e, no fundo da sala, uma pedra de ouro reluzia sobre o terceiro. O que significava que nenhum dos outros competidores haviam encontrado o esconderijo ainda.

— A gente pode pegar todas, né? — perguntou Teo, olhando para Niya e Xio para confirmar se a decisão era mesmo moral.

— Com certeza. Os outros que se danem — concordou Niya, soltando uma risadinha pelo nariz.

Xio deu um passo à frente, mas Teo o segurou pela parte de trás da jaqueta.

— Espera.

— O quê? — perguntou Xio, com um olhar confuso.

— Deve ter uma pegadinha, né? Acabamos de ficar presos em um corredor sem fim e Niya quase virou purê...

— Mas não morri! — interrompeu ela.

Teo a ignorou.

— Precisamos ser cuidadosos e não ceder aos impulsos.

— O piso está mesmo meio esquisito — notou Niya, apontando para baixo.

O piso de lajotas de pedra.

— São glifos. — Teo percebeu. O sol de Fogo, o coração sagrado de Amor e o quetzal de sua mãe foram fáceis de identificar. — Não tem os glifos de todos os deuses, mas definitivamente de todos os competidores.

— Ali está o do meu pai! — Niya apontava animada para o glifo com três montanhas.

— Eu não sei qual é esse — comentou Teo.

Dentre os glifos conhecidos, havia uma série de lajotas com a cabeça de um bode. Estava sorrindo, a boca aberta cheia de dentes afiados.

— Nossa, esse é de Vingança — afirmou Niya, afastando-se.

— O deus da vingança. — A cor sumiu do rosto de Xio.

— Ah.

Teo só havia aprendido sobre os deuses Obsidiana na escola. Não era tão versado quanto os Ouros na história dos deuses traidores.

— É, vamos evitar pisar nesses. Nada de bom vai acontecer — sugeriu Niya.

— Talvez a gente deva pisar apenas nas lajotas com o glifo dos nossos pais? — ponderou Teo, apontando o caminho dos glifos de Quetzal, que levavam ao pedestal das pedras de obsidiana. — As lajotas ficam menores quanto mais avançamos.

— Provavelmente para dificultar pegar as pedras de jade e de ouro — comentou Niya.

— Você não pode voar para pegar as pedras? — perguntou Xio, virando-se para Teo.

Teo balançou a cabeça, sentindo as bochechas corarem.

— O teto não é alto o suficiente. Acho que não conseguiria pegar sem esbarrar nas pedras e derrubar sobre as lajotas.

Teo sentiu a culpa se revirar em seu estômago enquanto Xio olhava as lajotas, as mãos brancas apertando as alças da mochila. Ele parecia especialmente pequeno, muito mais novo do que seus treze anos

Mais uma vez, Teo percebeu como era profundamente injusto que Xio participasse do Desafio.

— Teo e eu podemos pegar as pedras — disse Niya, batendo o ombro de leve no de Xio.

— Vocês não precisam…

— É, você fica aqui e fica de olho — interrompeu Teo.

— Eu posso pegar as pedras de jade e de ouro, e você, as de obsidiana — sugeriu Niya, buscando a confirmação de Teo.

— Eu não sei, você tem pés muito grandes — provocou ele, com um sorriso. — Tem certeza de que vai dar conta das lajotas pequenas?

— Posso ter pés grandes, mas tenho um equilíbrio muito melhor do que você e suas asas batendo por aí como as de um passarinho! — retrucou Niya.

Teo gargalhou.

— Aí você me pegou.

Xio abriu um sorrisinho.

— Obrigado, pessoal.

Teo insistiu em testar a teoria e pegou Niya antes de ela partir para a ação. A garota era como uma âncora, agarrando o braço de Teo em um aperto de ferro enquanto ele se aproximava das lajotas e pisava com cuidado sobre um glifo Quetzal. A pedra permaneceu imóvel. Eles trocaram de lugar para que Niya testasse a dela, e quando a mesma coisa aconteceu, Teo ganhou confiança.

Niya avançou primeiro, movendo-se depressa de uma lajota para outra com facilidade. Foi em direção à de ouro no fundo da sala primeiro. O modo como pulava sem nem pausar provocou um aperto tão forte no coração de Teo que ele teve que parar de assistir e se concentrar no próprio caminho. Com cuidado, avançou de lajota em lajota, olhando para o glifo de sua mãe, que estava três passos adiante, para não ficar paralisado e ter que voltar.

— Consegui! — anunciou Niya, com um sorriso largo, segurando a pedra de ouro para os amigos verem e então a guardando na mochila.

Quando ela deu meia-volta em direção às pedras de jade, Teo havia acabado de alcançar a lajota Quetzal mais próxima do pedestal. Ele afrouxou os cordões da mochila e despejou as dez pedras de obsidiana com cuidado. A desvantagem de coletar todas as de obsidiana era que sua mochila havia se enchido depressa e ficado pesada de carregar.

— Peguei! — gritou Teo, puxando o cordão para fechar bem a mochila. — Pega as de jade e vamos sair daqui.

— É pra já! — respondeu Niya, aproximando-se da última pilha de pedras.

Teo soltou um suspiro profundo de alívio. O início da provação podia ter sido um desastre, mas pelo menos o grupo estava indo bem depois do perrengue.

— Toma cuidado para não...

O ruído de pedra se partindo cortou o ar.

Teo se virou para Niya, que estava parada sobre uma lajota, com os olhos arregalados.

— Não fui eu — disse ela, balançando a cabeça com vigor.

O pânico apertou a garganta de Teo, que se virou para ver Xio. Seu pé estava sobre uma lajota despedaçada.

— Eu escorreguei — gemeu Xio, com os olhos esbugalhados.

Não deu tempo de reagir. O piso sob seus pés estremeceu.

O barulho estrondoso de pedra rangendo encheu o ar. O piso despencou, inclinando-se de repente como se estivesse sobre um declive. Suas asas se abriram na tentativa de ampará-lo, mas era tarde demais.

Teo caiu para trás, deslizando pela pedra em direção ao abismo que havia se aberto.

Xio se atrapalhou, tentando se segurar em qualquer coisa, mas suas mãos pequenas escorregavam sem se agarrar a nada.

— TEO! — gritou Niya.

Ele vislumbrou o terror nos olhos da amiga um segundo antes de Niya cair no fosso.

— NÃO! — A palavra rasgou sua garganta, mas não havia nada que ele pudesse fazer.

Teo mergulhou na escuridão.

CAPÍTULO 19

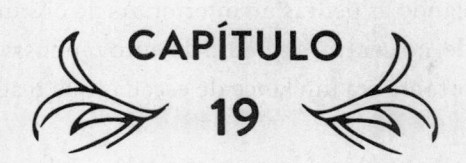

AS ROCHAS ARRANHAVAM AS ASAS de Teo conforme ele caia pelo que parecia ser um túnel estreito. Sem conseguir enxergar no breu, ele esbarrou em montes de pedra que dilaceraram sua pele e penas. Tentou desacelerar, mas suas mãos e pés deslizavam contra as laterais lodosas.

Era, definitivamente, o pior escorregador que ele já havia experimentado.

Um clarão apareceu no fim do túnel, e Teo foi cuspido sem cerimônia sobre uma grade de metal. Ele gemeu, sentindo o metal frio contra a bochecha e o gosto de sangue na língua. As pedras pesadas na mochila pressionavam seu peito.

Com muito esforço, Teo pegou impulso para se levantar e olhou ao redor.

Água pingava de raízes retorcidas que pendiam do teto. O cheiro penetrante de mofo e alga pairava no ar. Nas paredes nodosas de pedra às suas costas, haviam vários túneis dos quais fluíam riachos, que cobriam o piso em ruínas e desaguavam na água turva lá embaixo.

As fendas no ferro eram quase do tamanho de um punho. Não eram grandes o suficiente para que seus pés passassem por completo, mas, se ele não tomasse cuidado, com certeza iria tropeçar.

— *Droga.*

Separar-se dos amigos era a última coisa que ele precisava. E *onde* estava?

Pequenos feixes de luz atravessavam as rachaduras na pedra, o que era um alívio. A luz do sol significava que ele não estava abaixo do solo. Com sorte, ainda daria para chegar ao topo do templo e depositar suas pedras, mas o tempo estava passando. Teo precisava achar um jeito de sair.

O garoto se virou e se deparou com outro esconderijo.

Havia três baús de pedras no meio do cômodo, alinhados e com as tampas abertas revelando as pedras no interior. As de obsidiana estavam à esquerda, as de jade, no centro, e a pedra de ouro repousava no baú à direita.

O mais importante era um lance de escadas que o aguardava do outro lado.

O coração de Teo pulou. Não estava *totalmente* ferrado! Podia usar algumas pedras para construir uma escada e escapar.

Mas ele teria que passar por qualquer que fosse o obstáculo que o esperava.

A atitude mais inteligente seria pegar as pedras de obsidiana primeiro, pois eram as mais fáceis. Teo rastejou devagar sobre a grade, examinando tudo ao redor à procura de qualquer sinal de perigo. A água lá embaixo ondulava, mas quando Teo parou, o movimento da água também cessou.

Era agoniante se aproximar do baú sabendo que havia algo à espreita lá embaixo, mas não saber *o quê*. Quando chegou, Teo estava tão enjoado por causa do nervosismo que queria vomitar. A ansiedade era pior do que qualquer coisa que pudesse estar esperando por ele nas profundezas turvas.

Reunindo as últimas gotas de coragem, estendeu a mão e tocou uma das pedras escurar. Nada aconteceu.

Devagar e com cuidado, começou a pegar as pedras e colocá-las na mochila, tentando fazer o mínimo de barulho. Mas então a água lá embaixo começou a se agitar.

Teo enfiou as pedras na mochila mais rápido.

Estava segurando a sétima pedra quando seus pés ficaram presos. Ele olhou para baixo. Através da grade de ferro, dois tentáculos de um verde-pálido haviam se enganchado em seus tornozelos.

Teo soltou um grito estrangulado. Tentou se afastar, mas os tentáculos apertaram ainda mais, fazendo-o cair de costas sobre as asas. Frenético, o garoto tentou soltar os tornozelos, mas então outro tentáculo agarrou seu pulso e puxou com força, derrubando-o de costas de novo.

Ele tentou afastar o tentáculo com a mão livre, mas nada acontecia. Os tentáculos apertaram, bloqueando a circulação e provocando um formigamento na mão e nos pés de Teo. Em um ato de desespero, ele se curvou e mordeu o tentáculo com toda a força.

Eles o soltaram e recuaram para dentro da água enquanto algo soltou um guincho de gelar o sangue. Teo não tinha nenhuma intenção de descobrir o que era a tal "coisa".

Ignorando o gosto rançoso na boca, levantou-se depressa e se lançou em direção ao baú. Abrindo a mochila com um puxão, jogou as últimas três pedras de obsidiana no interior, mas então um tentáculo disparou em direção ao seu tornozelo. Dessa vez, Teo o pisoteou com toda a força.

A criatura guinchou de novo. O tentáculo mudou de verde-pálido para um vermelho furioso, o que provavelmente era um mau sinal.

Teo pulou e suas asas o ergueram em uma tentativa de escapar para as escadas, mas outro tentáculo disparou pela grade, agarrou seu tornozelo e o jogou de volta contra o ferro com um baque alto.

A dor rasgou suas asas, e Teo berrou.

Rapidamente, rolou sobre o estômago e tentou rastejar para as escadas. Mas, antes que chegasse a uma altura segura, outro tentáculo se enredou em sua coxa, apertou e puxou, tentando arrastá-lo de volta. Ele enfiou os dedos entre as grades e se segurou com força. O ferro cortou sua pele.

Ele estava quase escorregando. Se não pensasse rápido... Bom, não queria nem imaginar o que o aguardava.

Segurando-se com tudo, Teo via suas opções se esgotarem. Não havia nada que pudesse usar para se defender.

Exceto o baú vazio.

Seu cérebro tentou montar um plano, frenético. O que pensou era objetivamente terrível. Um plano de merda que poderia dar errado de todos os jeitos possíveis, mas era tudo que tinha. Seus dedos estavam escorregando. Ele estava ficando sem tempo.

Depois de fazer uma oração silenciosa para a mãe, Teo soltou.

Quando o tentáculo o puxou, ele rolou de costas e arrastou as asas dolorosamente contra a grade, então se jogou para o lado e, ao passar pelo baú vazio, o agarrou. Com toda a força que lhe restava, levantou o objeto sobre a cabeça e acertou o tentáculo logo abaixo do ponto em que o agarrava na coxa.

A criatura gritou, a pele emborrachada em branco. Teo vislumbrou sangue azul bolorento e o tentáculo recuou para a água.

Finalmente liberto, Teo saiu em disparada. Ele se jogou para os degraus e se virou, pronto para lutar contra mais tentáculos, mas eles recuaram, deslizando de volta pelas grades e desaparecendo na água lá embaixo.

— Puta merda, puta *merda*.

Teo estava ofegante, a pulsação rugindo nos ouvidos.

Depois de se certificar que a mochila ainda estava amarrada na frente, com as pedras de obsidiana seguras, conferiu se ainda tinha os seis membros. Além de alguns arranhões e marcas avermelhadas de ventosas nos pulsos, estava intacto.

Teo desabou nos degraus e tentou recuperar o fôlego.

Se foi difícil assim pegar as pedras de obsidiana de pontuação menor, nem dava para imaginar quais terrores aguardavam quem tentasse pegar as pedras de jade ou de ouro.

Como se estivesse esperando a deixa, um grito ecoou do outro lado da sala.

Alguém saiu voando de um dos túneis, aterrissando em um amontoado de pernas e braços. Teo reconheceu Ocelo.

Atordoade, Ocelo se esforçou para se sentar. Sacudiu a cabeça raspada bruscamente, como se estivesse tentando colocar o cérebro de volta no lugar, então olhou ao redor. Quando seus olhos de onça pousaram na pedra de ouro imperturbada que repousava no baú, seu sorriso era enorme.

Então elu avistou Teo, e seu rosto se retorceu em uma careta.

Ocelo se levantou e foi, resolute, em direção à pedra de ouro. As grades sacudiam e faziam um barulho tremendo sob seus pés.

— Cuidado. — Teo tentou avisar. — Tem um...

— Cala a boca — rosnou Ocelo, sem nem olhar para o garoto.

Um segundo depois, um tentáculo vermelho flamejante da espessura do peito de Teo emergiu da água, arremessando uma parte da grade.

— Eu tentei avisar! — gritou Teo, enquanto o tentáculo agarrava e derrubava Ocelo no chão.

O tentáculo investiu contra elu. Teo fez uma careta, esperando que a semidivindade fosse despedaçada.

Em vez disso, no movimento mais absurdo que Teo já havia visto, Ocelo pegou o tentáculo gosmento. Elu o envolveu e o apertou com os braços musculosos, como se o estivesse estrangulando. O tentáculo se debateu. Ocelo colidiu contra as grades, mas permaneceu firme, os bíceps salientes. O tentáculo alternava entre vermelho-escarlate e branco.

— Pelo amor de Sol — murmurou Teo consigo mesmo, enquanto Ocelo lutava contra a criatura monstruosa.

Elu conseguiu mudar de posição, estrangulando o tentáculo com um braço enquanto o socava inclemente com o outro.

Ocelo era ume babaca, mas, cacete, como era forte.

— Viu, estou vendo que você está com as mãos ocupadas! — disse Teo, levantando-se. — Boa sorte!

Ele subiu as escadas tão rápido quanto seu corpo machucado permitia. Enquanto avançava pelos lances de escada, conferiu o relógio. Já estavam na metade da provação. Se existia qualquer chance de ele ficar em primeiro lugar, Teo teria que correr para passar por quaisquer esconderijos que encontrasse.

Quando achou que já estivesse perto do topo do templo, Teo desviou para um corredor em busca de outro esconderijo. Um ruído estranho e rítmico de algo balançando chamou sua atenção. Quando seguiu o som, encontrou uma enorme sala cavernosa.

De onde estava, na entrada, via três caminhos se ramificarem em várias direções. Troncos grossos balançavam de um lado para o outro, no meio dos caminhos, como pêndulos. Nas pontas, haviam lâminas curvas e gigantes de obsidiana polida.

Em vez de agrupadas em um único lugar, as dez pedras de obsidiana haviam sido posicionadas a diferentes intervalos entre as lâminas que balançavam.

Dessa vez, Teo não havia sido o primeiro a encontrar o esconderijo. A pedra de ouro já deveria ter sido pega porque ele não a viu no final do caminho, apesar de as dezenas de lâminas cortantes dificultarem a visão.

No caminho do meio, dois competidores batalhavam pelas pedras de jade. Marino e Xochi dançavam entre as lâminas na tentativa de pegar a última pedra nos fundos da sala. A visão era estonteante, com Xochi atirando suas videiras como chicotes e Marino lançando jatos d'água na cara dela.

Sem perder tempo, Teo pegou as pedras de obsidiana antes que os semideuses notassem sua presença. Pulou sobre os calcanhares, tentando pegar o ritmo, como se estivesse na escola, pulando corda no recreio. Levou algum tempo para descobrir a que intervalo as lâminas cortavam o ar, mas assim que ele cronometrou, foi quase fácil escapar e pegar todas as pedras de obsidiana.

Alcançou a última ao mesmo tempo em que Marino e Xochi chegaram à última jade.

Apenas um segundo mais rápido do que Xochi, Marino capturou a pedra bem debaixo das mãos dela.

Xochi soltou um ruído raivoso enquanto Marino disparava de volta para a saída. Em uma demonstração de extrema habilidade, Xochi lançou as videiras, que tiraram a mochila de Marino dos ombros dele e a levaram para as mãos da guerreira.

— Rá! — disse ela em um tom agudo, então abriu a mochila e mergulhou a mão no interior.

O sorrisinho de Marino não desapareceu, e ele continuou correndo. Teo aguardou em um espaço seguro entre as lâminas.

Do fundo da mochila de Marino, Xochi tirou...

Rochas simples e empoeiradas.

Ela respirou fundo, encarando Marino, com os olhos arregalados.

Enquanto pulava entre as lâminas, Marino abriu o zíper da bolsa na frente da jaqueta, enfiou a mão e tirou duas pedras de jade, abrindo um sorriso largo. Pelo formato do bolso, Teo podia ver que havia mais lá dentro.

O espertalhão devia ter enchido a mochila de rochas simples e escondido as verdadeiras nos bolsos.

Xochi estava furiosa. Não, mais do que furiosa. Seus olhos escureceram, e um rosnado de fúria contorceu suas feições.

Marino parou de sorrir.

Teo quase gritou para que ele corresse, mas Xochi foi rápida demais.

A garota estendeu as mãos e as videiras dispararam, mas não eram as do tipo fino e verde que ela costumava conjurar. Aquelas eram de um verde-azulado profundo, grossas e retorcidas. Marino tentou desviar, mas não adiantou. Elas o pegaram e o arremessaram no chão.

O barulho do corpo contra a pedra molhada fez Teo se retrair.

Xochi curvou os dedos e as videiras engrossaram e se enroscaram no torso de Marino, prendendo seus braços nas laterais.

— Xochi, para! — gritou Marino, o branco de seus olhos circulavam as pupilas.

Mas ela não escutou e fechou as mãos em punhos. As videiras apertaram e comprimiram o peito de Marino.

Ele se debateu, frenético, as pernas chutando sem parar.

— Para! — gritou ele, e o som ecoou.

Teo estava imóvel, em choque. Xochi, embora competitiva, nunca havia demonstrado um lado violento durante as provações. Ele mal conseguia acreditar no que via.

Sombras escuras circularam os olhos de Xochi. Espinhos vermelhos e afiados brotaram das videiras, cortando Marino e derramando sangue dourado através da pele escura. Marino gritou, um som tão terrível e amedrontado que fez com que Teo entrasse em ação.

Sem pensar, o garoto correu e se lançou ao ar, direto para Xochi, cujo foco estava em Marino, o que permitiu que Teo a derrubasse. Os dois se estatelaram.

A dor se espalhou pelas palmas de Teo, mas o importante é que ele havia interrompido Xochi.

As videiras soltaram Marino, que se afastou enquanto elas murchavam e caíam. Teo se levantou e se afastou o máximo possível de Xochi. Esperava ser o novo alvo de sua raiva, mas quando ela se sentou, em vez de furiosa, ela parecia aterrorizada.

Ela olhou para Teo, os olhos castanhos arregalados em choque, então se virou para onde Marino arfava, tentando recuperar o fôlego. Ela viu as videiras, o sangue dourado na pele de Marino. Olhou para as mãos, retraindo-se como se estivesse com medo delas.

— Marino! Eu sinto muito! Eu não...!

Mas Marino não estava esperando uma explicação, nem Teo. Os dois garotos saíram correndo.

— Você está bem? — Teo ofegava ao se esforçar para acompanhar Marino.

— Acho que sim — respondeu o garoto, apesar de ainda parecer em choque. Ele olhou para Teo. — Você me salvou. Te devo uma.

— É, bom, eu meio que só estou retribuindo. Mas se quiser me pagar de volta com pedras...

Marino sorriu.

— Eu não devo *tanto* assim.

Teo soltou uma risada sem ar.

— Valeu a tentativa.

Marino deu um tapa em suas costas.

— Vejo você na linha de chegada.

O corredor se bifurcou, e eles tomaram caminhos opostos. Teo foi mais cuidadoso e checou os cantos dessa vez. O Desafio estava ficando perigoso. Ele não sabia por quê — talvez fosse por causa da pressão e do estresse da competição —, mas os competidores estavam ficando cada vez mais brutais. Teo não queria pensar sobre o que poderia ter acontecido com Marino se ele não tivesse interferido.

Precisava finalizar a provação e encontrar Niya e Xio.

Deu uma volta e subiu as escadas correndo mais uma vez. Havia vencido alguns lances quando virou e vislumbrou alguém atravessando uma passagem. Em questão de segundos, decidiu desviar e seguir a pessoa.

Nos corredores escuros, quase não deu para enxergar a figura entrar por uma passagem adiante. Ele apertou o passo.

Se a pessoa encontrasse um esconderijo, Teo gostaria de saber.

Seguindo-a por outra passagem, ele derrapou até parar. A sala era alta e estreita, quase como se o semideus estivesse no fundo de um poço quadrado. Era apertada, com talvez um metro de um lado a outro. As paredes curvas estavam repletas de raízes e cipós, que pendiam do topo, por onde a luz do dia se derramava. Dava para ver um céu azul pontilhado de nuvens fofas.

A alguns metros à frente, estava Dezi. De costas para Teo, o Ouro não o percebeu entrar. Sua cabeça estava inclinada para trás enquanto ele inspecionava as paredes.

Teo seguiu seu olhar e viu que havia três pequenas saliências. As dez pedras de obsidiana repousavam à altura dos olhos, as quatro de jade estavam acima e a pedra de ouro, a alguns metros da abertura no teto.

Dezi fez um círculo completo, devagar, com a mochila pendurada no pulso. Teo viu o olhar de concentração no rosto do garoto um segundo antes de os olhos de Dezi pousarem nele.

Assustado, o Ouro deu um pulo. Teo se sobressaltou, e Dezi agarrou a mochila de modo protetor contra o peito.

Sem hesitar, Dezi partiu para a ação.

Como se fosse um personagem de videogame, o garoto escalou a parede, impulsionando-se pelas raízes pendentes até se balançar de um lado para o outro.

Teo ficou boquiaberto.

O que estavam dando de comer para os Ouros na Academia?! Na verdade, Teo não estava nem com raiva. Apenas impressionado.

Com a destreza de um gato, Dezi chegou à segunda saliência, onde as pedras de jade aguardavam. Ancorando-se em apoios de pé que Teo nem conseguia *enxergar*, Dezi sorriu triunfante ao alcançar uma pedra. Mas seu triunfo durou pouco.

Assim que pegou uma pedra de jade, as paredes se sacudiram violentamente. Atrás dele, uma laje de pedra caiu, bloqueando a saída.

Teo tropeçou, e Dezi se agarrou às raízes, balançando-se.

Primeiro, Teo achou que estivesse apenas confuso, mas não. As paredes haviam começado a se fechar devagar.

— Cuidado! — gritou Teo, inutilmente.

Desavisado, Dezi apanhou o restante das pedras e as colocou na mochila, então recomeçou a escalar.

De repente, Teo percebeu que *ele* era quem deveria tomar cuidado. As paredes estavam se fechando e, se não se mexesse rápido, seria esmagado também. Como a primeira provação havia demonstrado, ele era um escalador de merda e não tinha nenhuma habilidade para escalar paredes verticais. Teo sentiu o pânico frio e desesperado inundá-lo. Suas asas se abriram por instinto.

Não era um bom escalador, mas podia voar.

Disparou para cima e despejou as pedras de obsidiana na mochila com movimentos atrapalhados, então olhou para o alto. Dezi o encarou da abertura do poço. Com a pedra de ouro em uma das mãos, ele acenou freneticamente com a outra para Teo se apressar.

Como último recurso, ele usou toda a força das pernas para se lançar ao ar e bateu as asas duas vezes em rápida sucessão.

Disparou para cima. Energizado pela adrenalina e perigosamente desajeitado, Teo batia nas paredes enquanto subia o mais rápido que podia. As paredes continuaram a se fechar. As rochas arranhavam suas asas.

Estava quase chegando. Estava *quase* lá.

Teo estendeu a mão ao máximo. Mais alguns centímetros e estaria a salvo. Só precisava de mais *uma* batida de asas...

Mas não havia espaço.

As asas emperraram de encontro às paredes ásperas.

Teo perdeu o impulso. Por um instante, pairou no ar, então despencou para inevitável a morte por esmagamento.

Ele sentiu o estômago afundar. Semicerrou os olhos, antecipando a morte, com sorte, rápida.

Mas uma mão agarrou seu antebraço. Com um puxão tão forte que quase deslocou seu ombro, Teo foi puxado pela abertura.

Ele tropeçou até cair em cima de outra pessoa.

A alguns centímetros, o poço se fechou com um estrondo.

Teo se virou, respirando fundo.

— *Puta merda, puta merda.*

Aplausos explodiram. Milagrosamente, eles haviam chegado ao topo do templo.

Dezi estava jogado ao seu lado em um estado similar. Seu rosto atraente estava cinza ao encarar Teo, parecendo tão aterrorizado quanto ele se sentia.

— DEZI!

Em um piscar de olhos, Marino estava ao lado do amigo, puxando-o para que se levantasse.

— Você está bem? — perguntou ele, sinalizando freneticamente com uma das mãos.

Dezi assentiu, apesar de parecer um pouco atordoado. Ele se virou para Teo, erguendo o queixo com as sobrancelhas juntas.

Teo assentiu e deu um joinha exausto.

— Estou bem.

Quando Teo se levantou, a plateia voltou à vida. Ele se virou para o mar de jade. O jumbotron deu um zoom em seu rosto enquanto ele sorria e acenava.

— *Pas-sa-ri-nho! Pas-sa-ri-nho!*

Era como uma injeção de pura adrenalina no coração.

Marino devia ter chegado ao topo mais ou menos no mesmo instante que Teo e Dezi. Atzi já estava lá, atrás da barreira ondulada. Ao lado dela, uma grande tigela de ouro repousava no centro de um estrado elevado. Dezi se aproximou e despejou o conteúdo da mochila no interior. Algumas pedras de jade e uma pedra de ouro caíram em espiral ao longo da borda e desapareceram em um buraco no fundo, marcando sua pontuação. Marino o imitou.

Por algum milagre, Teo havia chegado ao topo do templo sem morrer — e até mesmo com tempo sobrando!

Pronto para entregar as pedras de obsidiana que havia coletado, retirou a mochila. Mas quando se aproximou da barreira para atravessar a linha final, ouviu Marino perguntar:

— Algum de vocês encontrou a Pedra Solar?

Dezi balançou a cabeça, mas Atzi assentiu.

— Está no andar abaixo da gente — disse ela, também em sinais, acenando com a cabeça em direção aos degraus externos principais. — Mas é impossível de pegar. Está pendurada acima de um fosso gigantesco. Eu desisti, tipo, na hora, mas os gêmeos ainda estavam tentando descobrir como pegá-la quando fui embora.

Aurelio e Auristela.

Teo conferiu o relógio. Faltavam quinze minutos para a provação acabar.

— *Pas-sa-ri-nho! Pas-sa-ri-nho!*

Não havia nenhuma chance de ele ficar em primeiro lugar apenas com as pedras de obsidiana que havia coletado. Ainda tinha tempo de sobra. Niya e Xio ainda nem haviam chegado ao topo.

— *Pas-sa-ri-nho! Pas-sa-ri-nho!*

Ele podia pegar a Pedra Solar. Podia pegá-la e *vencer*.

— *Pas-sa-ri-nho! Pas-sa-ri-nho!*

Teo se virou e saiu correndo pelas escadas.

CAPÍTULO 20

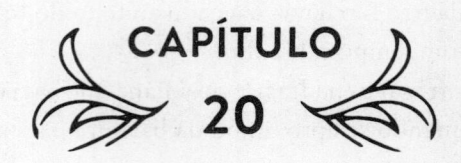

HAVIA APENAS UMA ENTRADA para o andar inferior do templo. Através dela, um único corredor levava à câmara onde a réplica da Pedra Solar estava abrigada. Primeiro, Teo ficou desconfiado com a facilidade para encontrá-la, mas então viu o porquê.

Tratava-se de um salão grande de teto abobadado com um fosso gigantesco no meio. Da beirada em que estava, Teo não conseguia ter noção da profundidade, mas o vento lamentoso que fazia cócegas em seu rosto sugeria que a queda ia até a base do templo. Devia ter uns trinta metros de largura. Era impossível de pular, mesmo para um semideus Ouro.

No alto, uma grande mão esculpida de obsidiana se projetava da escuridão do teto, com a palma virada para cima. Tinha dedos ossudos e unhas afiadas. O teto ondulava em tons profundos de índigo-celestial e azul meia-noite. Pontinhos de estrelas brilhavam, formando constelações familiares.

Reluzindo com uma luz dourada e cintilante, a réplica da Pedra Solar aguardava na palma da mão em concha. A princípio, parecia impossível alcançá-la. Teo entendeu por que os outros haviam desistido.

Quer dizer, menos Aurelio e Auristela.

Do outro lado do fosso, havia a única outra saída com uma protuberância idêntica à de Teo. Lá, estavam Aurelio e Auristela. Suas mochilas pareciam pesadas em suas costas enquanto eles encaravam a Pedra Solar. Auristela apontava para cima, explicando algo para o irmão, e Aurelio assentia, as sobrancelhas escuras unidas. Quando Auristela avistou Teo, a raiva inundou seus olhos flamejantes.

Seguindo o olhar da irmã, os olhos de Aurelio pousaram em Teo do outro lado. Seus lábios se abriram.

Teo sorriu, convencido, uma satisfação quente inundando seu estômago. *Finalmente* um obstáculo em que tinha vantagem. Só precisava não estragar tudo.

Com a cabeça erguida, ele se aproximou da borda, concentrando-se para não olhar para baixo e ser impelido a desistir. Ele conseguiria. Precisava voar até lá e pegar a Pedra Solar. Depois disso, teria mais pontos do que qualquer outro semideus.

Teo respirou fundo, acalmando-se, então se lançou ao ar.

Decolar foi fácil. Pousar foi um pouco mais difícil. Devido ao modo como a mão estava curvada, não havia uma superfície plana sobre a qual Teo poderia se empoleirar. Sem um pingo de elegância, ele envolveu os braços ao redor do pulso, mas era largo demais para que conseguisse abraçá-lo por completo.

Com a pele molhada de suor, Teo perdeu a pegada e deslizou pela obsidiana polida até a palma.

Seu pé cutucou a Pedra Solar, que rolou até ficar balançando na borda, sobre o fosso profundo.

O coração de Teo despencou.

— NÃO!

Quando a Pedra Solar rolou pela beirada, ele investiu para a frente, batendo o queixo na palma, e apanhou a Pedra Solar, os dedos escorregando pela superfície lisa. Rapidamente, ele a trouxe de volta e a abraçou de encontro ao corpo enquanto recuperava o fôlego. Quando a encaixou sob o queixo, ficou surpreso com o quanto a superfície era fria ao toque. Mas era apenas uma réplica.

De perto, era estonteante de olhar. Erupções solares em espirais brilhavam entre os dedos de Teo. O que parecia a luz do sol em estado líquido dançava sob a superfície. Se estreitasse os olhos, poderia jurar que havia algo escondido no interior. Duas sombras davam a impressão de que alguém o estava encarando, mas devia ser apenas um engano. Apenas uma ilusão.

Consegui!, pensou enquanto uma risada delirante borbulhava em seu peito.

Sem espaço na mochila para algo tão grande, Teo abraçou a Pedra Solar com firmeza e desdobrou as asas. Com cuidado para não olhar para baixo, planou até a protuberância oposta. Tropeçou um pouco, mas fora isso fez um pouso tranquilo.

Com um sorriso enorme, Teo se virou para mostrar a Aurelio.

— Stela!

Teo sentiu um impacto violento que o derrubou. Perplexo, ergueu o olhar e deparou com Auristela sobre seu corpo.

Ela prendeu suas asas no chão com os joelhos, imobilizando-as, e arrancou a Pedra Solar de suas mãos. Os olhos da garota estavam escuros como a noite, e a pele ao redor havia adquirido um tom forte de azul e roxo.

— Não! — gritou Teo, tentando recuperar a pedra, mas ela colocou mais força nos joelhos.

Uma dor ardente disparou pelos ombros de Teo.

Em vez de pegar a pedra e sair correndo, ela ergueu a Pedra Solar.

— Aqui! — disse Auristela, tentando entregá-la ao irmão.

Aurelio ficou imóvel, o choque estampado em suas feições. Seus olhos relancearam para Teo, e então de volta para Auristela.

— O que você está *fazendo*?

Teo tentou se levantar.

— Sai de cima de mim.

— Cala a boca! — disparou Auristela, ríspida, com os dentes à mostra. — Pega, Relio!

O rosto de Aurelio ficou pálido, e ele deu um passo para trás.

— Não.

Teo relaxou de alívio, mas durou pouco.

Auristela se retraiu como se o irmão a tivesse estapeado. Por um instante, a dor ficou evidente em seu rosto, mas então ela foi consumida pela raiva.

— Eu falei que ele estava manipulando você.

Veias pretas estouraram ao redor de seus olhos.

Teo empacou.

— Do que você está falando?

— Stela, para com isso — insistiu Aurelio, mas ela não estava ouvindo.

Auristela ergueu a Pedra Solar sobre a cabeça.

Aurelio investiu.

O terror comprimiu o peito de Teo, que jogou os braços sobre a cabeça e fechou os olhos com força.

Crash!

Teo sentiu destroços o atingirem na bochecha. Quando abriu os olhos, viu que Aurelio havia estendido o braço em uma tentativa de protegê-lo.

Auristela havia arrebentado a Pedra Solar no piso. Pedaços de vidro e estilhaços brancos que se pareciam estranhamente com ossos se espalharam pelo chão.

Por um momento, ninguém se mexeu.

Teo encarou Auristela, o medo e a raiva o paralisando. Seu peito arfava enquanto ela respirava fundo e com força, entre dentes, encarando o que havia restado da réplica da Pedra Solar.

Havia algo além de choque no rosto de Aurelio. Havia medo.

— Stela — disse ele, baixinho, e então estendeu a mão e tocou o ombro da irmã.

Ela se retraiu como se houvesse esquecido de que Aurelio estava presente. Auristela piscou e sacudiu a cabeça, quase como se estivesse voltando a si. As manchas azuis e roxas se dissiparam e seus olhos voltaram ao castanho fumegante habitual. Ela olhou para o irmão, para os estilhaços, e então para Teo, ainda preso sob seus joelhos.

Auristela cambaleou, arrastando-se depressa para longe do garoto.

Teo aproveitou para se levantar em um pulo.

De repente, os três relógios apitaram ao mesmo tempo. O de Teo vibrou. Quando ele conferiu, viu que o cronômetro contava os últimos cinco minutos em números vermelhos.

O tempo estava acabando.

Auristela se levantou depressa. Aurelio a chamou, mas ela correu para a saída.

Teo não entendeu nada do que havia acabado de acontecer. Tudo que sabia era que suas mãos tremiam e seu coração batia acelerado.

Aurelio olhou de Teo para a porta pela qual a irmã havia desaparecido. Conferiu o relógio de novo e grunhiu.

— Vamos — disse Aurelio para Teo, acenando para que o garoto seguisse adiante enquanto corria até a passagem. — Eu sei o caminho... *Vai logo.*

Não havia tempo para duvidar. Teo correu.

Aurelio o deixou seguir na frente, dando direções e empurrando-o na direção certa quando Teo quase fazia uma curva errada. Ele os guiou de volta para a luz do sol e ambos se apressaram pelos degraus.

Quando chegaram ao topo, Teo estava apenas vagamente consciente de que os deuses e a Deusa Lua já estavam esperando.

Niya aguardava ao lado da tigela dourada, com suas pedras empilhadas nos braços.

— Cadê o Xio?! — gritou ela, olhando para além de Teo de modo preocupado, mas o menino não estava lá.

— Eu... Eu não sei.

Teo sentiu o relógio estremecer, marcando os últimos segundos.

O pânico se apossou da voz de Niya.

— O que vamos fazer?!

— Despeja suas pedras! — gritou Aurelio, como se não acreditasse que eles estavam esperando.

Niya estremeceu. Encarava Aurelio com um olhar aturdido, então olhou para Teo.

Não havia tempo para questionar. Precisavam agir ou não seria apenas Xio que seria desqualificado.

— Despeja! — ordenou Teo.

Ela hesitou por apenas um segundo, olhando de relance mais uma vez para os degraus, então se virou e jogou as pedras na tigela.

Teo correu e puxou a mochila do peito, abrindo os cordões às pressas.

Aurelio o empurrou, impulsionando-o para a frente. Sua barriga colidiu contra a beirada, e o garoto virou as pedras de obsidiana na tigela. Aurelio vinha logo atrás. Os dois jogaram as pedras ao mesmo tempo, ouro e jade rolando juntas. A última deslizou até o fundo.

Só então Xio apareceu no topo da escada, com as pedras de obsidiana de encontro ao peito.

— CORRE! — gritou Teo.

— VAI! — soou a voz frenética de Niya.

Xio se lançou para a frente, mas seu pé ficou preso no último degrau e ele caiu de joelhos.

Teo sentiu um grito preso na garganta, e o temor foi como um banho de água fria.

Três pedras de obsidiana rolaram de suas mãos e tiniram sobre o piso assim que a corneta de Mariachi soou.

❋

Teo foi para o lado da mãe enquanto aplausos estrondosos sacudiam a arena.

— Você está bem? — perguntou ela.

Quetzal passou o polegar no queixo do filho e, quando se afastou, o sangue cor de jade manchava sua pele.

Ele assentiu, torpe e distraído. Observava Xio ser envolvido no abraço de Azar. Niya andava de um lado para o outro na frente de Terra, como um animal engaiolado.

Quando trouxeram o quadro de classificação, Teo olhou de relance para Aurelio.

Havia uma fina camada de suor em sua testa. Ele estava tentando sorrir para as câmeras, mas ficava espiando Auristela de soslaio. A garota estava com a coluna reta e rígida, olhando para a frente, quase sem se mexer.

O que havia acontecido minutos atrás zunia na cabeça de Teo. O que tinha sido aquilo, cacete? Auristela era mesmo tão cruel? Ele sentiu as pernas tremerem ao observá-la, apavorado com a possibilidade de que a Ouro voltasse a se descontrolar.

— Sol determinou a classificação — anunciou a Deusa Lua.

Os glifos deslizaram na laje de pedra.

Teo desgrudou os olhos dos gêmeos e olhou para a classificação.

A multidão explodiu em aplausos estrondosos e gritou o nome de Teo. Faixas Jade tremulavam e o canto se intensificou.

— *Pas-sa-ri-nho! Pas-sa-ri-nho!*

A mãe de Teo apertou seu braço.

— Você ficou em *terceiro*! — cantarolou Quetzal, a voz chilreando.

Não dava para acreditar.

— Terceiro? — repetiu Teo.

O quetzal jade vinha depois dos dois glifos ouro no topo.

— Estou em *terceiro*! — Teo começou a gargalhar e enterrou as mãos no cabelo. Não conseguia acreditar. Respirou profundamente, satisfeito. Estava *quase* lá. Realmente tinha uma chance de se tornar o Portador de Sol.

— Auristela. — Teo ouviu Atzi dizer, surpresa.

Ele procurou o glifo de fogo com um "A" no meio. Esperava que estivesse no topo e ficou confuso quando não o encontrou. Seus olhos deslizaram para baixo, depois mais para baixo, até finalmente avistá-lo.

Oitavo. Em uma provação, Auristela havia despencado do quinto lugar para o *oitavo*.

Ela estava ao lado da mãe, as mãos nas laterais do corpo cerradas em punhos a ponto de deixar os nós dos dedos brancos. Auristela permaneceu imóvel, mas Teo jurava ter visto seus lábios e queixo tremerem. Aurelio não estava mais sorrindo.

Xochi havia despencado para a nona posição. A Ouro ficou encolhida de encontro à mãe, com as mãos pressionadas sobre a boca, enquanto lágrimas se acumulavam em seus olhos.

Todos os semideuses pareciam descontentes, inclusive Dezi enquanto era levado para a entrevista. A torcida ribombante da multidão soava sinistra e deslocada.

Teo procurou os amigos. O glifo de Niya ainda ocupava o quarto lugar, mas Xio…

O sangue de Teo congelou. O olho jade do Deus Azar havia despencado para a última posição.

— Xio — sussurrou ele, procurando-o entre a multidão.

O menino estava encostado em Azar. Seu nariz estava vermelho e os olhos, marejados, enquanto o pai abraçava seus ombros pequenos de modo firme.

— O que a-aconteceu? — gaguejou Teo.

— Eu tentei fazer o que vocês me disseram — explicou Xio, com a voz tensa. — Mas não encontrei quase nenhuma pedra. Não consegui achar vocês e não sabia onde era a linha de chegada.

Teo sentiu uma onda de náusea invadir seu estômago. Eles haviam fracassado.

Não houve celebração entre os semideuses. A realidade atingiu todos como um soco no estômago, veloz e fria como ferro.

Na tentativa de se tornar o Portador de Sol, Teo havia se esquecido de seu principal objetivo: manter seus amigos seguros. E Xio corria o risco de ser sacrificado.

⁂

De volta ao barco, Xio foi direto para o quarto e não saiu mais.

— Será que a gente tenta falar com ele? — perguntou Teo.

— Não sei. Quando estou chateada, preciso do meu espaço — ponderou Niya, mas também não estava feliz com a própria resposta.

A culpa de Teo o corria de dentro para fora. A preocupação de Niya se manifestou como raiva, e sem ter como dar vasão ao sentimento, a garota ficou andando de um lado para o outro na sala comum. Até Auristela e Ocelo estavam em silêncio. A primeira estava pálida, mas ainda tentava desesperadamente manter um ar de superioridade.

Teo tomou um longo banho quente e ficou no quarto durante a hora do jantar. Não estava com fome e não conseguia encarar os outros competidores. Ficou deitado na cama, remoendo obsessivamente como poderia ter feito tudo diferente e repensando todos os movimentos que os haviam levado àquele ponto.

Se não tivesse voltado para pegar a Pedra Solar, talvez ele e Niya tivessem conseguido procurar Xio. Quando encontrou a linha de chegada, talvez pudesse ter retornado para buscar Xio e levado o menino a tempo. Poderiam ter compartilhado as pedras. Se Teo não estivesse tão preocupado em vencer, quem sabe o que mais ele e Niya teriam feito para ajudar o filho de Azar.

Teo se sentiu nauseado. Lembrou-se de sua primeira noite, de como ele e Niya haviam convencido Xio a implorar à Deusa Pão Doce por chocolate quente. Da sensação de ver Xio, apenas uma criança resignada, sorrir pela primeira vez desde que havia chegado. Teo pensara que poderia ajudar Xio e mantê-lo seguro, mas estava errado.

Não era assim que as provações funcionavam.

Teo se encolheu na cama, e suas asas se curvaram para abraçá-lo apertado. Aurelio estava certo desde o início. Teo não pertencia àquele lugar. Não merecia estar ali. Sol havia enxergado algo nele que simplesmente não existia.

⁂

No dia seguinte, depois do café da manhã, os sacerdotes de Sol trouxeram roupas novas para Teo. Foi a primeira vez que ele pôde escolher o que vestir.

Para falar a verdade, havia opções demais. Em vez de um conjunto dobrado com cuidado, uma arara inteira o aguardava. Todas as peças variavam em estilo e cor. Teo levou um tempinho para escolher algo de que gostasse e que combinasse, mas finalmente se decidiu por uma calça azul-royal, uma camisa de botão verde-pastel de manga curta e um suéter preto.

Quando encontrou os outros, não ficou nem um pouco surpreso ao ver que Aurelio e Auristela haviam escolhido roupas pretas e vermelhas que combinavam e que mesmo assim, de algum jeito, continuavam parecendo supermodelos. Teo espiou Auristela, odiando perceber que um genuíno medo dela havia surgido em seu interior. Dezi parecia ter escolhido todas as peças cor-de-rosa que encontrou, e Ocelo usou uma combinação tão horrenda de cores que Teo suspeitou que elu podia ter daltonismo.

— Você parece confortável — disse Teo a Xio, com um sorriso.

O menino estava empacotado em uma calça jeans e em um casaco púrpura.

— Estou congelando — resmungou ele, tremendo no convés.

— Aqui. — Niya retirou o cachecol longo de cachemira que estava usando e o enrolou apertado ao redor do pescoço de Xio várias vezes até que restassem apenas o nariz e os olhos do menino.

— Obrigado — disse Xio, em uma voz abafada.

— Como você está? — perguntou Teo, esforçando-se para soar casual. A última coisa que queria era assustar Xio ou fazê-lo se sentir ainda pior sobre estar em último lugar.

Xio deu de ombros, fazendo com que o cachecol de Niya escondesse ainda mais o seu rosto.

— Bem. Por quê?

Teo olhou para Niya em busca de ajuda, então uniu as sobrancelhas e gesticulou vagamente para o garoto mais novo. Ela deu de ombros, como se dissesse, "Vou fazer o quê?".

Dessa vez, não havia nenhum trem elegante para levá-los até a cidade. Eles tiveram que subir um lance muito íngreme e instável de degraus de madeira até uma plataforma onde três vans os aguardavam.

— Que nojo — disse Auristela consigo mesma enquanto eles se dividiam e entravam.

Os sacerdotes de Opção, vestidos com robes preto e branco, guiaram os competidores até as vans. Foi uma viagem por ruas irregulares que cheiravam a escapamento. Pegaram uma estrada de cascalhos da doca até as ruas principais. Quando viraram uma esquina, Laberinto finalmente surgiu à vista. A península se projetava em direção à face do penhasco, deixando a cidade inteira à mostra.

Era, sem dúvidas, a cidade mais estranha que Teo já tinha visto. Não havia dois prédios iguais. Muitos estavam incompletos, e outros haviam começado em um estilo e terminado em outro completamente diferente. As áreas residenciais também eram ecléticas: as casas não tinham nada em comum, possuíam cores vívidas e se empilhavam no que pareciam ruas aleatórias até que Teo entendeu...

— É um labirinto.

De fato, as ruas apertadas se cruzavam e se embaralhavam, várias delas sem saída.

Niya soltou um assovio baixo.

— Sinto muito por seja lá quem tiver que entregar a correspondência.

Os sacerdotes de Opção os levaram até o famoso mercado a céu aberto de Laberinto, *onde as opções nunca acabavam!* Antes do jantar, deram uma hora e meia para que o grupo fizesse compras e visitasse quaisquer lojas ou restaurantes que gostassem.

O mercado a céu aberto consistia em um longo bloco retangular de pequenos prédios e tendas com calçadas bem pavimentadas separadas do tráfego da cidade. O cheiro de carne fritando em um dos muitos vendedores de carrinho se espalhou. Auristela agarrou as mãos de Ocelo e de Aurelio e saiu correndo em direção a uma loja de roupas de grife.

— Aí sim! — exclamou Niya. — Dia de compras! Será que eles têm uma loja de roupas para treino? *Uuuh,* ou uma joalheria... Eu poderia comprar uns braceletes novos para transformar em armas. Para onde você quer ir, Teo?

Ele havia cravado os olhos em um grande chafariz no meio da rua. A protuberância era plana e tinha a altura aproximada de um banco.

— Acho que vou só ficar por ali, na verdade. Não estou muito no clima de fazer compras.

— Nem eu — concordou Xio.

Niya gemeu.

— Qual é! Vocês deviam pelo menos *tentar* se divertir um pouco.

Mas Teo balançou a cabeça.

— Sério, Niya, pode ir. Estamos acabados por causa da provação e não é como se tivesse alguma coisa aqui que a gente *precisa.* Xio e eu vamos relaxar perto da fonte. Você pode encontrar a gente quando acabar.

— Aff! Tudo bem. Mas eu com certeza vou comprar uns shorts de basquete novos para você. Aqueles surrados que você usa para dormir são vergonhosos.

— O que tem de vergonhoso nos meus shorts? — perguntou Teo, mas Niya já estava se afastando, dando tchauzinho.

Teo suspirou e foi em direção à fonte. Xio o acompanhou.

Assim que se sentaram, Teo decidiu tentar abordar o assunto da classificação mais uma vez. Entendia que Xio quisesse parecer forte e despreocupado, mas o menino devia estar assustado.

— Entãooo... — começou Teo, mas Xio balançou a cabeça.

— Estou *bem*, Teo. Sério. É um milagre eu não ter estado esse tempo todo no último lugar. Só temos mais uma provação, e tudo que posso fazer é tentar meu melhor.

— Isso... é muito saudável — admitiu Teo. Então por que *ele* ainda se sentia tão mal?

— Posso ficar com vocês? — perguntou uma voz do alto. Era Marino, olhando saudoso para a água atrás deles.

— Pode, sim — disse Teo, gesticulando para o espaço vazio ao seu lado.

Marino se sentou, com uma expressão de alívio.

— Obrigado. Não me levem a mal, o mercado é legal e tudo, mas eu...

— Não está no clima? — disse Xio.

Marino assentiu com vigor.

— Como é que vamos relaxar com tanta pressão?

— *Exato* — concordou Teo.

Do outro lado da calçada, Ocelo e Auristela empilhavam vestidos e ternos nos braços de um lojista mortal. Enquanto isso, Teo viu Aurelio perambular sozinho pela rua, a cabeça virando de um lado para o outro como se ele estivesse em busca de algo específico.

— Vocês estão conversando sobre as provações? — perguntou Xochi, aproximando-se e se sentando ao lado de Marino. Ela se inclinou para trás de modo que sua cabeça pairou sobre a água, esticou as pernas longas e cruzou os tornozelos. — Eu estou *tão* cansada disso tudo, sabe?

— Só queria ir para casa — concordou Atzi, materializando-se ao lado dela.

Mas, em vez de se sentar com os outros Ouros, Atzi se mexeu e deslizou para o lado de Xio. Teo pensou ter notado uma coloração cor-de-rosa sob o enorme cachecol do menino.

Xochi soltou uma risada.

— Duvido que a Academia vá nos dar pelo menos uma folga para ir para casa entre o fim das provações e a volta às aulas.

— É sério? Mesmo com todos vocês competindo? — perguntou Teo.

Marino e Xochi balançaram a cabeça.

— A gente perderia um tempo precioso de treino — explicou Marino.

— Eu *mataria* por uma semana de folga. — Xochi fez uma careta. — Desculpa, foi uma escolha ruim de palavras. Só quis dizer que faria qualquer coisa para passar um tempo com minha mãe nos jardins.

— Só boiar no mar aberto — concordou Marino. — Sem lutar com um monstro nem resgatar civis, só por um tempinho.

Um silêncio desconfortável recaiu sobre eles. Teo sentiu uma estranha onda de simpatia por todos os estudantes da Academia. Sim, eles eram crianças mimadas e egoístas que queriam atenção, mas ainda eram pessoas, não importa o quanto quisessem que todo mundo pensasse o contrário. Teo não conseguia imaginar não ter permissão para ir para casa quando tudo aquilo acabasse.

Alguns minutos depois, Niya emergiu, abatida, da loja de roupas de treino que havia encontrado com Dezi a acompanhando. Ela caiu sentada no chão, aos pés de Teo, e recostou a cabeça no colo do amigo.

— Eu passeei até me acabar — declarou ela, também em sinais.

Dezi deu um tapinha compreensivo em sua cabeça.

— Você nem comprou nada — comentou Teo, rindo.

— Eu sei. — Ela gemeu. — Não é patético? Não consigo entrar no clima. Essas provações idiotas estão mesmo acabando com minha vibe.

Os outros murmuraram em concordância.

Então passaram todo o tempo que haviam ganhado para fazer compras sentados pensando sobre a provação final que se aproximava. A cada cinco minutos, um deles fazia uma tentativa meia-boca de distrair os outros, mas qualquer conversa que tentavam engatar morria em questão de segundos. Niya estava certa. A energia estava *muito* esquisita.

Os três últimos competidores se materializaram de volta de sua maratona de compras. Auristela trazia uma sacola em cada mão, cheia de roupas e acessórios. Ocelo havia dado um jeito de comprar um saco de areia de boxe e tentava enfiá-lo na traseira do carro, para a irritação do sacerdote.

Aurelio segurava apenas uma sacola de papel na dobra do braço.

— Relio — disse Auristela, com medidas iguais de preocupação e irritação na voz. — Você nem comprou nada.

— Comprei, sim — respondeu ele, enfiando a mão na sacola de papel. — Não sabia direito o que eram as coisas, então o dono da loja escolheu para mim.

Ele puxou um punhado de doces embrulhados em papéis coloridos.

— Doce? — perguntou Auristela, lançando um olhar confuso ao irmão.

Teo soltou uma risada de surpresa.

Com um sorrisinho envergonhado, Aurelio deu um marzipã para o garoto.

— Pulparindo chamoy? — disse Marino surpreso, os olhos arregalados.

— Borrachitos! — cantarolou Atzi.

— Eu não como Coconugs há *anos* — comentou Xochi.

— Você dá uns pra gente? — pediu Niya, unindo as mãos no peito.

— Comprei mais do que vou comer — disse Aurelio, entregando a sacola.

Os outros o enxamearam de imediato.

— Isso é incrível!

— Você é o melhor!

— Obrigado, Aurelio!

Aurelio apenas assentiu, meio sem jeito, e corou. Quando Teo sorriu para ele, ficou satisfeito ao ver as bochechas do semideus do fogo arderem em um tom ainda mais escuro de vermelho. Quando os sacerdotes retornaram para acompanhá-los até o jantar, Aurelio continuou a ser o centro das atenções enquanto todos comiam doce e faziam piadas. Teo se deliciou com seu marzipã na viagem de volta, tentando ignorar Auristela, que ficava lançando olhares venenosos para ele.

A viagem até o Templo de Opção abrangia ruas sinuosas da cidade. O grupo passou pelo distrito dos restaurantes, onde lanchonetes margeavam um pátio com bancos de piquenique. Havia várias mesas com jogos de tabuleiro para uso público dispostas do lado de fora dos prédios.

Quando chegaram ao templo, Teo não ficou surpreso ao descobrir que combinava com a natureza caótica do restante da cidade. A arquitetura era uma mistura de diferentes estilos. Algumas seções eram de pedra polida enquanto outros andares eram pintados de cores vívidas. Cada janela era de um formato diferente, algumas com padrões intrincados e outras com molduras simples e entediantes.

Pelo jeito, quase todos os residentes de Laberinto haviam contribuído para o design do templo e, a julgar pelo andaime na ala oeste, as reformas eram constantes.

Sacerdotes de Opção os guiaram pelos incontáveis corredores até chegarem ao salão de jantar.

No centro, estava a Deusa Opção. Seu cabelo estava cortado tão curto que parecia uma sombra, e ela usava um vestido branco simples. Seu rosto era redondo e, embora parecesse muito amigável, havia algo em sua expressão que dizia que ela sabia algo que ninguém mais sabia e achava o fato engraçado.

— Bem-vindos, competidores! — Ela abriu um sorriso amigável e caloroso enquanto o grupo entrava. — Por favor, acomodem-se e se sentem onde preferirem — disse a deusa, gesticulando.

Diferente das outras cidades, onde as mesas eram retângulos compridos, a mesa do templo de Opção era redonda.

Teo salivou de imediato ao sentir o cheiro da comida. Em vez de serem servidos por sacerdotes, os pratos haviam sido dispostos em mesas compridas na parede dos fundos. Havia todo tipo imaginável de comida, mas uma seleção especialmente grande de peixes, o que Teo achou que tinha a ver com o fato de estarem muito perto do oceano.

Depois de fazerem seus pratos, Teo, Niya e Xio escolheram um lugar para se sentarem.

A Deusa Opção esperou que todos se acomodassem, então escolheu a cadeira vazia ao lado de Teo. Quando ele se virou para agradecer pela hospitalidade, a deusa estava muito diferente. Se ela não fosse a única com quase dois metros de altura, Teo teria pensado que se tratava de outra pessoa.

Em um piscar de olhos, seu cabelo havia crescido e formado cachos castanho-escuros que pendiam até o queixo, com uma nova covinha. Teo percebeu que quando ela se mexia, a cor de seu vestido mudava, como se não fosse possível escolher uma única cor.

Ela lançou a Teo mais um olhar confidente enquanto ele a espiava, boquiaberto.

— Uau! — exclamou Xio, encarando-a sem disfarçar.

— Obrigada — respondeu Deusa Opção, com um sorriso.

Quando colocou uma mecha do cabelo atrás da orelha, os fios mudaram de novo, tornando-se compridos e lisos, da cor de trigo seco pelo sol.

O grupo comeu enquanto conversava baixinho, observando a aparência da deusa mudar a cada mastigada.

— Estou surpreso por você ser considerada uma Jade — Xio confidenciou a ela.

— Por quê?

— Você é... — Ele corou. — *muito* poderosa.

Ocelo bufou.

— Você discorda? — perguntou Deusa Opção, estudando Ocelo.

Diante de seus olhos, o cabelo de Ocelo mudou até que as marcas de onça ficassem de um rosa-pálido e fúcsia-escuro. Dezi se engasgou, achando graça, e Xochi caiu na risada.

— O quê?! — perguntou Ocelo.

Xochi enfiou a mão no bolso e puxou um espelhinho.

— Acho que rosa combina com você — comentou ela, entregando-o a elu.

— Você fez isso? — disse Ocelo, meio surprese e meio espantade, então deu uma olhada rápida na deusa, mas logo voltou ao espelho, sem conseguir desviar o olhar do próprio reflexo.

— Só uma escolha — explicou Deusa Opção. — Uma escolha simples para uma criatura simples.

Tão rápido quanto havia mudado de cor, o cabelo de Ocelo voltou ao normal. Elu fechou o espelho com força e o jogou de volta para Xochi, encarando o prato, furiose.

— A escolha é a força mais poderosa da existência. Muito mais poderosa do que eu — disse a deusa em um tom casual, e recebeu alguns olhares perplexos. — Jades, Ouros... Essas descrições não significam nada, na verdade. — Opção fez um gesto de desdém. — Nós as criamos. É a humanidade que detém todo o poder.

— Como você pode dizer isso? — retrucou Auristela, ríspida, como se a deusa a houvesse insultado pessoalmente.

— Tão parecida com sua mãe — comentou Opção, e Auristela endireitou a coluna como se alguém a tivesse estapeado entre as omoplatas. — Você acha que os humanos nos servem, não é?

Todos ficaram em silêncio, imóveis. Parecia uma pegadinha, mas Teo não entendia. Era assim que o mundo funcionava, todo mundo sabia.

— *Nós* servimos a *eles* — explicou Opção. — Esse é o nosso poder. É um privilégio que eles nos concederam. Nosso povo tem livre arbítrio e nosso poder não significaria nada sem que eles acreditassem.

— Sem os deuses, o mundo acabaria — argumentou Niya, devagar, como se achasse que a deusa estava confusa.

— Eles nos mantêm seguros, assim como Sol e seu sacrifício — acrescentou Marino.

— É, esse é o motivo pelo qual existe o Desafio dos Semideuses, né? — disse Atzi, incerta.

— Para manter a Pedra Solar abastecida.

Todo mundo se virou para Aurelio. O garoto ficava sempre tão quieto durante as refeições que era meio que uma surpresa ouvi-lo falar. Ele ignorou os olhares e manteve o foco na Deusa Opção, com uma expressão séria e inflexível.

— Sem eles, o mundo acabaria.

— Isso, uma única escolha poderia acabar com o mundo — concordou Opção. — E só um de vocês pode fazer essa escolha. O que isso tem a ver com seu poder? — Ela sorriu. — Mas acho que é por isso que todos vocês estão aqui, não é mesmo?

Teo não sabia como interpretar o olhar sábio de Opção.

⁂

— Isso foi esquisito — comentou Xio enquanto eles desciam os degraus instáveis até a doca.

— É, foi como se ela estivesse falando em enigmas ou algo assim — concordou Niya, esfregando as têmporas. — Me deu dor de cabeça. O que ela quis dizer com aquilo tudo?

— Eu não sei — respondeu Teo, mas estava absorto em pensamentos. *Uma única escolha poderia acabar com o mundo.* O comentário de Opção havia sido espontâneo, mas havia mexido com a cabeça de Teo. Algo o fez pensar sobre todas as discussões que ele e Aurelio haviam tido. Sobre o que significava ser o Portador de Sol ou o sacrifício. Era como se a resposta estivesse bem diante de seus olhos, mas ele não conseguisse enxergar.

De volta ao barco, Teo, Xio e Niya tentaram ser produtivos e fizeram trocaram ideias de última hora na sala comum. No dia seguinte, retornariam ao Templo Sol e teriam um último dia antes da quinta e derradeira provação, mas estavam exaustos. Niya adormeceu primeiro, seu ronco baixinho se tornara um ruído de fundo enquanto Teo analisava as anotações de Xio sobre as provações anteriores à procura de uma pista sobre o que estava por vir.

Depois de fazer uma pergunta e não receber resposta, Teo levantou o olhar e viu o corpo mole de Xio ao lado de Niya, em um sono pesado.

— Acho que a gente devia ir para a cama — sussurrou Teo, puxando a manga do menino.

Seus olhos se abriram, e ele endireitou a coluna.

— Agora? — perguntou Xio grogue, piscando os olhos para recuperar o foco. — Já?

— É quase de manhã.

— Podemos ficar acordados mais um pouco?

O modo como ele lançou um olhar furtivo em direção às cabines e a tensão em sua voz fez Teo parar. Talvez o menino estivesse apenas com medo da provação final ou simplesmente não quisesse ficar sozinho. De qualquer maneira, Teo não conseguiu recusar.

Ele suspirou.

— Tudo bem. Mais um pouquinho, e depois vamos dormir.

Xio assentiu.

Teo se sentou ao lado do menino, ligou a TV e diminuiu o volume. Ficou trocando de canal enquanto Xio se acomodava nas almofadas. Quando o rosto irritante de Fofoca apareceu na tela, ele trocou de imediato para algum documentário sobre a natureza. A respiração profunda e quieta misturada à voz zumbida do narrador permitiu que Teo desligasse o cérebro, mesmo que só por um tempinho.

CAPÍTULO 21

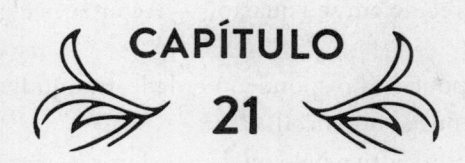

AS PROVAÇÕES ESTAVAM PRESTES a acabar. Quando o barco atracou, o grupo estava de volta ao Templo Sol, onde tudo havia começado e onde, na noite seguinte, tudo acabaria.

Tinham mais um dia. Como uma celebração final antes da quinta provação, teriam um último banquete. Todos os competidores, os pais e os sacerdotes foram convidados para comer, beber e comemorar. Era para ser um evento importante. Os Ouros ficavam comentando, ansiosos, mesmo sob toda a tensão que pairava no ar. Mas para Teo soava terrível. Não queria fingir que estava feliz ou que era uma honra. Estava cansado e assustado, e se sentia impotente para tomar qualquer atitude em relação a isso.

Quando desembarcaram, foram levados para o interior do templo e mais uma vez ouviram o aviso de que deveriam permanecer em seus aposentos, e não sair perambulando por aí. Parecia que um ano — não nove dias — havia se passado desde que partiram pela primeira vez. Os competidores voltaram para seus antigos quartos e ouviram que deveriam ficar apresentáveis. O jantar começaria às seis horas em ponto, e todos precisavam usar seus trajes de gala novamente, o que era a última coisa que Teo queria fazer. Quando entrou no quarto, sua roupa já o esperava, pendurada em uma arara.

Teo queria arremessar tudo pela janela.

Estava prestes a ir tomar banho quando alguém bateu à porta. Correu para abrir, esperando que fosse Aurelio, mas não era. Era muito pior.

— Olá, Teo — cumprimentou Verdade em seu tom sempre profissional. Fofoca lhe lançou uma piscadinha por trás da irmã, mexendo os dedos em um aceno.

— Hã, oi — respondeu Teo, então olhou de relance para o fim do corredor, sentindo o estômago se revirar de medo. Por que diabos aqueles dois haviam aparecido em seu quarto? — Aconteceu alguma coisa? Estou encrencado?

— Nem um pouco — respondeu Verdade, tranquilizando-o.

Fofoca arqueou as sobrancelhas.

— Existe algum motivo pelo qual você deveria estar encrencado?

— Não — retrucou Teo, depressa.

— Estávamos nos perguntando se você estaria disposto a se sentar conosco para uma entrevista — explicou Verdade. — Eu adoraria ouvir o semideus Jade que voou na classificação até o terceiro lugar. Você é uma grande inspiração para seu povo.

— Ou seria, se falasse com eles — acrescentou Fofoca. — Temos uma plateia para facilitar a comunicação.

— Acho que sim — concordou Teo, apesar de ainda não ter certeza. Nutria um ranço tão grande de Fofoca que não sabia se Verdade era tão pouco confiável quanto ele. — Tenho que ir para aquele jantar chique daqui a pouco...

— Não vai demorar muito — Verdade se apressou a dizer.

Teo suspirou.

— Tudo bem.

Eles o guiaram para um dos primeiros andares do templo. Verdade e sua equipe haviam transformado um cômodo amplo em um centro de controle cheio de mesas e cadeiras, iluminado apenas pelo brilho azul das telas que cobriam uma parede enorme. Repórteres e editores trabalhavam nos computadores, mexendo em clipes de cenas das provações, enquanto o noticiário passava em tempo real nas outras telas.

— Sente-se — pediu Verdade, levando-o até o que Teo imaginou ser seu espaço de trabalho.

A mesa tinha três monitores e enormes pilhas de papel meticulosamente organizadas ao lado de uma fileira igualmente enorme de canetas. Havia uma segunda cadeira próxima a um monte de tabloides e cadernos bagunçados, onde Fofoca se sentou.

Teo puxou uma cadeira e se acomodou, tenso, à espera de que câmeras fossem apontadas para seu rosto, mas tudo que Verdade fez foi pegar um bloco de folhas amarelas.

— Vou começar. Depois meu irmão também vai fazer algumas perguntas. Para minha matéria, gostaria de oferecer às pessoas uma visão mais holística do semideus Jade, que tem dominado as provações, *humanizá-lo* um pouco, se me perdoa o jogo de palavras.

Verdade iniciou a entrevista com algumas questões inofensivas — como era morar em Quetzlan, se ele já havia viajado pelo Reino de Sol, como era sua relação com a mãe —, então mergulhou em perguntas mais investigativas.

Ela deu alguns toques no teclado, e uma imagem surgiu em um dos monitores. Era da primeira provação. Ocelo estava no topo da montanha, com os olhos sombreados e raivosos e o pedregulho erguido sobre a cabeça. Teo encarava Ocelo, o medo estampado em suas feições.

— Você passou por maus bocados durante as provações — começou Verdade, estudando-o através dos óculos —, e sem qualquer tipo de treinamento que a maioria dos outros competidores receberam. Como foi isso?

Teo não sabia o que deveria responder.

— Bom, é o Desafio dos Semideuses. — Ele olhou de relance para a imagem, inquieto. — Não é exatamente a coisa mais tranquila do mundo.

Não sabia aonde Verdade queria chegar, mas já estava arrependido de ter concordado em participar.

— Tem razão. Mas neste ano os competidores parecem especialmente... motivados, vamos dizer.

— Ah, é?

— Jovem — interrompeu Fofoca —, este é o Desafio mais escandaloso desde que o filho de Pão Doce se declarou para a filha de Guerreire no meio da quinta provação.

Verdade ajustou os óculos e dirigiu um olhar de aviso ao irmão, que ergueu as mãos em rendição.

— Desculpa, desculpa. Vai em frente, eu espero minha vez.

Verdade deu play em um vídeo da quarta provação, característico por suas plantas e paredes de pedra. Teo observou Auristela colidir contra seu corpo e prender suas asas debaixo dos joelhos. Ele havia se assustado na hora, mas, mesmo na sala silenciosa, com uma cadeira sólida sob as pernas, Teo ainda sentiu o terror se espalhar pela coluna.

— O que aconteceu aqui? — perguntou Verdade.

— Auristela me derrubou. — Teo se mexeu, desconfortável.

— Algumas pessoas acham que, se ela não tivesse interferido, você teria garantido seu lugar como Portador de Sol — comentou Fofoca.

Teo lançou a ele um olhar incerto.

— Duvido.

Ele poderia ter ganhado mais pontos, mas não era possível que estivesse tão perto de se tornar o Portador de Sol.

Verdade pausou o vídeo em Auristela erguendo a Pedra Solar acima da cabeça. A garota estava tão furiosa que seu rosto era grotesco. A gravação, obviamente feita por uma câmera escondida, estava um pouco desfocada, mas dava para ver a escuridão nos olhos da semideusa do fogo. Teo se lembrava de como ficaram quando ela rosnou.

Observando com cuidado a reação do garoto, Verdade falou em uma voz baixa:

— O que você estava pensando nessa hora?

As palmas de Teo suavam. Ele as enxugou nas coxas.

— Eu não sei...

— Achou que ela iria matar você? — perguntou Fofoca.

— *Fofoca*. Por favor, pare de induzir respostas.

Mas Teo olhou para si mesmo na parte inferior da tela, seus olhos fechados com força e os braços levantados sobre a cabeça.

— Achei — admitiu ele, e era verdade. — Pensei, por um segundo, que ela iria me matar.

A boca de Fofoca se contorceu em um sorriso aterrorizante, como um predador que houvesse encurralado a presa.

— Você tem uma rivalidade de longa data com Auristela?

Teo soltou uma risada pelo nariz.

— Não sou amigo da maioria dos Ouros...

— Matar você seria um adianto, não é?

Teo hesitou. Algo no fundo de sua mente o incomodava, uma sensação insistente da qual o garoto não havia conseguido se livrar desde a primeira provação.

Sim. Seria.

— Mas tenho certeza de que deve ser fácil se deixar levar pelo calor do momento durante as provações — ponderou Fofoca, inspecionando as unhas.

— Só posso falar por mim mesmo — disse Teo, tentando se concentrar. — Mas, é, eu sou muito, hmm, focado.

Mas o objetivo de Teo sempre havia sido apenas dar seu melhor e tomar conta de seus amigos. Ele encarou Auristela. Naquele momento, o objetivo dela não havia sido ganhar, mas machucar Teo, impedi-lo de vencer.

— E tem funcionado muito bem — continuou Verdade, obviamente tentando retomar as rédeas da entrevista. — Você foi contra todas as probabilidades durante essas provações, uma vez depois da outra.

Teo franziu a testa.

— Acho que sim...

A realidade era que Teo era tão novo nas últimas provações que não sabia ao certo qual havia sido o comportamento padrão dos competidores. Ele apenas presumira que, por serem Ouros, eram todos implacáveis e fariam de tudo para se tornar o Portador de Sol... Pelo menos até conhecer Niya.

Verdade digitou e virou um monitor para Teo. Dessa vez, a tela exibia o marrom quente das montanhas de La Cumbre. Ele viu a própria forma se agarrando às rochas com toda a força durante a primeira provação, e Ocelo se assomando acima dele, preparade para arremessar um pedregulho nos outros competidores. A câmera se movimentou para capturar Teo pairando no ar, com as asas libertas cintilando ao sol, mas ele foi distraído por Ocelo no topo do penhasco, que abaixou o pedregulho e o encarou como se não o reconhecesse, como se não reconhecesse a si mesme.

Teo se lembrou da onça pulando em Ocelo, da alegria fácil e aberta no rosto da semidivindade. Aquela não era a mesma pessoa do topo do penhasco.

Verdade fez outra pergunta, mas ele não estava mais prestando atenção. Sua mente disparou entre os clipes e as imagens. O ninho em chamas da segunda provação. Niya e Auristela brigando. As videiras espinhosas de Xochi estrangulando Marino.

Teo pensara que tinha apenas imaginado — era tão fácil de ignorar —, mas naquele momento enxergava nitidamente, mesmo nos vídeos tremidos e nas imagens borradas. Sempre que um semideus agia com certa violência, seus olhos adquiriam o mesmo tom vívido de preto. Às vezes era efêmero, como aconteceu com Niya durante a terceira provação, mas às vezes era mais proeminente, como as veias pretas que Teo presenciara formando teias ao redor dos olhos de Auristela quando ela ergueu a réplica da Pedra Solar acima da cabeça.

Algo, ou alguém, estava mexendo com os competidores.

— Ah, sinto que já tomamos muito do seu tempo. — Ele ouviu Verdade dizer. — O banquete já começou…

Teo se levantou de repente, quase derrubando a cadeira.

— Preciso ir.

— E eu? — perguntou Fofoca.

— Acho que você já tem o suficiente — respondeu a irmã em um tom seco.

Quando Teo se levantou e fez menção de ir em direção à porta, Verdade agarrou seu antebraço e apertou.

— Teo — disse ela, seus olhos fixos o encarando. — Boa sorte.

Ele correu para o salão do banquete, alternando furiosamente entre vídeos das provações no TúTube à procura de ângulos melhores e momentos que atiçassem sua memória. Niya e Auristela lutando na selva no Oásis Opala, sua crueldade. Não era normal. Havia algo *errado*. Teo abriu as portas do salão de jantar e derrapou até parar. O cômodo estava cheio, com todos os deuses, competidores e sacerdotes sentados a uma grande mesa encabeçada por Lua. Todo mundo se virou para encará-lo, inclusive Aurelio.

— Teo, onde está sua regalia? — perguntou sua mãe, confusa ao olhá-lo de cima a baixo.

Ao lado dela, Huemac franziu a testa, meio confuso e prestes a dar um sermão, mas Teo não ligava nenhum pouco para o que estava vestindo.

— Está tudo bem? — perguntou Lua, levantando-se.

Tudo bem? *Se estava tudo bem?*

— Tem algo de errado com as provações! — gritou Teo.

Olhares de surpresa e de alarme se espalharam pela mesa.

A deusa o encarou, perplexa.

— Do que você está falando?

Teo correu em direção a ela, ignorando o olhar assustado de sua mãe e o murmúrio dos outros.

— Olha! — Ele mostrou o celular e rolou depressa por vídeos e imagens do Desafio. — Está vendo os olhos deles? Tem alguma coisa mexendo com a mente dos competidores durantes as provações, deixando todo mundo com raiva e violento, mas eu… eu não sei — gaguejou ele, tentando organizar os pensamentos desconexos. — Só presta atenção!

Teo estendeu o celular para Lua, mas antes que ela o pegasse, Fogo se levantou.

— Silêncio — exigiu ela.

Teo viu o rosto da mãe oscilar entre a confusão e a ofensa enquanto ela alternava o olhar entre os Ouros e o filho.

— *Ele* estar *aqui* já é uma ofensa à tradição sagrada do Desafio. Isso é só mais um truquezinho desesperado por atenção!

— Como é que é? — retrucou Teo, ríspido, o que talvez não fosse a atitude mais inteligente. Fogo ferveu. — Eu não sou o primeiro Jade a participar do Desafio, mas pode ser a primeira vez que a competição foi sabotada.

A última palavra fez alguém no final da mesa se sobressaltar.

— Se a gente é julgado pelo nosso heroísmo, pelas nossas atitudes, mas alguma outra coisa se apodera de nós, isso não faz com que toda a competição seja injusta?

— Eu já aguentei o suficiente de você e seus dramas! — Fogo derrubou o celular de Teo de sua mão.

O aparelho caiu com um baque metálico, e a tela se quebrou ao deslizar pela pedra.

Teo sentiu o coração acelerar.

— Não!

Aurelio se levantou depressa.

— Sentado! — ordenou Fogo, mas Aurelio não se mexeu.

Ele alternava entre a mãe e Teo, parecendo não saber o que fazer. Auristela, que estava sentada ao seu lado, agarrou o braço do irmão.

Teo respirou fundo na tentativa de acalmar a tempestade de emoções que se formava em seu interior.

— Lua, *por favor*. Me escuta. De todos nós, você é única que deve ter percebido que tem alguma coisa errada.

Lua engoliu em seco, as mãos inquietas à frente.

— Não é meu dever questionar a vontade de Sol.

— Então você viu! — exclamou Teo.

Ele olhou para seus amigos, na esperança de que a revolta deles se unisse à sua. Qualquer pessoa... Niya, Xio ou até mesmo algum dos Ouros. Mas todos pareciam tão confusos e incertos quanto Lua.

— Teo... — disse Quetzal em um tom gentil, apoiando uma das mãos sobre seu ombro.

Ninguém estava *escutando*.

— Mãe, é sério! Eu posso mostrar...

— O show acabou, Filho de Quetzal — decretou Fogo. — Sente-se e se sinta grato. Aparecer atrasado para um banquete organizado em sua homenagem enquanto competidor já é desonra o suficiente. Não envergonhe mais ainda sua mãe.

— Alguém vai morrer amanhã — retrucou Teo, a voz ecoando pelas paredes. — E você só se preocupa se eu estou atrasado para esse jantar idiota!

O salão ficou em silêncio. Ninguém havia expressado aquilo em voz alta em nenhum dos outros banquetes. Todo mundo havia feito um acordo tácito de ignorar essa parte.

— Como a classificação funciona, Lua? Como Sol, tão grandiose, está decidindo quem vai morrer amanhã? Alguém de nós está a salvo?

Lua apenas o observou, obviamente consciente de que ele não esperava uma resposta.

— A classificação está esquisita desde o começo. Todo mundo sabe.

O coração de Teo estava disparado. Ele não conseguia segurar a língua, e as palavras jorravam. Não era apenas sobre o que Verdade havia mostrado. Era como se toda a raiva e a frustração que ele havia sentido durante o Desafio finalmente chegasse a um ponto crítico.

— Sua filha pode morrer amanhã, Deusa Fogo. Você não se importa?

As chamas arderam nos olhos derretidos da divindade.

— Como você *se atreve*...

— Para, Teo — uma voz ao seu lado pediu de repente.

Xio estava sentado à mesa ao lado do pai, com o rosto pálido.

— Xio — disse Teo, chocado.

Ele não se importava? Estava em último lugar!

Lágrimas brilharam nos olhos escuros do menino.

— Você só está piorando as coisas — continuou ele, em uma voz chorosa.

Azar o abraçou de modo protetor.

— Você sabia como funcionava desde o começo — falou Lua, devagar e deliberadamente.

— Eu não escolhi ser um competidor — rebateu Teo, mas ele podia ouvir a derrota na própria voz.

— Isso é o que faz nosso mundo funcionar, Teo. Você sabia desde sempre, só não se importou quando não o afetava.

As palavras foram como um soco no estômago. Teo recuou um passo e olhou ao redor. Niya, pela primeira vez sem palavras, o encarava com uma expressão de confusão. Os outros competidores trocavam olhares desconfiados enquanto os sacerdotes sussurravam por trás das mãos.

Aurelio ainda estava de pé, pronto para fazer *alguma coisa*, mas até mesmo ele parecia perdido.

— Mas, os olhos... — Teo olhou para onde seu celular estava, quebrado e inútil.

— Teo... — Sua mãe se levantou e, devagar, deu alguns passos em sua direção. — Acho que você está muito cansado — disse ela, em um tom suave, como se estivesse falando com um passarinho amedrontado. — Você passou por muita coisa. Talvez precise de um descanso.

O coração de Teo afundou. Nem sua mãe acreditava nele.

— Que absurdo. Exijo que ele seja punido! — condenou Fogo.

— É a noite que antecede a última provação, Deusa Fogo — disse Lua, calma.

O comentário pairou pesado no ar. O que poderia ser pior do que o que eles teriam que enfrentar no dia seguinte?

— Então eu o quero confinado no quarto! — Fogo bateu o punho na mesa.

Lua suspirou, mas não discutiu.

— Teo, por favor, vá para seu quarto e esfrie a cabeça — orientou ela, dispensando-o com um aceno, então esfregou a testa. — Amanhã é a quinta e última provação. Espero que as coisas se desenrolem melhor.

Humilhado e furioso, Teo voltou para o quarto sem dar a ninguém a oportunidade de falar com ele. Quando entrou, bateu a porta com força. Por que ninguém acreditava? Ele sabia que era improvável, mas havia provas! Não havia?

A dúvida era como bile no estômago de Teo. Ele jurava que dava para ver, fosse lá o que fosse, nos olhos dos competidores nas filmagens. Sua mãe estava certa, ele estava exausto, mas isso não significava que havia inventado tudo. Ou havia sido apenas uma impressão? Teo semicerrou os olhos e os esfregou com os punhos.

O que estava acontecendo com ele?

Alguém bateu à porta, e Teo se sobressaltou.

Ele sentiu o medo revirar seu estômago. Será que era Fogo, de volta para castigá-lo? Ou talvez Lua, para dar outra punição? Ele estava tentado a ignorar, mas, quando bateram de novo, dessa vez de modo mais persistente, Teo se arrastou até a porta e a abriu.

Era Huemac. Parecia que não dormia havia dias. Teo se preparou para um sermão ou um castigo pelo comportamento no banquete, mas o sacerdote apenas suspirou.

— Encrenqueiro — disse ele, em um tom suave.

As lágrimas encheram os olhos de Teo e, quando ele tentou piscar, só piorou.

Huemac entrou no quarto e fechou a porta.

— Você se meteu em uma baita bagunça, encrenqueiro — comentou ele, com um sorriso cansado.

Teo praticamente desabou nos braços do idoso, as lágrimas manchando o robe verde-esmeralda de Huemac, de um jeito que não acontecia desde que era um garotinho. O sacerdote o abraçou firme e acariciou suas asas. Teo não sentia aquele toque reconfortante havia anos.

— Suas asas são muito bonitas — elogiou Huemac, a voz rouca mesmo depois que ele pigarreou. — Estava esperando o momento certo para dizer. Estou muito orgulhoso de você.

Teo soltou uma risada amarga.

— Por quê? Não fiz absolutamente nada para você se orgulhar.

— Por quê? — Huemac colocou as mãos quentes em seus ombros e o afastou, forçando-o a endireitar a coluna. — Teo, você se tornou você mesmo. Estou impressionado com o jovem rapaz diante de mim.

Teo balançou a cabeça.

— Eu nem deveria estar aqui.

— Você não teve escolha.

Teo pensou no que a Deusa Opção havia dito. *Todos nós temos uma escolha.*

— Eu sou um merda. — Teo esfregou os olhos. — Eu estrago *tudo.*

— Teo... — Huemac soltou um suspiro, então se sentou na beirada da cama e gesticulou para que o garoto se unisse a ele. — ... Eu chamo você de "encrenqueiro" desde que você tinha dois meses. Nunca contei essa história, mas eu estava segurando você enquanto sua mãe dava um discurso. Você havia acabado de se alimentar e não estava arrotando. — Ele balançou a cabeça em desaprovação, mas um sorriso curvou sua boca. — Acabei tendo que devolver você a Quetzal antes de ela voltar ao pódio e, quando ela o segurou, você vomitou na frente do vestido dela. Depois riu de mim. Juro que riu. — Huemac deu uma gargalhada. — Foi a primeira vez que chamei você de encrenqueiro.

— Não sei o que uma golfada de bebê tem a ver com isso — ponderou Teo, em voz baixa.

— Mas não importava — continuou Huemac, ignorando-o. — Sua mãe riu e tirou muitas e muitas fotos com golfo depois. Você me ensinou que não importava. Você não respeita autoridades nem formalidades desde que nasceu.

Huemac o encarou com um olhar sério.

— Mas você não causa problemas só para machucar os outros. Quando percebe uma injustiça, quando vê pessoas agindo de modo injusto, você causa problemas para impedi-las.

— Não foi por isso que eu...

— Você busca justiça de modo persistente, impulsivo e barulhento — interrompeu Huemac —, e isso deixa as pessoas desconfortáveis, mas não o torna uma pessoa ruim. Pelo contrário, torna você uma pessoa muito boa. Muito melhor do que os outros que permanecem em silêncio porque têm medo de levantar a voz.

— Acho que essa foi a coisa mais legal que você já disse sobre mim — provocou Teo, em meio a fungadas.

— E é melhor você lembrar, porque vai ser a última vez.

Teo deixou escapar uma risada de surpresa, o que aliviou um pouco da tensão em seu corpo.

— Acho que fiz papel de idiota — confessou Teo.

Mas Huemac balançou a cabeça.

— Não, Teo, você falou porque precisava ser dito. Não é culpa sua se os Ouros não escutam.

— Não foram só os Ouros.

Teo se lembrou da terrível sensação de perceber que Quetzal também não havia acreditado no filho.

Huemac suspirou.

— Eu sou apenas mortal, Teo. Sei como é sentir que nossas ações não são importantes. Mas devemos tentar fazer o que é certo, independente de quem está disposto a escutar.

Eles ficaram em silêncio por um momento, então Teo disse baixinho:

— Estou com medo.

Huemac sorriu e deu tapinhas em seu joelho.

— Só um idiota não estaria. Encrenqueiros mudam as coisas, Teo. Você é inegavelmente filho de Quetzal. Você é o Herói de Quetzlan, queira ou não — acrescentou ele, quando Teo fez uma careta. — É muita responsabilidade.

Uma responsabilidade que Teo ainda não achava que merecia, mas que podia começar a aceitar.

— Eu arruinei aquele jantar chique idiota e agora todo mundo acha que estou inventando histórias sobre as provações — disse ele, esfregando o nariz. — Agora todo mundo me odeia.

— Se seus amigos conhecem você, sabem que é uma pessoa muito boa com boas intenções.

— E se eles me odiarem mesmo?

— Niya conhece você, Teo, então não a subestime. Teria sido muito mais fácil para ela não ser sua amiga durante todos esses anos. Niya não vai desistir de você tão fácil. — Quando Teo ainda não parecia convencido, ele acrescentou: — Se tudo der errado, compre o perdão dela com todos os doces que você escondeu na mochila.

Teo abriu um sorriso esperto.

— Você sabia, né?

Huemac riu e deu um tapa nas costas do garoto.

— Não é apenas Sol que tudo vê.

CAPÍTULO 22

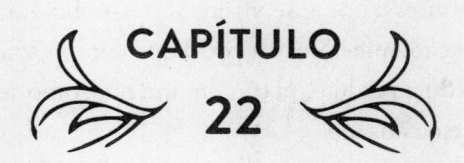

DEPOIS QUE HUEMAC FOI EMBORA, Teo não aguentou ficar confinado no quarto que não era o seu, em uma cama que era macia demais para ser confortável. Até mesmo suas roupas estavam marcadas com o logo da Academia, lembrando-o de que estava apenas brincando de se fantasiar em um espetáculo perverso e pomposo. Arrancou os pijamas brilhantes aprovados pela Academia e tirou da mochila o short preto de basquete e a camiseta azul-jade de ginástica de Quetzlan High.

Mais uma vez, burlou as regras e saiu da ala dos competidores. Não se importava se havia sido banido para o quarto. Não havia nenhuma punição que Fogo ou Lua pudessem lhe infligir que seria pior do que ser forçado a competir no Desafio.

Subiu os degraus até o topo do Templo Sol. O observatório estava vazio, exceto pela Pedra Solar e o altar à espera do sacrifício.

Sem ninguém por perto, Teo percebeu que a pedra emitia um zunido baixo enquanto girava. Pequenas erupções solares lambiam as laterais.

Dali, era possível ver todo o Reino de Sol se estendendo em direção à escuridão. Luzes piscavam em cidades distantes, e os feixes de luz das Pedras Solares cruzaram o céu a partir de seus respectivos templos. Na casa de Teo, a poluição luminosa encobria o brilho das estrelas, mas ali elas cintilavam no céu.

Teo se sentou na beirada do observatório, as pernas balançando sobre a lateral, enquanto a Pedra Solar aquecia suas costas. Ficou de frente para o pequeno feixe de luz mais distante a oeste, que sabia ser do Templo Quetzlan. Estava com saudade de casa. Parecia que haviam se passado meses desde que ele partira, e não dias.

Teo apoiou os cotovelos nos joelhos e esfregou as mãos no rosto.

— Aí está você — disse uma voz familiar.

O garoto se sobressaltou e se virou. Viu Aurelio em pé às suas costas, com o short da Academia e um cropped que combinava com o uniforme. O cabelo havia sido puxado para trás em um nó, como sempre. Seus lábios exibiam um sorriso cansado.

— Como você me encontrou? — perguntou Teo, as asas dobradas apertadas nas costas.

Aurelio deu de ombros de leve.

— Não tem muitos lugares para se esconder por aqui.

Teo semicerrou os olhos de modo suspeito.

— Na verdade, o templo é bem grande.

Aurelio se sentou ao lado dele e soltou um suspiro profundo. Teo gostava de como as partes macias de sua barriga dobravam quando ele se sentava.

— Passei um tempo procurando — admitiu ele.

— Era para a gente ficar no quarto a noite toda. Sua mãe não vai ficar brava se descobrir?

Aurelio deu de ombros.

— Ela quase sempre está brava comigo, então acho que não faria muita diferença.

Sem saber o que responder, Teo ficou quieto. Um calor suave e preguiçoso irradiava de Aurelio, aquecendo-o no ar frio da noite. Ao lado da coxa musculosa nua e da pele marrom-escura de Aurelio, Teo parecia comicamente pálido e magro.

— Qual delas é a sua? — perguntou Aurelio, acenando com a cabeça em direção às luzes da cidade.

Teo apontou para o feixe estreito de Quetzlan.

— E a sua?

Aurelio se inclinou para Teo, seu ombro pressionando uma asa, e apontou na direção oposta. O feixe de San Fuego era o mais próximo e mais brilhante, praticamente ardendo no céu noturno.

— Cara, eu queria tanto conhecer as outras cidades — comentou Teo, soltando uma risada fraca.

— E agora? — perguntou Aurelio, os olhos ainda fixos no feixe de luz da Pedra Solar de sua cidade.

— Agora, acho que você precisa vencer Dezi para se tornar o Portador de Sol. — Teo o cutucou com o cotovelo. — Depois eu posso mostrar Quetzlan para você.

— Hmm.

Por um tempinho, permaneceram em silêncio. Teo esperou que Aurelio dissesse algo, mas sua quietude estranha fez Teo se perguntar se talvez o Ouro estivesse esperando que *ele* dissesse algo.

Só fica quieto, ordenou Teo a si mesmo. *Não estraga o momento*. Mas ele não conseguiu se conter.

— Então, você também acha que sou um mentiroso?

As sobrancelhas de Aurelio se uniram.

— O quê? Está falando do que aconteceu no jantar?

Teo assentiu.

— Não, eu não acho que você esteja mentindo. Tem alguma coisa... que não se encaixa.

O silêncio recaiu sobre eles de novo. Teo não queria insistir, não queria piorar a dor de ninguém acreditar nele. Mas também sentiu, no fundo do peito, que Aurelio o escutaria.

— Sabe, por um segundo eu achei que sua irmã fosse esmagar o meu crânio — comentou Teo, com uma risada.

— Por um segundo — disse Aurelio, finalmente olhando para ele —, eu também. Mas ela não é assim — acrescentou ele, parecendo confuso. — Auristela é competitiva, mas não é violenta.

— Acho que só me resta acreditar em você — sussurrou Teo para si mesmo.

Aurelio assentiu.

— É sério. Ela nunca fez nada parecido. E tem agido de um jeito estranho ultimamente. Todo mundo, para ser honesto.

Ele parecia preocupado.

— Falando da perspectiva de alguém de fora — disse Teo, pressionando os dedos no peito —, todos os Ouros parecem muito "Vou fazer de tudo para vencer".

— Somos competitivos, mas até na Academia está mais para uma competição amigável — continuou Aurelio, distraído com o cordão do casaco.

— A gente pega pesado na hora, mas depois ainda somos amigos, ainda fazemos piadas...

— *Você* faz piadas?

Aurelio lançou um olhar escaldante para Teo.

— Estou falando sério. Normalmente é mano a mano, mas não tem toda essa sabotagem e... crueldade.

— Talvez o estresse das provações esteja afetando a gente — ponderou Teo, dando de ombros, na tentativa convencer a si mesmo mais do que a Aurelio, porque a outra opção era aterrorizante demais. — A possibilidade de fama e glória ou de morte iminente não revela exatamente o melhor das pessoas.

Sem dúvida, não havia revelado nele.

— Talvez — concluiu Aurelio, depois de uma longa pausa, mas não parecia convencido.

Além do óbvio, havia mais uma coisa que havia acontecido na quarta provação que ainda incomodava Teo.

— Antes de a sua irmã destruir a réplica da Pedra Solar, ela tentou pegá-la. Por que não ficou com ela?

Aurelio prendeu a respiração e inclinou a cabeça para um lado.

— É... complicado.

— Estou com tempo.

— Eu e Auristela sempre fomos muito próximos.

— Bom, vocês são *gêmeos*.

Aurelio revirou os olhos.

— É mais do que isso. Fomos criados pelo nosso pai mortal porque nossa mãe estava ocupada. Eu estava tão animado para começar na Academia na época — disse ele, com uma risada fraca.

Um sorriso melancólico curvou os lábios de Teo.

— Eu me lembro.

Teo se lembrou de todas as noites que haviam passado juntos durante feriados e eventos. Das brincadeiras em que fingiam ser Heróis lutando contra vilões e monstros para proteger o povo de Sol. Aurelio estava sempre tão animado, falando sobre como seria na Academia, os dois juntos.

— Mas aí eu comecei na Academia e não era nada como eu achava que seria — continuou Aurelio, encarando as mãos em seu colo. — Não tínhamos mais o nosso pai, nossos irmãos estavam todos ocupados sendo Heróis e os sacerdotes de Fogo não eram os mais acolhedores.

Teo se lembrava muito bem.

— Minha mãe ficou martelando na nossa cabeça a importância de ser um *Ouro* e como só deveríamos ser amigos de *outros* Ouros, só os mais fortes.

Aurelio se virou para encará-lo, e Teo percebeu que estava prendendo a respiração.

— Lamento muito pela forma como tratei você.

Teo sentiu um aperto no coração. Suas bochechas ficaram vermelhas enquanto seus ombros se erguiam até as orelhas.

— Foi uma atitude horrível — desculpou-se Aurelio, recusando-se a desviar o olhar. — Você foi muito gentil comigo, o único que tentou ser meu amigo, e tratei você muito mal. Eu me arrependo disso todo dia.

A sinceridade de Aurelio era desconcertante, e a dor que Teo sentia por ter sido deixado de lado durante tantos anos ainda ardia em seu peito. Ele não tinha certeza se estava pronto para perdoar Aurelio.

O Ouro lhe dirigiu mais um olhar intenso e se virou, liberando Teo.

— É engraçado — disse ele, soltando uma risada curta e triste. — Eu passei a infância inteira querendo estudar na Academia e treinar para ser um Herói. Estava desesperado para receber a atenção da minha mãe, mas, quando finalmente consegui, não foi nada como eu esperava. Não tinha ninguém com quem eu pudesse conversar sobre isso... Pelo menos ninguém que fosse entender, exceto Auristela. É por isso que sou tão próximo da minha irmã — continuou Aurelio, deslizando o olhar acobreado para Teo. — Ela é a única pessoa com que tenho *permissão* de ser próximo. É a única pessoa que sempre esteve presente.

Soava horrível e solitário.

— Minha irmã sempre foi muito... protetora.

— É, eu percebi — resmungou Teo, esfregando o caroço na parte de trás da cabeça.

— Auristela e eu temos que ser estudantes modelo, *Heróis* modelo. Os melhores dos melhores. Sempre treinando, sempre competindo. Passamos a vida inteira ouvindo que precisávamos ser os melhores dos melhores, *excepcionais*.

— E você conseguiu, né? Niya diz que você e Auristela são os estudantes com a melhor classificação. E os dois foram escolhidos para competir no Desafio — apontou Teo. Se Aurelio estava tentando arrancar alguma empatia de Teo, o Ouro não tinha a menor ideia de com quem estava falando. — E o que isso tem a ver com ela ter estilhaçado a Pedra Solar?

— Auristela queria que eu pegasse a Pedra Solar porque queria que eu vencesse a provação.

— É óbvio que ela quer que um de vocês vença — disse Teo, esperando por algum tipo de revelação.

— Não. Ela quer que *eu* vença. Então, quando não peguei a Pedra Solar, ela não pensou direito e decidiu que, se eu não ganhasse a provação, *ninguém* ganharia. Assim ela me ajudaria a continuar em primeiro.

— Mas agora Dezi está em primeiro.

— Como eu disse, ela não pensou direito.

— Por que ela quer tanto que você vença?

— Para poder provar para nossa mãe que não sou um fracasso.

Ele disse de modo tão casual que, na hora, Teo pensou que havia escutado errado.

— Quê? — perguntou Teo com uma risadinha. — Como diabos ela acharia que *você* é um fracasso?

Com certeza era algum tipo de piada. Estavam falando de Aurelio, o Garoto Dourado. Como alguém poderia acusá-lo de ser qualquer coisa menos que perfeito?

— Eu não sou à prova de fogo.

Aurelio se virou para encará-lo, com uma expressão confusa, como se não tivesse certeza de como Teo responderia.

O que ele *realmente* não sabia. Não fazia sentido.

Teo balançou a cabeça.

— Mas você é o filho de Fogo. Todos os filhos de Fogo são à prova de fogo... É, tipo, sua *característica*.

— É, bom, não a minha — respondeu Aurelio, com a voz rouca, inquieto. — Eu posso manipular o fogo, mas minha pele não é à prova de fogo. Não fica machucada tão rápido quanto a dos mortais, mas eu posso sentir.

Aurelio puxou as mangas do casaco, revelando os braceletes dourados sempre presentes. Mexeu nos pequenos fechos no braço esquerdo, e Teo sentiu o coração saltar na garganta.

Queria estender a mão e pedir que Aurelio parasse. Fosse lá o que estivesse prestes a mostrar, Teo sabia que não estava preparado para ver.

— Se eu não manipular o fogo por muito tempo, não machuca.

Com um *click* o bracelete se abriu e revelou a pele.

Teo respirou fundo.

Cicatrizes marmoreadas circulavam o antebraço de Aurelio. Algumas eram de um marrom mais escuro e outras, de um vermelho vívido.

Teo se curvou para a frente. As cicatrizes possuíam padrões que Teo reconhecia, mas não conseguia identificar.

— Foi questão de me acostumar — explicou Aurelio, em voz baixa, enquanto a cabeça de ambos pendia sobre seu braço. Ele flexionou os dedos e pedaços de tecido cicatrizado repuxaram sobre o músculo. — Minha mãe chamava de "treino de resistência".

Teo sentiu o estômago congelar. Lembrou de onde reconhecia os padrões.

Marcas de mão. Do mesmo tamanho, mas em camadas e em diferentes estágios de recuperação.

Ele cerrou a mandíbula. Uma onda de ódio ardeu em suas veias. Se existia algum motivo para socar um deus, era aquele.

Aurelio estava sentado, quieto, com os olhos baixos e as cicatrizes à mostra.

Teo engoliu a bile na garganta. Estendeu a mão para o braço de Aurelio, mas se deteve. Seus dedos pairaram no ar.

— Dói? — perguntou ele, quase sussurrando.

O mesmo sorriso cansado curvou os lábios de Aurelio.

— Sempre.

Teo pensou em todas as vezes que havia visto Aurelio manipular o fogo. O alebrije lagartixa cuspindo fogo em suas mãos. A muralha de chamas na frente da qual ele havia se jogado para proteger Teo. Todas as pessoas em Quetzlan que ele salvara do incêndio terrível na padaria.

Aurelio sentia tudo, e ainda assim corria para as chamas.

— Auristela acha que todos os meus problemas serão resolvidos se eu me tornar o Portador de Sol — disse ele, trazendo Teo de volta ao presente. — Que talvez, com um título assim, minha mãe parasse de prestar atenção nas minhas... deficiências.

— *Deficiências* — repetiu Teo, com uma risada amarga.

Aurelio era o Ouro perfeito, moldado para ser um Herói, desde o corte de cabelo até as roupas que vestia... até sua persona fotogênica.

— Auristela estava errada em...

— Destruir a pedra ou tentar esmagar a minha cabeça?

Aurelio escolheu ignorá-lo.

— Mas eu entendo o motivo. No fim das contas, ela é o mais importante para mim, não os títulos. — Aurelio amarrou a faixa dourada no braço e ergueu o olhar para Teo. — Eu faria qualquer coisa pela minha irmã, e ela faria qualquer coisa por mim. Não me importo se vou me tornar ou não o Portador de Sol e impressionar a minha mãe, só quero que a gente sobreviva.

Aurelio estava preocupado com a possibilidade de Auristela ficar em último.

Ambos estavam em situações similares, com as pessoas com quem se importavam figurando por último na classificação.

Mas alguém tinha que morrer. Não qualquer um, alguém que eles *conheciam*. Teo odiava admitir, mas havia começado a gostar de alguns Ouros. Eram engraçados, apenas crianças como ele, e não os supervilões que havia imaginado. Dezi e Marino o salvaram durante as provações mais de uma vez. Auristela e Ocelo eram péssimos, mas não o suficiente para justificar que fossem assassinados.

Se a situação continuasse igual, era Xio quem iria morrer.

Teo se sentiu enjoado. Queria vencer por todos os motivos errados... não por alguma causa nobre, mas porque desejava se sentir merecedor. Mas não era tarde demais. Ainda dava tempo de consertar.

Mesmo que algo estivesse interferindo nas provações, manipulando os semideuses para reagirem e tomarem atitudes violentas, ninguém acreditava, e Teo não sabia como provar. A verdade era que eles estavam fadados a participar da provação final. Assim, independente do que mais estava acontecendo, Teo tinha que descobrir como sobreviver, com Niya e Xio.

— Eu vou fazer o que for preciso para manter Auristela a salvo — decretou Aurelio, uma intensidade ardente queimava atrás de seus olhos acobreados.

Teo soltou uma risada forçada.

— Essa é a pior parte, né? — disse ele, olhando de volta para a Pedra Solar.

— Qual? — perguntou Aurelio, olhando de Teo para pedra.

O sorriso nos lábios de Teo era amargo.

— Alguém ainda tem que morrer.

Por um longo momento, ambos ficaram em silêncio.

Aurelio levantou o braço e apontou para uma constelação.

— Ali. As Obsidianas.

Teo semicerrou os olhos.

— Eu nunca fui bom em identificar estrelas. Todas parecem iguais para mim.

— Não são estrelas isoladas — explicou Aurelio, gesticulando de modo um pouco mais amplo. — São constelações. Está vendo aquele aglomerado brilhante à esquerda? Aquela é a base de Chupa-cabra. E do lado, está vendo aquela forma? Aquela que parece uma ampulheta? É Caos.

Teo achou que conseguia enxergar.

— E Vingança?

A mão de Aurelio deslizou para a direita.

— Ali. Está vendo? Parece um bode com chifres. Foi ali que Sol trancou todas as Obsidianas entre as estrelas.

— Então é por isso que estamos lutando, hein? — Teo não conseguiu evitar a amargura em sua voz. — Para manter umas bolas de luz a distância?

Mas Aurelio balançou a cabeça.

— É muito pior que isso.

O silêncio recaiu mais uma vez enquanto ambos observavam a noite. Teo tentou imaginar as Obsidianas na época antes da guerra, quando eram deidades tão reais quanto sua mãe ou Lua. Não conseguia imaginar. Na cabeça de Teo, as Obsidianas estava mais para monstros de uma história de terror.

— Fiquei pensando sobre o que você disse na outra noite — murmurou Aurelio.

— Eu falo um monte de coisa — disse Teo, baixinho. — Você vai ter que ser mais específico.

— Sobre como se ser o sacrifício era uma honra tão grande, então o vencedor era quem deveria morrer.

Teo olhou para ele, surpreso.

— Você acha que estou certo?

Aurelio balançou a cabeça, os olhos com as pálpebras pesadas enquanto ele olhava para a escuridão imensa.

— Não. — Ele soltou um longo suspiro. — Mas também não acho que você está errado.

— É melhor do que nada — comentou Teo, mas havia um peso sobre os dois.

— Eu não... — Aurelio pausou e comprimiu os lábios. Fosse lá o que ele estivesse tentando dizer, dava para ver que era difícil de expressar. — Não sei se consigo fazer isso.

Teo arqueou uma sobrancelha.

— Fazer o sacrifício — continuou Aurelio. — Ser o Portador de Sol. Mesmo se não fosse minha... Mesmo se eu não conhecesse a pessoa que precisa morrer. Mesmo que tenha que ser feito. Eu não sei se consigo tirar a vida de alguém.

Hesitante, Teo encostou o ombro no de Aurelio, que ficou tenso, mas não se afastou.

— Espero que você não precise fazer isso — disse Teo, baixinho.

Os ombros de Aurelio caíram e ele se inclinou um pouquinho para o lado. O calor de sua pele se espalhou pela lateral de Teo.

Os dois ficaram em silêncio, encarando a Pedra Solar, que queimava no ar.

CAPÍTULO 23

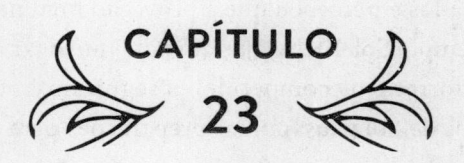

A QUINTA PROVAÇÃO SÓ ACONTECERIA mais tarde, à noite. Eles tinham muito tempo para matar até lá, tempo demais para que Teo se sentisse desconfortável. Todos estavam estranhamente inquietos e silenciosos. Teo estava ainda mais preocupado com Xio, que tinha círculos escuros sob os olhos e se recusava a comer. Isso até Teo e Niya o atazanarem (gentilmente) para que ele comesse um pouco de pão e queijo.

A certa altura, Teo, Xio e Niya estavam na sala comum jogando loteria e, quando Teo ergueu o olhar, percebeu que a maioria dos Ouros também estava no cômodo.

Marino, Dezi, Atzi e Xochi jogavam sinuca sem muito entusiasmo, e alguém comentou que Ocelo havia se retirado para a sala de treinamento. Não estavam conversando e rindo como das outras vezes. Até Dezi, que estava sempre sorrindo e animado, se apoiava no taco como se a qualquer momento fosse cair no sono, em pé.

Aurelio e Auristela se sentaram lado a lado em um dos sofás que ficava de frente para as janelas. Ficaram quietos, mas o olhar de Aurelio encontrou o de Teo mais de uma vez enquanto o garoto observava os gêmeos do outro lado da sala.

A cidade lá embaixo fervilhava conforme os sacerdotes preparavam tudo para as festividades da noite. A quinta e última provação começaria depois do pôr do sol e a cerimônia do Portador de Sol, à meia-noite.

A animação estremecia o Templo Sol, mas os competidores almoçaram em silêncio.

Teo se perguntou se todo mundo estava pensando a mesma coisa: em menos de doze horas, um deles conquistaria o título de Portador de Sol.

E um deles morreria.

Apesar da inquietação, Teo ficou surpreso quando um sacerdote de Sol chegou para guiá-los e percebeu que a provação final não aconteceria em uma arena no Templo Sol. Eles viajariam para um lugar não revelado.

Em seus uniformes, os competidores seguiram Lua de volta para as docas. Sacerdotes de Sol pausaram as preparações para celebrar e acenar. Teo conseguia ver a própria respiração enquanto percorria, obediente, as trilhas de terra.

Em vez do grande barco de sempre, uma frota de *trajineras* os aguardava. Os sacerdotes dos competidores estavam em seus barcos, um mar de robes coloridos. Teo tentou avistar o azul e verde intenso de Quetzal, desesperado para ver o rosto de Huemac, mas a pequena trajinera Jade estava nos fundos.

Lua os instruiu a subir no barco da frente repleto de adornos dourados de Sol. A mesa estava posta com frutas, carnes e todo o tipo de sucos frescos que o grupo poderia querer. Mas, quando se sentaram, ninguém tocou em nada.

Quando atravessaram as cachoeiras, Teo achou por um segundo, cheio de uma esperança delirante, que talvez estivessem indo para casa em Quetzlan, mas logo descartou a ideia quando a trajinera seguiu em direção ao sul. Teo nunca havia viajado por esses canais e, como era péssimo em geografia, não fazia ideia de por quais cidades desconhecidas a jornada os levaria.

A cada cidade que eles atravessavam, as pessoas se aglomeravam ao longo dos canais e sobre as pontes, torcendo e celebrando. Gritos cortavam o ar, mas nem Auristela acenou.

Teo se perguntou se essas pessoas entendiam para o que estavam torcendo. Não se tratava de um desfile bobo para celebrar um feriado divertido, era uma procissão funerária.

Quando o sol mergulhou no horizonte, Niya finalmente começou a se transformar em uma pilha de nervos. Falava em uma velocidade estonteante sobre absolutamente nada. Todos ficaram em silêncio, deixando a garota conversar consigo mesma pelo resto da viagem. Até isso era melhor do que o silêncio de tensão.

Passaram por uma das cidades mais periféricas enquanto o sol se punha em seu último dia antes de ser renovado.

Era uma cidade pequena e precária. Muitos dos prédios ao longo do canal eram tortos e tinham janelas cobertas por placas de madeira. Quanto mais o barco avançava, mais alerta os Ouros ficavam. Dezi endireitou a coluna, os olhos fixos à frente. Ocelo franzia o cenho.

De repente, Niya parou de falar.

A trajinera havia diminuído a velocidade e parado em uma doca velha e frágil. Estavam à certa distância das casas mais próximas e, quando Teo olhou para o que havia adiante, enxergou apenas a escuridão completa da noite. Mas então seus olhos se ajustaram à luminosidade parca, e ele percebeu que havia uma massa de árvores escuras que se erguiam rumo ao céu.

— Isso não pode ser sério — comentou Xochi, sinalizando. Teo se sobressaltou. O cabelo da garota chicoteou de um lado para o outro enquanto ela olhava dos amigos à mesa para as árvores. — Eles não podem estar falando sério!

Teo ouviu o coração martelar, mas então uma respiração curta e falha chamou sua atenção. Xio encarava, com os olhos escuros arregalados, a selva ameaçadora.

Auristela se agarrou ao braço de Aurelio, também encarando as árvores. Aurelio comprimiu a boca em uma linha fina e tensa, e suas narinas se dilataram.

Pela primeira vez na vida, Niya estava quieta.

— Onde estamos? — perguntou Teo, tenso, enquanto a adrenalina inundava suas veias.

— Los Restos — respondeu Aurelio.

O medo gélido engoliu o que restava de calor no corpo de Teo.

Do que ele se lembrava da escola, Los Restos era a floresta selvagem ao sul, onde as ruínas abandonadas dos deuses traidores jaziam, longe de Sol. Depois que Vingança, Chupa-cabra e Caos foram trancafiados nas prisões celestiais, os deuses destruíram suas cidades e templos. A natureza havia reivindicado as ruínas e, depois de tantos anos, animais perigosos e monstros perambulavam livremente. Em raras ocasiões, eles ultrapassavam as fronteiras do Reino de Sol, mas as situações eram resolvidas rapidamente pelos Heróis. O fato de que a selva começava assim que a periferia da cidade acabava era assustador. Uma barreira quase invisível impedia as raízes e as samambaias de se espalharem.

Começou a chover. Não uma chuva suave e quente, do tipo que Teo presenciava durante a temporada de furacões, mas do tipo cortante e gelada, que picava a pele. Deu para ouvir o rugido baixo de um trovão enquanto o grupo seguia Lua para a extremidade da selva. As estrelas prateadas do vestido da deusa e as mechas de seu cabelo refletiam a pouca luz que iluminava as trilhas.

Adiante, havia dez caminhos de madeira suspensos e cobertos por uma grossa camada de musgo. Os semideuses subiram as precárias escadas de corda até plataformas a cerca de seis metros de altura do solo. Todas haviam sido construídas com toras que se cruzavam e se estendiam até desaparecerem na floresta densa e escura.

Dessa vez, a presença de Fantasma não serviu de nenhum conforto para Teo. A amiga era apenas um lembrete ameaçador do destino que aguardava quem ficasse em último lugar na classificação.

— Esta provação exige que vocês escolham um único caminho, mas *não é* uma corrida — explicou a Deusa Lua, também em sinais, enquanto um sacerdote segurava um guarda-chuva sobre ela. — Quanto mais avançarem floresta adentro, mais coisas estranhas e perigosas vão aparecer, e mais seus caminhos vão começar a se cruzar. A linha de chegada é na convergência de todos os caminhos. Haverá uma grande plataforma com o glifo de Sol à espera. Quando cruzarem a linha de chegada, não poderão mais voltar.

Teo tentou escutar, mas estava tremendo até os ossos, o que dificultava a concentração. Só conseguia pensar que se fossem separados, ele, Xio e Niya teriam que dar um jeito de se encontrar.

— Esta provação não tem regras. Vocês devem apenas chegar ao final — anunciou Lua, com a voz vacilante.

A deusa já fora estoica e gentil, até mesmo severa, mas Teo nunca a havia visto amedrontada. Ele sentiu arrepios percorrerem seus braços.

— A floresta de Los Restos foi corrompida pelo poder antigo das Obsidianas, e sua influência permanece. A luz de Sol não entra por entre as copas escuras das árvores. Vocês estarão por conta própria e serão julgados de acordo com quão bem se defenderem contra os resquícios de poder das Obsidianas. Não é possível saber quais obstáculos os aguardam adiante. Vocês podem usar quaisquer meios necessários para se proteger. A única condição é que, se saírem da trilha, não poderão continuar e sua luz será apagada.

Luz?

Todos os uniformes se acenderam ao mesmo tempo. O padrão em formato de colmeia, a costura e os painéis de rede brilhavam em um tom quente de dourado, exceto pelos trajes de Teo e Xio, que resplandeciam em azul e verde.

A expressão de Lua vacilou por um segundo. Ela olhava para Xio com preocupação. Abriu a boca como se fosse falar, mas nada aconteceu, então examinou o restante dos competidores. Quando seu olhar prateado pousou em Teo, ela fechou a boca, e suas feições voltaram à severidade da máscara redonda e inabalável de sempre, apesar de algo no formato da mandíbula parecer tenso demais.

— Os competidores serão levados para a linha de partida e então começaremos.

Uma fileira de sacerdotes de Sol deu um passo à frente para guiá-los.

Mesmo no topo da plataforma, a chuva continuava forte. Teo localizou os amigos, o que era fácil de fazer no escuro devido aos uniformes iluminados.

O garoto tentou ignorar os arrepios que faziam suas asas se sacudirem para se livrar do excesso de água nas penas. A ponte de seis metros havia parecido muito mais baixa quando ele olhara do solo. A madeira nodosa sob seus pés era escorregadia e retorcida, mas não havia grades nem bordas, apenas casca de árvore molhada, musgo e o breu completo abaixo.

A barreira familiar de luz dourada quase transparente o separava do restante do caminho, mas à frente era possível ver as toras desaparecerem nas profundezas da selva.

— Competidores, em suas marcas — decretou Lua.

Teo se virou para Xio e deu um joinha. O menino respondeu com um aceno curto mas vacilante de cabeça.

A corneta de Mariachi soou, e o relógio de Teo vibrou no mesmo instante em que a barreira desapareceu.

Assim que Teo atravessou a linha de árvores, a escuridão engoliu tudo, e o uniforme era a única fonte de luz. O caminho suspenso de madeira se retorcia para a esquerda e para a direita, o que tornava impossível enxergar muito adiante. Eles estavam sob a copa da floresta, então a folhagem densa bloqueava as estrelas. Quase não havia espaço entre as árvores, que se encostavam, e os galhos se emaranhavam como dedos.

Teo perdeu a ínfima esperança que tinha de usar as asas para voar e procurar os amigos. A selva era tão densa que não havia como avançar quatro metros sem se embolar todo nos galhos. Mesmo assim, as asas estavam doloridas depois de tanto esforço durante as provações, como Aurelio havia avisado, e os joelhos de Auristela esmagando-as contra o chão não havia ajudado em nada.

Teo estava de volta à boa e velha corrida.

E era terrível.

Na hora, sentiu uma pontada na lateral do corpo, e cada passada incomodava os ombros já doloridos. Permaneceu no centro do caminho porque, se chegasse perto demais da beirada, sentia vertigem ao encarar a selva escura lá embaixo. A copa bloqueava a chuva direta, mas a água se acumulava em frondes e era despejada em fluxos densos. No escuro, era impossível enxergar videiras e galhos irregulares, então era necessário recuperar o equilíbrio a todo momento ou arriscar cair de cara no solo da floresta.

Talvez ir devagar, ponderando cada passo, fosse uma atitude mais inteligente, mas, em meio às arvores escuras, o sentimento repentino e opressivo de solidão o impulsionou a avançar mais rápido até encontrar seus amigos.

Depois do que pareceram séculos, o caminho se encontrou com outro à direita. Teo diminuiu o passo, aguçando os ouvidos e o olhar. Ouviu movimento vindo das árvores, algo grande e inumano. As gotas frias de chuva alvejavam sua pele e pingavam em seus olhos.

— Xio? — gritou ele, na esperança de que talvez ficasse mais fácil se encontrar.

Tentou mais três vezes, mas o barulho da chuva nas folhas impossibilitava ouvir qualquer outra coisa.

Teo não entendeu como era possível estar chovendo tanto. Ele protegeu os olhos com a mão e olhou para cima. Jurava que as nuvens chuvosas haviam se aglomerado *embaixo* da copa das árvores.

Enquanto tentava entender o que estava acontecendo, Teo sentiu a cabeça formigar e um gosto metálico estranho atingiu sua língua.

Houve uma explosão em seus pés e, meio segundo depois, um estalo alto disparou. Derrubado de lado, Teo se afastou depressa do tronco chamuscado e fumegante. Quando ergueu os olhos, viu que Atzi havia chegado de fininho por trás.

Ela avançava com passos determinados, as mãos se retorcendo enquanto nuvens carregadas circulavam obedientes acima de sua cabeça. Havia algo de errado na maneira como ela se portava. Teo estava prestes a perguntar quando a boca de Atzi se curvou em um sorriso convencido nem um pouco característico dela. A garota estendeu o braço, pronta para atacar.

Merda, merda, merda!

Ele se levantou às pressas, com os sapatos deslizando.

Atzi o alcançou e um raio tremeluziu entre suas mãos. Teo conseguiu desviar do projetil que veio em sua direção como uma lança. O raio partiu ao meio o tronco em que o garoto estava apoiado.

Brilho prateado iluminou o rosto frustrado de Atzi, que berrou e arremessou outro raio.

Teo pulou, a dor quente dominando seus ombros enquanto suas asas o erguiam para escapar. O golpe atingiu uma árvore.

— Qual é, Teo! — incitou ela. — Você não se lembra da primeira provação, quando eu derrubei você em pleno voo? Não quer se vingar?

Atzi estava estranha. Teo não a conhecia muito bem, mas no curto período que viajaram juntos a garota nunca havia agido de modo tão agressivo. Era focada, mas quieta.

— Ou talvez você prefira lutar comigo — sugeriu Atzi.

Mas não era mais Atzi. Suas feições se retorceram e se curvaram, e a figura diante de Teo cresceu. De repente, Ocelo surgira, com os dentes afiados reluzindo.

— Vamos lá, Menino Pássaro.

A figura que não era Ocelo saltou para a frente, com as garras à mostra. Teo tropeçou para trás, caindo sentado sobre toras. Ocelo investiu mais uma vez, e Teo rolou. Pensando rápido, o garoto chutou da mesma forma que Aurelio fizera quando lutaram, derrubando Ocelo.

— Isso é tudo o que você tem, Jade? — provocou Ocelo, se levantando em um pulo.

Teo precisava admitir que tinha sido uma péssima imitação. Dessa vez, quando Ocelo avançou, seu punho colidiu com a mandíbula de Teo.

Suas asas se debateram e ele foi arremessado de lado. Sentiu gosto de sangue, mas ainda estava consciente.

— Isso é tudo o que *você* tem? — perguntou ele, cuspindo sangue cor de jade enquanto se esforçava para se levantar mais uma vez.

Os lábios de Ocelo se contraíram de modo não natural em um sorriso afiado.

— Eu tenho o dia todo.

A figura se transformou de novo, quase dobrando de tamanho. A expressão convencida de Ocelo derreteu para a expressão raivosa da Deusa Fogo.

— Você continua sendo uma decepção.

A voz era idêntica à da deusa. Teo sentiu a raiva borbulhar em seu estômago. As mãos da deusa conjuraram bolas de fogo.

Não era possível que fosse a deusa verdadeira. Com certeza era um dos truques de Los Restos.

Fogo atirou a primeira bola no rosto de Teo, que vislumbrou as sobrancelhas chamuscarem quando ele desviou aos trancos e barrancos do golpe.

Não era a Deusa Fogo verdadeira, mas o fogo era definitivamente de verdade.

A deusa riu. Teo não se lembrava de ter ouvido a Deusa Fogo real sorrir em nenhuma ocasião. Era um som cruel.

— Que Jade lamentável. Tenho que admitir, eu não achava que você chegaria tão longe. Estava ansiosa para ver minha filha destruir você.

Ela atirou outra rajada de fogo. Enviando uma oração a Sol, à sua mãe ou a qualquer deus que estivesse escutando, Teo fechou as asas à sua frente. O sopro de vento que criou foi poderoso o suficiente para repelir as chamas, mas ele achava que não seria capaz de fazer isso uma segunda vez.

Precisava se aproximar e derrotar Fogo antes que ela conjurasse mais chamas.

Dando mais um impulso com a ajuda das asas, Teo investiu contra a deusa com os braços levantados. Seu cotovelo colidiu com o nariz dela, derrubando-a.

Quando Fogo olhou para Teo, havia um filete de sangue escorrendo por seu rosto, mas ela estava sorrindo. Sua língua lambeu o icor preto no canto da boca.

— Que lamentável que isso seja o melhor que você pode fazer.

— Cala a boca! — gritou Teo.

Ele avançou novamente, dessa vez mirando na boca grande e idiota da deusa. Fogo apenas riu enquanto ele desferia soco atrás de soco, sem se dar ao trabalho de desviar.

Que tipo de jogo era aquele? Fogo poderia tê-lo derrubado sem problemas lá embaixo com o raio de Atzi ou o mutilado com as garras de Ocelo. Além disso, Teo *sabia* que não tinha a menor chance contra a verdadeira Deusa Fogo. Era como se ela estivesse cedendo e permitindo que a acertasse.

Esta provação não tem regras, Lua havia dito. *Vocês devem apenas chegar ao final.*

Quanto tempo ele já havia perdido lutando contra aquela coisa? Não dava para derrotá-la. Não importava a força dos golpes, ela sempre se recuperava, inabalada. A luta nunca terminaria.

Teo tentou pensar. O que Niya faria? Ou Aurelio? Será que a Academia sequer considerava a possibilidade de dar aulas sobre lutas que não podiam ser vencidas?

Lutas que não podiam ser vencidas. Teo teve uma ideia.

Deixou os punhos caírem. Fogo aproveitou a oportunidade para empurrá-lo para trás, mas não tentou atirar mais bolas de fogo. Teo sorriu.

Era igual ao que acontecia em seu jogo de videogame favorito. Às vezes, para escapar de um inimigo que não podia derrotar, ele precisava apenas correr para fora de seu alcance.

Teo correu.

Fogo nem sequer correu atrás dele. Teo voltou pelo caminho do qual havia partido.

— Fraco! — berrou a deusa. — Alguém tão covarde jamais mereceria meu filho!

Definitivamente não era Fogo, mas era uma babaca à altura.

Ele teria que encontrar outro caminho. *Tinha* que haver outros caminhos. Todo mundo havia corrido em direções diferentes, mas as plataformas deviam convergir em algum ponto.

Teo apertou o passo. O único ponto positivo de precisar correr tanto era que o frio tinha sumido. É, talvez seus braços expostos já estivessem dormentes àquela altura, mas seu interior estava quente, o que o ajudava a não tremer.

Depois de virar mais algumas curvas sem incidentes, ele quase não percebeu quando os caminhos convergiram de novo. Dessa vez, já havia alguém esperando.

Marino estava de joelhos na beirada da plataforma, estendendo a mão precariamente em direção à escuridão. Devia ter ouvido Teo se aproximar porque virou a cabeça, com uma expressão de pânico.

— Me ajuda! — pediu Marino, o braço ainda estendido para a escuridão ameaçadora. — A gente precisa ajudá-lo!

Teo deu um passo adiante, sem saber o que esperar, mas tudo que viu foi escuridão.

— Não tem nada lá...

— Dezi! — gritou Marino, ignorando-o, e se virou para o abismo de novo. Suas mãos se movimentavam depressa, formando sinais para a escuridão. — Ele não quer segurar minha mão! — disse Marino, com a voz trêmula. — Me ajuda a alcançar o Dezi!

O torso de Marino estava praticamente para fora da beirada, e ele parecia não notar que não havia nada lá.

Teo agarrou seu ombro na tentativa de puxá-lo para trás.

— Dezi não está lá, Marino! — Ele ficou ofegante com o esforço de tentar puxar o outro garoto, que se recusava a sair do lugar. — É a maldita Los Restos mexendo com a gente!

Marino não queria ceder. Esperneou e acertou um chute na barriga de Teo, mas pelo menos Teo conseguiu impedi-lo de cair e ser eliminado.

Outra figura entrou na clareira, e Teo sentiu um buraco no estômago, pressentindo mais uma ilusão. Para a sua surpresa, deparou com Dezi. O garoto sacudia a cabeça como se estivesse tentando se livrar de uma visão, mas então notou a presença de Marino e Teo.

Marino já estava de volta à beirada.

— Marino, olha! — gritou Teo, agarrando sua perna.

A expressão de Dezi se tornou severa, e seus olhos se cravaram em Teo.

Finalmente, Marino olhou para trás e, quando viu o verdadeiro Dezi, seu rosto se contraiu em alívio. Saiu correndo e caiu de encontro ao peito de Dezi, agarrando-o como se quisesse garantir que ele estava mesmo ali, e não pendurado na beirada prestes a morrer.

Sobressaltado, Dezi o abraçou apertado e o afastou, colocando-se entre Teo e Marino.

Teo os encarou. Todo mundo tinha alguém que queria proteger.

Precisava encontrar Xio. Não fazia ideia de quais ilusões terríveis o menino havia encontrado e não suportava a ideia de Xio enfrentando-as sozinho.

Por fim, Marino e Dezi olharam para Teo.

— Eu não entendo. Eu vi Dezi pendurado na beirada — disse Marino, também em sinais.

Dezi arregalou os olhos, alternando rapidamente entre Marino e Teo.

— Eu estou vendo pessoas também — contou Teo, recuperando o fôlego. Tentar impedir um Ouro de se jogar da beirada era muito mais difícil do que parecia. — São as tentações sobre as quais Lua nos avisou. Seja lá o que ainda esteja nesse lugar, está criando ilusões para nos enganar.

Marino assentiu, solene, explicando para Dezi em sinais o que Teo havia acabado de dizer. O filho de Amor pareceu entender, e suas mãos começaram a se mover.

— Ele viu coisas também — disse Marino.

Os garotos se olharam com uma tristeza e um alívio tão grandes que Teo se sentiu um intruso.

Ele desviou o olhar, avaliando as opções. Havia um caminho que continuava para a selva e dois que levavam de volta aos pontos de partida.

Seu coração batia forte enquanto ele tentava decidir o que fazer. Já não deveria ter tido algum sinal de Xio àquela altura? Se continuasse em frente, correria o risco de deixar o menino para trás.

Mas se voltasse para procurá-lo, Xio podia ultrapassá-lo e correr sozinho para o perigo.

Teo não podia se dar ao luxo de ficar ponderando, então seguiu seu instinto.

— Boa sorte — disse ele para os Ouros, então se virou e voltou pelo caminho que Dezi havia tomado.

Teo correu o mais rápido que pôde, com esperança de que não tivesse feito uma péssima escolha e estivesse voltando sem motivo. Seu peito arfava enquanto ele inspirava a água da chuva e o suor salgado. O caminho era exatamente o mesmo em que ele havia iniciado, mas dessa vez Teo conseguiu ignorar os cheiros e sussurros familiares que tentavam distraí-lo. Correu pelas curvas sinuosas, mas tinha cada vez menos certeza de que havia feito uma boa escolha à medida que avançava.

— FILHO DA PUTA! — soou uma voz familiar.

Ele derrapou até parar, atordoado.

— Niya? — chamou ele.

— Teo?

— Você está bem?

— Estou! Só estou meio assustada!

A voz de Niya ecoou, ricocheteando entre as árvores gigantes. Ele a seguiu até outra bifurcação. A amiga estava no meio de uma plataforma. Quando o viu, seus olhos brilharam.

— Teo!

Ela fez menção de abraçá-lo, mas Teo deu um passo para trás.

— Diga algo que só Niya saberia — pediu ele.

As palavras soaram ridículas saindo de sua boca. Era uma frase de filme, mas Teo não sabia de que outro jeito garantir que aquela era mesmo sua melhor amiga.

— O quê? — perguntou ela, confusa, quase à beira das lágrimas.

— Diz algo que só Niya saberia. Para provar que é realmente você...

— QUANDO A GENTE TINHA DEZ ANOS, VOCÊ COMEU UM ROLY-POLY NO FESTIVAL DE VERÃO E ME OBRIGOU A MENTIR PARA ENCOBRIR VOCÊ! — contou ela, a voz trêmula e os olhos brilhando. — QUANDO A GENTE TINHA TREZE ANOS, VOCÊ FEZ AQUELE CORTE DE CABELO HORRÍVEL E ME FEZ EDITAR TODOS OS SEUS POSTS NO INSTAGRAFÍA POR UM MÊS ATÉ CRESCER DE VOLTA! QUANDO A GENTE TINHA QUINZE ANOS...

— TUDO BEM, TUDO BEM, JÁ ENTENDI! — gritou Teo de volta, as bochechas ardendo. — Quer fazer o favor de falar baixo?!

— Você acredita que sou eu de verdade? — perguntou ela, fungando enquanto esfregava o nariz com as costas da mão.

— É melhor ser, senão a Niya de verdade vai ter que responder por compartilhar todos os momentos mais vergonhosos da minha adolescência na televisão.

Niya se jogou em Teo em um abraço de quebrar as costelas. Era um alívio vê-la, mas era impossível ficar tranquilo em meio àquela selva.

— Você está ouvindo coisas? — perguntou Niya, recompondo-se devagar.

Teo assentiu.

— E vendo coisas também. Pessoas. — Ele estremeceu. — A Deusa Fogo.

— Eca.

Ele assentiu de novo.

— Como você está?

— Não gosto dessa altura toda. Gosto de terra firme — reclamou Niya, com a voz tensa.

— Viu Xio por aí?

Teo girou devagar enquanto tentava entender onde estava.

— Eu não vi *nada*. Está escuro pra cacete aqui.

Teo xingou baixinho. Já estava falhando com o menino.

— Será que eu tenho medo de altura?

— Precisamos encontrar Xio — anunciou Teo. — Estou fazendo o caminho de volta, para o caso de ele estar atrás da gente.

Niya assentiu com firmeza e seguiu o ritmo de Teo no caminho de volta.

Incontáveis cenários terríveis passaram pela cabeça de Teo. Distraído, ele acabou tropeçando quando viraram na próxima curva. Tentou, de modo meio atrapalhado, se recuperar o mais rápido que podia, então se virou, pronto para lutar com qualquer ilusão na qual houvesse acabado de colidir.

— Xio!

Ele praticamente chorou de alívio.

O menino estava sentado na madeira molhada, e um brilho contornava o capuz puxado sobre a cabeça, revelando seus olhos arregalados de surpresa.

— O que vocês estão fazendo aqui? — perguntou ele, a voz falhando enquanto balançava a cabeça, incrédulo.

— Procurando por você — respondeu Niya, apressando-se para colocá-lo de pé. — Achamos que alguma coisa tinha acontecido com você.

Teo olhou o garoto de perto.

— Niya, como vamos saber que é ele mesmo?

Xio pareceu confuso.

— É óbvio que é ele. Olha como ele está triste. Uma ilusão não ficaria só sentada aqui, desamparada.

Ele não sabia como contra-argumentar.

— O que aconteceu com você? — perguntou Teo.

— E-Eu me perdi — gaguejou Xio, com as bochechas coradas. — Está muito escuro. Eu corri o mais rápido que consegui, mas...

A má sorte realmente o perseguia.

— Não importa. A gente achou você — disse Teo, abanando as mãos. — Vamos, a gente precisa correr. Esse lugar está cheio de ilusões, então desconfie de tudo que vir ou ouvir. Eu já encontrei alguns Ouros, então temos muito o que recuperar.

Xio assentiu com vigor e obedeceu. Manteve o passo, mas Teo ouvia sua respiração irregular, mais alta que os passos. Teo e Niya ajustaram a velocidade para se manterem em um ritmo que Xio conseguisse acompanhar.

Passaram a primeira convergência e, quando alcançaram a segunda, o temporal havia se tornado um chuvisco. Quando chegaram à outra curva, o caminho se uniu a outro à esquerda. Por um breve momento, Teo ficou aliviado ao pensar que *finalmente* estavam chegando a algum lugar, quando duas figuras trajadas de dourado emergiram à frente, vindas do caminho à esquerda.

Auristela e Aurelio.

Na hora, Teo agarrou a parte de trás da jaqueta de Xio, arrastando-o para que parasse. Niya parou também. Os três se agacharam, prontos para lutar ou algo assim, mas os gêmeos sequer olharam para trás.

Pareciam meio acabados. O cabelo de Auristela não estava preso no rabo de cavalo habitual, mas voava às costas, e não dava para ter certeza, mas parecia que Aurelio estava mancando um pouco durante a corrida. O que ou quem quer que os tivesse atrasado, não tinha sido nada gentil.

Teo cutucou Xio para seguir em frente.

— Rápido, vai, vai, vai! — incitou ele, em um sussurro rouco, sem querer chamar a atenção dos gêmeos.

Com sorte, os dois estariam muito focados em concluir a provação para olhar para trás.

Aurelio e Auristela continuaram devagar, mesmo com o possível machucado do garoto.

Pouco tempo depois, Teo ouviu algo à frente. O caminho se endireitava. Feixes de luz penetravam pelo túnel de selva emaranhada. De repente, era possível enxergar a folhagem ao redor, e era aterrorizante. Galhos pretos retorcidos cresciam por toda parte, com vértices afiados e cristais cortantes de obsidiana.

Aurelio e Auristela se apressaram, deixando longas sombras às suas costas.

Um murmúrio baixo logo se transformou no burburinho alto de multidões.

— Acho que estamos quase no fim — disse Teo a Xio, os braços e as pernas formigando de exaustão.

Xio apenas assentiu.

O caminho de madeira se abriu de modo abrupto, transformando-se em uma plataforma ampla, muito além da linha das árvores. Aurelio e Auristela saíram primeiro e foram recebidos com uma explosão de aplausos. Por um segundo, os gêmeos pareceram assustados, paralisados.

Assim que Teo e Xio chegaram à plataforma, o clamor da multidão parou de uma só vez. Arquibancadas enormes haviam sido erigidas abaixo e ao redor da plataforma, e estavam lotadas de sacerdotes e semideuses.

No centro, o glifo de Sol repousava em um estrado elevado. Uma barreira dourada como a do início da provação o rodeava. Devia ser a linha de chegada. Ocelo e Dezi aguardavam dentro da barreira.

Teo esfregou os olhos, na esperança de que fosse real.

Quando os três se aproximaram do centro da plataforma, a multidão voltou à vida.

Aurelio e Auristela olharam para trás, finalmente notando a presença de Teo, Niya e Xio.

Teo podia jurar que vira Aurelio começar a curvar os lábios em um sorriso, mas então o Ouro se virou e continuou correndo. O olhar de Auristela se demorou mais, o que a fez perder um pouco do ritmo à medida que eles se aproximavam da linha de chegada.

Ela estava com uma expressão esquisita, que se desfez quando Aurelio virou e disse algo à irmã.

O barulho da multidão mudou, gorjeando e aumentando de volume, cada vez mais agudo.

Auristela balançou a cabeça e o seguiu.

Então as luzes se apagaram, e todos foram mergulhados na escuridão. Teo mal conseguia enxergar onde seus pés estavam pisando, mas não importava, porque era possível vislumbrar seu destino.

Aurelio e Auristela estavam a apenas alguns metros de distância da linha de chegada, contornada pelo brilho suave do glifo. Os gêmeos iriam vencer, mas pelo menos Teo sabia que ele e seus amigos completariam a provação sem serem desqualificados. Isso tinha que valer de alguma coisa na classificação, *tinha que valer.*

— Corre, Xio! — incitou ele, puxando a manga do amigo. — Estamos quase lá!

A barreira cintilou com luz dourada quando Aurelio a atravessou.

Ocelo e Dezi o cumprimentaram com entusiasmo e tapinhas nas costas.

Por um segundo curto e doce, Teo presenciou o sorriso cintilante de Aurelio. Então o sorriso congelou e as sobrancelhas dele se franziram.

Então estavam de volta à realidade. O som estrondoso da torcida se desvaneceu em estática, e depois em um silêncio sinistro. As luzes retornaram, tão brilhantes e abrasadoras que Teo ergueu a mão para proteger os olhos, diminuindo o passo.

Mas Auristela não havia ultrapassado a linha de chegada com o irmão. Aguardava a alguns metros de distância, de costas para Teo.

Aurelio olhou para a irmã e, através da camada dourada e cintilante, Teo viu seus lábios se mexerem, mas não conseguia ouvir o que ele estava dizendo.

Auristela o ignorou e se virou. Focou em Teo e Xio. Ela os encarou, com os lábios partidos e a cabeça inclinada para o lado, como se estivesse escutando algo.

Teo sentiu um buraco se formar em seu estômago.

Auristela fechou os olhos e respirou fundo, devagar.

— *Espera.* — Teo estendeu o braço, forçando Xio a desacelerar.

O menino olhou para ele, confuso.

— O quê? O que foi?

Quando Auristela abriu os olhos, eles estavam pretos como carvão, e a pele ao redor estava escurecida e marcada por veias pretas. Suas narinas se alargaram e mechas de cabelo molhado grudaram em suas bochechas. Seus lábios se retraíram sobre dentes brancos perfeitos.

Estava acontecendo de novo. Dessa vez, Teo *sabia* que não estava imaginando.

Além do ombro dela, Aurelio alternava o olhar entre a irmã e Teo, frenético. Batia o punho na barreira, mas não produzia nada além de um baque leve. Sua boca se moveu de novo. *Auristela.*

Mas ela não ouviu. Sua pele ficou vermelha, e a garota estendeu as mãos nas laterais do corpo. O fogo rugiu em suas palmas. Por que isso tinha que acontecer *naquele momento*? A provação estava quase acabando, eles estavam quase no fim!

— CORRE! — Teo agarrou Xio e o empurrou bruscamente para fora do caminho.

A luz sumiu mais uma vez.

Uma bola de fogo iluminou a escuridão, explodindo entre eles. Auristela investiu contra Teo, arremessando bolas de fogo sem parar. Teo fazia de tudo para desviar, girando e se abaixando, mas a semideusa era incansável. Ele sentia os sopros de calor espetarem sua pele enquanto tentava correr dos ataques subsequentes.

O corpo de Teo já estava exausto, cada músculo gritava, mas ele não podia parar. Seu único pensamento era ordenar a si mesmo para se mexer mais rápido, se levantar e manter Auristela longe de Xio, mas, na escuridão, nem dava para saber onde Xio estava. Havia muitas visões, sons e coisas tentando matá-lo. As provações passadas haviam sido confusas, mas aquela ia muito além.

Era puro caos.

Auristela só ficou mais feroz, grunhindo e fervendo enquanto atirava bolas de fogo. Uma rajada de vento das asas de Teo enviou um dos projéteis em um caminho curvo. A bola de fogo acertou um dos troncos horizontais na plataforma, e o fogo crepitante engoliu a madeira.

Teo olhou de volta para Auristela. A pele ao redor de seus olhos estava roxa e funda, as veias escuras se espalhando por seu rosto. Ela abriu a boca para falar, mas foi interrompida quando a arena foi banhada na escuridão obsidiana mais uma vez. O som estrondoso da multidão foi distorcido para um gorjeio baixo e lento. Teo sentiu a pulsação acelerar.

Não tinha tempo para tentar entender o que estava acontecendo. Precisava correr. Teo compensava a falta de força em velocidade. Suas pernas estavam bambas e mal pegavam impulso, mas ele sabia que se caísse, estaria tudo acabado.

Auristela deve ter percebido também. Quando ele fingiu ir para a direita, Auristela tropeçou. Ela soltou um grito, alto mesmo com o barulho da multidão. Teo olhou para trás por sobre o ombro enquanto ela chutava o ar. Por um instante, a garota pareceu uma bailarina, com a perna erguida no alto e o pé perfeitamente estendido, então ela o bateu no chão.

Um arco crescente de chamas se espalhou, chamuscando a escuridão e avançando em direção a Teo.

O garoto reuniu cada gota de energia que restava em seu corpo, se inclinou para a frente, pulou e abriu as asas para baixo. As chamas de Auristela se espalhavam com uma rapidez incomum, escurecendo um trecho largo da plataforma de madeira. Teo disparou para o ar, e o fogo lambeu os troncos abaixo de si como uma onda, chamuscando a casca das árvores. Quando ele tentou bater as asas para ganhar mais altitude, a dor em seus ombros foi lancinante. As asas se debateram, e Teo caiu na plataforma.

Rolou algumas vezes, perigosamente perto da beirada. Ao recuperar o equilíbrio, ainda no chão, o som se transformou em um zunido baixo e ritmado. As luzes piscavam na mesma cadência. Desesperado, Teo se esforçou para se levantar outra vez, mas o mundo estava tremeluzindo, e ele não conseguia fazer as pernas funcionarem. Auristela foi rápida, mas, sob as luzes estroboscópicas, parecia estar em câmera lenta.

A garota se aproximou, o vapor ondulando ao se desprender de sua pele. Ela ergueu as mãos sobre a cabeça. Uma bola de fogo surgiu entre elas. O barulho da multidão foi cortado, mas as luzes piscantes continuaram.

Teo arregalou os olhos. Sentiu a pulsação acelerar e o pulmão arder.

— Isso é pelo meu irmão! — rosnou ela.

Um grito estrangulado se alojou na garganta de Teo. Ele jogou os braços sobre a cabeça, preparado para sentir uma dor excruciante...

— AFASTE-SE DELE!

Uma corrente de prata prendeu os pulsos de Auristela acima de sua cabeça. Em uma fração de segundo, a confusão se misturou à expressão furiosa de Auristela, e ela foi erguia e arremessada para longe.

Niya apareceu ao lado de Teo, a corrente de prata firme em seu punho, então se virou para o amigo, os músculos sobressalentes sob a pele lustrosa.

— Ela atingiu você? — perguntou Niya, parecendo preocupada enquanto o examinava freneticamente.

— Ainda não — respondeu Teo, com a voz rouca, tão feliz que estava quase à beira das lágrimas.

— Precisamos cruzar a linha de chegada — disse Niya, agarrando seu braço e praticamente levantando-o do chão.

— Cadê Xio? — perguntou Teo, a adrenalina ainda correndo em seu corpo.

De canto de olho, Teo percebeu uma movimentação.

— Cuidado! — Niya o arrastou para fora do caminho assim que mais uma bola de fogo passou e colidiu nas arquibancadas.

Havia algo errado. Auristela havia sido agressiva nas outras provações, mas aquilo era outro nível. Era *perverso* e implacável. Ela sequer estava se preocupando com a segurança dos outros. Independentemente do quanto odiasse Teo, não combinava em nada com a imagem que Aurelio tinha dela.

Mais do que isso, Auristela estava em um frenesi, como se não conseguisse se controlar, e as luzes piscantes só dificultavam prever seus movimentos. Atrás dela, mais das toras que compunham a plataforma haviam adquirido um tom profundo de preto. Não pareciam queimadas nem cinzentas, mas reluziam molhadas. Algo não se encaixava, mas, com as luzes pulsantes e os gritos distorcidos da multidão, era difícil pensar direito.

Auristela havia se levantado e recuperado o vigor. Em uma explosão, seu corpo inteiro foi engolfado pelas chamas. Ela respirou fundo e abriu as mãos de ambos os lados do rosto enquanto inflava o peito.

— SE ABAIXA! — berrou Niya, sobre os ruídos truncados, arrastando Teo para baixo até os dois estarem de joelhos.

Um escudo redondo gigantesco de ouro apareceu no braço de Niya, protegendo-os quando Auristela se curvou para trás e então soprou um jato de fogo. Teo se agachou atrás de Niya, e o fogo se espalhou sobre o escudo. As chamas lamberam as laterais do ouro. Troncos de obsidiana ferveram e estouraram.

Niya aguentou firme, mas o ouro começou a arder e derreter, incapaz de suportar o calor intenso.

Quando Teo achou que seriam encharcados por ouro líquido, Auristela ficou sem fôlego.

No tempo que ela levou para inspirar de novo, Niya avançou.

Como um aríete humano, Niya acertou o escudo em Auristela, que voou para trás.

— Puta merda — disse Teo, ofegante, tentando ficar de pé. — Você sabia que ela podia fazer isso?!

— Fazer o quê? Ser uma babaca? É, sabia.

— Não, virar uma *bola de fogo humana*.

Niya enxugou o suor da testa.

— Eu esqueci.

— Você *esqueceu*?!

— Por que ela não veio atrás da gente? — perguntou Niya, preocupada.

Auristela não estava mais olhando para eles. Havia cravado o olhar em Xio, que estava na beirada da plataforma.

— Xio! — gritou Teo.

Auristela olhou para Teo. Entre clarões, um sorriso curvou seus lábios.

— CORRE! — gritaram Teo e Niya para Xio.

O menino correu ao longo de um tronco que havia sido escurecido por uma das bolas de fogo de Auristela. Como se estivesse esperando por Xio, o tronco desapareceu sob seus pés. Ele arrancou o pé do buraco enorme e continuou correndo, mas Auristela foi atrás dele, trechos da plataforma escurecendo e desaparecendo em seu encalço.

Com cuidado, Teo abriu as asas, ignorando a dor aguda que o movimento causava, e as relaxou. Tentou encontrar uma saída na plataforma em ruínas, mas as luzes piscantes e os destroços instáveis faziam seus olhos doerem. Havia mais toras faltando do que remanescentes, e era como se um único passo errado pudesse trazer tudo abaixo.

Auristela avançou, focada, pulando os troncos e criando enormes buracos para a selva lá embaixo. Seções de toras se curvavam. Ela cercou Xio, dançando e ameaçando-o, como um predador brincando com a presa.

— AURISTELA!

O grito veio de trás deles, rouco e estranhamente abafado.

Aurelio estava com o corpo pressionado contra a barreira invisível, batendo os punhos e gritando mais palavras que Teo não conseguia entender.

Houve um barulho de madeira se partindo. A plataforma estava se desfazendo.

Teo se virou para Auristela a tempo de ver um tronco cair com a ponta oposta batendo entre as pernas da garota e erguendo-a quando a outra subiu. Ela se agarrou firme à madeira, quase sem conseguir se segurar.

Algo em seus olhos mudou. A expressão feroz e furiosa em seu rosto deu lugar à surpresa. O fogo que a engolfava sumiu. Os hematomas roxos e as veias pretas desapareceram, deixando nada além de medo nos olhos de brasas. Pela primeira vez desde que a haviam encontrado na plataforma, era como se ela enxergasse o cenário com clareza.

— Relio! — gritou ela.

Mas era tarde demais. O irmão não poderia salvá-la. Auristela tentou se segurar, mas seus dedos escorregaram pela superfície lisa e molhada do tronco preto. Ela perdeu a pegada e caiu.

Ninguém podia fazer nada além de assistir enquanto a luz dourada de seu traje despencava, se dissipava e apagava.

Desesperado, Teo procurou Xio entre as ruínas, em meio à fumaça.

O menino havia se agarrado à ponta de um tronco que balançava, quase sem equilíbrio. Poderia virar a qualquer momento, ou Xio poderia escorrer. Era longe demais para pular. Se Teo errasse, poderia cair em um dos buracos escarpados da plataforma, nas chamas crepitantes ou para fora da beirada.

Mas seu uniforme ainda estava aceso. Ele ainda não havia perdido a provação.

E tinha asas. Sem a copa da selva, era possível usá-las.

Sem tempo para pensar duas vezes, Teo se lançou ao ar.

Sabia que ia doer, mas então percebeu que não funcionaria de jeito *nenhum*. A cada batida das asas, a certeza de que não seria capaz de repetir aumentava. Uma dor lancinante disparou por suas costas, subindo pelos ombros.

Não. Ele conseguiria. Tinha que conseguir. Tinha que alcançar Xio. Um metro a mais no ar, e então mais um.

— Vem! — disse ele, estendendo os braços para Xio.

O menino balançou a cabeça, firmando a pegada no tronco.

— Eu vou cair!

Teo engoliu um gemido de frustração. Era maior e mais forte do que Xio... Ele podia pegá-lo, tinha certeza de que podia. Teo o agarrou pela cintura e o *puxou*, usando a força das asas.

E então eles caíram juntos. Teo abriu as asas para desacelerar a queda e usou o outro braço livre para se segurar no tronco, pendendo com Xio. Suas asas haviam perdido qualquer resquício de força.

O fogo consumia o tronco, aproximando-se. A madeira gemia e se partia. O calor selvagem lambia a ponta dos dedos de Teo.

O que ele iria fazer? Como iriam sair dessa?

— TEO! — gritou Niya.

Então ele percebeu: não podia sair dessa. Mas seus amigos, sim.

— Confia em mim, tudo bem? — disse Teo.

— Não! — retrucou Xio, os braços se movendo em falso para se agarrarem em alguma coisa.

Não havia tempo para convencê-lo.

Teo soltou Xio. Quando o menino escorregou, Teo manteve a mão em seu corpo, sentindo-a passar por seu peito, pela axila, pelo bíceps e finalmente pelo antebraço, que Teo agarrou. Ele deu tudo de si para segurar a jaqueta de Xio.

Estavam a quinze metros da linha de chegada. Teo podia aguentar quinze metros.

Com toda a força que tinha, pegou impulso e balançou Xio, depois o soltou. Mesmo com Xio se debatendo e adicionando atrito à descida, Niya o rastreou e estava exatamente onde precisava estar para capturá-lo na plataforma.

Teo não tivera coragem de acreditar, mas aconteceu: ela tropeçou para trás, atravessando a linha de chegada, com Xio ainda em seu colo.

Teo fechou os olhos e respirou fundo.

Tinha funcionado.

Seus amigos estavam a salvo.

Ele podia soltar.

Quando Teo caiu e as luzes em seu traje se apagaram, ele rezou a Sol, implorando que fosse o suficiente para salvar Xio do último lugar na classificação.

E então tudo mergulhou na escuridão.

❋

A provação havia acabado. Teo e os outros competidores que haviam fracassado — Xochi, Atzi, Dezi e Auristela — foram levados até a linha de chegada para o momento da classificação. Quase metade da plataforma havia sido destruída. A Deusa Água e o Deus Tormenta haviam encharcado os troncos em chamas, deixando apenas a madeira chamuscada e pequenos filetes de fumaça.

Todos os semideuses aguardaram, com seus pais divinos às suas costas, enquanto o quadro de classificação se reorganizava. Pela primeira vez, a presença de sua mãe não serviu de nenhum consolo a Teo. Não houve nenhuma conversa animada. Niya foi até Teo e o puxou para um abraço apertado de um braço só, mas até ela estava em silêncio. Teo se encostou na amiga, seu corpo inteiro tremia.

Xio o encarava, ainda parecendo em choque.

Os murmúrios da multidão aumentavam a pressão.

Ao lado, Auristela e Aurelio estavam juntos como de costume. Era como se a garota houvesse se transformado em uma pessoa completamente diferente. A raiva e a ferocidade que a impulsionavam minutos antes havia sumido. Seu rosto estava acinzentado, e ela mantinha o olhar no quadro de classificação, sem nem piscar. Seu cabelo estava bagunçado e seus ombros, tensos enquanto ela pressionava os cotovelos nas laterais do corpo.

Aurelio mantinha o maxilar cerrado e os olhos acobreados arregalados ao segurar a mão de Auristela com tanta força que os nós dos dedos estavam brancos. Dava para ver seu peito se inflar e desinflar depressa, a pulsação frenética e os tendões no pescoço se sobressaindo. Ele estava imóvel como uma estátua, olhando para a frente, sem desviar.

Teo sentiu que ia vomitar e não conseguia parar de tremer.

Não queria ver a classificação. Não queria que fosse real. Não importava quem se tornaria o Portador de Sol, porque um deles estava prestes a ser condenado à morte, e o vencedor teria que matá-lo.

Teo se odiava por pensar *Xio, não*. Nenhum deles merecia ter a vida ceifada. Qual era a outra escolha? Sem o sacrifício para manter a Pedra Solar abastecida, o mundo acabaria e todos do Reino de Sol estariam condenados.

Como Sol decidia qual vida valia a pena sacrificar para salvar as outras?

Quando a Deusa Lua deu um passo adiante, Teo prendeu a respiração. Sua voz era baixa e resignada.

— Sol determinou a classificação.

Teo cravou o olhar no glifo de Xio na base do quadro, esperando, ansioso, enquanto os outros glifos mudavam de posição, pedra deslizando sobre pedra.

Ele cerrou as mãos em punhos, e as unhas perfuraram a palma. *Se mexe*, implorou em sua cabeça. *Por favor, se mexe*. Seus olhos ardiam. Teo estava prestes a desmaiar quando *finalmente*...

O glifo jade do Deus Azar se movimentou do último lugar para o nono.

— ISSO! — gritou Niya, agarrando Xio, que parecia chocado.

O impacto do alívio fez os joelhos de Teo se dobrarem. Ele se virou para os amigos para comemorar, mas de repente a plataforma estava cheia de sacerdotes de Sol em seus robes brancos.

Eles se uniram ao redor de Aurelio e Auristela.

— Espera! — A voz fraca e falha de Aurelio foi como uma facada no peito de Teo.

Em pânico, ele olhou de novo para a classificação.

O glifo da Deusa Fogo estava no final.

O pânico e o terror cravaram as garras na garganta de Teo. *Aurelio?*

Mas não, não era o glifo de Aurelio, era...

Auristela deu um passo para longe do irmão, com a cabeça erguida, deixando que os sacerdotes a levassem em direção à Fantasma.

— *Auristela*.

Era possível ouvir a dor na voz de Aurelio. Ele deu um passo à frente, estendendo o braço para a irmã, mas a mão da Deusa Fogo o segurou pelo ombro. Aurelio hesitou, mas parou, os dedos se fechando no ar. Arrasado, Aurelio arfava, trêmulo.

Teo sentiu um aperto no coração. Porque ele havia salvado Xio, Auristela havia perdido.

As arquibancadas irromperam em aplausos estrondosos. Era desconcertante. Por que estavam celebrando? Não viam o que estava acontecendo? Não era um momento para celebrar, mas para lamentar.

Teo se virou, à procura de Niya, mas se viu rodeado de sacerdotes sorridentes. Deu um passo vacilante para trás e esbarrou na mãe. Cada célula de seu corpo gritava para que ele corresse.

A Deusa Lua deu um passo em direção a Teo, com um sorriso calmo.

Teo se afastou por instinto.

— Parabéns, Teo — saudou ela, mas ele não entendeu o motivo.

Então ele olhou para o topo do quadro de classificação.

Teo sentiu uma mudança repentina e familiar de peso. Ergueu a mão e os raios frios da coroa solar roçaram a ponta de seus dedos.

Sol o havia escolhido como o Portador de Sol.

Era como se Teo não tivesse mais controle sobre o próprio corpo. Os sacerdotes o levaram para o lado de Auristela, em frente à multidão, que explodiu em uma celebração estrondosa.

Auristela manteve a postura ereta e encarou o vazio. Seu rosto estava destituído de emoções, mas a pele delicada ao redor dos olhos estava comprimida. Uma lágrima escorreu por sua bochecha, deixando um rastro na pele coberta de fuligem. Seus olhos cor de âmbar estavam firmes e resolutos, mas abaixo deles, sua mandíbula tremia.

Não parecia real. Não estava certo. Teo não queria nada disso.

— O Desafio dos Semideuses desta década está finalizado — anunciou Lua para a multidão. — Estou emocionada em apresentar nosso honrado sacrifício, Auristela, Filha de Fogo, e Teo, Filho de Quetzal... nosso primeiro Portador de Sol Jade.

Fantasma guiou gentilmente Auristela para longe dos olhos da multidão, rodeada por um grupo de sacerdotes de Sol. A Deusa Fogo a seguiu, sem lançar nem um olhar para Aurelio quando passou por ele, que ficou sozinho na plataforma.

Teo permaneceu paralisado. Quetzal correu até ele, envolvendo-o em um abraço apertado. Por cima do ombro dela, Niya o observava sem um pingo de triunfo no olhar. Ao lado dela, Xio olhava a coroa de Teo.

— Você conseguiu! — cantou sua mãe em seu ouvido.

E ela estava certa.

CAPÍTULO 24

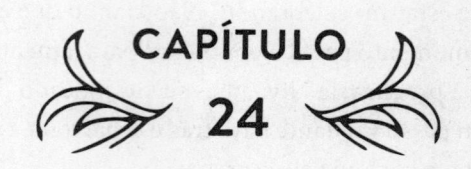

A MULTIDÃO ESTAVA SE DISPERSANDO e era hora de voltar para as *trajineras*. Aurelio foi o primeiro a deixar o grupo, voltando pelos caminhos de madeira pela selva.

— Aurelio, espera!

Teo tentou segui-lo, a coroa era um peso esquisito sobre sua cabeça.

Aurelio não diminuiu o passo. Todos os músculos em suas costas se retesaram sob a pele, os tendões do pescoço pareciam cordas apertadas.

Teo correu e o segurou pelo pulso, sentindo o bracelete dourado quente ao toque.

— Relio.

Aurelio se soltou com um movimento brusco, então se virou para encará-lo e enfiou o dedo no rosto de Teo.

— NÃO!

Teo tropeçou um passo para trás. Nunca havia ouvido Aurelio falar naquele tom.

Niya avançou, mas o garoto estendeu a mão para impedi-la. Tentou engolir o nó em sua garganta.

— Eu sinto muito...

— Ela é tudo que eu tenho! — Aurelio tentou se ater à raiva, mas seus olhos cheios de lágrimas o traíam. — Eu falei pra você... — Sua voz falhou.

Teo vislumbrou a dobrinha no queixo de Aurelio, então ele se virou e esfregou o rosto.

Haviam atraído uma plateia. Os Ouros se reuniram, observando, tensos, e sussurrando. Xio passou entre Niya e Teo.

Dava para ver a mudança no rosto de Aurelio, a angústia engolida pelo ódio

— Eu teria ido no lugar dela — disse Aurelio, entre dentes.

— As provações não funcionam assim.

— Você a deixou cair sabendo que ela ficaria em último! — acusou Aurelio, ainda sem olhar para ele.

Teo se retraiu, o coração doendo. Queria se defender, mas não podia. Não existia uma resposta fácil. Alguém tinha que ser sacrificado, todos eles sabiam disso, não havia uma escolha. Sem um sacrifício para reabastecer as Pedras Solares, o mundo literalmente acabaria. Não importava o que tinha acontecido, alguém precisava morrer.

Era em que Aurelio havia insistido o tempo todo, mas naquele momento estava sendo forçado a confrontar a realidade.

O Ouro foi embora de cabeça baixa.

Dessa vez, Teo o deixou.

⁂

Tochas iluminavam os degraus do Templo Sol, que estava cheio de semideuses e sacerdotes para a cerimônia do Portador de Sol. Separado dos amigos, Teo sentiu como se estivesse se assistindo fazer a longa caminhada até o topo do templo. Não havia amarras em seu corpo, e ele estava rodeado por um mar de pessoas, todas sorrindo e o parabenizando.

Teo foi levado para o escritório da Deusa Lua, embaixo do observatório. A olhos nus, os planetas do relógio astronômico já pareciam estar em um alinhamento perfeito, a meia-noite a poucos segundos.

Tic-tac. Tic-tac.

Sacerdotes de Sol se aglomeraram, pegando as regalias em uma arara e conversando animados. Trouxeram uma bacia de ouro, que foi enchida com água morna e flores de cores vívidas. Teo deixou que tirassem seu uniforme, e nem mesmo se sentiu exposto, porque seu corpo não parecia ser seu.

Começaram o processo metódico de lavar sua pele com esponjas macias até que a lama e o cheiro de madeira queimada fossem substituídos por um aroma de nicotiana, madressilva e calêndula.

Enquanto os sacerdotes trabalhavam, Teo observava os murais pintados nas paredes, demorando-se na cena final. Na última vez, ficara tão distraído com a morte no mural em que Sol jazia deitade que não havia prestado muita atenção na imagem final.

Sol brilhava no céu acima do Reino de Sol. As pessoas viviam em paz, protegidas por seus raios. Sol havia dado a vida para defender seu povo, assim como todos os sacrifícios que vieram depois. Mas algo não se encaixava direito. Ficava incomodando-o no fundo da mente.

Os sacerdotes usaram toalhas macias e mornas para secar sua pele e seus cachos pretos iridescentes. Com os dedos dormentes, Teo vestiu roupas de baixo novas.

Quando chegou a hora de colocar a regalia, uma voz familiar soou às suas costas.

— Eu assumo daqui em diante.

Huemac se aproximou devagar. O robe azul vívido cintilava no mar de branco e dourado.

Teo soltou um suspiro trêmulo.

— O que você está fazendo aqui? — perguntou o garoto, mal reconhecendo o embotamento na própria voz.

Huemac juntou as mãos à frente e observou Teo com cuidado.

— É minha honra e responsabilidade como sacerdote do Portador de Sol ajudá-lo a se preparar para a cerimônia.

Enquanto os outros saíam, Huemac ajudou Teo a vestir a regalia, em silêncio. Teo sentia os membros pesados e difíceis de movimentar, mas Huemac foi paciente. O idoso fechou a capa emplumada sobre seus ombros. A sensação era sufocante.

Quando acabou, Huemac deu uma volta em Teo, fazendo pequenos ajustes.

— Quando o levarem até o altar, a Deusa Lua vai apresentar vocês dois a Sol — explicou Huemac, sem olhar nos olhos de Teo enquanto alisava a capa com um toque gentil. — Quando as luzes das Pedras Solares se apagarem, você deve realizar o sacrifício.

Teo engoliu a bile que subia pela garganta, mas assentiu.

— Ela será deitada na mesa, e vão entregar a você a lâmina cerimonial — continuou Huemac, como se não estivesse descrevendo o passo a passo para assassinar alguém. — O coração fica no centro do peito, um pouco à esquerda do osso esterno. Incline a lâmina para que possa deslizar com facilidade entre as costelas. Empurre seu peso no cabo. Com firmeza, Teo. — Huemac pegou a coroa de raios de sol. — Liberte-a rapidamente.

— Auristela.

Huemac pausou, a coroa pairando acima da cabeça de Teo. Por fim, os olhos do sacerdote abaixaram para encontrar os do garoto.

— Auristela. O nome dela é Auristela.

Os olhos escuros e cansados de Huemac observaram Teo por um momento. Suas feições não demonstravam emoções. Ele abriu um sorriso, mas parecia apenas uma curva triste na boca.

— Auristela — repetiu Huemac.

Por fim, ele pousou a coroa na cabeça de Teo. O ouro frio pinicou seu couro cabeludo enquanto Huemac fazia os últimos ajustes. As mãos do idoso repousaram nos ombros de Teo.

— Eu não quero — confessou Teo, com a voz falhando.

O toque de Huemac se tornou tenso.

— Sinto muito, Teo — lamentou o sacerdote, baixinho, a cabeça curvada para que Teo não visse seu rosto.

Teo sentiu uma pontada ao ouvir a dor na voz de Huemac. O garoto se lançou para a frente e agarrou o robe do sacerdote com toda a força. Seu corpo inteiro tremia.

Huemac se sobressaltou, mas depois de um instante, abraçou o garoto.

— Quero ir para casa — revelou Teo, de encontro ao peito do sacerdote. — Quero que isso tudo acabe.

— *Em breve* — afirmou Huemac, tentando soar tranquilizador.

Mas não era verdade. Primeiro Teo teria que viajar para todos os templos do Reino de Sol para levar as novas Pedras Solares. Para isso acontecer, teria que acabar com uma vida.

Como o mundo poderia seguir seu ciclo normalmente depois de algo assim?

⁂

Quando Huemac levou Teo para o observatório, todo mundo estava reunido ao redor da Pedra Solar, à espera. Enquanto seguia Huemac pela multidão, o garoto sentiu como se estivesse submerso — movimentando-se em câmera lenta, com todos os sons abafados.

Cabeças se viraram para assistir e continuavam *sorrindo*. Um mar de dentes à mostra e olhos famintos.

Quando Huemac o apresentou à Deusa Lua, Teo quase se agarrou ao braço do sacerdote e implorou para que ficasse. Havia gastado toda sua energia para provar seu valor, tentando competir com os Ouros, mas naquele momento se sentia tão pequeno e indefeso quanto havia se sentido nas provações.

Lua o guiou para onde o restante dos competidores tinham se reunido ao redor da Pedra Solar. Todos estavam trajados com suas regalias, como um eco estranho da primeira noite no Templo Sol.

Teo procurou por Aurelio. O Ouro estava rígido, com as mãos presas atrás das costas. Parecia que havia atravessado o inferno no curto período desde a última vez que se viram. Seus olhos estavam avermelhados e inchados, e sua postura, vergada, como se a gravidade estivesse tentando esmagá-lo.

— Aproxime-se, Teo — comandou a Deusa Lua, com um sorriso acalentador, então gesticulou para que ele se posicionasse ao lado da base da mesa sacrificial.

A Pedra Solar girava devagar e brilhava como sempre. De tão perto, era possível ouvir o zunido baixo. Os feixes de luz disparavam em direção ao céu noturno em várias direções, mas seu brilho estava se dissipando aos poucos.

— Eu apresento nosso Guardião Solar. — Lua gesticulou para que Teo ficasse de frente para a multidão e, quando ele o fez, as pessoas explodiram em aplausos.

Era repugnante.

Até Niya aplaudiu, mas estava com a coluna reta, olhos arregalados e os lábios comprimidos em uma linha tensa. Ao seu lado, Xio observava Teo com cuidado, a testa franzida em uma expressão calculista.

Aurelio se recusou a olhar, e Teo não podia culpá-lo. Vê-lo naquele estado já era ruim o bastante. Teo não queria presenciar a expressão de Aurelio se seu olhar cheio de lágrimas pousasse nele.

Teo sentia o fundo da garganta arder. Não queria estar ali. Não queria fazer aquilo. Não era certo.

A multidão se movimentou, e um burburinho se espalhou.

Auristela se aproximou da Pedra Solar. Fantasma aguardava fiel ao lado dela, flanqueada por sacerdotes de Sol. A Ouro trajava sua regalia chamejante, que, dessa vez, estava repleta de adornos de ouro e ornamentos de Sol. Raios pendiam de suas orelhas, e correntes caíam dos ombros, envolvendo sua cintura. Os braceletes dourados tilintavam em seus pulsos e tornozelos conforme Auristela avançava, de cabeça erguida.

Seus passos eram firmes e determinados. Com os ombros para trás e o queixo erguido, ela não se parecia nem um pouco com uma oferenda rumo à execução. Auristela tinha um ar destemido e etéreo, e se apresentava como a Heroína Ouro que havia sido treinada para ser.

Teo se sentiu como terra debaixo dos pés dela.

— Muitos anos atrás, Sol salvou nosso povo a partir do próprio sacrifício, nossa dádiva mais importante — anunciou a Deusa Lua. — Hoje vamos honrar essa escolha, renovar a dádiva e preservar o equilíbrio do mundo. Sol escolheu dez competidores dignos para o Desafio dos Semideuses desta década, e todos vocês exerceram um papel importante na criação do futuro que inauguramos hoje. Agradecemos por seus espíritos corajosos e indômitos. E todos nós agradecemos à semideusa Auristela por se unir ao sacrifício de Sol.

Fantasma guiou Auristela até a mesa sacrificial. Os crânios dourados sobre o qual a pedra repousava reluziam ao fogo. A própria mesa estava coberta de pétalas de calêndula de um laranja vívido, que cheiravam a maçãs doces. Os adornos de Auristela tilintaram quando ela se deitou. Fantasma se ajoelhou ao seu lado e segurou a mão da garota com as duas mãos.

Lua guiou Teo para o lado dela, como algum tipo de príncipe se aproximando de uma princesa adormecida em algum conto de fadas perverso.

Auristela havia fechado os olhos, mas não de um jeito suave que poderia, talvez, convencer Teo de que ela estava dormindo. As pálpebras estavam unidas com força e os lábios, comprimidos entre os dentes. Seu queixo tremia. Os braços estavam pressionados nas laterais do corpo, os músculos tensos, enquanto ela aguardava que Teo a executasse.

Nada daquilo parecia real, exceto o peso da adaga de obsidiana que Lua pressionou em sua palma. Sua mão tremeu. Ele tentou segurar com mais firmeza.

Os últimos momentos antes da meia-noite se esvaíam. Na escuridão que envolvia o templo, os feixes de luz das Pedras Solares se desvaneceram em fios dourados.

Teo sentia o coração martelar, sua respiração estava ofegante e curta.

Ele olhou ao redor, à procura de alguém, *qualquer pessoa*, que pudesse tranquilizá-lo, mas ninguém o encarava. Niya havia abaixado a cabeça. Os olhos de Xio estavam no bracelete que ele segurava com força.

O único que ainda assistia era Aurelio.

Enquanto todos desviavam o olhar, ele se recusava a olhar para o outro lado. Assistia, impotente, e as linhas tensas em seu rosto traiam a angústia, não importava o quanto ele tentasse esconder. A Deusa Fogo se assomava atrás do filho.

As Pedras Solares piscaram e suas luzes se extinguiram, mergulhando o mundo na escuridão e permitindo que as estrelas brilhassem no céu. Aos poucos, a luz da Pedra de Sol começou a desvanecer.

Chegara o momento. O coração de Auristela precisava ser perfurado para que seu sangue reabastecesse a Pedra Solar antes que seu brilho se apagasse.

Teo sentia o suor brotar na testa enquanto segurava a lâmina de obsidiana, posicionada sobre o coração de Auristela, como Huemac havia instruído.

Precisava fazer aquilo. Não podia mais adiar. Era sua responsabilidade.

Lágrimas prateadas escorreram dos cantos dos olhos de Auristela.

Mas Teo não *queria* fazer aquilo. Havia algo muito errado na última provação, no modo como a semideusa agira e em sua aparência. Alguma coisa não se encaixava.

Nada se encaixava. Ele não queria machucar Aurelio. Não queria matar ninguém. Não queria que ninguém, nem Auristela, tivesse que morrer, e especialmente não por suas mãos. Ele não podia.

— Agora, Teo — decretou Lua, quieta, mas firme.

Ele não mataria Auristela.

— Não vou fazer isso.

As palavras escaparam de sua boca, surpreendendo a Teo tanto quanto às pessoas que o rodeavam.

Por um momento, o silêncio pairou e ninguém se mexeu. A Pedra Solar continuava a minguar.

Teo abaixou a mão sobre o peito de Auristela. Todos entraram em ação.

— Peguem a adaga! — gritou a Deusa Lua.

Os sacerdotes de Sol investiram contra Teo. Ele tirou a adaga do alcance das mãos desesperadas. Suas asas se abriram, e uma rajada de vento os afastou.

— AURISTELA! — gritou Aurelio para a irmã, que encarou Teo, atordoada demais para se mexer.

— Teo — soou uma voz ao seu lado. Xio havia se esgueirado por entre os sacerdotes e estendido a mão. — Me dá a adaga!

Outro mar de sacerdotes avançou. Xio flexionou as mãos, aguardando. Se Teo lutasse contra os sacerdotes, talvez Xio pudesse pegar a adaga e correr. Ele passou a adaga para o menino.

Os últimos resquícios de luz se dissiparam nas profundezas da Pedra Solar, revelando o crânio dourado escondido no interior.

De repente, Xio mudou.

O que havia sido uma expressão de desespero e medo se transformou em algo obscuro. Pela primeira vez desde que eles haviam se conhecido, Teo conseguiu enxergar uma semelhança entre Xio e Azar.

— Xio? — perguntou Teo.

Até os sacerdotes haviam tropeçado até parar, observando, confusos, os dois semideuses.

— É tarde demais — disse Xio, agarrando a adaga de obsidiana com força e protegendo-a de encontro ao peito. — A pedra se apagou. — Ele falou como se estivesse *aliviado*, então soltou um suspiro trêmulo. Seus olhos pretos se cravaram em Teo. — Sol não pode ajudar você agora.

Xio apontou a adaga para a palma oposta. Quando a lâmina deslizou, um filete de sangue preto de obsidiana pingou.

Atrás de Teo, os sacerdotes se sobressaltaram. Por um instante, ele esqueceu como respirar.

Xio inclinou a cabeça para trás e encarou o céu.

— Elas estão vindo.

O mundo mergulhou na escuridão.

CAPÍTULO 25

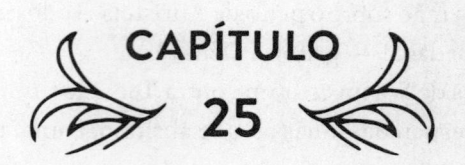

O CHÃO TREMEU, e Teo caiu de lado. A coroa de raios de sol rolou para longe. Terror e pandemônio se alastraram pelos espectadores. De repente, uma luz prateada recaiu sobre tudo. No céu, as estrelas adquiriram um brilho intenso. Primeiro, Teo achou que estavam crescendo, mas então percebeu que, na verdade, estavam se aproximando.

Choveram estrelas por toda parte. Os corpos celestiais e maravilhosos pintaram o Reino de Sol em explosões cintilantes. Colidiram nos prédios antigos que rodeavam o Templo Sol e mergulharam nas águas dos canais.

O solo rangeu e se inclinou, e as pessoas caíram. Rachaduras e fissuras se abriram, deslocando grandes pedaços do templo. O glifo de Sol bambeou, a enorme laje dourada se inclinou em direção à mesa sacrificial onde Auristela ainda estava deitada.

Teo se levantou às pressas e correu para arrastar Auristela para o chão.

O glifo caiu e rachou a mesa ao meio.

O que Xio havia feito? O que *Teo* havia feito?

Sacerdotes correram para se proteger enquanto os semideuses se apressaram a ajudar.

— Fujam! — gritou a Deusa Lua, enquanto a multidão confusa se transformava em um mar de pânico. Ela tentou se mexer, mas suas pernas cederam. Com uma expressão torturante, ela caiu de joelhos. — Antes que elas cheguem aqui!

Mas era tarde demais.

Uma escuridão preta como tinta, cheia de estrelas cintilantes, se derramou do céu noturno sobre o templo. Três figuras gigantescas se ergueram do éter, vestidas de preto — uma mulher com a cabeça lupina de um chupa-cabra; um ser alto e magro com a pele de um tom azul meia-noite e um rosto sem feições; e um homem com a cabeça de um bode branco, pupilas horizontais e um sorriso amarelo.

Xio estava no meio. O medo e a apreensão que Teo estava tão acostumado a ver no rosto do menino haviam desaparecido. Ele parecia aliviado e triunfante.

— Nossa, como o tempo voa quando se fica trancafiado por alguns milênios — disse Vingança, esticando as mãos nodosas e providas de garras acima da cabeça. Seus olhos de bode se abaixaram para Xio. — Bom trabalho, meu menino.

Teo se sobressaltou. *Meu menino*? Várias peças se encaixaram ao mesmo tempo: o fato de Xio não possuir nenhum dos poderes de Azar, seus fracassos subsequentes nas provações, o sangue preto pingando do corte na palma.

Xio não era um Jade. Era uma Obsidiana.

— Olha, eles fizeram uma festa de boas-vindas para nós! — comentou Chupa-cabra, os lábios pretos se esticando sobre os dentes afiados em uma expressão de diversão enquanto as pessoas corriam para se proteger.

— Tantos semideuses para tomarmos debaixo de nossas asas — acrescentou Vingança, observando os competidores. — Vocês são aqueles que Sol considerou *merecedores*, não é mesmo?

Xochi arrastou Atzi para trás de si. Marino parou de fazer sinais e se uniu a Dezi. Niya exibiu os dentes, mas Teo via o medo em seus olhos.

Vingança riu.

— Que poético.

— VOCÊ NÃO VAI TOCAR EM NENHUM DELES! — gritou Deuse Guerreire, quase em um rugido.

Elu correu à frente, e duas lâminas enormes surgiram em suas mãos.

— Calma, bichane — disse Chupa-cabra, revirando os olhos.

Com um movimento do pulso, Caos derrubou Guerreire com uma bola de éter preto. Muralhas de fogo preto circularam os semideuses, bloqueando o caminho da divindade.

— E onde está o garoto que tornou tudo isso possível? — perguntou Vingança, os olhos vasculhando a multidão.

Teo não conseguia se mexer nem falar, mas não precisava. O sorriso de Vingança se alargou de modo sobrenatural.

— Ali está ele. — Ele se abaixou para dar uma boa olhada em Teo.

O garoto tentou se afastar, mas não conseguia fazer o corpo responder. Vingança se assomou sobre ele, tão grande que poderia engolir Teo inteiro.

A Obsidiana abriu um sorriso amplo.

— Devemos agradecimentos a você, Filho de Quetzal! Pensei que meu filho falharia em sua missão, mas você entregou a solução a ele.

Ele riu, deliciado.

Teo olhou para Xio à espera de algum tipo de resposta ou explicação, qualquer coisa que negasse aquilo. Mas os cachos escuros de Xio caíram sobre seus olhos. Ele sequer olhou para Teo.

— Fique longe dele — disse a Deusa Lua, ríspida, enquanto lutava para ficar de pé.

— Você nos baniu e nos destituiu de nossas cidades e títulos — retrucou Vingança, em um tom calmo, enquanto a chuva caia. — Nossas famílias foram tomadas de nós, então é justo que tomemos seus semideuses mais preciosos. Sem Sol, você não tem poder sobre nós, *deusa*.

Com uma determinação feroz, a Deusa Lua se impulsionou até se levantar e tentou dar um passo adiante, mas desabou e caiu de joelhos. Seu cabelo prateado havia desbotado para um cinza opaco.

— Ah, querida, você não parece muito bem — disse Chupa-cabra, salivando.

— Lembre-me, Chupa-cabra, como a lua vive sem o sol? — perguntou Vingança.

Ele estendeu a mão e pegou a Pedra Solar do chão. A luz minguava rapidamente, e as minúsculas erupções solares se encolhiam. Em outras ocasiões era brilhante demais para olhar, mas naquele momento Teo conseguia ver o crânio dourado de Sol sob a superfície de vidro.

A mão de Lua disparou.

— Não!

Chupa-cabra jogou a cabeça para trás e uivou de alegria.

— Ah, é mesmo — Vingança ronronou e olhou para Lua. —, ela não vive.

A luz da Pedra Solar foi finalmente eclipsada. Deu para ver o brilho quente do sol queimando através das cavidades oculares do crânio por um instante, então a pedra se apagou por completo.

Os olhos da Deusa Lua se abriram. Ela soltou um suspiro curto. A calma de Lua havia se transformado em choque, em medo e, por fim, em ódio.

— NÃO! — gritou Teo, avançando em sua direção.

Teo agarrou as mãos dela, mas estavam frias e estranhas. Ele olhou nos olhos cintilantes da deusa enquanto ela desaparecia em uma explosão de estrelas. Assomando-se sobre eles, Caos gargalhou para a noite. O ar de seu riso tormentoso fez a poeira prateada rodopiar sobre Teo.

Chupa-cabra bocejou.

— Nós deveríamos voltar para casa, então, Vingança?

Vingança assentiu e se virou para Caos.

— Se você não se importar, Caos... — pediu ele, com educação.

Quando Caos fez um movimento de mãos, uma fenda se abriu no piso do templo.

— E não se esqueça das crianças — acrescentou Vingança, com um gesto desdenhoso do pulso, antes de ele e Chupa-cabra afundarem no éter.

Matéria escura densa rodopiou com luzes estonteantes, como uma nebulosa, sugando pedras e pétalas de calêndula. Um puxão magnético e oscilante capturou o corpo de Teo, engolindo e prendendo seus tornozelos.

Gritos encheram o ar. Em meio aos destroços, Teo se agarrou a um pedaço grande de pedra sólida, enquanto a fenda ameaçava arrastá-lo para dentro. Horrorizado, ele observou Ocelo cair na escuridão. Xochi se segurou em Atzi, mas, sem nada para se apoiarem além de uma à outra, ambas foram engolidas.

— TEO!

Ele se virou para ver Niya ser arrastada em direção ao abismo. Um berro irrompeu da garganta do garoto. Não havia tempo para pensar.

Ele se lançou adiante, usando as asas para lutar contra o puxão. Agarrou Niya pela cintura e aguentou apenas um segundo antes de os dois serem puxados para a fenda.

O som de metal colidindo contra pedra cortou o ar.

Niya havia conjurado dois espinhos grandes e os cravado no piso de pedra para ancorar os dois. Seus bíceps se tensionaram e seu rosto se contorceu de dor enquanto ela segurava com toda a força.

Mais corpos passaram deslizando por eles. Primeiro Dezi, cujas mãos se agitavam inutilmente em busca de algo em que se apoiar. Teo viu seu rosto aterrorizado, e então ele foi devorado pela escuridão.

Outro corpo veio deslizando em sua direção. Era Xio, as sobrancelhas erguidas de surpresa enquanto o piso desaparecia sob ele. Teo não pensou, apenas estendeu o braço, apanhando-o pela manga antes de ele cair no fosso.

Niya gritou, esforçando-se para aguentar todo o peso. Teo não sabia quanto tempo durariam.

Xio se contorcia em sua mão, tentando escapar.

— Para! — gritou Teo.

Fosse lá o que estivesse acontecendo, Xio estava envolvido, mas Teo havia jurado protegê-lo durante as provações e não conseguia ignorar o instinto de cumprir sua palavra.

— Só fica parado! Niya vai nos tirar daqui!

— Você não *entende*? — gritou Xio. — Eu não *preciso* da sua ajuda, eu *não* quero que você me salve! Eu sou uma Obsidiana, e essa é nossa vingança!

Em uma última tentativa, Xio acertou o punho pequeno no peito de Teo, libertando-se e caindo na escuridão. Niya gritou. A mente de Teo parou, e ele não conseguia entender o que havia acabado de acontecer.

— Relio! — berrou Auristela.

Teo olhou para baixo e encontrou Aurelio e Auristela presos a apenas poucos metros de distância da fenda.

Auristela se pendurava no antebraço de Aurelio, e ele se segurava desesperadamente à mesa sacrificial quebrada. Suor cobria sua pele, os tendões se tensionando ao tentar suportar o puxão do vórtice. Seu rosto estava contorcido enquanto ele tentava se segurar, mas Auristela estava escorregando por seu braço.

Aurelio não aguentaria por muito mais tempo.

Precisava de ajuda.

Teo rolou para o lado e tentou avaliar o mais depressa possível a que distância Aurelio se encontrava. Se calculasse direito, poderia alcançá-lo.

Niya devia ter percebido o que o amigo estava pensando.

— Teo, não!

Ele se soltou. Dobrou as asas e foi puxado para a fenda, deslizando na diagonal pelo piso. Seu estômago bateu na mesa de pedra em que Aurelio se pendurava, e Teo ficou sem ar. Seu corpo se curvou ao redor da pedra, esmagando seu peito, mas impedindo-o de ser sugado pelo abismo.

Aurelio estava quase caindo. Seus dedos afundaram em uma rachadura na pedra, e sangue dourado escorreu por sua mão. Teo tentou agarrá-la, mas não a alcançou.

— Aurelio!

Com um gesto brusco, Aurelio olhou para cima. Choque e confusão se misturaram à dor em seu rosto.

— Estou escorregando! — gritou Auristela.

Aurelio olhou para baixo. As mãos de Auristela deslizavam pelo braço do irmão, mas ele agarrou seu pulso. Abaixo dela, a fenda começou a se fechar aos poucos.

Eles só precisavam aguentar mais um pouco.

Aurelio focou na irmã. Seus braços estremeceram. A mão que segurava na pedra começou a deslizar.

— Não solta! — gritou ele, mas Auristela continuou a escorregar até que eles estavam conectados apenas pela ponta dos dedos.

Mais rachaduras se formaram na pedra. A mesa não aguentaria o peso dos três por muito mais tempo. Teo sabia, Aurelio sabia e Auristela sabia.

Teo pressionou as coxas de encontro à pedra, tentando conseguir mais apoio para se esticar mais.

A fenda continuava a se fechar.

Ele só precisava chegar um pouco mais perto...

Mas Auristela não deixou. Seus olhos se cravaram em Teo.

— Encontra a gente! — gritou ela, sobre os berros de pânico.

Aurelio balançou a cabeça ferozmente, recusando-se a soltar. Uma parte da pedra despencou. Teo se segurou, e todos os seus músculos gritaram.

Auristela acendeu uma chama na mão.

Aurelio gritou de dor. Tentou se segurar, tentou resistir, mas era demais. Auristela escorregou de seus dedos.

— NÃO!

Aurelio soltou a pedra e mergulhou atrás da irmã. Teo deu um impulso e agarrou o pulso de Aurelio.

Auristela caiu. Ela engoliu ar, com os olhos arregalados e aterrorizados, e desapareceu na fenda.

— STELA! — gritou Aurelio, desesperado. — ME LARGA!

O Ouro tentou se libertar de Teo, mas o rapaz não o soltou. Ele fechou os olhos com força e pressionou a testa contra a pedra. Os músculos em seus ombros ardiam enquanto Aurelio se debatia, mas Teo não o largou.

Aos poucos, a fenda se fechou, devolvendo o mundo à quietude da noite.

Teo e Aurelio caíram. Quando Teo soltou sua mão, Aurelio não se mexeu. Seu peito inflou e desinflou com a respiração trêmula, e ele encarou o lugar onde a irmã e os outros haviam desaparecido.

Onde estava Niya?

Teo se levantou, cambaleante, e percorreu o olhar pela multidão. As pessoas disparavam de um lado para o outro, em pânico. Pedaços enormes do piso de pedra haviam sido danificados ou deslocados.

— Teo!

Em um clarão de penas e ouro, a mãe de Teo o encontrou e o puxou para um abraço esmagador.

— Graças a Sol você está bem! — Ela suspirou enquanto passava os dedos em seu cabelo, em seus braços e em seu peito.

— Estou bem. — Ele escutou a si mesmo dizer. — Cadê a Niya?

Teo tentou olhar por trás das asas gigantescas da mãe.

Ele a encontrou ajoelhada, curvada, enquanto o Deus Terra tentava afastar de seu rosto o cabelo que havia se soltado das tranças.

Teo foi correndo até lá. O pânico se alojou em sua garganta.

— Niya, você está bem?

Quando ela ergueu o olhar, o nariz e os olhos estavam vermelho vívido, e havia uma dobrinha no queixo.

— O que foi?

Ele a examinou, mas não viu nenhum corte nem sangue dourado. Apesar disso, a dor impressa em sua expressão era excruciante.

Seu rosto estava enrugado e marcado por lágrimas frescas. As mãos jaziam viradas para cima sobre o colo, com as palmas vermelhas e machucadas.

— Eles se foram — disse ela, com a voz embargada. — Não conseguimos salvá-los.

Ela olhou para Teo, com os olhos cheios de uma angústia que ele nunca havia presenciado.

— Não fui forte o suficiente.

Niya desabou. Terra a puxou de encontro ao peito.

CAPÍTULO 26

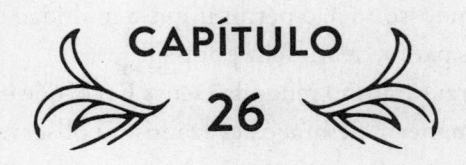

COM CUIDADO, TEO SE APROXIMOU de Aurelio, que permanecia no chão.

— Aurelio...

— Não quero ouvir — retrucou ele, ficando de joelhos.

O Ouro havia encontrado a adaga sacrificial de obsidiana e a segurava.

— Sinto muito — disse Teo.

— *Você* sente muito?

Aurelio finalmente o encarou.

— É minha c-culpa — gaguejou ele, sem entender como havia estragado tudo mais uma vez. — Se eu simplesmente tivesse...

— Matado Auristela? — Aurelio engoliu o ar como se tivesse recebido um soco no estômago. — Não. Você não conseguiria matá-la. Eu devia saber. Você é muito... — Ele balançou a cabeça. — Você fez o que achou que era certo. Fui *eu* quem a deixou para trás.

Por um longo momento, Aurelio permaneceu em silêncio. Ficou apenas sentado sobre os joelhos, com os braços envolvendo o corpo. Seus dedos estavam brancos de tanto apertarem as costelas, como se estivessem impedindo que ele desmoronasse.

Teo parou de pensar e agiu por instinto. Abraçou Aurelio o máximo que pôde. Não deixaria que ele aguentasse tudo sozinho.

Não era sobre erro ou culpa. Não era sobre as provações ou o apocalipse. Tudo que importava naquele momento era a dor de Aurelio.

O corpo de Aurelio ficou mole. Seus braços envolveram Teo, e os punhos se entremearam nas penas.

O que aconteceu em seguida foi um borrão.

Minha culpa. É tudo minha culpa.

Niya estava alerta, mantendo todos os instintos aguçados e os pais por perto. Teo percebeu que eles ainda estavam juntos porque *ela* havia garantido que assim fosse ao não permitir que a multidão os separasse. Teo desejou ter forças para se sentir feliz por isso.

Os deuses se reuniram ao redor da Deusa Fogo, que emanava um ódio incontido e permanecia de braços cruzados. O observatório estava tão cheio que Teo não conseguia ter noção da quantidade de gente. À distância, percebeu que Huemac estava presente, mas Teo estava envergonhado demais para procurá-lo.

— Acalmem-se — pediu Fogo, a voz baixa enquanto os olhos de lava observavam a multidão. Quando a frase não produziu o efeito desejado, ela tentou de novo. — ACALMEM-SE.

Dessa vez, todos obedeceram.

— Precisamos de um plano — declarou a deusa, em um tom impassível. Se tinha qualquer ideia, não deixou transparecer.

— O que a gente *precisa* é saber o que aconteceu — interrompeu outra voz.

Teo pensou tê-la reconhecido. Era a voz de Milho, talvez.

Ao lado de Teo, Aurelio irradiava calor. O garoto nunca havia estado tão consciente do espaço entre ele e outra pessoa, mas no momento aqueles poucos centímetros gritavam todas as palavras que Aurelio não havia dito.

Por que você me segurou?

Ela é minha irmã.

Você devia ter me largado.

— Precisamos investigar isso — concordou Fogo.

Metade dos olhares da sala voaram para Teo, e a outra metade olhou ao redor, provavelmente à procura de Azar, mas o deus não estava presente.

O braço de Niya encostou no de Teo de modo protetor, mas ele não se sentia digno daquilo. Não quando os outros haviam partido.

A sala irrompeu em murmúrios baixos de novo, e Aurelio aproveitou a oportunidade para dar um passo à frente. A Deusa Fogo lhe lançou um olhar severo, e ele parou.

— Sem a Pedra Solar, o mundo permanecerá em uma noite perpétua — disse Fogo, e todos os murmúrios cessaram. — Os deuses Obsidiana vão continuar obtendo poder até que estejam fortes o suficiente para destruir o mundo inteiro, levando todos nós.

Por um momento, o silêncio pairou no ar, então se espatifou. Todo mundo se manifestou ao mesmo tempo. Alguns deuses discutiam sobre qual seria a melhor atitude a ser tomada, e outros já tentavam ir para casa a fim de proteger seu povo.

— O que *aconteceu*?

— Onde está Azar?

— Você viu o sangue do menino? Era *preto.*

— Por que o Portador de Sol não concluiu o sacrifício?

— Era esse o plano dos Jades o tempo todo?

Ao lado, Terra estava de cabeça baixa, segurando a coroa do Portador de Sol nas mãos enluvadas.

— A esperança ainda não está perdida.

A voz rouca e incomum do deus da terra mergulhou o lugar em silêncio.

— *Papi?* — disse Niya, incrédula.

— Existe outro meio de desfazer o que foi feito — continuou Terra. Sua voz estava baixa e rouca, como rochas se arranhando.

— Apenas Sol tem o poder de banir as Obsidianas — retrucou a Deusa Fogo, obviamente irritada pela interrupção dramática —, e Sol está morte.

— Sol não está morte, apenas se foi deste mundo. Cabe a nós trazer Sol de volta — explicou Terra.

— *Trazer Sol de volta?* — repetiu Quetzal.

Murmúrios irromperam mais uma vez entre a multidão.

— Eu dispersei os restos mortais de Sol na forma de Pedras Solares — explicou Terra. — Elu não pode retornar ao Reino de Sol em tantos pedaços. Mas se nós os juntássemos...

— Então Sol pode voltar! — exclamou Niya, batendo palmas.

— Você quer *remover* as Pedras Solares dos templos? — repreendeu Fogo, ríspida.

— As Obsidianas já foram libertadas — apontou Aurelio, dando um passo adiante. — Sem que sejam reabastecidas, as Pedras Solares não vão proteger as cidades por muito mais tempo.

Fogo balançou a cabeça.

— Não temos tempo para os planos delirantes de Terra. Sol não pode nos ajudar agora. Devemos proteger *a nós mesmos.* Guerreire. — Ela se voltou para a divindade de cabeça de onça, que rosnou em concordância.

— Espero que estes últimos séculos de paz não tenham amolecido você. A partir de hoje, o Reino de Sol está em guerra...

— Eu vou atrás das Obsidianas — declarou Aurelio.

Fogo balançou a cabeça, os olhos baixos, como se ainda estivesse desapontada.

— Não.

— Sim — retrucou Aurelio, alto o suficiente para silenciar a sala. Mas não houve mais murmúrios, todos os olhares se voltaram para a mãe e o filho, a deusa e o semideus. — Eu vou atrás das Obsidianas e vou resgatar os semideuses raptados.

Um ruído baixo de apoio percorreu a multidão. Afinal, Aurelio ainda era o Garoto Dourado.

— Eu não vou enviar uma criança para confrontar deuses — retrucou Fogo.

Teo travou na escolha de palavras. Uma criança, não *meu filho*. Para uma deusa do fogo, ela era fria como gelo.

— Os deuses devem permanecer aqui e proteger as cidades — argumentou Aurelio. — Eu sou a única escolha lógica.

— As Obsidianas não foram os únicos seres banidos para as estrelas, garoto. Os monstros celestiais também foram trancafiados com seus mestres. Sem Sol, estão livres para impor caos e destruição ao nosso mundo. Você não pode sequer *imaginar* os horrores que estão por vir.

Teo sentiu o estômago revirar. Havia aprendido sobre os seres celestiais na escola. Tratavam-se de monstros letais que os deuses haviam aprisionado no cosmos como constelações. Ele se lembrou de todas as estrelas cadentes que vira colidir com a Terra. Sem Sol, elas também haviam sido libertadas.

— Eu consigo — insistiu Aurelio, tentando manter a postura ereta.

A Deusa Fogo soltou uma risada feia e afiada.

— Você vai morrer.

— Então eu vou morrer protegendo nosso povo.

Teo tocou o braço de Aurelio.

— Aurelio...

Aurelio nem piscou.

— Eu vou. Ninguém nessa sala pode me impedir.

Fogo não discutiu. Apenas observou Aurelio com um distanciamento frio.

— Então você morrerá em vão.

A multidão voltou a discutir, e a deusa teve dificuldades para retomar o controle.

Teo observou a expressão de Aurelio ficar tensa, determinada. Ele não estava pensando em si mesmo nem em sua segurança. Aurelio, idiota e corajoso em igual medida, atearia fogo a si mesmo para manter os outros aquecidos.

Teo engoliu o medo. Se Aurelio iria arriscar a vida para salvar os amigos, então ele também iria. Mas antes que pudesse verbalizar a decisão, a mão de Quetzal apertou seu ombro com firmeza.

— Venha comigo — sussurrou ela, gesticulando para Aurelio a acompanhar também.

Quetzal os guiou pela multidão e desceu os degraus até o escritório da Deusa Lua. Quando Teo piscava, ainda via atrás das pálpebras Lua explodindo em estrelas. Presente e então ausente.

Xio fez isso. Ele nos traiu.

Alguns deuses haviam se esgueirado para longe da multidão e se reunido. Terra e Fantasma estavam no centro do círculo, com Niya ao lado.

— Cara, sua mãe é *péssima* — comentou Niya assim que viu Aurelio.

Teo concordou em silêncio, mas decidiu manter o pensamento para si mesmo.

— Mas tudo bem porque meu pai e Fantasma têm um ótimo plano!

— A possibilidade de as Obsidianas se libertarem sempre existiu — explicou Terra.

Teo achava que nunca se acostumaria àquela voz.

Seus olhos percorreram o escritório, pousando mais uma vez nos murais ao longo das paredes. Ele analisou a cena do sacrifício de Sol e então a imagem ao lado: o glifo de Sol no céu e o povo do Reino de Sol em júbilo. Sol havia se sacrificado para manter todos a salvo.

O que Xio havia feito? O que *Teo* havia feito?

— Fogo vai convencer a maioria dos Ouros a se preparar para a guerra. Cabe a nós trazer Sol de volta — explicou Pão Doce, então tamborilou os dedos na mesa de Lua e no mapa esculpido na superfície.

— O reabastecimento das Pedras Solares não acontece assim que o sacrifício termina — explicou Terra. — Normalmente, leva um quindênio para finalizar o ritual e reabastecer cada uma.

Niya se inclinou para sussurrar no ouvido de Teo:

— O que é um quindênio?

— Não faço a menor ideia — sussurrou ele em resposta.

— São duas semanas — explicou Aurelio.

— Devemos unir os pedaços de Sol antes que o quindênio termine — continuou Terra. — Para pegar todas as Pedras Solares a tempo, teremos que nos dividir. Um grupo para cada direção: norte, sul, leste e oeste.

— E alguém deve ir a Los Restos para recuperar a Pedra Solar — acrescentou Quetzal, em um tom grave. — Agora que as Obsidianas voltaram, serão capazes de sentir nossa presença se chegarmos perto de seus templos.

— A *nossa* presença — enfatizou Opção, com o olhar cravado em Teo, Aurelio e Niya. — Mas não a dos semideuses.

As sobrancelhas de Quetzal se ergueram.

— Você não pode estar pensando...

— Eu já falei que vou atrás das Obsidianas para libertar minha irmã e os outros. Posso recuperar a Pedra Solar também — disparou Aurelio.

— *A gente* pode recuperar a Pedra Solar — corrigiu Teo. — Eu vou com você.

Niya e Quetzal olharam para Teo, ambas com uma expressão que fazia a mesma pergunta: *Você tem certeza do que está sugerindo?*

O coração se aqueceu. Aquelas duas mulheres o defenderiam até o fim do mundo.

Ele assentiu uma única vez.

Niya estalou os nós das mãos.

— Então eu vou também.

— Os celestiais estão de volta. O sol desapareceu e a lua está morta. É o *apocalipse,* não uma excursão — lembrou o Deus Tormenta, com um estrondo.

Teo não havia notado os poucos Ouros espalhados entre a multidão. Mas lá estavam: Amor, Água e Tormenta. Todos os pais cujos filhos haviam sido levados.

— Então eles vão precisar de toda a ajuda que puderem ter — constatou a Deusa Amor, dando um passo adiante.

Ela estendeu a mão e exibiu um pequeno frasco com um líquido vermelho-metálico que girava no interior.

— Um Elixir de Encanto — explicou ela, entregando-o para Aurelio. — Beba e receberá o poder da Fala Calmante por dez minutos. Você pode usá-la com humanos ou animais. Uma dose forte funcionará até mesmo com um deus.

— Obrigado.

Aurelio pegou o frasco. Se precisassem usar a lábia para se livrar de algum problema, Aurelio seria a última pessoa que Teo colocaria no controle, mas isso também significava que, dentre os três, ele era quem mais precisava do elixir.

— Leve isto também — disse a Deusa Água, a voz suave como a água escorrendo sobre pedra. Ela conjurou uma garrafa de cristal cheia de um líquido transparente e se aproximou de Aurelio. — É um Decantador de Água Infinita. — Quando Aurelio pareceu não entender, Água riu e acrescentou: — Mesmo um garoto de fogo precisa de água fresca para sobreviver.

— E isto — acrescentou Tormenta, produzindo uma bolsa branca de fecho de cordão mais ou menos do tamanho do punho de Aurelio. — Minha Bolsa de Ventos.

Niya riu, mas logo cobriu a boca com a mão. Teo tentou lançar um olhar de alerta para a amiga, mas assim que ele fez contato visual, uma risada saltou de seu peito.

Aurelio dirigiu um olhar irritado a eles, mas Teo jurou ter visto um sorriso sob a barba nublada de Tormenta.

Em seguida, Terra deu um passo à frente. Retirou uma das luvas, revelando a mão fibrosa vermelho-escarlate e um bracelete de metal cinza no pulso. Quando o deus o tocou, o adorno se transformou em uma bola, que ele segurou e estendeu para a filha.

— Papi! — Niya se sobressaltou. — Sua Lâmina Inquebrável?!

Terra assentiu.

Uma pesada lâmina quase preta, com uma aparência letal, surgiu em sua mão.

— Esse é o único metal inquebrável no mundo! — explicou Niya, passando os dedos sobre o lado plano da espada curta, com cuidado. — Só pode ser forjada nas chamas de La Cumbre, e apenas um filho de Terra pode transformá-la. — Niya fez um beicinho ao olhar para o pai. — Obrigada!

Ela se jogou em seus braços, esmagando-o em um abraço apertado. Terra encostou a bochecha afetuosamente no topo da cabeça da Niya e passou os dedos nus por sua trança.

— Leve isto também — disse a Deusa Primavera, colocando uma pedra de um tom verde-vívido em sua mão. — É uma Gema da Regeneração. É só jogar na água e beber ou molhar um machucado para se recuperar.

— Ah, aí sim! — falou Niya, segurando seus presentes dos deuses. — Eu posso dar um socão em alguém e depois reviver a pessoa!

— Não funciona *tão* bem assim — acrescentou Primavera, bastante assustada.

Restou apenas Teo. Os Ouros trocaram olhares, incertos sobre o que fazer.

— Você tem a mim — disse Quetzal. Em um movimento rápido, ela puxou do cabelo uma das resplandecentes penas azul e verde e a apoiou na palma de Teo. — *Sempre* — acrescentou, com um sorriso tranquilizador. — Quando vocês conseguirem a Pedra Solar, use isto para nos convocar, e nós chegaremos com as outras para realizar o ritual e ressuscitar Sol.

Teo pegou a pena e a acariciou. Na luz difusa, o verde vívido brilhava com realces de azul e ouro. Ele não estava sozinho. Tinha Niya e Aurelio ao seu lado, e sua mãe e todos os deuses ali presentes. Ele consertaria as coisas. Eles consertariam.

Houve uma movimentação e, de repente, Fantasma abriu caminho pelo grupo. Ela foi até Teo e puxou algo da manga do vestido.

Era uma vela cônica que já havia queimado até a metade. Fantasma a colocou na mão de Teo com delicadeza, junto a outro presente.

— Obrigado, Fantasma — disse ele, com um sorriso suave.

Ela abriu um sorriso imenso, parecendo orgulhosa.

Comparado aos presentes de Aurelio e Niya, a pluma e a vela usada de Teo eram quase nada, mas ele fingiu estar animado assim mesmo.

Com um burburinho de urgência, os deuses se dispersaram em direção à saída do escritório de Lua, tentando pensar nas melhores estratégias para proteger suas cidades natais e reunir as Pedras Solares.

O trio parou na porta. Fogo e Guerreire estavam à espera, com expressões de reprovação.

— Os deuses estão formando facções — observou Guerreire. — Uma péssima estratégia para tempos de guerra.

— E você — disse Fogo, encarando apenas o filho. — Você está se aliando com os Jades?

Aurelio assentiu.

— Então pegue. — Uma argola que parecia ser feita de carvão ardente surgiu nas mãos de Fogo. — Uma Argola Abrasadora — ofereceu ela, enquanto Aurelio a pegava, relutante. — Quando a estiver usando, vai amplificar seus poderes de fogo.

Aurelio assentiu, virando o objeto nas mãos.

Mas a deusa não poderia deixar por isso mesmo.

— Pode deixá-lo quase tão poderoso quanto sua irmã.

Aurelio fez uma careta.

— Que babaca — xingou Teo, sem conseguir se segurar.

Niya soltou uma risada pelo nariz.

Os olhos escaldantes de Fogo o fulminaram, mas Teo fez apenas uma careta.

— Leve meu Anel de Blindagem — concedeu Deuse Guerreire ao deslizar um aro dourado do dedo médio e entregar a Niya. — Você só precisa erguer a mão para invocar meu escudo.

Niya experimentou. Perdeu o equilíbrio por um segundo quando um escudo robusto se materializou em seu braço, coberto por couro, com a imagem da cabeça de Guerreire em um rosnado na parte da frente.

— Ai, meus *deuses*! — Niya pegou a Lâmina Inquebrável com a outra mão. — Vai ser o fim mesmo para aquelas víboras!

Fogo não parecia impressionada, mas Guerreire soltou uma risada.

— Espera, por que vocês estão ajudando a gente? — perguntou a garota. Em um movimento de pulso, as armas reluzentes retornando aos formatos normais. — Nossos pais estão indo *contra* suas ordens.

Guerreire e Fogo trocaram um olhar. Elu respondeu:

— Nós também queremos nossos filhos de volta.

Os dois Ouros se viraram e partiram, misturando-se à multidão de deuses e sacerdotes.

— Então, qual é o plano? — perguntou Niya.

— Tentar desfazer o apocalipse, acho. — Teo deu de ombros.

Aurelio soltou uma risada sem humor.

— Você faz parecer tão fácil.

Teo deu uma batidinha de ombro no amigo.

— Você tem que admitir, uma viagem ao fim do mundo parece meio divertida.

Aurelio sorriu. Era um sorriso cansado, mas ainda assim um sorriso.

— Merda. — Niya suspirou pesadamente. — Vamos precisar de um saco de doces maior.

AGRADECIMENTOS

Este livro foi pensado e escrito durante a quarentena de uma pandemia global. Sem essas pessoas importantes, a história de Teo nunca teria decolado.

A primeira pessoa a quem quero agradecer é Max. Você é um ouvido sempre presente, minha voz da razão e quem sempre me reorienta quando me sinto sobrecarregado. Sei que falo muito isto, mas eu estaria literalmente perdido sem seu cérebro maravilhoso e sua companhia calorosa.

Alex, sua voz e seu senso de humor ecoam por toda a história. Obrigado por todos os *brainstormings*, reclamações, piadas terríveis e as muitas noites sem dormir que se transformaram em manhãs. A esta altura, já devo *royalties* a você! Ou, pelo menos, um monte de férias divertidas.

Jennifer March Soloway, você é a melhor agente que alguém poderia ter. Muito obrigado por todo o apoio e encorajamento, principalmente quando estou em pânico ou para baixo. Você tem os melhores papos motivacionais e sempre sabe como fazer eu me sentir melhor. Obrigado por ser minha guia nesta aventura.

Mars Lauderbaugh, minhe incrível artista de capa! Nem acredito que começamos com fanart de Oikawa e agora você está fazendo a capa de um livro meu pela segunda vez. Você não tem ideia do quanto sua arte acrescenta às minhas histórias. A criação dos personagens se tornou uma colaboração e é o ponto alto do meu processo de escrita.

Mik, você tem sido uma parceria de escrita constante e confiável. Analisei cada etapa desta história em chamadas de vídeo com você. Sua companhia é um conforto enorme enquanto tentamos sobreviver ao apocalipse. Muito obrigado por todas as risadas.

Anda, você sempre se certifica de que eu esteja cuidando de mim mesme e me força a botar a vida em ordem quando deixo de ser um humano funcional ao me aproximar de um prazo.

Ezrael, sua capacidade de enxergar o coração de uma história é uma dádiva. Você é uma das pessoas mais gentis que eu já tive o prazer de conhecer. Muito obrigado por sempre me incentivar a ir mais fundo.

Meus *incríveis* amigos Austin, Bid, Katie, Raviv, Samantha e Teddy, vocês são os melhores líderes de torcida, e nem sei dizer o quanto tê-los na minha vida significa para mim. Quando preciso de ajuda para resolver um problema em um livro ou estou muito nervose para ir sozinhe a um evento, vocês sempre me ajudam. Não fazem ideia do quanto isso significa para mim.

Realmente é preciso uma vila para dar vida a um livro, e eu tenho a *melhor equipe* de profissionais criativos!

Em primeiro lugar, gostaria de agradecer à minha incrível editora, Holly West. Você é o motivo de eu ter a carreira dos meus sonhos, de eu poder fazer o que amo. Obrigado por acreditar em mim e abraçar toda ideia ousada de livro que eu invento. Sou muito sortude por ter uma editora que me entende por completo, que entende meu humor e as histórias que estou tentando contar. Devo tudo a você.

Obrigado ao meu publisher, Jean Feiwel, por acreditar em mim. Hana Tzou e Oliver Wehner, meus primeiros leitores, que me deram um feedback muito útil quando este livro ainda estava uma bagunça. Obrigado a Arik Hardin, por coordenar os muitos passos necessários para transformar esta ideia em um romance. Um grande salve para a minha copidesque, Melanie Sanders, por analisar mais de quatrocentas páginas do meu fluxo de escrita e deixá-las inteligíveis.

Muito obrigado a Liz Dresner, Trisha Previte e L. Whitt, por me darem uma capa e um projeto de livro *maravilhosos*. E um grande salve para Raymond E. Colón, por lidar com a produção. É tudo que eu podia ter desejado e mais.

À minha incrível amiga e assessora de imprensa, Kelsey Marrujo, que está comigo desde *Os garotos do cemitério* e continua me ajudando em tudo. À minha gênia do marketing, Teresa Ferraiolo, que sempre pega minhas ideias absurdas e sonhos enormes e os transforma em realidade. Devo muito à minha equipe de direitos autorais, Kristin Dulaney, Jordan Winch e Kaitlin Loss. Uma das coisas mais emocionantes de ser ume autore é ver todos os idiomas para os quais meus livros são traduzidos e quão longe chegam as histórias.

Para mim, um estágio crítico do processo de edição é a leitura sensível. Isso oferece um feedback crucial quando crio personagens cujas vivências eu não posso acessar por completo e me ajuda a eliminar do texto qualquer coisa danosa que possa ter escapado à minha atenção. Ajuda até mesmo na criação de personagens que compartilham das minhas próprias identidades, porque nunca se sabe se algo que internalizamos vai pintar na história.

Melissa Vera, da Salt & Sage Books, e Johanie Martinez-Cools, muito obrigado por lerem *O desafio dos semideuses* e dar um feedback tão completo. Anna-Marie McLemore, eu a admiro muito. Você foi uma das primeiras autoras que conheci e tem sido uma amiga gentil e generosa.

O mais importante, quero agradecer à minha família. Minha mãe, Christine, Chris, Grammy e Gramps. Obrigado por sempre estarem por perto e acreditarem em mim.

Por último, mas não menos importante, quero agradecer a Bo Burnham por me ajudar a atravessar 2021. Passei infinitas horas sozinho em um prédio de escritórios abandonado escutando *Inside* enquanto trabalhava neste livro. Horas o suficiente para ter ficado entre os 2% de ouvintes no Spotify, mas não temos tempo para isso agora. Obrigado por fazer a pandemia ser um pouco menos solitária.

Este livro foi composto na tipografia Arno Pro,
em corpo 11,5/15, e impresso em
papel off-white no Sistema Cameron da
Divisão Gráfica da Distribuidora Record.